Me casé con
EL DUQUE

Me casé con
EL DUQUE

••••

KATHARINE ASHE

TITANIA

Argentina • Chile • Colombia • España
Estados Unidos • México • Perú • Uruguay • Venezuela

Título original: *I Married the Duke*
Editor original: Avon Books – An Imprint of HarperCollinsPublishers, New York
Traducción: Laura Fernández Nogales

1.ª edición Octubre 2015

Copyright © 2013 by Katherine Brophy Dubois
All Rights Reserved
© de la traducción 2015 *by* Laura Fernández Nogales
© 2015 *by* Ediciones Urano, S.A.U.
   Aribau, 142, pral. – 08036 Barcelona
   www.titania.org
   atencion@titania.org

ISBN: 978-84-92916-98-6
E-ISBN: 978-84-9944-898-5
Depósito legal: B-18.151-2015

Fotocomposición: Ediciones Urano, S.A.U.

Impreso por Romanyà Valls, S.A. – Verdaguer, 1 – 08786 Capellades (Barcelona)

Para
Marcia Abercrombie,
Anne Brophy,
Meg Huliston,
Mary Brophy Marcus
y
Barbara Tetzlaff,
mis hermanas de corazón.

Y para Noah Redstone Brophy,
un héroe de carne y hueso.

Bienaventurados sean los hambrientos,
porque serán saciados.

Prólogo

Las huérfanas

En una feria de algún rincón de Cornwall. Abril de 1804.

*T*res jóvenes hermanas, sin título ni fortuna, aguardaban bajo el brillo de una lámpara sentadas a una mesa vestida de terciopelo negro.

Encima de la mesa había un anillo perfecto para un príncipe azul.

Escondida tras un velo de ébano, la pitonisa no observaba las palmas de las manos de sus clientas, tampoco sus cejas, ni siquiera sus ojos, sino el anillo, un foco brillante de oro y rubíes que relucía por entre las sombras de todo cuanto lo rodeaba en aquella tienda.

—No tenéis madre.

La voz de la gitana era intensa, pero tan inglesa como la de las chicas.

—Somos huérfanas.

Arabella, la hermana mediana, se inclinó hacia delante y se puso un mechón de pelo cobrizo por detrás de la oreja, tan delicada como una caracola. Sólo contaba doce años y ya era una belleza: tenía unos labios rojos como fresas, las mejillas sonrosadas y los ojos brillantes. Tenía aspecto de doncella de cuento de hadas y de ser igual de encantadora, aunque cualquier buen narrador admitiría que no era nada dócil.

—Todo el pueblo sabe que no tenemos madre.

Su hermana mayor Eleanor frunció el ceño por debajo de una trenza dorada recogida en un moño. Eleanor era un ratón de biblioteca y fruncía el ceño a menudo.

—Nuestro barco naufragó y papá nos sacó del orfanato. Él nos acogió y evitó que acabáramos en esos asilos que dan cobijo a cambio de trabajo.

Con la sinceridad propia de los niños, Ravenna explicó esa historia que no recordaba, pero que tantas veces le habían contado. Cuando les ocurrió aquello, ella sólo tenía ocho años. Se revolvió inquieta sobre la suavidad de la alfombra y se le enredó la tela de la falda en las zapatillas. Una diminuta cara canina de color negro asomó por entre los pliegues de muselina.

Arabella se inclinó hacia delante.

—¿Por qué miras el anillo tan fijamente, abuela? ¿Qué te dice?

—Ella no es nuestra abuela —le susurró Ravenna a Eleanor con un tono bastante alto. Cuando habló, se le mecieron los rizos negros—. Nosotras no sabemos quién es nuestra abuela. Ni siquiera sabemos quiénes son nuestros verdaderos padres.

—Es un título respetuoso —le murmuró Eleanor, pero la intranquilidad asomó a sus ojos cuando alternó la mirada entre Arabella y la pitonisa.

—Este anillo es la clave de vuestros destinos —dijo la mujer pasando la mano por encima de la mesa con los ojos cerrados.

Eleanor frunció el ceño con más fuerza.

Arabella se inclinó hacia delante con impaciencia.

—¿Es la clave de nuestra verdadera identidad? ¿Pertenece a nuestro verdadero padre?

La gitana se balanceó de un lado a otro, lo hacía con suavidad, como los tallos de la cebada mecidos por una brisa suave. Arabella aguardó un poco; estaba impaciente. Llevaba nueve años esperando esa respuesta. Cada segundo que pasaba parecía un castigo.

Al otro lado de las paredes de la tienda se escuchaban los sonidos de la feria: música, canciones, risas, los gritos de los vendedores de comida, los relinchos de los caballos en el establo, los balidos de las cabras que estaban a la venta. La feria llevaba toda la vida pasando por aquel remoto rincón de Cornwall. Llegaba cada año, cuando los gitanos venían a pasar las estaciones cálidas en una ladera de la propiedad que el terrateniente local tenía a poca distancia del pueblo. Hasta ese día las hermanas nunca habían ido a que les dijeran la buenaventura. El reverendo siempre les había advertido que no lo hicieran. Era un erudito y un hombre de Dios, y les decía que esas cosas no eran más que supersticiones a las que no debían dar calor. Pero siempre ofrecía su caridad a los viajeros. No dejaba de repetir que él era un hombre pobre, pero que Dios decía que uno debía compartir lo poco que tuviera con los más necesitados, como había hecho con las tres chicas a las que había salvado de la indigencia hacía cinco años.

—¿El anillo nos dirá quiénes somos? —preguntó Arabella.

La pitonisa tenía una expresión áspera y deslumbrante al mismo tiempo. Tenía las mejillas salpicadas por las marcas de la viruela, pero poseía unas cejas elegantes y mucha belleza en su nariz recia y sus ojos oscuros.

—Este anillo… —entonó la gitana— pertenece a un príncipe.

—¡Un príncipe! —se sorprendió Ravenna.

—¿Un príncipe? —Eleanor frunció el ceño.

—¿Es… es nuestro padre? —Arabella aguantó la respiración.

Las pulseras que la mujer llevaba en la muñeca repicaron cuando negó con el dedo.

—El legítimo dueño de este anillo no es de vuestra sangre.

Arabella dejó caer los hombros, pero levantó su delicada barbilla.

—Mamá se lo dio a Eleanor antes de embarcarnos hacia Inglaterra. ¿Por qué lo tenía ella si es de un príncipe? Ella no era una princesa.

En realidad, y si las sospechas del reverendo eran ciertas, no podía estar más lejos de serlo.

La pitonisa volvió a cerrar los ojos.

—No te estoy hablando del pasado, niña, sino del futuro.

Eleanor le lanzó una mirada desesperada a Arabella.

Esta la ignoró y se mordió el labio.

—¿Y qué tiene que ver con nosotras ese príncipe?

—Una de vosotras… —La voz de la mujer se apagó mientras volvía a extender la mano sobre el anillo con los dedos separados. De repente abrió sus ojos negros—. Una de vosotras se casará con ese príncipe. Y el día que se celebre esa boda, conoceréis el secreto de vuestro pasado.

—¿Una de nosotras se casará con un príncipe? —dijo Eleanor con evidente incredulidad.

Arabella cogió la mano de su hermana para apaciguarla. Ella ya se había dado cuenta de que la pitonisa era una experta del ritmo y el drama. Pero sus palabras eran demasiado maravillosas.

—¿Quién es? ¿Quién es ese príncipe, abuela?

La mujer apartó la mano del anillo y lo dejó brillar a la pálida luz de la tienda.

—Eso lo tendréis que descubrir vosotras.

El calor se apoderó de la garganta de Arabella y fue seguido de un picor. No eran lágrimas, ella no lloraba con facilidad, sino certidumbre. Sabía que la adivina decía la verdad.

Eleanor se levantó.

—Vamos, Ravenna. —Miró de reojo a la gitana—. Papá nos está esperando en casa.

Ravenna cogió su cachorro y cruzó las puertas de la tienda con Eleanor.

Arabella se metió la mano en el bolsillo y dejó tres peniques encima de la mesa justo al lado del anillo, era todo lo que tenía ahorrado.

La mujer le lanzó una repentina mirada recelosa.

—Guarda tu dinero, pequeña. No lo quiero.

—Pero…

La gitana la cogió de la muñeca.

—¿Quién conoce la existencia de este anillo?

—Nadie. Lo sabían nuestra madre y nuestra niñera, pero nunca hemos vuelto a ver a nuestra madre y la niñera se ahogó cuando se hundió el barco. Lo teníamos escondido.

—Y debéis seguir haciéndolo. —Le apretó los dedos—. Ningún hombre debe conocer la existencia de este anillo, sólo el príncipe.

—¿Nuestro príncipe?

Arabella temblaba un poco.

La gitana asintió. Soltó la mano de la chica y la observó mientras recogía el anillo y las monedas y se lo metía todo en el bolsillo.

—Gracias —dijo.

La pitonisa asintió y le hizo un gesto para que saliera de la tienda.

Arabella retiró la puerta de tela, pero se sentía incómoda y miró por encima del hombro. El rostro de la gitana se había vuelto gris y tenía toda la piel arrugada. Tenía un brillo salvaje en los ojos.

—Señora…

—Vete, pequeña —dijo con aspereza mientras se volvía a poner el velo—. Vete a buscar a tu príncipe.

Arabella se encontró con sus hermanas junto al gran roble que había al lado de los establos de caballos. La feria llevaba más de un siglo reuniéndose alrededor de aquel árbol. La esbelta Eleanor aguardaba de pie. De lejos se veían sus dorados tonos pálidos bajo la gloriosa luz brillante de la primavera. Ravenna estaba sentada en la hierba y cuidaba de su cachorro de la misma forma que otras niñas cuidaban de sus muñecas. Por detrás de Arabella, la música de los violines y las trompas se mecía en el aire cálido, y por delante de ella, los gritos de los vendedores de caballos cerrando sus tratos se mezclaban con el olor de los animales y el polvo.

—Yo la creo.

—Sabía que te lo creerías. —Eleanor dejó escapar un suspiro—. Es lo que quieres creer, Bella.

—Pues sí.

Eleanor no podía entenderlo. El reverendo admiraba su rapidez mental y su amor por los libros. Pero la gitana no mentía.

—Que yo tenga ganas de creérmelo no significa que lo que ha dicho no sea cierto.

—Son supersticiones.

—Sólo lo dices porque es lo que dice el reverendo.

—Pues yo creo que es fantástico que vayamos a convertirnos en princesas.

Ravenna paseó el dedo por la cola del cachorro.

—Todas no —dijo Arabella—. Sólo la que se case con un príncipe.

—Papá no se lo creerá.

Arabella volvió a coger a su hermana de la mano.

—No debemos decírselo, Ellie. No lo entendería.

—No diré nada.

Eleanor la miró con delicadeza. Estaba muy cómoda dándole la mano a Arabella. Por muy escéptica que fuera, no podía ser severa con su hermana. Cuando estaban en el orfanato y Arabella se ganaba unos azotes —o cosas peores—, rezaba cada noche para ser tan inteligente y reflexiva como lo era su hermana mayor. Pero Dios nunca escuchó sus plegarias.

—No se lo diremos al reverendo —dijo Arabella—. ¿Lo has entendido Ravenna?

—Pues claro. No soy tonta. Papá nunca aprobaría que una de nosotras se convierta en princesa. A él le gusta ser pobre. Está convencido de que eso nos acerca más a Dios.

El cachorro saltó de su regazo y corrió en dirección al establo de los caballos. La niña se levantó de un brinco y se marchó tras él.

—Me gustaría poder hablar de esto con papá —dijo Eleanor—. Es el hombre más inteligente de Cornwall.

—La pitonisa ha dicho que no debíamos hacerlo.

—La pitonisa es una gitana.

—Lo dices como si el reverendo no fuera un gran amigo de los gitanos.

—Es un buen hombre, de lo contrario no hubiera acogido a tres niñas, siendo como es un hombre pobre.

Pero Eleanor sabía tan bien como Arabella cuál era el motivo por el que lo había hecho. Sólo tres meses antes de que se las encontrara muertas de hambre en el orfanato y de descubrir que iban a mandar a Eleanor a trabajar, la fiebre le había arrebatado a su mujer y a sus hijas gemelas. Las necesitaba para curar su corazón, las necesitaba tanto como ellas a él.

—Ya no tendremos que preocuparnos mucho tiempo más por la pobreza, Ellie. —Arabella se sacó el anillo del bolsillo y la joya reflejó el brillo del sol del mediodía como el fuego—. Ya sé lo que tengo que hacer. Dentro de cinco años, cuando tenga diecisiete…

—¡Tali!

Una sonrisa iluminó el rostro de Ravenna. En la esquina del establo de los caballos había un chico vestido con viejas ropas raídas.

Eleanor se puso tensa.

Arabella susurró:

—Sólo lo puede ver el príncipe.

Y se volvió a meter el anillo en el bolsillo.

Ravenna recogió el cachorro y brincó hasta el chico mientras él se acercaba a ella a grandes zancadas. Su piel morena brillaba cálida bajo la luz del sol que se colaba por entre las ramas del enorme roble. No tenía más de catorce años y era un saco de huesos desgarbado con las mejillas hundidas, pero tenía unos ojos negros como el alquitrán en los que brillaba una desconfianza impropia de su juventud.

—Hola, chiquilla.

Tiró de la trenza de Ravenna, pero por debajo del mechón de rebelde pelo negro que le caía sobre la frente, miró de reojo a su hermana mayor.

Eleanor se cruzó de brazos y se interesó de repente por las copas de los árboles.

El chico frunció el ceño.

—Mira, Tali. —Ravenna le puso el cachorro debajo de la barbilla—. Papá me lo regaló por mi cumpleaños.

El chico rascó una de las orejas peludas del animal.

—¿Cómo se llama?

—¿*Bestia*, quizá? —murmuró Eleanor—. Oh, espera, ese nombre ya está cogido.

El chico dejó de acariciar al perro y se puso tenso.

—El reverendo me ha pedido que os avise; es hora de cenar.

Luego se dio media vuelta y volvió al establo de los caballos sin añadir ni una sola palabra más.

La mirada de Eleanor lo siguió con recelo por debajo de un ceño fruncido.

—Parece que no coma.

—Puede que no tenga la comida suficiente. No tiene ni mamá ni papá —dijo Ravenna.

—Quienesquiera que fueran los padres de Taliesin tuvieron que ser muy guapos —dijo Arabella pasándose el dedo por el pelo.

Recordaba muy pocas cosas de su madre, excepto su pelo, que era del mismo dorado rojizo que el suyo, su suave y apretado abrazo y su olor a caña de azúcar y ron. Eleanor recordaba poco más, y sólo conservaba en la memoria una imagen borrosa de su padre, un hombre alto y rubio que vestía de uniforme.

Arabella estaba segura de que la pitonisa no se lo había dicho todo. Por ahí todavía había un hombre que no tenía ni idea de que sus hijas seguían con vida. Un hombre que podía decirles por qué su madre las había metido en un barco.

La respuesta la tenía ese príncipe.

Arabella se mordió el labio, pero la determinación le iluminó los ojos.

—Algún día una de nosotras se casará con un príncipe. Es el destino.

—Debería ser Eleanor porque es la mayor. —Ravenna levantó al cachorro y le acarició la tripa—. Luego tú te podrás casar con Tali, Bella. Siempre me trae ranas del estanque, y me encantaría que fuera nuestro hermano.

—No —dijo Arabella—. Taliesin está enamorado de Eleanor…

—Eso no es verdad. Me odia y yo creo que es despreciable.

—… y yo espero casarme mejor.

Apretó los dientes con firmeza, como lo haría cualquier hombre que le doblara la edad.

—¿Con un caballero? —preguntó Ravenna.

—Más aún.

—¿Con un duque?

—Un duque no es suficiente. —Volvió a sacarse el anillo del bolsillo y su peso le dejó una marca en la mano—. Me casaré con un príncipe. Conseguiré que volvamos a casa.

1

El pirata

Plymouth, agosto de 1817

*L*ucien Westfall, antiguo comandante del *Victory* de Su Majestad, conde de Rallis, y heredero del duque de Lycombe, estaba sentado en una esquina de la taberna. Ya hacía mucho tiempo que había aprendido que con una esquina a su espalda podía advertir el peligro acechándolo desde cualquier dirección. Y en ese momento la esquina le proporcionaba las ventajas derivadas de tener un campo de visión limitado.

En esa ocasión, el campo de visión limitado contenía un paisaje especialmente interesante.

—Pareces un halcón, chico. —Gavin Stewart, médico de abordo y sacerdote, levantó su jarra de cerveza—. ¿Esa chica sigue mirándote?

—No. Te está mirando a ti. En realidad, te está fulminando con la mirada. —Luc cogió de la mesa la carta del administrador de fincas de su tío, dobló las páginas, y se las metió en el bolsillo de su chaleco—. Creo que quiere que te marches.

—Te quiere a ti. Como todas. Es por la cicatriz. —Gavin se recostó en la silla y se rascó las patillas, negras y ralas—. A las mujeres les gustan los hombres peligrosos.

—Si eso es cierto, estás condenado a una vida solitaria, viejo amigo. Aunque supongo que ya lo estabas de todos modos.

—Gajes de los votos —dijo el sacerdote riendo con alegría—. ¿Es guapa?

—Es posible. —Lo miraba interesada con unos ojos bonitos, brillantes incluso a la luz de las lámparas que iluminaban la taberna. Tenía la nariz bonita y la boca también—. Aunque podría ser una profesora.

—Llevaba un pañuelo que le cubría el pelo por completo, y la capa abrochada hasta el cuello. Por debajo asomaba un cuello blanco y largo—. Va tan tapada como una virgen.

—La madre de nuestro Dios era una virgen, muchacho —le reprendió Gavin. Y añadió—: ¿Y dónde está la diversión cuando no hay que esforzarse para conseguir el tesoro?

Luc alzó una ceja.

—Qué tiempos aquellos, ¿no, padre?

Gavin soltó una buena carcajada.

—Ya lo creo. —Tenía un pecho ancho como sus antepasados escoceses, y a Luc siempre le había relajado escucharlo reír—. ¿Y desde cuándo sabes tú tanto sobre profesoras?

Desde que a los once años Luc escapó de la propiedad donde su tutor los retenía a él y a su hermano pequeño, y se topó con una escuela privada para señoritas. La directora, tras una suave reprimenda, lo devolvió a su casa, donde recibió un castigo que no habría imaginado ni en la peor de sus pesadillas.

Luc no se creyó el sermón de su tutor sobre los diablos de la tentación que se encontraban en la carne femenina. Aunque después de los primeros meses dejó de creerse nada de lo que decía el reverendo Absalom Fletcher. Los hombres malos suelen mentir. Al día siguiente volvió a escaparse y corrió hasta la escuela con la esperanza de encontrarse de nuevo con la directora paseando, y lo repitió al día siguiente, y al siguiente, iba en busca de una aliada. O sólo de un refugio. Y cada vez que lo hacía, los sirvientes lo volvían a arrastrar de vuelta a casa de su tutor, donde el castigo que recibía por haber desobedecido era más severo que el día anterior.

El chico los recibía con lágrimas silenciosas cargadas de desafío que corrían por sus mejillas. Hasta que Absalom descubrió su verdadera debilidad. Y entonces Luc dejó de desobedecer. Entonces se convirtió en un modelo de comportamiento ejemplar.

—Conozco a las mujeres —se quejó Luc—. Y ese es el problema.

Dio un trago de whisky. Quemaba, y a él le gustaba que quemara. Cada vez que ella lo miraba, tenía un presentimiento desagradable.

Observaba la concurrida taberna del muelle con movimientos seguros y directos, y levantaba la barbilla como si fuera la reina y estuviera en plena inspección real. Era evidente que no acostumbraba a frecuentar esa clase de establecimientos.

Gavin dejó la jarra vacía en la mesa.

—Te dejaré a expensas de la dama. —Levantó su maltrecho cuerpo de la silla. Aún no había cumplido los cincuenta, pero ya estaba cansado del mar al que se había entregado por el bien de Luc, hacía ya once años—. ¿Supongo que no querrás disfrutar de unas pequeñas vacaciones en ese castillo tuyo cuando dejemos a la tripulación en Saint-Nazaire? ¿O ir a visitar al granuja de tu hermano?

—No hay tiempo. El grano no viajará solo hasta Portugal.

Luc intentó quitarle importancia, pero Gavin lo entendía. La hambruna del año anterior todavía asolaba algunas zonas. La gente se moría de hambre. No podían dejar de trabajar para irse de vacaciones.

Y sencillamente necesitaba estar en el mar.

—El grano. Claro —dijo Gavin, y salió de la taberna.

Luc se bebió el resto del whisky y esperó. Conocía muy bien a las mujeres, las conocía de todas clases, y aquella ni siquiera se estaba molestando en fingir desinterés.

Se abrió paso por entre la escandalosa multitud con cuidado de no tocar a nadie mientras avanzaba. Hasta que no se detuvo frente a él al otro lado de la mesa, no pudo verle bien los ojos: azules, brillantes y recelosos. La mano con la que se agarraba la capa sobre el pecho era delicada, pero las venas que se adivinaban bajo su pálida piel eran fuertes.

—Eres el hombre al que llaman el Pirata.

No era una pregunta. Por supuesto que no lo era.

—¿Ah, sí?

Alzó una ceja.

—Me han dicho que debía buscar a un hombre moreno con una cicatriz en el ojo derecho, un pañuelo de rayas negras y un ojo izquierdo de color verde. Como estás sentado en la sombra, no me queda muy claro el color de tu ojo. Pero tienes una cicatriz y llevas tapado el ojo derecho.

—Puede que yo no sea el único hombre de Plymouth que encaje con esa descripción.

Entonces se alzaron dos cejas. La curva de su nariz era impoluta, no tenía ni una sola mancha en la piel, y brillaba a la luz tenue que se colaba por la ventana que Luc tenía a la espalda.

—Ya no quedan piratas —dijo—. Sólo marineros pobres que regresaron de la guerra con patas de palo y parches en los ojos. Es estúpido y probablemente también irrespetuoso que te hagas llamar así.

—Yo me hago llamar de pocas formas.

Ni capitán Westfall, ni heredero del duque de Lycombe. Y en cualquier caso la última opción era muy improbable. La tía de Luc, la joven duquesa, nunca había conseguido dar a luz a ningún hijo, a pesar de haberlo intentado en cinco ocasiones. Pero eso no significaba que el sexto no pudiera sobrevivir. Por eso en el año que había pasado desde que dejó la marina para perseguir metas más nobles, sólo se le conocía como capitán Andrew del bergantín mercante *Retribution*. Una vida sencilla y sin complicaciones familiares que servía su propósito.

El Pirata era un apodo estúpido que le había puesto su tripulación.

—Entonces, ¿cuál es tu verdadero nombre, señor? —preguntó.

—Andrew.

—¿Cómo estás, capitán Andrew?

Pensó que le iba a hacer una reverencia. Pero no lo hizo. Lo que hizo fue tenderle la mano para que se la estrechara. No llevaba anillo. Entonces no era una viuda de la guerra, esa guerra que había mantenido a su hermano Christos escondido a salvo en Francia alejado del alcance de su familia.

No aceptó la mano que le tendía.

—¿Qué quieres de mí, señorita, aparte de, por lo visto, aleccionarme sobre los peligros de la guerra?

—Tus modales son deplorables. Puede que sí seas un pirata después de todo.

Pareció planteárselo en serio mientras se mordía el labio. Su labio inferior era del mismo color que las fresas.

Delicioso.

Hacía demasiado tiempo que Luc no degustaba un par de labios tan dulces como esos.

—Supongo que estoy ante una experta en modales —dijo él con evidente desinterés.

—En realidad, sí. Pero eso carece de importancia. Necesito viajar al puerto de Saint-Nazaire en Francia, y me han dicho que tu barco parte hacia allí desde este puerto mañana mismo. Y también… —Lo observó despacio, empezó por su rostro y fue bajando por sus hombros y su pecho hasta que un ligero rubor trepó por sus mejillas—. Me han dicho que eres el capitán más adecuado para llevar a una dama.

—¿Ah, sí? ¿Quién te ha dicho eso?

—Todo el mundo. El capitán del puerto, el hombre de la tienda que hay al otro lado de la calle, el camarero de este establecimiento. —Entornó los ojos—. No serás un contrabandista, ¿verdad? Tengo entendido que, a pesar de que la guerra ya ha acabado, siguen existiendo en algunos puertos.

—En este puerto no. —Por lo menos últimamente—. ¿Y crees en la palabra del capitán del puerto, del tendero y de aquel camarero?

La joven frunció el ceño.

—Sí. —Hizo una pausa y pareció cuadrar sus estrechos hombros—. ¿Me llevarás a Saint-Nazaire?

—No.

Volvió a levantar la mandíbula de esa forma que provocaba esa extraña sensación en el pecho de Luc.

—¿Es porque soy una mujer y usted no permite mujeres a bordo? He oído decir que es un pensamiento común entre los piratas.

—Señorita, yo no soy…

—Si no eres un pirata, ¿por qué te cubres el ojo de esa forma? Es un artificio para asustar a mujeres indefensas, o es que sólo pudiste encontrar tela de esa amplitud y longitud en concreto?

«Bruja de lengua viperina.» No podía estar tomándole el pelo. O flirteando. No parecía propio de aquella correcta profesora de escuela.

—Como imagino que deja bien claro la cicatriz, lo que ve no es un artificio, señorita…

—Caulfield. De Londres. Hasta hace poco trabajaba para una dama y un caballero de considerable posición. —Sus ojos volvieron a resbalar por su pecho—. A quienes no creo que usted conozca. En cualquier caso, me contrataron como institutriz de comportamiento para su hija, que es…

—¿Una institutriz de comportamiento?

—Interrumpir a una dama es el colmo de la mala educación, capitán Andrew.

—La creo.

—¿Qué?

—Que es usted una institutriz.

Le brillaron los ojos, unos magníficos, grandes y expresivos ojos del color de los acianos al sol.

—Una institutriz de comportamiento —dijo— es la persona que se encarga de enseñar a una jovencita de buena cuna los modales adecuados y las reglas sociales necesarias para entrar en sociedad, además de guiarla en el proceso durante su primera temporada en la ciudad. Pero no creo que usted sepa nada sobre modales y reglas sociales. No es así, ¿capitán?

Oh. «No.» Por magníficos que fueran sus ojos, lo último que necesitaba a bordo era una profesora virginal, lo necesitaba tanto como una espada apuntando a su ojo izquierdo.

Se levantó.

—Escuche, señorita quienquiera que sea, mi barco no es un transporte público.

—¿Y qué clase de barco es?

—Una embarcación mercantil.

—¿Y qué clase de mercancía transporta?

—Grano. —Para gente que no puede permitirse tales mercancías—. Verá, ahora no tengo tiempo para interrogatorios. Tengo que supervisar un barco y prepararlo para poder zarpar mañana.

Ella alzó la barbilla de esa forma tan desenfadada y rodeó una silla para cortarle el paso.

—Tu ceño fruncido no me asusta, capitán.

—No pretendía ni asustarte ni fruncir el ceño. Es por culpa de este inconveniente artificio.

Se dio un golpecito en la mejilla y dio un paso hacia ella.

Ella se quedó quieta, pero pareció vibrar sobre las puntas de los pies. Era muy pequeña, apenas le llegaba a la barbilla y, sin embargo, se mantenía recta y decidida.

No pudo contener una sonrisa.

—Por mucho que te pongas de puntillas no me vas a parecer más alta, ¿sabes? No me siento intimidado.

Ella apoyó los talones en el suelo.

—Puede que te guste fingir una mala reputación con ese disfraz de pirata.

—Ya volvemos a estar con la acusación de piratería. —Negó con la cabeza—. Ya te habrás dado cuenta de que no llevo ningún garfio en la muñeca ni hay loros sobre mi hombro, ¿no? Y ya tengo toda la mala reputación que quiero sin tener que hacer ningún papel.

Los herederos de ducados solían tenerla, incluso Luc, a pesar de estar tan distanciado de su tío. Pero la última carta que había recibido del administrador de su tío parecía desesperada. La fortuna de Combe estaba en peligro. Y por mucho que quisiera ayudar, Luc no tenía ninguna autoridad para cambiar las cosas. Todavía no era el duque. Y debido al interesante estado de su joven tía, quizá no llegara a serlo nunca.

Cruzó el poco espacio que quedaba entre ellos.

—En cuanto a lo otro, yo disfruto de las diversiones típicamente masculinas.

Se permitió darle un lento repaso. Iba más tapada que una monja, pero tenía los labios carnosos y unos ojos…

Realmente magníficos. Impresionantes. Estaban llenos de emoción e inteligencia, cosa que no tenía ninguna necesidad de encontrar en una mujer.

—En ese caso —dijo ella. Los magníficos acianos se volvieron directos—. Dime el precio que debería pagarte para que me lleves a Saint-Nazaire, y te daré el doble.

Observó la capa y el cuello de la chica. Bonitos, sí. Estaba claro que había recibido una buena educación. Era posible que fuera institutriz de jovencitas que entraban en sociedad. Pero en ese momento estaba sola y le suplicaba ayuda para abandonar Plymouth.

Sospechoso.

—No puedes doblar mi precio.

—Ponlo y lo haré.

Le dio un precio lo bastante alto como para llevarla a cualquier puerto de la costa bretona y traerla de vuelta tres veces.

A la joven se le pusieron las mejillas un poco grises. Entonces volvió a levantar la barbilla. En aquella taberna mal iluminada llena de marineros escabrosos, parecía un arbolito en un pantano, e igual de desafiante.

—Lo pagaré.

—¿Ah, sí? —Era probable que Luc estuviera disfrutando más de lo que debería de aquella situación—. ¿Con qué, pequeña profesora?

Ella entornó los acianos.

—Ya te he dicho que soy institutriz. Y muy buena. A mí me buscan las familias más influyentes de Londres. Tengo fondos suficientes.

Luc deslizó la mano por el pliegue de la capa que tenía en el cuello de un rápido movimiento y tiró de ella hasta que la abrió.

Ella trató de coger la tela.

—Pero ¿qué…?

La agarró de la muñeca con la otra mano. Llevaba un vestido gris. La parte del corsé y el hombro que dejó al descubierto al tirar de la capa era muy sencilla, pero estaba hecho con tela de buena calidad y muy bien cosido. Y escondido bajo la tela del cuello asomaba un pequeño bulto redondo.

—Por lo visto no tienes nada de pequeña profesora de escuela —dijo.

—Ya te lo he dicho.

Le tembló la voz por primera vez.

—Pues sí que pareces una institutriz. —A excepción de esos ojos espectaculares—. Es una lástima.

Cuando la chica inspiró hondo, se le hincharon los pechos y le presionaron el antebrazo con suavidad, cosa que provocó una reacción viril en él que le resultó desalentadoramente ajena y muy placentera a un mismo tiempo.

—Mis superiores prefieren que vista con modestia para que no llame la atención de hombres rapaces —dijo—. ¿Eres de esa clase de hombres, capitán?

Sus labios de fresa eran preciosamente móviles. Quería ver esa lengua afilada que tenía. Si fuera tan tentadora como sus labios, quizás acabara aceptándola a bordo después de todo.

—Últimamente no —dijo—. Pero estoy abierto a la inspiración.

La joven apretó sus labios de fresa.

—Capitán, me da igual lo que pienses de mí. Lo único que quiero es que me permitas comprar un pasaje para viajar en tu barco.

—No quiero tu oro, pequeña institutriz.

—Y entonces, ¿qué clase de pago aceptarías?

Dejó escapar un frustrado suspiro por la nariz, pero su garganta hizo un precioso baile nervioso. Dios, era realmente hermosa. Ni siquiera su indignación podía disfrazar el puro azul de esas flores de verano, sus pestañas morenas, el delicado aleteo de sus fosas nasales, la suave hinchazón de sus labios, tan satinada como las perlas de río escocesas, y la curva de porcelana de su cuello. Y su olor… Lo mareaba. Olía como las dulces rosas de las Indias y a lavanda de la Provenza, como las camas de cuatro postes de París y la reconfortante visión del pecho de una mujer vestida con satén y encajes; en definitiva, olía a todo lo que contradecía su modesta apariencia y a cualquier cosa que hubiera en aquella ciudad portuaria.

—Sé cocinar y limpiar —dijo—. Si prefieres el trabajo al dinero, trabajaré para ganarme mi billete a Saint-Nazaire. —Su voz sonaba más firme—. Pero mi cuerpo no está en venta, capitán.

Por lo visto, además de ser institutriz también tenía el poder de leer la mente.

—No lo deseo —mintió.

Deslizó la mano por el borde de la tela que le cubría la cabeza. Tenía los ojos muy abiertos, pero siguió inmóvil mientras le rozaba la suave nuca con los dedos. Su pelo era pura seda contra la piel del capitán, y notó que el moño que ocultaba la tela era bien pesado. Largo. Le gustaba el pelo largo. Se enredaba de formas muy interesantes cuando una mujer se despistaba.

—Entonces...

Separó los labios. Unos labios que pedían besos a gritos. No le costaba imaginarse esos labios calientes y flexibles bajo los suyos. Sobre él. Seguro que todos los rincones del cuerpo de aquella joven eran suaves y flexibles. Lo veía en sus ojos brillantes y en la respiración acelerada que le ceñía el vestido a los pechos. Ella se esforzaba por parecer fría y relajada, pero esa no era su verdadera naturaleza.

Su verdadera naturaleza quería sentir las manos de ese hombre sobre su cuerpo. Si no, ya se habría marchado de la taberna.

—¿Qué quieres?

Sus palabras volvían a sonar vacilantes.

—¡Ajá! No es tan estirada como parece, caballeros —murmuró por debajo de las risas ásperas que explotaron en la mesa cercana de unos marineros.

—¿Qué sabes tú de caballeros?

Muy poco. Sólo sabía lo que vivió en la guerra, cuando Christos ya estaba a salvo en el castillo, y él pudo disfrutar de la compañía de los demás oficiales como el señor que era por nacimiento.

—¿Y tú eres una experta en el tema?

Jugueteaba con los dedos.

—No. ¿Qué es lo que quieres? —repitió ella con sequedad.

—¿Puede que esto?

Metió el pulgar en el lazo que llevaba al cuello. La joven jadeó e intentó soltarse. Él tiró del lazo hacia arriba y el medallón resbaló del cuello del vestido.

No era un medallón. Era un anillo de hombre, grueso, de oro y con un rubí del tamaño de una moneda de seis peniques que brillaba como la sangre.

—No.

La joven posó la mano sobre el anillo.

Luc la soltó y dio un paso atrás. Era preciosa. Pero no parecía la amante de nadie. Vestía de un modo demasiado vulgar y era demasiado delgada como para complacer a un hombre con el dinero suficiente como para gastarlo en la cama.

Pero las apariencias podían engañar. Absalom Fletcher parecía un ángel.

—¿Qué es? —preguntó—. ¿Un regalo de un cliente satisfecho?

Ella pareció recular.

—No.

—Hay que tener muy mal gusto para darle tu anillo a una mujer, en lugar de comprar uno para ella. Tendrías que haberlo dejado mucho antes. ¿O no lo has hecho? ¿Es con él con quien vas?

Los acianos se cerraron.

—Este anillo no es de tu incumbencia.

—Lo es si pretendes subirlo a mi barco. Eso que llevas ahí no es ninguna baratija. ¿Adónde te diriges con él?

Se lo volvió a guardar en el vestido.

—Voy a una casa cerca de Saint-Nazaire para ocupar un nuevo cargo, y tengo que empezar antes del uno de septiembre. ¿Y tu qué crees que haces rebuscando bajo el vestido de una mujer indefensa? Deberías avergonzarte de ti mismo, capitán.

—Si tú eres una mujer indefensa, todavía me queda mucho que aprender sobre mujeres.

—Quizá primero deberías aprender generosidad y compasión. ¿Me aceptarás a bordo?

Una cara bonita. Bien educada. Pidiendo ayuda con desesperación. La amante repudiada de un hombre rico. Ansiosa de abandonar Plymouth. ¿Habría robado el anillo?

No necesitaba esa clase de problemas.

—No —dijo—. Otra vez.

Se marchó en dirección a la puerta.

*A*rabella tenía la sensación de tener una piedra enorme presionándole los pulmones. Aquello no podía acabar de esa forma, no podía acabar rechazada en una sórdida taberna por un hombre que parecía un pirata, y todo porque había sido tan tonta de perder su barco.

Pero no tuvo corazón de dejar solos a aquellos niños. El pequeño no tenía más de tres años, y sus hermanos se esforzaban por ser valientes, a pesar de lo asustados que estaban. El mayor, un chico moreno y serio, le recordaba a Taliesin, el pupilo del reverendo, y lo más parecido a un hermano que había tenido. Ella no podía abandonar a esos niños como hizo su madre con ellas, incluso sabiendo que si se quedaba con ellos acabaría perdiendo el barco.

El barco que debía llevarla hasta el príncipe.

No se quedaría mucho tiempo en el castillo. La carta de contratación que recibió decía que la familia real partiría hacia el palacio de invierno el 1 de septiembre. Si llegaba después de ese día, tendría que viajar por sus propios medios.

Y como siempre le mandaba el dinero que le sobraba a Eleanor, no tenía fondos para invertirlos en más viajes. Además, tenía que dar una impresión excelente. Su trabajo consistiría en preparar a la princesa para la temporada de Londres. Entonces quizá —si tenía mucha suerte y los sueños se hacían realidad— el príncipe llegaría a fijarse en ella. No sería la primera vez que uno de sus jefes se fijaba en ella y acababa por gustarle demasiado la guapa institutriz. No sería el primero en absoluto.

Sin embargo, en esa ocasión, agradecería las atenciones.

Se dio media vuelta y se abrió paso por la abarrotada taberna siguiendo la senda del capitán. Tenía las espaldas anchas, caminaba con seguridad, y los hombres se apartaban a su paso.

—Te ruego que lo reconsideres, capitán —le dijo cuando cruzaba la puerta y salía a la calle. Apretó los puños para ahuyentar el miedo—. Tengo que llegar al castillo antes del uno de septiembre o perderé mi trabajo.

Él se detuvo.

—¿Por qué no reservaste pasaje en un *ferry*?

—Sí que lo hice. Pero perdí el barco.

Se mordió el labio. Era el único mal hábito de la infancia que no había sido capaz de dominar. La diligencia pública en la que había viajado desde Londres la había dejado baldada. Pero imaginar el viaje por mar era mucho peor. Durante las dos últimas décadas sus pesadillas estaban pobladas por aguas revueltas, relámpagos y muros de llamas. Había aguardado en una esquina del bar de la posada esforzándose por controlar sus temblores hasta que anunciaron la salida de su barco. Se obligó a ponerse en pie y a salir desesperada por averiguar quién era de una vez por todas.

Y entonces fue cuando se encontró a los niños en el jardín de la posada.

—Tuve que ocuparme de un asunto importante —le respondió de forma evasiva.

Las luces de las lámparas proyectaban sombras inestables en el rostro del capitán. Probablemente tuviera un rostro muy atractivo antes de que lo desfigurara esa cicatriz, con un mentón sólido ensombrecido por la barba incipiente, patillas y un único ojo verde asomando bajo una hilera de espesas pestañas. Su pelo negro le acariciaba el cuello y se caracoleaba por encima del pañuelo que llevaba anudado a la cabeza.

—¿Un asunto más importante que tu nuevo trabajo en un castillo? No la creía.

—Ya que preguntas —le dijo con cautela—, antes de partir para Francia tengo que llevar a tres niños con su padre.

La miró sorprendido.

—Niños.

—Sí. —Se volvió e hizo un gesto en dirección al alero de la taberna. Debajo había tres pequeños cuerpos que lo observaban con nerviosismo acurrucados contra la pared—. Su padre los espera al otro lado de la ciudad. Mientras intentaba ponerme en contacto con él, mi barco partió sin mí —llevándose su equipaje, otro problema en el que no podía pensar hasta que no resolviera su primera dificultad. Pero las crueldades cotidianas del orfanato le habían enseñado a tener recursos, y trabajando para debutantes consentidas había aprendido resistencia. Estaba segura de que lo conseguiría.

—Me siento aliviado. —El capitán Andrew apretó con fuerza el ala de su sombrero y se le marcaron todos los tendones de la mano—. Me siento aliviado de saber que te cuidas de tu progenie, a pesar de abandonarlos.

—No me has entendido bien, capitán —dijo por encima del traqueteo de un carruaje que pasaba por la calle. Se obligó a hablar con la misma tranquilidad con la que lo haría si estuviera sentada en una elegante casa de Grosvenor Square recomendando la muselina blanca en lugar de la seda rosa—. No son hijos míos. Me los he encontrado en el jardín de mi posada. Su madre los ha abandonado y yo me he propuesto ayudarlos a encontrar a su padre.

Entonces el capitán se volvió hacia los niños. El sol poniente se reflejó sobre sus amplios hombros y proyectó reflejos dorados en su pelo. Era un hombre desaliñado e intenso. No se podía decir que tuviera un atractivo común, pero desprendía una belleza áspera y extrañamente mítica. Su mirada oscura la hacía sentir rara por dentro. Poco sólida.

Separó los labios, pero no dijo nada, y por un momento pareció vulnerable.

Ella ladeó la cabeza y esbozó una pequeña sonrisa.

—Ya veo que te he sorprendido, capitán. Es evidente que ahora tendrás que replantearte las cosas. Y mientras lo haces, espero que reconsideres la verosimilitud de que yo pueda ser madre de un niño de doce años. —Hizo una pausa—. En nombre de mi vanidad.

El capitán sonrió. Se le dibujó una sencilla curva en la boca que ponía al servicio de un hombre adulto un par de labios masculinos devastadores.

—He sido un grosero. —Se cruzó de brazos y apoyó el hombro contra el marco de la puerta—. Te pido disculpas, señora.

—Aunque por lo visto sin ninguna sinceridad. Te lo ruego, capitán, ¿me llevarás a Saint-Nazaire?

La sonrisa desapareció, cosa que pronunció todavía más la cicatriz que tenía en la mejilla derecha. Parecía una herida reciente. Ya hacía un año y medio que había acabado la guerra, pero él tenía el porte y la actitud autoritaria de un comandante naval.

No le importaba que fuera el mayor dirigente de la marina y su barco fuera un buque con cien cañones de la flota, siempre que la llevara cuanto antes a su destino.

—¿Cómo has encontrado la casa de su padre? —preguntó.

—He preguntado. Puedo ser muy insistente cuando me lo propongo.

—Estoy empezando a darme cuenta. —Se separó de la puerta y echó a caminar por la calle—. Puedes venir.

—¿Sí?

La joven les hizo una señal a los niños y se apresuró tras él.

La miró mientras intentaba seguir sus largas zancadas, y se detuvo a media calle. No parecía importarle el paso de caballos, carruajes y otros peatones, y se quedó delante de ella como si le perteneciera toda la avenida. Le brillaba un poco el ojo. La joven supuso que sería un reflejo de la luz del sol. Era una imagen extraña. Parecía estar al mando y confundido a un mismo tiempo.

Señaló un edificio que había al otro lado de la calle.

—Dile mi nombre al tipo que encontrarás al otro lado de esa puerta. Explícale que yo he ordenado que te acompañe a casa de los niños y que te traiga de vuelta a tu posada esta noche.

—Pero… No. —Arabella se pegó las manos frías a la falda—. No es necesario. Quiero decir que…

—Es un buen hombre. Trabaja para mí, y tanto tú como los niños estaréis mucho más seguros cruzando esta ciudad en su compañía. —Volvió a fruncir el ceño—. Si no haces lo que te digo, señorita Caulfield, no te llevaré a Saint-Nazaire en mi barco.

Le dio un vuelco el corazón.

—¿Me llevarás hasta allí?

En su barco. Por el mar.

Arabella pensó que debía hacerlo.

El capitán le observó la cara y los hombros.

—¿A casa de quién vas, pequeña institutriz?

Ya no le estaba tomando el pelo. Tenía que ser sincera.

—Voy a Saint-Reveé-des-Beaux. Pertenece a un lord inglés, pero el príncipe de Sensaire vive allí y me ha contratado para que le dé clases a su hija antes de que haga su debut en la sociedad londinense esta Navidad.

—Saint-Reveé-des-Beaux —repitió.

—¿Lo conoces, capitán?

—Un poco. —Frunció el ceño—. Señorita Caulfield...

—¿Sí, capitán?

—Mi barco no es una embarcación de pasajeros. No habrá más mujeres, ni buenas cenas ni otros entretenimientos. Una vez abordo, estarás a mi merced. Sólo a la mía. ¿Comprendes lo que te digo?

—Yo...

Como se lo había recomendado tanta gente, no había pensado en ello. Había sido una ingenua y dio por hecho que sería un caballero. Pero no era la primera vez que un caballero le mentía.

No tenía elección.

—Lo comprendo.

—Zarparemos al alba. Con o sin ti.

Se marchó y Arabella dejó escapar un suspiro tembloroso. Se esforzó por esbozar una alegre sonrisa, se dio media vuelta e indicó a los niños que se acercaran.

2

El mar

El señor Miles, el auxiliar de camarote del capitán, era una personita pulcra que vestía una corbata almidonada, solapas de terciopelo y zapatos de tacón alto. Cuando saludó a Arabella al subir a bordo del *Retribution*, observó su vestido como si estuviera hecho de tela de saco.

—¿No lleva equipaje, señora?

—Mi baúl de viaje partió para Saint-Malo sin mí. Tendré que comprarme ropa nueva en Saint-Nazaire.

Con un dinero que no tenía. Una vez que le hubiera pagado al capitán Andrew, le quedaría una libra con tres chelines en el bolsillo, lo suficiente para alquilar un carruaje que la llevara hasta el castillo. Llegaría con la ropa arrugada y sucia, pero llegaría a tiempo.

—La dama es una preciosidad, señor Miles. —El día era gris y fresco, pero la sonrisa del escocés que se acercó era amplia y los pliegues de la piel se le arrugaron alrededor de los ojos—. Gavin Stewart a su servicio, señorita Caulfield. Soy el médico del barco y a veces hago de capellán, aunque soy de creencias romanas.

—¿Señor? —dijo sin comprender el significado de lo que le decía.

—Padre —la corrigió el señor Miles pellizcándose el puente de la nariz. Luego se dio media vuelta y avanzó por cubierta haciendo repicar sus zapatos y serpenteando por entre las docenas de marineros que estaban preparando el barco para zarpar.

—Sí, muchacha. Mi padre francés se peleó con los presbiterianos, ¿sabe? Así que nos dio una educación católica. Pero nunca me ha importado, y menos cuando hay una chica guapa cerca.

Le guiñó el ojo.

Ella sonrió.

—Supongo que no suelen llevar mujeres a bordo, ¿no?

—Nunca.

Aquella respuesta se llevó toda su diversión.

—¿Nunca?

—Ni una, muchacha. Debe de ser usted muy persuasiva. —Le ofreció el brazo—. Permítame que la acompañe a sus aposentos. Tenemos una semana de viaje por delante, como poco, y huele a lluvia. Seguro que querrá haberse puesto cómoda para entonces.

—¿Lluvia?

Le dio unas palmaditas en la mano que tenía apoyada en su brazo.

—No se preocupe, muchacha. Este es un barco muy recio.

Probablemente su madre pensó lo mismo del barco en el que subió a sus hijas con destino a Inglaterra.

Arabella cruzó la cubierta apartando la cara del mar abierto que se extendía ante el ajetreado puerto, y se reprimió para no agarrarse al brazo del doctor Stewart como una niña asustada. Cuanto más se alejaba de la plancha de desembarco, más se le encogía el estómago.

Los demás tripulantes parecían tranquilos y activos. Había un chico apoyado en la cabina tallando un palo. Los demás estaban ocupados con cuerdas, planchas y velas; la mayoría estaban manejando un enorme aparejo que parecía una polea para subir a bordo los barriles que aguardaban en el muelle. Cantaban una canción que guiaba el ritmo de sus pies. Estaban todos tan morenos como el doctor Stewart y su vestimenta era muy sencilla, y todos parecían rufianes, les faltaban dientes y llevaban las patillas descuidadas. Pero trabajaban con diligencia mientras la brisa que soplaba del canal agitaba las cuerdas y las velas. Todos le lanzaban miradas rápidas y algunos se llevaban la mano al ala del sombrero para saludarla antes de volver a sus tareas. El único que no lo hizo fue un joven que en ningún momento apartó la atención de la pila de lonas que cosía con sus manos huesudas.

El doctor Stewart la hizo bajar por una escalera empinada hasta una cubierta en la que había enormes cañones alineados: silenciosos guerreros preparados. En uno de los extremos se extendía un pasillo estrecho que conducía a unas pequeñas estancias con puertas de cortina a ambos lados, y a una puerta justo enfrente.

El señor Miles abrió la puerta.

—Capitán, su invitada —dijo con remilgo.

El capitán Andrew estaba sentado a un escritorio con el hombro izquierdo junto a una ventana, la cabeza apoyada en la mano y los dedos enterrados en el pelo. Tenía una pluma en la otra mano, y sobre la mesa aguardaba un tintero y un libro para anotar la contabilidad abierto por las primeras páginas. El olor a puro y a sal se mezclaba con los muebles decididamente masculinos: una mesa, sillas y un único sillón. Aparte de la espada que colgaba de la pared y de una especie de mecanismo de latón, sólo había dos cuadros en todo el camarote. En uno se veía un barco con la bandera inglesa, y el otro era un retrato a carboncillo en el que se veía un niño en una esquina de una estancia oscura.

Se volvió para mirarla por encima del hombro. Las patillas le ensombrecían más la mandíbula que la noche anterior.

El capitán frunció el ceño.

Ella levantó la barbilla.

—Señora. —Se levantó y rozó la viga del techo con la cabeza—. Buenos días —dijo adoptando un tono monótono.

Vestía una casaca ancha con un chaleco y un pañuelo sencillo anudado al cuello; llevaba una pistola enfundada en el fajín de la cintura y una espada en el costado. Tenía el pelo revuelto y una mueca asomaba a la comisura de su atractiva boca.

La joven se acercó al león en su madriguera.

—Buenos días, capitán. —Le tendió la mano—. Aquí está la suma que accedí a pagarte.

Luc miró un momento el monedero que le colgaba de los dedos y después miró al señor Miles. El auxiliar se adelantó para cogerlo.

La atención del capitán se volvió a posar en ella.

—Bienvenida a bordo, señorita…

—Caulfield.

Le ardieron las mejillas. «Cretino.»

—Caulfield —murmuró—. Veo que ya conoces al doctor Stewart.

Por lo visto algunos hombres de mi tripulación creen que también es un hombre religioso.

—Ah, esos granujas de Roma —murmuró el escocés con una sonrisa.

—Sí, ya le conozco —dijo sintiéndose confundida y como una completa tonta por ello. Ella había cenado con solteras adineradas, había vestido a hijas de barones, y había enseñado a comportarse a futuras condesas. Era una estupidez que se sintiera acobardada por un rudo y bruto capitán mercante, incluso aunque la luz del día enfatizara el brillo lobuno de su ojo, y tuviera aspecto de saber lo que estaba pensado—. Se ha ofrecido a enseñarme mis aposentos.

Hizo un gesto en dirección a una puerta que tenía a su derecha.

—Por favor.

El señor Miles se adelantó a toda prisa haciendo repicar sus talones por la cubierta, y le abrió la puerta. El camarote que había dentro era estrecho y se inclinaba por uno de los lados debido a la curvatura del barco. Los únicos muebles que había eran un camastro largo con los extremos de madera empotrados en la pared, una repisa pequeña y cuatro perchas.

—¿Es de tu gusto, señorita Caulfield? —dijo el capitán.

—Pero... ¿es su dormitorio?

—Lo era. —Esbozó una lenta sonrisa y su ojo verde esmeralda brilló travieso—. Ahora que tú has pagado por él, es tuyo.

Dejó resbalar la mirada hasta sus labios.

—Pero...

—Ya te dije que este no era un barco de pasajeros, señorita Caulfield. Hay pocos camastros a bordo, y el colchón de mi camarote es el más cómodo de los pocos que tenemos. ¿No crees, Miles? —dijo sin dejar de mirarla.

—Absolutamente, capitán —dijo el Napoleón inglés.

El doctor Stewart se rió.

Se estaban divirtiendo.

—No puedo... —Se había visto obligada a asumir muchas humillaciones como sirvienta, pero aquello era escandaloso—. Me refiero a que no sería correcto que...

El capitán Andrew alzó las cejas.

—No puedo privarte de tu descanso, capitán —dijo con firmeza.

—No se preocupe, muchacha. Dormirá muy bien con usted en su cama.

El doctor Stewart no podía referirse a lo que ella estaba imaginando. Era un sacerdote, por el amor de Dios.

El capitán le lanzó una mirada extraña.

—Caballeros —dijo—, si es que se les puede llamar caballeros —añadió entre dientes—, esto es insoportable, y lo saben tan bien como yo.

El capitán Andrew se rió con suavidad. Era un sonido maravilloso, profundo, cálido, seguro y agradecido.

La joven se obligó a mirarlo a la cara.

—¿Capitán?

—Me temo, pequeña institutriz, que no puedo ofrecerte otra cosa que no sea una hamaca en la cubierta de los cañones junto al resto de la tripulación, o un camastro de paja con las cabras y las ovejas que llevamos abajo. ¿Prefieres una de esas dos opciones?

—Está claro que no.

—Se quedará en mi camarote, muchacha —dijo el doctor Stewart, y se marchó en dirección a la puerta—. La cama no es muy suave y no tiene puerta. Pero tendrá la privacidad que necesita una dama.

La joven dejó escapar un suspiro y pasó junto al capitán para seguirlo.

El doctor Stewart negó con la cabeza.

—Ya te avisé de que no lo aceptaría, chico. Algunas mujeres no aceptan las bromas.

—Eso parece —dijo el capitán en voz baja.

Ella miró hacia atrás. Luc ya no sonreía, sino que la miraba con la misma intensidad con la que lo hizo por un momento cuando estaban en la calle la noche anterior, como si no sólo pudiera adivinar sus pensamientos, sino también sus miedos.

Como si fuera un lobo y ella una oveja.

$\mathcal{E}$l barco zarpó sin ninguna fanfarria y se separó del muelle con un balanceo repentino que le aflojó las piernas a Arabella y la dejó temblando. El doctor Stewart la invitó a la cubierta principal para que pudiera ver cómo zarpaban. Ella rechazó la invitación y se quedó sentada en su camastro prestado, agarrándose a ambos costados con los ojos cerrados, y pensando en sus hermanas: veía la brillante sonrisa de Ravenna y cómo Eleanor le pasaba el brazo por encima del hombro. Tenía el corazón acelerado. Empezaron a sudarle las manos que tenía apoyadas en la madera.

Abrió los ojos y alargó la mano hacia la contraventana. La abrió. El mar se extendía ante ella en ondulantes olas blancas y grises.

Cerró la contraventana de golpe.

En la librería en miniatura que estaba prendida a la pared junto al camastro, había varias docenas de libros bien conservados. Cogió el que tenía más cerca, lo abrió y leyó.

Cuando el señor Miles apareció junto a la cortina con su cena, tenía el estómago demasiado revuelto para aceptar la comida.

Al final se acabó durmiendo intranquila y soñó con tormentas. Se despertó escuchando el constante golpeteo de la lluvia sobre el techo. El señor Miles le trajo el desayuno. Pero ella lo dejó intacto.

El segundo día que pasó en el mar fue igual de aburrido e igual de extenuante. Estaba muy nerviosa, tenía la piel pegajosa y el estómago revuelto. Necesitaba una distracción. Pero no en forma de capitán salvaje, cuya voz grave y paso decidido escuchaba de vez en cuando a través de la pared que compartían sus camarotes.

Arabella no estaba acostumbrada a la falta de actividad. La tercera mañana que pasó a bordo se aventuró a salir del camarote del doctor para estirar las piernas, y buscó un escondite donde no pudiera ver ni al capitán ni el agua que la rodeaba por todas partes.

Sin embargo, un buque mercante con sesenta y cinco cañones a bordo, a pesar de ser considerablemente más grande que las casas de Londres en las que había trabajado, suponía todo un desafío a la hora de encontrar lugares donde una mujer pudiera pasear sin que nadie lo advirtiera. Después de agacharse por entre los barriles y esconderse detrás de los cañones para evitar al capitán, encontró un aliado. El chico de la cabina la había estado siguiendo mientras exploraba los rincones del barco.

—Si está buscando algún sitio para descansar, señora —le comentó—, le gustará la cabina del doctor. Es cálida y seca, aunque como está en la proa se balancea mucho cuando hay tormenta.

La acompañó hasta la enfermería, se quedó detrás de ella en la puerta y se caló la gorra.

—¿No vas a seguirme como has estado haciendo toda la mañana?

El chico negó con la cabeza.

—No, señora. Si no le importa, me echaré un sueñecito mientras está con el doctor.

—Claro que no. —Se rió—. Pero dime cómo te llamas para que pueda desearte felices sueños.

—Joshua, señora.

—Felices sueños, Joshua.

El doctor Stewart la recibió y ella se sentó en el sillón de la enfermería con un libro en el regazo. Arabella no era tan erudita como Eleanor, y cuando no le revolvían el estómago, los libros del doctor sobre los tratamientos de las enfermedades de abordo le daban mucho sueño. Sin embargo, ese día había desenterrado otra clase de libro de la cabina del capitán mientras el señor Miles le servía el desayuno, un libro un poco extraño para que lo tuviera un hombre como él.

El doctor Stewart había colocado un enorme baúl de madera sobre la mesa en la que examinaba a sus pacientes, y estaba sacando botellas de polvos y líquidos, tomando notas en un cuaderno y volviendo a meter las botellas en el baúl.

—No puede estar cómoda aquí, muchacha —le dijo—. Este no es lugar para que descanse una dama. Permítame que les pida a los chicos que le instalen un toldo arriba; allí hay más luz y podrá tomar un poco de aire fresco.

El sillón de madera era una tortura, pero era preferible a ver el mar.

—En realidad, aquí estoy bastante cómoda. —Volvió la página de la guía de Debrett sobre protocolo—. Estoy bastante bien.

—Sí, ya lo veo.

Sonrió mientras metía una botella en su sitio correspondiente dentro del baúl.

La joven se inclinó sobre el libro. Todas las personas que la habían contratado tenían una copia, por lo que ya había memorizado cada página. Lo cerró y se lo apoyó en el regazo.

—¿Qué tiene en su botiquín?

—La clase de remedios que se pueden necesitar en el mar.

—Me he dado cuenta de que dos de esas botellas tienen calaveras y tibias cruzadas en las etiquetas. —«Muy adecuado para un capitán pirata», pensó, sintiéndose ridícula por haber creído que el capitán era un pirata—. Pero eso era ridículo—. ¿Para qué necesita veneno?

—Cuando se toma en pequeñas dosis, el arsénico ayuda a calmar los nervios. Pero es para las ratas. Es un veneno muy potente.

—Entonces será mejor que le ponga una cerradura a ese baúl. —Volvió a abrir el libro—. Con un capitán como el suyo, es mejor no dar muchas oportunidades de amotinamiento a los pasajeros, ¿no cree?

El doctor se rió. Las botellas repicaron.

—La tiene intrigada, ¿verdad?

Levantó la cabeza.

—¿Qué?

Un brillo comprensivo iluminó los ojos del doctor.

—No sería la primera, muchacha.

—¿Doctor?

Había un marinero en la puerta. Un joven que no podía tener más de diecisiete años se aferraba a la gorra que tenía entre las manos. Era el marinero que no la había mirado cuando llegó, ni tampoco lo había hecho desde entonces. Incluso evitaba su mirada en ese momento. Tenía el pelo muy sucio, las mejillas huesudas y las manos cubiertas de piel morena.

—¿Qué quieres, muchacho?

El médico se acercó a él.

Los ojos hundidos del joven se posaron sobre el botiquín.

—Me duele mucho una muela, doctor.

Tenía acento inglés, de Cornwall, el mismo acento que el reverendo Caulfield le había quitado a Arabella después de pasar cuatro años en el orfanato. La regañó diciendo que una joven dama no puede hablar como un campesino. Pero no era un hombre duro por naturaleza, sólo se irritaba cuando se portaba mal. Aunque sólo la regañaba a ella. Para él la dulce y estudiosa Eleanor nunca hacía nada mal. Y como Ravenna siempre andaba en los establos o en el bosque, raramente reparaba en ella. La melena feroz y la cara bonita de Arabella era lo único que lo hacía enfadar.

—¿Me podría dar algún remedio? —le pidió el joven marinero al capitán.

—Quizá tengamos que sacarla, muchacho.

El marinero se ciñó la gorra a la cara.

—No, señor. Mi madre me dijo que más me valía volver a casa con todos los dientes.

—Con el perdón de tu madre, muchacho, si te duele habrá que sacarla o perderás todo el hueso.

El joven negó con la cabeza. Echó una última ojeada al botiquín y desapareció.

El doctor Stewart se encogió de hombros.

—Algunos no saben lo que más les conviene. —Le lanzó una mirada cómplice—. Tanto los marineros como las institutrices obstinadas.

Pero Arabella no tenía tiempo para sus bromas. Aquel joven marinero no tenía dolor de muelas. Lo había adivinado gracias al sexto sentido que tenía para las personas y que la hacía tan buena en su trabajo. Quería algo que había dentro del botiquín del doctor Stewart. Algo que no podía pedir. Había mentido.

El barco rugió mecido por las olas del mar y Arabella jadeó. El colchón era como una plancha. Tumbada sobre él, sentía cada bamboleo de la nave, cada ola, cada giro. Tendría que haber aceptado la hamaca que le ofrecieron. Los hombres de la tripulación dormían muy bien a pesar del mal tiempo, mientras que ella llevaba ya cuatro noches casi sin pegar ojo.

No había vuelto a la cubierta principal desde que embarcara, y sólo había visto al capitán de lejos. Era suficiente. El océano la aterraba y el capitán era alto, impredecible y un poco apuesto, y ella sólo necesitaba su barco, no sus bromas y ese intenso escrutinio que la hacía pensar en él cuando no estaba preocupada por el continuo balanceo que sólo parecía molestarle a ella.

En lugar de pensar en él, debería estar pensando en la familia real hacia la que se dirigía. Debería estar haciendo planes para el debut de la princesa Jacqueline en la sociedad de Londres. Tendría que centrarse en cómo llamar la atención del príncipe a pesar de su condición de sirvienta.

El barco se inclinó y se agarró al borde de la litera. El viento aullaba. Las paredes crujían como si fueran a quebrarse.

Cerró los ojos con fuerza. Estaba exhausta. Pero tenía que aguantar. Estaba a un mundo de distancia de las comodidades. Pero con suerte, muy pronto todos los azotes, las regañinas y los toqueteos, e incluso aquel bamboleante barco, serían recuerdos pálidos de un pasado lejano.

Entonces se llevaría a sus hermanas consigo para que vivieran en su vida de cuento de hadas. Eleanor podría dejar de traducir textos para el reverendo a la pútrida luz de las velas de sebo, y Ravenna podría montar su propio establo, una residencia canina o incluso estudiar medicina, si así lo deseaba. Volverían a estar juntas.

Las echaba de menos. Añoraba el afecto que compartían, los secretos, las confidencias y los abrazos. Había vivido demasiado tiempo entre desconocidos y siempre acababa conociendo a fondo a mujeres poco más jóvenes que ella para presentarlas al mundo como novias, para después marcharse a desempeñar una nueva tarea, otra debutante, otro éxito.

Tenía miedo de que nunca le llegara la oportunidad a ella y temía estar persiguiendo un fantasma. Un príncipe tendría que estar loco para mirar dos veces a una institutriz. Su viaje a Saint-Reveé-des-Beaux sólo la alejaría más de su familia. Estaría sola en un mundo extranjero y pasaría el resto de su vida viviendo entre personas que le pagarían a cambio de sus conocimientos.

Y nunca averiguaría quién era de verdad.

Se dio media vuelta, pero se le enredó la falda en la manta. Como no tenía puerta en el camarote, tenía miedo de desnudarse para dormir.

Su vestido estaba hecho un desastre. El señor Miles se había ofrecido a planchárselo, pero no tenía nada que ponerse mientras lo hacía. Y tampoco tenía nada que ponerse para conocer a su príncipe. Era inútil.

No. Se estaba dejando dominar por el miedo y el cansancio. No aceptaría la derrota.

Se sentó bien despierta, se golpeó la cabeza con el cabecero de la cama y rugió.

Aquello era insoportable. No había soportado años de azotes, regañinas y toqueteos para rendirse frente al miedo y las dudas, y menos en ese momento, cuando ya estaba tan cerca de su objetivo.

Gateó por la madera de la cama y se quedó inmóvil en aquel incómodo espacio, preparándose para un nuevo bamboleo del barco. Luego se ciñó bien la capa y descorrió la puerta de cortina.

Estaba todo en calma. La puerta del camarote del capitán estaba cerrada. En la otra dirección, los marineros descansaban en hamacas colgadas por entre los enormes cañones. Sólo había un farol encendido junto a la escalera más cercana que proyectaba un brillo vacilante. Pero el aire mecía algunas gotas de lluvia.

Ya llevaba tres días seguidos lloviendo. Suponía que no habría muchos marineros arriba. El doctor Stewart había dicho que no había riesgo de tormenta. Y ella necesitaba un poco de actividad.

Más aún, necesitaba ser valiente.

Se tambaleó hasta las escaleras agarrándose con fuerza a las columnas y los cañones, y se cogió a la barandilla. Las gotas de lluvia aterrizaron sobre su muñeca, pero apoyó un pie sobre el brillante escalón y luego en el siguiente.

Subió la escalera estrecha con el corazón encogido mientras el viento le azotaba la capucha y la falda.

En cubierta había varios charcos y el cielo era una espesa masa de oscuridad de la que caía una constante ducha suave. Los aparejos traqueteaban sacudidos por el viento. Se veían dos marineros en la proa iluminada, a lo lejos, por dos brillantes faroles. Arabella se agarró a la barandilla con las dos manos y se obligó a mirar las velas. Sólo habían desplegado media docena, y estaban hinchadas por el viento.

La recorrió un extraño remolino de calma.

Apartó una de las manos de la barandilla.

Inspiró hondo muy despacio y sintió la solidez de sus pies. El barco se meció. Flexionó las rodillas.

Podía hacerlo.

Aflojó la otra mano y se soltó.

No salió volando y nada la lanzó desde cubierta hasta el mar. Se sentía ligera, mareada, casi ingrávida. Volvió a mirar hacia arriba y la lluvia le salpicó las mejillas.

Inspiró de nuevo y dio otro paso. Luego otro. Y otro. No miró la oscuridad del agua que se extendía al otro lado de la barandilla, sólo se miraba los pies, el trío de barriles que tenía al lado, una línea que se extendía desde la barandilla hasta la vela, a cualquier cosa menos al mar.

Al final alcanzó la barandilla principal que rodeaba toda la cubierta. Sus dedos se curvaron a su alrededor. Era sólida y tranquilizadora. Miró la oscuridad.

El Atlántico agitaba sus olas espumosas bajo un cielo sin estrellas. Las únicas luces que iluminaban la superficie del mar eran los faroles que había a ambos extremos del barco.

Se lo quedó mirando fijamente mareada sin soltar la barandilla. Hacía veintidós años aquel mismo océano se había tragado a todos los pasajeros que viajaban a bordo de un barco que surcaba los mares desde el Caribe hasta Inglaterra, a todo el mundo, excepto a tres niñas pequeñas. Los habitantes de Cornwall dijeron que era un milagro. Dios las había salvado.

Pero a Dios no le había parecido oportuno salvar a su niñera. Y sus nombres no significaban nada para aquella gente, ni tampoco para el distante abogado de Londres que los concejales del pueblo contrataron con reticencias para que encontrara a su padre. Y así fue como, arrancadas de los horrores del mar, las tres pequeñas beneficiarias del milagro acabaron en un hospicio donde aprendieron otra clase de horrores.

Las aguas oscuras se agitaron. Las manos de Arabella eran puro hielo sobre la barandilla.

Tenía que dominar la situación. Debía hacerlo.

Tomó una bocanada de aire fresco. Después de haber pasado tanto tiempo encerrada abajo, era como estar en el cielo.

Las gotas de lluvia aterrizaban en su capucha y sobre sus hombros. Tenía las mangas del vestido mojadas y pegadas a los brazos. Se estremeció. Pero estaba recta y se sostenía con bastante estabilidad en la cubierta del barco. Todavía no podía bajar. No hasta que hubiera vencido del todo sus pesadillas.

Apartó una mano de la barandilla y luego separó la otra de la seguridad.

Se le entrecortó la respiración. El pánico se apoderó de ella. La cubierta parecía girar bajo sus pies.

Se agarró a la barandilla.

—No es buena idea mojarse cuando uno está en alta mar, señorita Caulfield —rugió la profunda voz del capitán por encima de su hombro—. Si no saliera el sol, podrías seguir mojada varias semanas.

Se dio media vuelta agarrándose con fuerza a la barandilla con ambas manos.

Tenía una pose recia y el rostro oscurecido por la lluvia. Vestía un abrigo que le llegaba por las pantorrillas y su presencia proyectaba una silueta austera recortada por la luz procedente de la parte frontal del barco. En la oscuridad parecía más corpulento que antes, y más poderoso, peligroso y… mítico.

Era una ridiculez que pensara esas cosas. Sólo era un hombre. Pero ella tenía la cabeza hecha un lío y él parecía muy sólido y fuerte.

—No lo había pensado —admitió.

—Eso parece. —Parecía observarla—. ¿Devolviste los niños a su padre?

Ella se lo quedó mirando.

—¿Los niños?

—En Plymouth. Supongo que recuerdas que perdiste el barco por culpa de tres niños, ¿verdad?

—Claro. —Pero le resultaba sorprendente que él también lo recordara—. No seas tonto.

Luc hizo una mueca que le agrietó la mejilla herida y el gesto le ensombreció todavía más la cara.

—Tienes una lengua muy ágil para ser una persona con tanta necesidad de ayuda, señorita Caulfield.

—Sí, la servidumbre no me ha enseñado a ser dócil. —El mar abierto bostezó a sus espaldas como si fuera un agujero que pudiera tragársela si se inclinaba hacia fuera sólo un poco—. Pero sería una tontería que me comportara como una sirvienta con un hombre grande y fuerte que además de tomarme el pelo ha tenido el valor de amenazarme.

—¿Yo te he amenazado?

—¿Si se lo recuerdo, cumplirá su amenaza? —Esbozó una pequeña sonrisa—. Capitán Andrew, ¿todos los integrantes de su tripulación son buenos hombres?

Le preocupaba la mentira que aquel joven le había dicho al doctor en la enfermería.

Su ojo brilló en la oscuridad plateada.

—¿Acaso esperabas lo contrario, señora?

—No lo sé. No sé nada sobre la tripulación de este barco. Ni tampoco de su capitán.

Dio un paso hacia ella.

—Todos los hombres de mi tripulación son buenos hombres, señorita Caulfield. Los mejores, teniendo en cuenta su posición. —Posó toda su atención sobre la boca de la joven—. Sospecho que tienen mucho mejor carácter que yo.

No tendría que haber salido. Por mucho miedo que tuviera por superar, no debería haber permitido ese encuentro con él. Lo supo desde el instante en que él la tocó en la taberna.

Se obligó a mirarle la cicatriz directamente. Observó el corte fruncido, el furioso tono rojo sobre el bronceado de su piel y el trozo de tela que le cubría el ojo. Pensó que sentiría un escalofrío de repulsión. Pero no llegó. El cuerpo del capitán, tan cerca del suyo, parecía irradiar una fuerza y una vitalidad que no se correspondían con el desorientado deseo que se reflejaba en su mirada cada vez que él le miraba los labios.

Arabella no era ajena a la lujuria de los hombres. La conocía mucho mejor de lo que le hubiera gustado. Y sabía que aquel hombre ya no bromeaba.

3

Coñac

—¿Te vas a abalanzar sobre mí en plena cubierta, capitán? ¿O podrás esperar lo suficiente como para arrastrarme del pelo hasta tu camarote? No me digas que eres la clase de hombre capaz de cargarse a una mujer sobre el hombro. —Lo provocó con sus brillantes ojos. Luego paseó la mirada por los hombros de Luc—. Aunque supongo que no te costaría mucho esfuerzo.

Nunca se había tenido que esforzar mucho para conseguir los favores de una dama. Él era Lucien Andrew Rallis Westfall, comandante condecorado de la Marina Real de Su Majestad, capitán de un barco envidiable, por no mencionar que era propietario de una finca preciosa en Francia, y un hombre que estaba a escasos latidos de hacerse con un ducado inglés. Las mujeres le suplicaban que se acostara con ellas y que las desposara.

—De institutriz a mujerzuela en sólo cinco días.

Se esforzó para no mover los pies ni las manos. Ella se ceñía la capucha de la capa a las mejillas. Quería verle toda la cara, apartar la lana y el lino y tocar su piel perfecta. Llevaba cinco días soñando con ello.

La había estado evitando precisamente por ese motivo.

—No me esperaba esto de ti, señorita Caulfield —dijo.

—Entonces eres más tonto de lo que pensaba, capitán.

—He retado a hombres por insultos más suaves que ese.

—¿Y qué será, espadas o pistolas? No sé utilizar ninguna de las dos cosas, así que puedes elegir la que más te guste.

Lo recorrió una punzada de diversión y de sensatez. Pero la lluvia brillaba en los ojos de la joven y proyectaba sombras etéreas en su piel, estaba demasiado encantadora para que él se conformara con la sensatez.

—Un hombre puede mirar sin tener ninguna intención de tocar —le dijo.

—Un hombre puede mentir de modos muy convincentes si practica ese arte a menudo.

No hablaba sin bravuconería, sino con calidez, y con la lengua más clara y afilada que hubiera escuchado en una mujer tan joven.

—¿Sabes que…? —Inclinó la cabeza con la esperanza de percibir su olor a rosas y lavanda en la brisa—. Llevo varios días intentando acordarme de a quién me recuerdas y acabo de caer.

—¿Ah, sí?

Los acianos se abrieron en un gesto de cándida sorpresa.

—Cuando era joven, vi a la duquesa de Hammershire. Era una vieja arpía, con la lengua muy larga, un aire de seguridad sublime y una completa indiferencia por el efecto que pudiera causar en los demás.

Sus pestañas subieron y bajaron una vez. Se le pusieron los nudillos blancos sobre la barandilla. Sus palabras la habían desconcertado. Bien. Cuanto más la desestabilizara, mejor. Así estarían en igualdad de condiciones.

—A mí no me es indiferente el efecto que pueda causar en los demás —dijo.

Él se rió y ella abrió mucho los ojos.

—Entonces admites tener la lengua larga y una seguridad sublime, ¿verdad, mi pequeña duquesa?

La joven se estremeció.

—Yo no soy tu pequeña nada.

Dejó resbalar la mirada hasta sus labios, que habían abandonado el color de las fresas para teñirse de azul. Los escalofríos que tenía no eran de miedo.

—Estás helada.

—Es la única forma que tengo de disuadirte. Te recuerdo que estoy en tus manos.

Se volvió a estremecer.

—No he dicho que fueras fría. He dicho que estás helada. ¿La lluvia te ha traspasado la ropa?

—Yo... —Le tembló el cuerpo por debajo de la capa empapada—. Eso no es de tu incumbencia.

—Mujer, yo no tengo paciencia con los tontos. ¿Cuánto tiempo llevas aquí arriba?

—Yo...

Frunció su delicado ceño; le castañeteaban los dientes.

—Media hora, capitán —dijo la voz del chico de cabina junto a ellos—. Ha estado aquí arriba quieta como una estatua mientras se empapaba.

—Gracias, Joshua. ¿Qué estás haciendo aquí arriba a estas horas de la noche?

—Vigilando a la señorita como usted me pidió, capitán.

Los acianos le lanzaron una mirada confusa a Luc.

«¿Estaba explotando la inocente ignorancia de un chiquillo?»

—Mi abuelo cogió un resfriado y la palmó en la cama de mi abuela —dijo el chico, y abrió su pequeña boca—. ¿La señorita también la va a palmar, capitán?

—No creo que ella permita nada semejante, Josh.

—No deberías...

Sus palabras culminaron con un intenso escalofrío.

—Joshua, ve a buscar al doctor Stewart. Pídele que venga a atenderme a mi camarote.

—Sí, capitán.

El chico se marchó corriendo.

—De verdad, capitán, no deberías...

—No deberías decir ni una sola palabra más hasta que yo te dé permiso. —La cogió del codo por encima de la tela de la capa. La agarró con fuerza y seguridad—. Ahora permíteme que te acompañe abajo, señora.

Ella se resistió, luego soltó la barandilla y dejó que la acompañara hasta la escalera.

Joshua se reunió con ellos abajo.

—Me ha costado un poco encontrarlo debido a lo grande que es el barco, capitán. Pero el doctor ya viene de camino.

—Perfecto. —Pasaron por entre los marineros dormidos y llegaron a los camarotes—. La señora ya está en buenas manos, Joshua —dijo con un suave susurro—. Ya puedes irte a la cama.

—Pero, capitán…

—Si mañana quieres volver a estar con el timonel en el alcázar y ayudarle a llevar el timón, te tumbarás en tu hamaca ahora mismo y te dormirás inmediatamente. No. No quiero oír ni una palabra más. Vete.

El chico desapareció en la oscuridad de la cubierta.

—Venga, pequeña duquesa, sígueme.

Abrió la puerta de su camarote.

Arabella tuvo otro escalofrío y empezaron a castañetearle los dientes.

—M-me llamas du-duquesa, pero le hablas con ma-más respeto a Joshua —murmuró.

—Él ha halagado mi barco.

—¿Si yo a-alabara el pro-prodigioso tamaño de tu… barco, también me hablarías con deferencia?

—Mujerzuela. ¿Cómo me puedes insultar con tal falta de delicadeza, a pesar de estar empapada y congelada? Es verdaderamente extraordinario.

La sentó en un sillón.

Ella se rodeó el cuerpo con los brazos y cerró los ojos sintiendo cómo la recorría un nuevo escalofrío.

—N-no pretendía ser po-poco delicada.

—Es posible. De momento me reservaré mi opinión.

Le puso una manta sobre la espalda. Arabella abrió los ojos, pero como estaba agachado sólo le veía los pies —que llevaba bastante bien calzados y tocados con hebillas de plata—, y el bajo de los pantalones, cuyo dobladillo estaba confeccionado con tela de muy buena calidad.

—¿Estás se-seguro de que no eres un co-contrabandista?

—Bastante seguro. ¿Acaso hay algo en el suelo que sugiera que lo soy?

—La calidad de tus pantalones y zapatos. Hay hombres que ganaron fortunas haciendo contrabando durante la guerra con… —La recorrió un agónico escalofrío— contra Napoleón —concluyó con un susurro.

—¿Ah, sí? Entonces supongo que elegí la profesión equivocada. Ah, doctor Stewart. Llegas justo a tiempo de escuchar todos los detalles sobre la buena calidad de mi calzado. Duquesa, aquí tienes al matasanos, él se encargará de averiguar lo que te pasa.

—Hazte a un lado, capitán, y deja que un hombre de ciencia venga al rescate.

—No tiene po-por qué rescatarme, doctor. —Arabella levantó la cabeza y abrió los ojos, pero veía motas por todas partes—. Estoy muy bi-bien.

—Ya veo que está perfectamente sana, muchacha. Pero el capitán..., bueno, es un hombre duro. Seguro que me hace saltar desde la palanca si no le echo un vistazo. —Colocó una silla delante de ella y se sentó—. Ahora sea buena chica y deme la mano.

Ella sacó el brazo de la capa empapada y él le cogió la muñeca con los dedos. El capitán se había desplazado hasta el otro extremo del camarote y les daba la espalda, pero tenía los hombros tensos y a ella le pareció que estaba escuchando. El doctor Stewart la cogió de la barbilla y le examinó los ojos. Su forma de tocarla era completamente impersonal, no como la del capitán.

—¿Traigo otra lámpara, Gavin?

La voz del capitán era ronca. Seguía dándoles la espalda.

—No. Ya he visto suficiente. —El doctor la soltó y le apoyó las palmas de las manos en las rodillas—. Muchacha, está congelada. Se tiene que quitar esta ropa empapada y tomar algo caliente o le subirá la fiebre.

Arabella se llevó los brazos a la tripa.

—No tengo más ropa.

—El señor Miles encontrará algo que le vaya bien.

El capitán miró por encima del hombro.

—¿Qué narices hacías paseando por cubierta bajo la lluvia en plena noche, duquesa?

—N-no me llames así.

—No se moleste, muchacha. Cuando se le mete una idea en la cabeza, ya no escucha. Nunca lo ha hecho.

El capitán la estaba mirando con el ceño fruncido, gesto que ensombrecía su rostro dramáticamente destrozado.

—El doctor tiene razón. A ver, señorita Caulfield, ¿vas a permitir que mi asistente te proporcione ropa seca para salvarte de un destino mucho peor, o destruirás como una tonta el respeto que empiezo a sentir por tu coraje y fortaleza, en el poco tiempo que hace que nos conocemos?

«¿La respetaba?» Costaba creerlo.

La joven asintió y se rodeó la cintura con los brazos.

El doctor Stewart le dio una palmada en el hombro.

—Buena chica. —Se puso en pie—. Iré a buscar al señor Miles. Tómese un trago de whisky, y el domingo estará cantando de nuevo en la capilla.

Salió del camarote.

El capitán se sentó en el borde de su escritorio ayudándose de los pies para adaptarse al balanceo del barco. Se cruzó de brazos. Se había quitado la casaca y sólo llevaba la camisa y el chaleco. La tela blanca limpia tiraba de sus hombros y sus brazos. Había músculos debajo de la tela, muchos; el lino no bastaba para ocultar sus contornos. Al mirarlo, Arabella sintió un incómodo calor que la recorrió por dentro. Tuvo la sensación de que la partía en dos y explotaba por encima del frío.

Apartó la mirada de sus músculos.

—Apuesto a que vas a cantar a la capilla los domingos, ¿verdad, duquesa?

—Yo y-ya no creo en Di-Dios.

—¿Tan mal te va?

No le contestó. No debía importarle lo que pensara de ella. Cuanto peor fuera la opinión que tuviera de ella, menos probable sería que se preocupara por su persona y que se le acercara con sus enormes músculos indecentes.

Se abrió la puerta del camarote y entró el asistente con un montón de ropa sobre el brazo.

—¿La dama prefiere vestirse sola o que la vistan? —dijo con remilgo.

Arabella se ciñó la manta al cuerpo, se levantó, le cogió la ropa, y se metió en la habitación del capitán con las piernas temblorosas.

Cuando se quitó toda la ropa a excepción de la camisa y se envolvió el pelo con el paño seco que había en la pila de ropa, se sintió impotente. Pero no fue capaz de ponerse aquella ropa de marinero. La dejó doblada, se envolvió bien con la manta, y regresó a la cabina.

El señor Miles la recibió con entusiasmo al otro lado de la puerta.

—Yo me ocuparé de su ropa encantado, señorita.

Ella se aferró a sus prendas.

—E-eso no será…

—Acepte con elegancia, señorita Caulfield —dijo el capitán en voz baja—. O no me haré responsable del nubarrón negro que proyectará sobre todo el barco el mal humor del señor Miles.

Le dio al asistente su vestido mojado y las enaguas, con el corsé y las medias dentro.

—Volveré con un té para su invitada, capitán.

El asistente salió por la puerta del camarote y la cerró. La dejó sola, en plena noche, vistiendo sólo una camisa y una manta, y en compañía del hombre al que llevaba evitando cinco días para no sentirse precisamente como en ese momento: débil y fuera de control.

Reculó y chocó contra una silla. Él ladeó la cabeza y le hizo un gesto para que se sentara.

Arabella se sentó. Eso era mejor que caerse.

—Mi escasa variedad de prendas de vestir es una decepción permanente para Miles —comentó—. La oportunidad de poder encargarse de la tuya lo ha puesto de buen humor.

—A él no le gu-gusta ese ve-vestido —murmuró.

—¿Te lo ha dicho él? Qué bribón.

—N-no con esas palabras.

—Es igual. Te ha ofendido. Haré que lo aten al palo mayor y le daré unos buenos latigazos.

—N-no serás capaz.

—La verdad es que no. ¿Cómo lo sabes?

Desconocía cómo lo sabía, pero a pesar de su arrogancia y provocación, también podía ser atento y generoso.

—¿Do-dónde está el doctor Stewart?

—Volverá.

Parecía mirarla fijamente. Ya se había sentido invadida por las miradas depredadoras de otros hombres, pero nunca se había sentido acariciada.

Y en ese momento se sentía acariciada.

Cosa que era imposible y absurda y sólo demostraba que estaba delirando. Se estremeció con fuerza y se ciñó la manta al cuerpo.

El capitán se acercó a un armario que había en la pared del camarote, se sacó una llave del bolsillo y abrió la puerta. De su interior extrajo una botella con forma de enorme cebolla, con una base ancha y el cuello estrecho, y dos copas. Luego se puso delante de ella y se sentó en la silla que había dejado libre el doctor Stewart. Sus piernas eran más largas que las del escocés y sus rodillas le rozaron el muslo, pero no podía importarle. Arabella se convenció de que no le importaba.

Dejó las copas en la mesa y descorchó la botella.

—¿Qué estás ha-haciendo? —preguntó ella.

Él llenó una de las copas con lo que a ella le pareció sumo cuidado, luego llenó la otra, y cogió una de las copas para levantarla.

—Por tu inminente comodidad, duquesa. —Se bebió la copa de un trago. Luego asintió—. Ahora te toca a ti.

Cuando vio que ella no hacía nada, él alargó la mano y le deslizó los dedos por el muslo. La joven se sobresaltó.

La cogió de la mano y se le abrió la manta. Ella se apresuró a cogerla de nuevo. El capitán alzó las cejas. Pero no hizo ningún comentario sobre su escasez de ropa, sólo le volvió a buscar la mano y la obligó a soltar la manta.

—No estoy intentando aprovecharme de ti, si eso es lo que te preocupa —le explicó en tono conversador colocándole la mano alrededor de la copa—. El doctor Stewart volverá enseguida con leche caliente y píldoras, y el señor Miles con el té. Es posible que Gavin no se asustara, pero si Miles me encontrara tratando de violar a una mujer borracha, dimitiría de su cargo, ¿y en qué posición me dejaría eso? Es muy difícil encontrar un buen asistente de camarote, ¿sabes? —Le puso la copa en los labios y ella notó el contacto de su enorme y cálida mano sobre los dedos—. La única forma de calentar tu cuerpo rápidamente es encender un fuego a bordo, cosa que no tengo ninguna intención de hacer. Bueno, es sólo una de las dos alternativas, pero ya hemos dejado claro que la otra no es una opción.

—Cap...

—Ahora bebe.

La indignación de la joven no podía competir con su tristeza o con el calor de la mano del capitán alrededor de la suya. Los vapores del licor treparon por su nariz. Tosió.

—¿Q-qué es?

—Coñac. Lamento no tener champán. Pero esto será mucho más rápido.

Arabella miró el interior de la copa.

—Yo nu-nunca...

—Sí, ya lo sé, nunca habías bebido alcohol. —Inclinó la mano y presionó el borde de la copa sobre sus labios helados—. Cuéntame otro cuento para dormir, pequeña duquesa.

No se molestó en corregirlo. Bebió. El coñac le abrasó la garganta y se le erizó la lengua. Pero cuando el calor se extendió por su pecho lo comprendió todo.

El capitán le soltó la mano y observó cómo daba otro trago. Volvió a toser y se le llenaron los ojos de lágrimas.

—No tienes que bebértelo todo de golpe —murmuró.

—Ya te he dicho que es la primera vez que bebo coñac.

—Eso dices.

—Capitán, si...

—¿Cómo te sientes? ¿Más caliente?

—¿Po-por qué siempre me in-interrumpes?

—No hemos hablado las veces suficientes como para que exista un «siempre». Has hecho todo lo que has podido para no acercarte a mí desde que subiste a bordo, y has rechazado mi cama.

Dejó de mirar la copa y la miró a la cara.

Alzó una ceja.

—¿No es así?

—N-no.

La joven no pensaba que la creyera.

—Venga, otra —dijo deslizando la botella en su dirección por encima de la mesa.

—Si me tomo otra copa, me emborracharé.

Ya tenía la cabeza hecha un lío. Pero había entrado en calor. Estaba más caliente de lo que había estado en muchos días. Temía que tuviera más que ver con la silenciosa mirada lobuna que la observaba que con el coñac.

El capitán se recostó en la silla y estiró las piernas a su lado, atrapándola contra la mesa. Se cruzó de brazos.

—¿De qué tienes miedo, duquesa? ¿Temes que bajo la influencia del alcohol puedas abandonar tu actitud altiva y acabes haciendo algo de lo que los dos nos arrepintamos por la mañana?

Los hombres habían intentado engatusarla, seducirla, hacerle el amor con palabras con la intención de que sucumbiera a sus encantos. Le habían dedicado infinitos halagos, y cuando se habían dado cuenta de que eso no funcionaba, la habían forzado. Ningún hombre le había hablado de aquella forma tan sincera. Y ningún hombre había conseguido que quisiera hacer algo de lo que se pudiera arrepentir por la mañana.

Pero las palabras que le estaba diciendo en ese momento el capitán no estaban pensadas para seducir.

—Me estás de-desafiando, ¿verdad? —dijo—. Estás poniendo a prueba mi va-valor, como lo harías con cualquier marinero de tu barco.

—¿Ahora quieres ser un marinero, señorita Caulfield? ¿Quieres cambiar la aburrida existencia de una institutriz por la aventura de alta mar? Supongo que podría hacer algo al respecto.

Ella dejó la copa en la mesa junto a la botella.

—Lle-llénala.

El capitán se rió. A ella le gustaba cómo sonaba su risa. Cuando la miraba con diversión, imaginaba que la encontraba divertida de verdad.

Ella no era divertida. Era seria, profesional, decidida y responsable. Excepto por subirse al barco de un rufián y sentarse delante de él vistiendo una manta, no había hecho nada especialmente aventurero que pudiera recordar.

Se llevó la copa a los labios.

—Yo no te-tengo miedo de nada. En especial de los ho-hombres.

—Estoy empezando a creerlo.

Una sonrisa asomó a la esquina de su atractiva boca. Arabella veía el camarote envuelto en niebla; para ella ya sólo había madera, aire con olor a sal y el calor que crecía en su interior. Tenía la sensación de que no podía apartar los ojos de su boca. La verdad es que no era muy inteligente sentarse delante de él vistiendo sólo una manta.

—Esto es una im-imprudencia —se escuchó decir.

—Las medicinas no suelen ser fáciles de tragar.

Su voz parecía un poco áspera.

Ella centró la atención en su copa.

—¿Por qué te cubres el pelo? —le preguntó él de repente.

—Porque no deseo que me vean con rapaces ca-capitanes mercantes. —Dio otro trago de coñac—. Siguiente pregunta.

Se rió. A ella no le gustó. Le encantó: cálida, suntuosa y segura. La risa del capitán se coló en su interior y anidó en algún lugar muy profundo.

—¿En qué estabas pensando ahí arriba para no advertir siquiera la lluvia, duquesa?

—Tengo do-dos hermanas. —No podía hablarle de sus miedos—. Llevo mucho tiempo sin verlas. Las echo de menos.

—Háblame de ellas.

La lámpara dorada regaba sus rasgos de luz y sombras y le daba una apariencia mítica. No eran imaginaciones suyas ni tampoco era cosa del coñac. Era él.

—¿Por qué?

—Yo tengo un hermano. —Hizo un gesto en dirección al dibujo de la pared—. Tenemos un interés en común. Y ya que has rechazado mi cama, no tenemos nada mejor que hacer esta noche.

—¿Le-les hablas así a todas las mujeres?

—Sólo a las institutrices que visten poco más que una manta.

—¿Te has cruzado con mu-muchas?

—Es la primera vez.

Lo miró a los ojos por encima del borde de la copa. El coñac le resbaló por la garganta. Escupió.

El capitán se metió la mano en el bolsillo y sacó un pañuelo muy bien planchado. Lo dejó en la mesa entre ellos. Ella lo cogió y se enjugó los ojos mientras observaba el dibujo a carboncillo. Los ojos del chico eran dos huecos sombríos llenos de miedo, tenía los hombros encorvados, y una expresión muy seria. Y, sin embargo, la habilidad del artista había conseguido resaltar su belleza natural a pesar de la oscuridad.

—¿Ese cu-cuadro es de tu hermano?

—Es un autorretrato.

—¿Y ya es un artista siendo tan joven?

—Ahora tiene veintiséis años. Lo dibujó de memoria. Ahora háblame de tus hermanas.

La joven dejó el pañuelo.

—Eleanor es bu-buena y justa. Es rubia, tiene los ojos dorados, es alta y esbelta, parece una doncella griega.

—Atenea, una diosa guerrera.

—Es lista, pero no es guerrera. Prefiere leer que montar a caballo, pasear o hacer cualquier otra cosa. Pasa los días traduciendo textos para el rev... para nuestro padre; traduce del latín al inglés. No lo sabe nadie. Los demás creen que lo hace él. Una vez le pregunté a Eleanor si le im-importaba, y me dijo que no.

—Es modesta.

—Tal vez.

El capitán se inclinó hacia delante para rellenarle la copa y ella pudo oler el mar y la calidez que emanaba de él. ¿Qué sentiría si la abrazara con sus musculosos brazos?

Ya debía de estar borracha.

Muchos hombres la habían agarrado, toqueteado, aprisionado. Pero ninguno la había abrazado.

Se sirvió un poco de coñac en la copa y dejó la botella en la mesa.

—¿Y tu otra hermana?

—Ravenna es una gitana.

Detuvo la copa a medio camino de su boca.

Arabella se mordió el labio.

—Tiene los ojos oscuros. Es mo-morena. No soporta estar encerrada. No sabe estarse qui-quieta. Es indómita.

—En eso me parece que es como su hermana.

Se tomó el contenido de la copa de un solo trago.

—Yo soy responsable de ellas.

Las palabras se precipitaron por su lengua.

El capitán rellenó ambas copas.

—¿Tú?

—Por eso es tan im-importante este trabajo. Tengo que… —La copa del capitán volvía a estar vacía. Le miró—. ¿Por qué estás bebiendo tú también? Tú no tienes frío.

—Un caballero nunca deja que una dama beba sola.

Sostenía la copa con relajación. Pero no estaba relajado. La tensión parecía haberse adueñado de sus hombros, y el autocontrol le tensaba la mandíbula.

«¿Autocontrol?»

—Pero tú no eres un caballero, ¿verdad? —preguntó—. No lo parecías cuando me negaste el pasaje en Plymouth.

—De lo que luego me retracté.

—Y bromeaste cuando me ofreciste tu cama.

—Una demostración de generosidad por mi parte.

—Pero ahora no.

—Sólo lo hice para que te relajaras.

—¿Con qué clase de mu-mujeres sueles hablar para que pudieras imaginar que eso me relajaría?

Entornó el ojo.

—Soy un marinero, señorita Caulfield.

«Oh.»

Pero ¿y el champán? Y su ropa… era muy elegante. Atractiva. Parecía un caballero, excepto por la cicatriz, el pañuelo negro, la sombra de las patillas en su mandíbula, ese brillo lobuno de sus ojos y los estragos que estaba causando en su interior.

No estaba pensando con claridad.

—Los caballeros tra-tratan mejor a las damas —dijo.

—Eso he oído.

—Algunos caballeros.

Se inclinó hacia delante y sus rodillas rodearon las de la joven.

—¿No todos?

—No… muchos.

Dejó de mirar sus rodillas juntas.

«Hambrienta.»

La mirada del capitán era hambrienta. Como un lobo mirando una oveja.

Se levantó de golpe arrastrando la silla por el suelo y se llevó la mano a la nuca.

—Por lo visto este no.

Arabella se levantó y se le entreabrió la manta. Pero ya había entrado en calor. Le castañeteaban los dientes, pero dentro de su cuerpo se arremolinaba un calor embriagador. La luz de la lámpara proyectaba sombras sobre su ojo bueno, pero vio el confuso deseo que anidaba en él. Era inseguro y autoritario, y la miraba como no lo había hecho ningún hombre, como si la deseara, pero no comprendiera por qué.

—Creo que deberías irte a la cama, señorita Caulfield. —Halaba en voz baja—. Ahora.

No podía pensar. El coñac le había robado la razón. Le daba vueltas la cabeza. El doctor Stewart tenía razón, estaba intrigada. Más que eso. Estaba encaprichada. A pesar de que acababa de conocerlo. Como una escolar. Como la escolar que jamás había sido, porque incluso entonces ya era seria y se esforzaba por aprender a ser una dama a pesar de todo. Ella siempre había estado decidida a esperar a ese príncipe que debía aparecer para señalarle el destino que se le había negado.

Y en ese momento, y después de sólo dos copas de coñac, un capitán con pinta de pirata había conseguido que se encaprichara de él.

Era ridículo.

Tenía que frenarlo antes de que se le escapara de las manos.

—¿Po-por qué le ordenaste a Joshua que me siguiera por el barco? Lo dijo como si fuera una acusación.

—Para saber dónde estabas.

—El do-doctor Stewart dijo que…

—¿Qué dijo?

Estaba tan cerca que podía sentir el calor que emanaba de su cuerpo.

Le costaba respirar.

—Me dijo que no sería la primera.

Se abrió la puerta.

—Capitán, he colgado la ropa de la dama en el lugar más cálido del barco. ¿Le preparo la cama?

El capitán se alejó de ella y asintió volviendo la cabeza.

—Sí.

El asistente se dirigió a la pequeña estancia que había en el camarote del capitán. Arabella sintió una punzada de pánico. Se acercó a la puerta con las rodillas temblorosas.

—No te escaparás, duquesa. —El capitán dio un paso adelante y la cogió entre sus brazos—. Esta vez no.

La llevó a su habitación. A su cama. La joven no podía respirar. Sus brazos no le daban tregua. Aquellos apasionantes brazos musculosos. Y su duro pecho. Le estaba tocando el pecho. Un hombre la llevaba a su cama, un hombre con deseo en los ojos que olía a sal, a mar, a calor y poder, y ella estaba asustada porque la parte embriagada de su interior quería que la llevara hasta allí.

—No. —Forcejeó—. No debes...

La dejó sobre el colchón y se volvió hacia la puerta.

—Descansa, duquesa.

Y desapareció.

Posó la cara ardiente sobre la almohada mientras el señor Miles remetía las mantas a su alrededor y chasqueaba la lengua como si fuera una enfermera acostando a un niño.

—El doctor Stewart vendrá dentro de una hora para comprobar que no tiene fiebre —dijo.

Se marchó. No se oyó el ruido de la llave cerrando la puerta, nada la atrapaba, excepto el colchón más suave en el que había dormido en años, y un capullo de calidez que la atraía hacia el sueño.

No tendría que haber bebido ni una gota. Tendría que haber permanecido sobrio. Así, cuando esos magníficos acianos se nublaron, se tornaron salvajes y luego lo rozaron como una caricia, no hubiera empezado a imaginarse apartando esa manta para descubrir la mujer que había debajo.

Como no tenía nada con qué ocultarlo, el anillo de rubí colgaba de su modesto cordel justo donde la manta se abría a la altura de sus pechos, como si no tuviera un valor de cinco mil guineas y ella no tuviera ningún motivo para esconderlo. Sólo la visión de ese anillo y los restos de honor caballeresco que habían conseguido inculcarle su padre y la Marina Real habían evitado que pusiera en práctica lo que estaba imaginando.

Ella afirmaba que no tenía pareja. Lo único que no encajaba era lo larga que tenía la lengua, por lo demás respondía a sus bromas poco caballerosas de una forma tan predecible como cualquier institutriz virginal.

Pero ese anillo contaba una historia muy distinta. Y al contrario que el libertino de su primo, el conde de Bedwyr, Luc prefería que sus mujeres no estuvieran comprometidas. Tampoco le gustaba que temblaran. Ni que fueran lánguidas.

Subió la escalerilla hasta la cubierta principal. La lluvia había cesado mientras él estaba abajo fantaseando con desnudar a la mujer que tenía sentada delante. El viento que soplaba del océano era frío y fresco. En dos días llegarían a Saint-Nazaire y su pasajera partiría hacia el castillo, hacia su castillo. Un castillo al que él llevaba varios meses sin ir, pero donde residían su hermano Christos y su amigo Reiner de Sensaire.

Ella se dirigía a su casa. El castillo que había heredado de la familia de su madre, una madre que abandonó a sus jóvenes hijos tras la repentina muerte de su marido para lanzarse a las manos de los revolucionarios de su país. Y ahora una preciosa institutriz inglesa le había ido a buscar para que la llevara hasta allí con la intención de trabajar para su amigo.

¿Qué probabilidades tenía con esa mujer? Él no era un hombre dado a apostar, pero sospechaba que serían muy escasas.

El mar se extendía a su alrededor y los sólidos tablones de su barco y las velas blanqueadas que ondeaban sobre su cabeza estaban en paz. Con sólo volver la cabeza veía la inmensidad que lo rodeaba en todas direcciones. Pasó el resto de la noche como acostumbraba a hacerlo, observando las estrellas. Le hubiera gustado coger el timón del barco, había bebido demasiado coñac, y aunque siete meses atrás eso no habría afectado mucho a su habilidad para dirigir su embarcación, no era tan tonto como para creer que podía gobernar el barco borracho y con un solo ojo.

Un pirata. Se rió. Si se hubiera quedado en la marina le habrían llamado el Capitán Tuerto. Ahora, cuando regresara a Londres, sería el Heredero Tuerto. Y algún día quizá se convirtiera en el Duque Tuerto.

Y ese duque tuerto necesitaría un heredero.

Intentó recordar a las debutantes que le habían presentado en su juventud justo antes de escapar para irse a la guerra. La única cara que podía imaginar era la de ella. Incluso pálida y temblorosa seguía siendo increíble. Y no estaba tan poco interesada en la compañía de un hombre como había dicho. El coñac había destapado un deseo en sus ojos que había viajado directamente hasta su ingle.

No necesitaba esa clase de problemas. En Saint-Nazaire habría mujeres de sobra que podrían satisfacer sus necesidades.

Siempre que pudiera aguantar dos días más sin tocarla.

El pelo que llevaba escondido bajo aquella tela lo estaba volviendo loco. Cada vez que la veía en cubierta, lo asaltaba el impulso de ordenar que la encerraran en el pantoque para dejar de sentir la tentación de acercarse a ella y arrancarle ese maldito turbante. Ella debía saber que esconder partes de su cuerpo sólo hacía que fuera más tentadora. En especial el pelo.

Era magnífico. Rojo dorado. Mientras se tomaba el coñac había resbalado la tela que le cubría la cabeza, y había asomado un pedazo de vivo color por encima de su frente. Como el cobre. Había bebido con ella para evitar quitarle el pañuelo y verle toda la melena. Luego la había metido en su cama, a pesar de sus protestas. Y el hecho de que hubiera conseguido salir de esa habitación le parecía un milagro que todavía estaba demasiado borracho para comprender.

Levantó la mano y se llevó los dedos al ojo derecho. Vio una chispa, una minúscula punzada de luz cruzando el vacío negro, como sus recuerdos, fugaces pero devastadores.

Cuando los primeros tonos grises empezaron a trepar por el horizonte, Luc se puso en pie y —con mucho cuidado, como hacía últimamente
las cosas— bajó la escalerilla de nuevo. La tripulación había recogido las
hamacas y los marineros desayunaban té con galletas. Asintieron al verlo.
Algunos pocos nostálgicos incluso lo saludaron cuando pasó junto a
ellos para entrar en su camarote. Abrió la puerta de su habitación.

Gavin, sentado en una silla apoyada en la pared, se despertó sobre-
saltado. Sacudió la cabeza para desperezarse.

—¿Cuánto coñac le has dado, muchacho? No se ha despertado ni
una sola vez.

Luc se llevó la mano a la nuca y recordó lo nerviosa que estaba en
la taberna de Plymouth; sabía que no dormiría a bordo.

—Creo que es muy posible que lleve varios días sin dormir.

—Sí. —Gavin asintió—. Así que la pusiste a dormir.

—Parecía la solución más rápida.

El médico cogió su maletín y le dio una palmada en el hombro. Era
un gesto familiar y sin importancia y, sin embargo, él sintió el afecto
que transmitía como si fuera la manta de lana que arropaba a la mujer que yacía en su cama.

—No le ha subido la fiebre. Has hecho bien, muchacho. Como
siempre.

El capitán dio un paso atrás para permitir que Gavin saliera del
camarote. Luego entró y observó su silueta en la oscuridad. Miles —la
vieja madre clueca— la había arropado con su manta de lana azul pre-
ferida y se la había remetido hasta el cuello. La joven respiraba profundamente con la boca un poco entreabierta.

—Cuando la has examinado —dijo por encima del hombro—, ¿le
has tocado la cara?

—Sí.

—¿Cómo es su piel?

La sonrisa del escocés se reflejó en sus palabras.

—Te gusta, ¿eh?

—No, maldito seas. —La pausa inevitable—. Sí. —Se encogió de
hombros—. Se ocupó de esos niños sin pensar en los inconvenientes
que eso podría causarle.

Y era una sirvienta de debutantes. Así que él, heredero de un ducado, podría perder la cabeza por ella.

—Tienes debilidad por la bondad, muchacho.

—Y tú tienes debilidad por las bailarinas. Ya puedes colgarme, viejo amigo.

Gavin se rió y cruzó el camarote.

—Tendrás que volver a emborracharla para asentarle el estómago. Tómate una copa tú también, muchacho. Tienes pinta de necesitarla.

Luc se volvió hacia la mujer dormida.

Envuelta en la lana, apenas dejaba ninguna marca sobre el colchón. Sabía que había comido poco desde que estaba a bordo; Miles y Joshua le habían informado. Pero parecía que llevara semanas sin comer bien. A la tenue luz del alba que se colaba por la contraventana, se le veían los labios secos y pálidos, las mejillas ligeramente hundidas, y su piel parecía menos sedosa de lo que había fantaseado, más bien parecía hecha de lona. Cuando se despertara, esos deslumbrantes acianos se abrirían sorprendidos, o brillarían de indignación o reflejarían la calidez de un sentimiento que no podría esconder del todo. Pero de momento lo único que aliviaba la severidad de su rostro, era ese triángulo de pelo naranja que asomaba en su frente.

Actuó empujado por el deseo, y sin vacilar alargó el brazo y le apartó el pañuelo de la cabeza.

Un halo de fuego satinado se abrazaba a su cabeza como un gorro. No era naranja ni rojo. Era del color de las llamas. Como el cobre pulido.

Se lo quitó del todo y liberó una longitud de feroz belleza que lo dejó sin aliento, presa de una sorpresa que explotó en su entrepierna. Había mucho. Debía de llegarle por la cintura cuando estaba de pie. Le resultó imposible no imaginársela encima de él con aquellos brillantes mechones descolgándose por sus hombros desnudos y los pechos pegados a su torso. O extendido sobre las sábanas blancas y sus manos enredadas en su gloria mientras se internaba en ella.

Reprimió el rugido que le trepaba por la garganta. Debería irse.

Se puso de rodillas junto a la cama y le tocó la frente con los dedos. Ya había sentido el satén de su piel cuando le tocó la nuca. Le posó los nudillos en la piel y los arrastró por los pesados mechones de pelo ce-

rrando los ojos y sintiendo la caricia por todo su cuerpo, por dentro y
por fuera.

Qué sensación.

—Dios mío.

Demasiado buena.

El aliento de la joven resbaló por su piel.

—¿Rezando, capitán?

4

La sirvienta

Luc apartó la mano y se sentó sobre los talones.

—Siempre duquesa. Un hombre como yo necesita toda la ayuda que pueda conseguir.

Se levantó, entró en su camarote y volvió con una taza.

—¿También quieres emborracharme hoy? Así podrás tocarme un poco más el pelo.

No reprimió su sonrisa. Era posible que fuera una sirvienta, pero no parecía saberlo.

—Es agua con una gota de coñac. Lo ha ordenado el doctor.

Frunció el ceño, pero sacó los brazos de debajo de la manta y se incorporó. Aceptó la taza. El anillo de oro y rubí brillaba contra la piel que quedaba al descubierto justo donde se separaba la manta. Su brazo era como la nata, ajeno al sol y suave de hombro a muñeca.

—Mi médico dice que no has tenido fiebre. —Hablaba para evitar mirarla fijamente. Se le veía la manga corta de una camisa sin adornos a la altura del hombro. El vestido con el que había embarcado también era sencillo. Su belleza y carácter pedían seda y encajes. Pero en ella resultaba seductora incluso la más sencilla de las telas—. Te felicito por tener tan buena constitución, duquesa.

—Aunque por lo visto no lo bastante buena como para conservar la ropa. ¿Dónde está?

—Oh, por ahí —dijo con imprecisión.

—No dejes que mi actitud relajada te sugiera que estoy cómoda sentada delante de ti en este estado, capitán —explicó con una compostura perfecta—. Te aseguro que no lo estoy.

Reprimió una sonrisa. No comprendía que aquella mujer fuera sólo una sirvienta.

—No te preocupes —dijo—. Los marineros suelen perder prendas de ropa debido a las inclemencias del tiempo. O a causa de los ladrones. Los bandidos. Los piratas. Ya sabes cómo va esto.

La joven le devolvió la taza. Se le descolgaba la melena por la espalda como una cascada.

—¿Debo suponer que tú también has perdido la ropa?

—Sólo el ojo.

—No deberías haberlo hecho.

—No fui yo. Lo hizo el otro tipo.

—No deberías haberme emborrachado. Habría bastado con una gota.

El capitán se apoyó en la pared y se cruzó de brazos con despreocupación.

—¿Es mágico? ¿Lo llevas recogido para conservar sus propiedades místicas?

—Ya estamos con las bromas. —Apartó la cara—. ¿No te cansas de bromear?

—Cielo santo. Antes las mujeres lo llamaban encanto. Pero supongo que Napoleón amargó a todo el mundo. A fin de cuentas el encanto es algo muy francés.

—Dijiste que no te aprovecharías de mí —dijo con tranquilidad y firmeza.

—Está claro que nuestra terminología no coincide. Porque yo estoy seguro de que si me hubiera aprovechado de ti ayer por la noche lo recordaría.

Ella no respondió. Se quedó con la cabeza inclinada y la cara apartada.

—Sansón —murmuró el capitán.

—¿Qué? —contestó.

—¿No era ese tipo cuya fuerza residía en su pelo? ¿O era David? Discúlpame, siempre olvido el catecismo en estas situaciones.

—¿Qué clase de situaciones?

—Situaciones en las que una mujer preciosa se tumba en mi cama y yo no me tumbo junto a ella.

Volvió a mirarlo. Luc se quedó sin aliento. Le resbalaba una gota de humedad por la mejilla que dejaba un reguero sedoso a su paso.

Levantó la mano y se pasó las yemas de los dedos por entre los ojos, pero no lo hizo para limpiarse la lágrima. Era como si no supiera que él estaba allí.

—Debo estar horrible —dijo ella.

—No —consiguió murmurar—. He dicho que eres preciosa, ¿recuerdas? Y yo sólo digo la verdad.

—Ya te dije que no sé nada sobre ti.

Cosa que era casi cierta.

La joven cogió el pañuelo y, mientras él seguía allí sentado muy entretenido y completamente excitado, ella se recogió la masa de pelo cobrizo y lo ocultó bajo la tela.

—¿Has recuperado la fuerza, lady Sansón?

—¿Has conseguido controlar tus modales de pirata, capitán Andrew?

—¿Es vanidad?

—¿Tu arrogancia? —Alzó las cejas y se le volvieron a iluminar los ojos con una chispa que él sintió estallar en su pecho—. Supongo que es muy probable.

Sonrió.

—Si no te gusta enseñarlo, ¿por qué no te lo cortas?

—Lo utilizo para atormentar a hombres como tú, cosa que ya te he explicado. En serio, no prestas atención a nada de lo que digo, ¿verdad?

Se remetió los últimos mechones por debajo del pañuelo.

¿Cuánto dinero le costaría convencerla de que se volviera a soltar el pelo? Sólo una vez. Con una vez le bastaría para deslizar los dedos por su melena y sentir el renacer de una lujuria pura y sin complicaciones. Podría hacerle una oferta que haría que el sueldo que pudiera pagarle Reiner pareciera un chiste.

La idea le intrigaba.

Añadiría una prima si accediera a lavárselo.

—Cada palabra —murmuró—. Como si fueran perlas.

La joven le lanzó una mirada inescrutable y luego descolgó las piernas por el lateral de la cama. El dobladillo de su camisa asomaba por debajo de la manta, un pedazo de aburrida tela blanca sin ningún ornamento. Era una prenda sorprendentemente cursi, y de ella emergieron sus pantorrillas y sus pies. A Luc se le secó la boca.

—Si te enseño un rato los tobillos —dijo—, ¿te olvidarás de mi pelo?

—Tienes unos tobillos muy bonitos, pero es muy probable que no consigan hacerme olvidar tu pelo.

Eran tan bonitos como el resto de ella. Era una institutriz desaliñada, estaba despeinada y no muy limpia y, sin embargo, seguía siendo arrebatadora. Una preciosa sirvienta que iba de camino a su castillo.

—¿Cómo viajarás hasta Saint-Reveé-des-Beaux, duquesa?

—Alquilaré un carruaje, aunque no sé qué importancia puede tener para ti.

En realidad, tenía mucha.

—Si decido seguirte, ¿me denunciarás a los gendarmes?

Frunció su delicado ceño y el recelo se volvió a adueñar de los acianos.

—¿Por qué querrías seguirme?

—Mi hermano vive cerca de allí. —En el castillo. No podía decírselo. Debería decírselo—. Me coge de camino.

—Si te quedas a una distancia prudencial, no me importa que me sigas por todo el continente.

—Es un consuelo.

Se levantó y le ofreció la mano.

Ella se puso tensa. Se bajó de la cama sin su ayuda y se volvió a ceñir la manta.

—Tengo que encontrar al señor Miles y recuperar mi ropa. ¿Cuándo llegaremos a Saint-Nazaire?

—Si el viento aguanta, llegaremos mañana. Y el señor Miles te traerá la ropa cuando esté seca. Hoy te tendrás que quedar aquí.

—¿En tu camarote? —Se sonrojó—. ¿En tu cama?

Esbozó una pequeña sonrisa.

—Sí, pero lamento decirte que yo no estaré en ella. Hoy tengo que trabajar.

Percibió su suspiro de alivio. No esperaba tener elección. Una sirvienta con su belleza...

Se sentía como un tonto por haberle tomado el pelo. Peor aún, como un granuja. Tendría que haberse dado cuenta. No todos los hombres aceptaban un no por respuesta.

No todos los hombres habían vivido el infierno por el que había pasado él.

Luc alargó el brazo para coger su sombrero, que estaba colgado en una percha.

—Ayer por la noche me preguntaste por la forma de ser de mis hombres. ¿Por qué? ¿Te ha molestado alguien?

—No. Pero hay un joven...

Se mordió el labio, un hábito de la joven al que estaba empezando a ser adicto.

—Explícamelo —dijo—. Ahora.

Los acianos se volvieron a iluminar.

—Eres muy autoritario.

—Venía con el barco. —Se sintió satisfecho por un momento. La duquesa había vuelto—. Cuéntamelo.

—El otro día fue a la enfermería del doctor Stewart diciendo que tenía dolor de muelas, pero mentía.

—¿Cómo sabes que mentía? ¿El doctor Stewart sospechó de él?

—No. Pero... yo tuve la sensación de que no decía la verdad. Sea lo que fuere lo que ese marinero quisiera conseguir del botiquín del doctor, me parece que no tiene buenas intenciones.

Volvía a hablar con seguridad sin sentirse acobardada por su furia y sin miedo de su autoridad. Nunca había conocido a una mujer tan guapa que fuera modesta y vulnerable, y segura y fuerte al mismo tiempo. Estaba asombrado. No podía dejar de mirarla, pero no podía hablar.

—Tuve esa sensación —repitió ella con empeño.

—¿Cómo lo percibiste, pequeña duquesa? —dijo, y acercó la mano a su barbilla—. Igual que sientes...

Ella se separó de sus dedos.

—No vuelvas a tocarme.

Luc dio un paso atrás.

El día que cumplió once años le dijo esas mismas palabras a Absalom Fletcher apuntándolo con una pistola que sostenía con una mano temblorosa. Y Fletcher se buscó otra víctima. Una víctima más joven.

Se volvió hacia la puerta.

—Investigaré tu advertencia.

Luego la dejó sola en su habitación. A pesar de haberle robado la paz y la sensatez, sin ofrecerle nada con lo que remediar las pérdidas, la joven no protestó cuando se marchó.

*P*or mucho que necesitara dormir, Arabella no conseguía quedarse en su cama. Sólo había una tentación que podría haberla convencido para que se quedara: la oportunidad de llenarse los sentidos con su olor, una fragancia que además la mareaba un poco. Pero las sábanas sólo olían a jabón.

Había compartido la cama con sus hermanas las veces suficientes como para saber que el olor de una persona persistía. A ella le encantaba acurrucarse en la calidez con olor a salvia que Eleanor dejaba en la almohada cuando se levantaba al alba para estudiar y escribir. El sitio de Ravenna en la cama siempre estaba deshecho y arrugado. Siempre había algún pelo de gitana mezclado con los sedosos pelos negros de *Bestia*, y de vez en cuando se encontraba algún juguete de trapo perdido entre las sábanas. Muchas veces, cuando estaba sola en su sencilla cama de sirvienta en la casa donde estuviera trabajando, se imaginaba acurrucada en una cama de cuatro postes junto a sus hermanas, calentitas a pesar del frío del invierno y riendo. Siempre riendo, incluso en las profundidades de la pobreza y la necesidad, porque el amor era así.

Había dormido en la cama del capitán Andrew, pero las sábanas no olían a él.

El señor Miles le sirvió el desayuno en el camarote, pero le informó de que por culpa de la lluvia su ropa todavía no estaba seca. Cuando se marchó, se puso la casaca que le había ofrecido el día anterior, y llevó su dolorida cabeza hasta la enfermería. Al verla pasar, los marineros la miraron con curiosidad. Se apresuró. Estaba segura de que todos habían visto mucho más que el dobladillo de la camisa de una mujer. «Soy un marinero, señorita Caulfield.»

Ninguno de aquellos marineros la molestaría. El capitán no lo permitiría.

Él era toda una amenaza. Todo lo que hacía y decía ese hombre la confundía y la hacía perder el control. Por primera vez después de años de determinación y trabajo, se estaba comportando de forma temeraria: había salido bajo la lluvia, había bebido coñac y había dormido en la cama de un hombre; y había querido hacer todas esas cosas.

No quería que volviera a tocarla. Era autoritario y arrogante, y cada vez que la miraba sentía un incómodo calor que le recorría todo el cuerpo. Hasta ese momento las atenciones de los hombres siempre la habían repugnado. Pero cuando despertó sintiendo su caricia, quiso pegarse a su mano.

Joshua había suspendido su vigilia y ella bajó sola la escalerilla y cruzó la cubierta hasta la enfermería. La puerta estaba un poco abierta. Cuando la abrió del todo, se quedó de piedra.

El joven delgaducho que fue a ver al doctor tres días atrás estaba frente al botiquín. Los cajones estaban abiertos. En la mano tenía una botella con una etiqueta con una calavera y dos tibias cruzadas.

Se acercó a él.

—¿Qué llevas ahí?

El chico se metió la botella en el bolsillo.

—Disculpe, señora. El doctor me ha dicho que me tome esta medicina…

—Es imposible que te haya dado permiso para que te la administres tú solo, y para que cojas esa botella en particular.

El joven la miró y clavó la atención en su pecho.

«El anillo.» No había pensado en esconderlo. Sólo pensaba en su ridículo enamoramiento.

—Deja la botella —dijo.

—Si me da ese anillo, le daré la botella, señorita.

El chico miró en dirección a la puerta. No había nadie en aquella cubierta y ese día el viento soplaba especialmente fuerte. El barco crujía con furia y los animales estaban inquietos y ruidosos. Si gritaba, era muy probable que no la oyera nadie.

—Le prometo que dejaré la botella —dijo—. No quiero hacerle daño, señorita. Sólo deme el anillo.

Por encima de sus mejillas hundidas asomaba una mirada salvaje. Puede que estuviera enfermo. Quizá sólo estuviera muerto de hambre. Tal vez lo hiciera por desesperación.

Y ella comprendía muy bien la desesperación.

—Vuelve a dejar esa botella en el armario y vete —le dijo—. Y fingiré que no has intentado sobornarme.

Los ojos del joven volvieron a saltar de la puerta al anillo.

Ella tendió la mano.

—Dame la botella —dijo usando su tono de institutriz autoritaria.

El marinero se metió la mano en el bolsillo y sacó un cuchillo.

A Arabella se le contrajo la garganta.

La agarró de la muñeca y la empotró contra la pared. Tenía una complexión enjuta, pero era alto y sorprendentemente fuerte.

—Si no quiere negociar, me quedaré con las dos cosas.

El cuchillo brilló junto a su cara.

—¿Qué tontería es esta? —consiguió decir muy nerviosa. El joven se valió de la mano que tenía libre para agarrarla del brazo con fuerza, y con la mano con la que sostenía el cuchillo la asió del frontal de la camisa—. Estamos en el mar. Te descubrirán enseguida.

El chico tiró. El lazo le cortó el cuello. Arabella apoyó todo el peso de su cuerpo sobre una pierna y le golpeó con la rodilla en la entrepierna.

El joven se tambaleó hacia atrás tratando de respirar. Abrió el puño y el anillo brilló en la palma de su mano como si fuera sangre. Ella corrió hacia la puerta y él se tambaleó hacia Arabella con el rostro contraído.

—¿*Q*ue están haciendo qué?

Luc entornó los ojos por entre las olas espumosas. La luz del sol se reflejaba sobre las docenas de velas blancas que se divisaban a trescientas yardas de distancia proyectando un brillo glorioso sobre la embarcación naval más cercana.

—Esperando con el barco, capitán.

Joshua mordisqueaba una pajita con los pequeños pulgares metidos en los tirantes como si fuera un granjero.

Luc todavía no podía ver las caras de los marineros, pero conocía muy bien la pose chulesca del hombre que aguardaba orgulloso en el alcázar del barco que tenían enfrente. Tony Masinter había sido el mejor lugarteniente que había tenido, y su mejor amigo. No podría haber deseado un hombre mejor para sustituirlo al mando del *Victory*. Pero no tenía ni idea del motivo por el que su viejo barco estaba acosando al nuevo.

—¿Capitán? —dijo Joshua.

Luc miró la cubierta de su bergantín. Teniendo en cuenta la compañía que había asomado por el horizonte hacía ya una hora, debía admitir que estaba particularmente escasa de marineros. No todos los días ocurría que una fragata de ciento doce cañones escoltara a una humilde embarcación hasta el puerto. Pero esa parecía la intención de Tony.

—¿Veinte hombres, dices?

—Quizá sean más. Pero sólo tengo veinte dedos —reconoció Joshua encogiéndose de hombros.

Luc le dio la espalda al otro barco, se apoyó en la barandilla y se cruzó de brazos.

—¿Por qué crees que esos hombres están haciendo algo tan extraño, Josh?

—Quizá sea por la ropa interior de mujer que hay colgada de la viga, señor.

Luc se puso derecho.

—¿Ropa interior de mujer?

—Hay algunas prendas, capitán, no son muchas, pero están todos apostando a ver quién se las queda. Siempre que ella se olvide de cogerlas cuando lleguemos a puerto, claro.

El chico le guiñó un ojo.

—Comprendo. Gracias, Joshua.

Luc se fue en dirección al alcázar. Debería pedirle a Miles que se ocupara del asunto. Pero no pensaba dejar que su tripulación y su asistente vieran la ropa interior de la joven mientras él se conformaba con un montón de fantasías subidas de tono.

¿En qué diablos estaría pensando Miles cuando decidió poner a secar esa ropa junto a las cuadras del ganado? Había dicho que era el lugar más cálido del barco.

Cuando estaba a punto de cogerla, la oyó gritar.

Las cabezas de los marineros se volvieron junto a él.

—En la cubierta inferior, señor —dijo uno de ellos.

Bajó las escaleras de un salto y giró en dirección al despacho de Stewart, seguido de sus hombres. No tenía tiempo de coger la pistola. Se llevó la mano a la espada y abrió la puerta de la enfermería de un golpe.

La joven tenía la espalda pegada a la pared y estaba muy sonrojada. Tenía una sierra para cortar huesos en una mano y una jarra de cobre en la otra. Parecía una valquiria feroz. A un metro de distancia había un marinero que le apuntaba al cuello con un cuchillo. Tenía el otro puño apretado, pero por entre sus dedos huesudos brillaba un objeto dorado y rojo.

—Ya te dije que vendrían. —Su tono de voz era duro, pero compasivo, como si su pálido cuello no estuviera a pocos centímetros del cuchillo del chico—. Tendrías que haberme hecho caso.

Era uno de los hombres que el intendente de Luc había contratado en Plymouth. Apenas tenía edad de tener barba, y miraba a Luc con miedo en los ojos y el cuchillo brillante en la mano.

—Me dijo que me pagaría tres guineas por hacerlo —respondió con aspereza—. Tres guineas.

—Quienquiera que te haya prometido eso, chico —dijo Luc levantando la espada y poniéndose entre ellos—, te ha dejado solo.

El joven no hizo ademán de resistirse. El cuchillo repicó al caer al suelo y el joven pareció derrumbarse.

Luc le hizo señales a uno de los hombres que aguardaban en la puerta para que cogiera el cuchillo, y luego le cogió la mano al ladrón y le arrancó el anillo de entre sus dedos laxos. Asintió en dirección a su tripulación, que estaba asomada a la puerta. Los hombres se deshicieron en gritos y vítores, cogieron al ladrón y lo sacaron del camarote.

Arabella tenía los ojos muy abiertos y estaba pálida. Bajó los brazos. Luc le quitó la sierra y la jarra y las dejó sobre la camilla.

—Lleva una botella de arsénico en la casaca —dijo.

—Los hombres la encontrarán. Estás...

—Estoy bien —le interrumpió. Por un momento la casaca le oprimió el pecho, pero levantó la barbilla—. Estoy bien.

—Has demostrado mucha valentía. Mucha más de la que he visto en muchos hombres a los que me he enfrentado.

—Estaba asustado. No quería hacer lo que había accedido a hacer.

Clavó la atención en el anillo que tenía Luc.

Él se lo dejó en la mano y ella cerró el puño.

—Lamento haberte informado mal, señorita Caulfield. Es nuevo a bordo. Tendría que haber vigilado más.

—¿Y qué harás ahora? ¿Lo juzgarán cuando llegue a puerto?

—Ya ha sido condenado. Recibirá su sentencia dentro de pocos minutos.

Los ojos de la joven se posaron en la puerta, por donde todavía se colaban los distantes sonidos alegres de los marineros.

—¿Qué sentencia?

—El hurto en un barco está castigado con el látigo.

—¿Látigo?

—Veinticinco latigazos.

—¿Veinticinco? —Eso lo mataría—. ¿Aquí? ¿Ahora?

Asintió.

—No. No pueden golpearle.

El capitán Andrew se envainó la espada.

—La ley es clara, señorita Caulfield.

—Tú eres el capitán. ¿Eso no te convierte en la ley en este barco como me advertiste? Sálvale. —Dio un paso adelante—. Te lo suplico.

La miró y la observó con atención.

—Te ha robado. Y dices que también le ha robado a Stewart. ¿Por qué quieres perdonarlo?

—No quiero ser la causa de la muerte de ningún hombre.

Ese anillo debía traer vida, no muerte.

—Quizá no lo seas. Puede que no muera.

El capitán se dio media vuelta y salió de la cabina. Ella corrió tras él. Por delante de ellos, y bajando por la escalera, se oían los vítores de la tripulación que aguardaba en la cubierta principal.

—Está muerto de hambre —dijo por detrás de él, agarrándose a la barandilla de la escalera. El mar se extendía a ambos lados del barco y brillaba a la luz del sol—. ¿No lo ves?

—En ese caso debería haberse aprovechado de las generosas raciones de comida que se sirven en este barco —dijo sin volverse hacia ella.

La joven se obligó a soltar la barandilla y salió a cubierta.

—Si es nuevo a bordo, ¿cómo iba a saber que las raciones serían generosas?

El capitán se detuvo y se volvió hacia ella. La cubierta estaba abarrotada y la joven no podía ver con claridad ni el mar ni lo que ocurría alrededor del palo mayor. Lo que no podía ver no podía hacerle daño. Se le aflojaron las piernas. Estaba mareada.

—Estás defendiendo a un ladrón, señorita Caulfield. Un hombre que ha intentado hacerte daño.

—Pero hemos recuperado todo lo que había robado, y no ha cometido ningún asesinato. —Unió las manos delante del cuerpo en actitud suplicante—. Capitán, tienes que entrar en razón.

—Señora…

—No podré soportar el peso del castigo de ese hombre.

—Entonces no deberías haber subido a mi barco con algo que valiera la pena robar.

No estaba hablando sólo del anillo. Estaba hablando de ella. Ella le había rechazado, le había dicho que no la tocara, y ahora se lo estaba haciendo pagar.

No podía ser. No podía estar encaprichada de un hombre que pudiera ser tan cruel. Pero ella ya había sufrido por confiar en el carácter de un hombre.

Entonces llegó el doctor Stewart.

—Capitán, los hombres ya están preparados para que dictes sentencia.

Arabella se volvió hacia él.

—Doctor, no puede permitir esto.

Él negó con la cabeza.

—Así es como funciona, muchacha.

La joven se abrió paso por entre la tripulación en dirección al palo mayor. Los hombres se apartaron a su paso. El chico tenía las muñecas atadas a ambos lados del mástil. Se le marcaban todas las costillas.

Tres guineas. Una fortuna para un marinero del montón. Lo suficiente para alimentar a su familia de por vida.

—Mírele, doctor —dijo—. Es un saco de huesos.

El escocés frunció el ceño.

—Muchacha...

—No ha robado nada —dijo—. Yo se lo di. ¡Yo se lo di! —gritó.

Los marineros se quedaron en silencio entre el traqueteo de los aparejos mecidos por el viento, el crujir de la madera y el permanente zumbido del océano.

—Si vas a azotar a alguien, capitán —dijo—, me temo que debería ser a mí. Vi una rata en mi camarote y tomé prestada la botella de arsénico del botiquín del doctor Stewart para envenenarla. Este marinero me estaba ayudando. Y... —titubeó.

El capitán Andrew apretó la empuñadura de su espada y se le pusieron los nudillos blancos.

—Y le di el anillo como símbolo de agradecimiento —dijo con firmeza—. Se lo regalé. Les tengo mucho miedo a las ratas.

Nadie hizo ni un solo ruido.

—Muchacha...

—Es verdad, doctor Stewart. —Se volvió hacia él—. Se lo di. Así que en realidad no ha robado nada. Capitán, tienes que soltarlo inmediatamente.

El capitán Andrew envainó la espada y se acercó a ella muy despacio y con movimientos deliberados.

—¿Tú le diste la botella y el anillo?

—Eso es. Yo... Sí.

Temblaba. El viento azotó la fina tela de las faldas de la camisa que asomaban por debajo de la casaca. Se sentía desnuda y fuera de control, como siempre que estaba con él.

—¿Qué te parece, doctor? —dijo el capitán sin dejar de mirarla— ¿Debería azotar a la pequeña institutriz por robar veneno de tu enfermería para ocuparse de un roedor?

La joven tragó saliva alarmada. No sería capaz.

—Señor, debo admitir que fui yo quien le dio el veneno para la rata —dijo el doctor.

Ella inspiró hondo.

El capitán asintió.

—Caballeros —dijo mirándola—, soltad al prisionero. Nuestra invitada tiene un objeto de valor que debe devolverle.

Los marineros desataron al prisionero con desgana y lo empujaron hacia la joven. El chico temblaba tanto como los aparejos y tenía la cabeza gacha. En sus ojos hundidos brillaba el miedo y una desconcertada gratitud.

Arabella se metió la mano en el bolsillo para coger el anillo con la garganta apelmazada.

—Verá, señorita —dijo el joven—, ahora que lo pienso bien, no puedo aceptarlo. —Hablaba con rapidez—. A mi madre no le gustaría que aceptara regalos de una dama. Pensaría que está en deuda con usted de por vida, y jamás me dejaría en paz.

Dio un paso atrás.

—Señor Church —el capitán llamó a su lugarteniente—. Acompañe al señor Mundy al calabozo, por favor. Y dele su comida ahora. Nadie, ni siquiera aquellos que se salvan de los latigazos por intervención divina, pasa hambre en este barco.

El lugarteniente agarró al chico del brazo y se lo llevó. Arabella se aferró al anillo dentro del bolsillo.

El doctor apareció junto a ella.

—Ha hecho una gran obra de caridad, muchacha. Que Dios la bendiga.

—Gracias, doctor —susurró—. Gracias.

—Señorita Caulfield. —El capitán marchó hacia la escalera—. Reúnete conmigo en mi camarote, por favor. Tengo que hablarte de un asunto en privado.

El doctor Stewart negó con la cabeza y luego se volvió a la curiosa tripulación.

—Volved al trabajo —les ordenó—. Todos.

Era un día cálido y el sol asomaba por entre las nubes ralas. Pero Arabella se estremeció mientras se dirigía al camarote del capitán.

Cuando llegó, lo encontró de pie, de espaldas a la puerta y mirando por la ventana abierta. A lo lejos se veía un barco con la bandera de Inglaterra. Estaba rígido y tenía la mano apoyada en la empuñadura de la espada.

—No me habrías azotado —le dijo.

Se dio media vuelta.

—¿Eso crees? ¿Cómo lo sabes? Pensaba que no sabías nada sobre mí.

—No podía dejar que ese chico fuera castigado por mi estupidez.

—¿Estupidez? —Se acercó a ella—. ¿Acaso fuiste tú quien le ordenó que cogiera el veneno del botiquín del doctor Stewart, duquesa?

—No me llames así.

—¿Por qué no? Te comportas como si lo fueras. Impartiendo justicia según se te antoja.

—No podía...

—¿Eres su cómplice?

La joven abrió los ojos como platos.

—No. No, claro que no.

—¿Cómo lo sabías? —Estaba enfadado. En su ojo brillaba una luz esmeralda, pero se mostraba controlado y reprimido. La noche anterior también percibió que se controlaba con ella—. ¿Cómo sabías que iba a robar algo o que podría lastimar a otros? Ni siquiera el lugarteniente tenía ni idea, y eso que es un juez excelente. ¿Cómo sabías que mentía cuando le pidió un remedio al doctor?

—Yo...

No lo comprendería. El reverendo nunca lo comprendió.

—¿Tú?

—Puedo *leer* a las personas.

—¿Puedes leer a las personas?

—Puedo leer a las personas con las que me encuentro.

Excepto a él.

El capitán entornó el ojo.

—¿Puedes adivinar los pensamientos de los hombres?

—No. No se trata de eso. Puedo percibir emociones, deseos y miedos, y así intuyo los motivos que los provocan. Normalmente...

—¿Normalmente?

—Normalmente acierto. Por eso se valoran tanto mis servicios. Mi habilidad resulta muy útil cuando alguien quiere conseguir cierto estatus o establecer determinadas relaciones; en tales casos es importante saber lo que quieren los demás.

Dio otro paso hacia ella.

—¿Lo haces con todo el mundo?

—Sólo cuando quiero.

—¿Puedes leerme a mí?

En ese momento no había deseo en su mirada. Tampoco bromeaba. En su ojo sólo brillaba esa intensidad que tanto la había asustado en la taberna de Plymouth.

La joven obligó a sus pies a mantenerse en su sitio con firmeza.

—Sí.

Se hizo un momento de silencio.

—¿Y qué has descubierto sobre mis deseos, duquesa?

—Nada.

—¿Y qué te impide intentar descubrirlo? —se acercó un poco más—. ¿Tienes miedo?

—Lo he intentado. —No debería decírselo—. Pero no he podido. A ti no te entiendo.

—Muy conveniente —dijo.

—En absoluto.

El capitán no respondió. La joven ya no podía mirarlo.

—¿Y qué harás ahora? —le preguntó ella por fin.

—Te haré saltar por la borda.

Levantó la vista. Tenía el rostro duro, pero la ira había desaparecido. Arabella se llenó los pulmones de aire.

—Claro.

—Señorita Caulfield, no vuelvas a interferir en la justicia que imparto, ¿lo has entendido?

La joven se tragó el alivio y asintió.

—Entendido.

La miró a la cara.

—¿Qué pensaba hacer con el arsénico?

La había creído. La creía cuando le decía que podía leer a las personas. O quizá creyera que era cómplice del ladrón.

—No lo sé.

—¿No?

—Ya te he dicho que no sé leer la mente. Yo sólo...

—¿Sólo?

—Siento. Siento las emociones de los demás, capitán, y las percibo porque en mi interior no hay ninguna que pueda interponerse en el camino.

Se la quedó mirando fijamente.

—Una afirmación muy sincera. En especial procediendo de una mujer que ha admitido, hace sólo unos minutos, que su alma no podría cargar con el castigo de un hombre.

Le latía muy deprisa el corazón.

—¿Qué vas a hacer con él?

—Lo pondré en manos de la marina.

—Ese barco...

—Es un buque naval. Su capitán hará buen uso de él. Sospecho que el chico tardará varios años en comprender la suerte que ha tenido. Pero al final lo entenderá.

—¿Lo dejarás marchar?

—¿Alguna vez has remado en las galeras de una fragata de veintidós cañones, señorita Caulfield? No tiene mucho que ver con la libertad.

—Pero es un ladrón.

El capitán alzó una ceja.

—¿Ahora quieres que lo azote? A ver si te aclaras, pequeña institutriz.

—¿Por qué lo has perdonado? Todo el mundo sabía que me lo estaba inventando.

—Y aun así has conseguido el apoyo del doctor —dijo con tristeza—. Qué bruja.

—¿Bruja?

—En realidad, me ha venido otra palabra a la cabeza. Pero he conseguido rectificar a tiempo.

Tan pronto se enfadaba como bromeaba.

—Eres un hombre raro, capitán Andrew.

—Y tú eres una institutriz muy poco corriente, señorita Caulfield.

—Te agradezco el cumplido.

Entonces apareció esa arruga en la mejilla del capitán.

—¿Era un cumplido?

A Arabella se le volvió a acelerar el corazón, pero no fue debido al miedo.

—Por lo menos deberías interrogarlo. Según parece, alguien le contrató para que robara veneno. Puede que quien lo hiciera quisiera lastimar a alguno de los hombres de tu tripulación. O matarlo. O quizá…

—¿A mí? ¿Quizá quisiera matarme a mí? ¿Amotinarse, tal vez?

La joven asintió.

—No te preocupes, señorita Caulfield. Interrogaremos al chico.

—¿Sueles ser el objetivo de muchos asesinos, capitán?

—Normalmente no.

—Y, sin embargo, no parece sorprenderte que otro hombre te quiera mal.

El capitán alzó la ceja y esbozó una pequeña sonrisa.

—Tus palabras me resultan muy poco sinceras, teniendo en cuenta que no te has esforzado nada por esconder tus opiniones sobre mi imperfecto carácter.

—¿No puedes ser sincero por una vez? ¿Te ríes de todo? ¿Incluso del peligro?

—He sentido un miedo muy sincero por ti cuando he entrado en esa enfermería.

A Arabella se le apelmazó la garganta.

—¿Miedo?

Alguien llamó a la puerta.

—Adelante —dijo el capitán sin dejar de mirarla.

—Señor —dijo Miles—. El capitán Masinter desea hablar con usted.

Frunció el ceño.

—¿Ahora? ¿Antes de que lleguemos a puerto?

—Su pasajero insiste en ello.

—¿Y quién es su pasajero, Miles?

La voz de Miles pareció encogerse.

—Su señoría, el conde de Bedwyr.

«¿Conde?»

Pero por lo visto la sorpresa de Arabella no significaba nada para el capitán. La diversión desapareció de su cara.

—Le haré una visita al *Victory*. Dígale al señor Church que prepare el bote.

—Sí, capitán.

—Señorita Caulfield, le voy a pedir al señor Miles que te devuelva la ropa enseguida. —Se dirigió hacia la puerta. Entonces se detuvo y se volvió a colocar muy cerca de ella—. No salgas de este camarote mientras yo no estoy. A menos que el doctor Stewart esté aquí contigo, cierra la puerta con llave y deja entrar sólo al señor Miles. —La miró a la cara muy despacio y con cautela—. ¿Me he expresado con claridad?

La asaltó un batallón de punzadas nerviosas. La mirada del capitán se posó sobre sus labios y luego trepó de nuevo hasta sus ojos.

—¿Me he explicado? —repitió con aspereza.

Asintió.

—Sí.

—En ese caso buenos días, señora.

Cogió el sombrero que aguardaba sobre la mesa y salió del camarote.

Las rodillas de Arabella cedieron y se dejó caer en una silla.

¿Un conde quería hablar con el capitán de un buque mercante? Nunca lo había visto, pero conocía la reputación del conde de Bedwyr. Decían que era muy atractivo, un gran jugador, y la clase de hombre del que cualquier madre alejaría a sus hijas. ¿Qué podría querer ese libertino lord de su capitán?

Se le acaloraron las mejillas.

No era su capitán. Aquel barco sólo era el medio que necesitaba para conseguir un fin. Dentro de dos días no volvería a verlo más. Dentro de dos días ya no sería más que un recuerdo.

5

El duque

—¡*Que* te lleve el diablo, Luc! Mis hombres te han recibido a bordo como si fueras el Mesías regresando de entre los muertos.

El capitán Anthony Masinter de la Marina Real apartó su plato de comida y se sirvió otra copa de vino; luego llenó también la de Luc. El ceño fruncido que asomaba por encima de su bigote tenía un aire jocoso.

Luc tomó asiento tras la mesa de caoba; la mesa que él mismo había elegido para el camarote del capitán cuando amuebló el *Victory* antes de su viaje inaugural seis años atrás. Era mucho más espacioso que los aposentos que tenía en el *Retribution*, y desde allí había dirigido a cientos de marineros y a media docena de oficiales durante cinco años.

—Los hombres recuerdan la guerra y la gloria de la que disfrutan después de la batalla, Tony. Yo sólo soy un recordatorio de esos días.

Un asistente trabajaba en silencio junto a ellos y les retiraba los restos de la cena. Miró el ojo de Luc.

—Maldita sea. —Tony dio una palmada en la mesa—. Hasta el bueno de Cob sabe que no hablas en serio. Te advierto que es una provocación capitanear un barco lleno de marineros que quieren que vuelva su antiguo capitán.

—Yo nunca diría eso —dijo el asistente, y se llevó los platos del camarote.

—Nunca lo diría —gruñó Tony limpiándose el vino de su pulcro bigote con un pañuelo bordado—. ¡Tonterías!

—¿Podemos fumar, Anthony?

La voz del conde de Bedwyr sonó desde el otro extremo de la mesa con un estudiado aire de indolencia. A pesar de que en su día había sido todo un caballero, después de aceptar el condado, Charles Camlann Westfall olvidó hasta el último vestigio de su entrenamiento militar. Ya no llevaba el elegante uniforme azul con cordones dorados del Décimo de Húsares, sino un chaqué de color ciruela con enormes botones de plata, un chaleco de seda con rosas bordadas, y una máscara de intenso tedio en el rostro.

—Buena idea, Charles. —Tony se levantó y acercó una caja a la mesa, encendió un puro y empujó la caja hacia Cam—. Entonces, ¿no quieres el *Victory*? —le preguntó a Luc con despreocupación.

No desde que había encontrado otra misión que valía la pena perseguir.

—Ya sabes que no.

—No podría tenerlo, aunque quisiera —dijo Charles arrastrando las palabras.

—Es verdad. —Tony negó con la cabeza—. El viejo duque no quiere que se ponga en primera línea de fuego. Pobre borracho.

Le dio una palmada en el hombro a Luc.

—Mejor dicho —dijo el conde levantando los ojos ensombrecidos por un mechón de pelo rubio estratégicamente colocado—, la viuda del viejo duque. —Se metió una mano forrada con encajes en el chaleco y sacó una carta lacrada con cera. La dejó encima de la mesa—. ¿Qué te parecen las noticias?

—Luc, ¡por Dios! Eres duque! Enhorabuena. Esto se merece un brindis, y después un segundo. ¡Cob, tráenos el coñac!

—Todavía no es duque, Anthony. Sólo es un duque en potencia.

Luc observó la carta sin abrir que aguardaba sobre la palma de su mano.

—¿Cuándo ocurrió?

—¿Quieres saber cuándo se marchó el tío Theodore con su creador? —Su primo no abandonó su habitual forma de arrastrar las palabras; era como si el hecho de que él mismo también estuviera un paso más cerca del ducado no significara nada para él. Cosa que probablemente era cierta; Cam prefería la indolencia al trabajo—. Hace tres semanas, después de ponerse peor. La verdad, Lucien, es que si hubieras mantenido el contacto habrías sabido que esto era inminente.

El asistente regresó con una botella de cristal y tres copas.

Cam jugueteó despreocupado con su brillante reloj de bolsillo mientras el humo se le enroscaba por entre los hombros.

—Supongo que sigues con la misma actividad que tenías cuando la marina te despidió.

—No lo despidieron. Se marchó él —dijo Tony soltando una nube de humo—. Es un tipo noble.

El camarote estaba fresco. El aire de finales de verano procedente del Atlántico se colaba por las amplias ventanas. Y, sin embargo, el sudor se amontonaba alrededor de la cicatriz de Luc.

—¿Por qué Adina te manda para decírmelo, Cam?

La viuda de Theodore era una mujer joven, preciosa, y tan superficial y sosa como su difunto esposo. Estaba muy unida a su hermano mayor, Absalom Fletcher. Y era evidente que las noticias no serían del agrado de este. Estaba claro que eso significaría que Luc regresaría por fin a casa. Y que también lo haría su hermano.

Pero Fletcher ya no era sólo un clérigo. Hacía poco que lo habían ascendido al episcopado, y era un hombre poderoso e influyente. El obispo de Barris no tenía mucho que temer de los niños que tuvo bajo su tutela. Hasta ese momento él siempre había vivido en el mar, y Christos en Francia. Y, sin embargo, eso estaba a punto de cambiar.

—No me ha enviado ella. Me he ofrecido voluntario. —Cam alzó la ceja—. He venido a darte el pésame, primo.

Tony frunció el ceño.

—La verdad es que Combe es un lugar muy bonito. No me importaría tener un castillo como ese.

—Luc ya tiene un castillo, Tony.

—¡Pero no en Inglaterra!

—El título le vendrá muy bien, Anthony, igual que la propiedad —murmuró el conde—. Si la duquesa perdiera el hijo que espera igual que ha sucedido con todos los demás, o si diera a luz una niña, el número de herederos al ducado se reduciría a cero.

Tony se atragantó con el coñac.

—No me gusta que hables así del hermano de ningún hombre, Charles. No me sorprendería que Luc te desafiara por ello. Si no lo hace él, quizá lo haga yo.

—Sabe que no lo haré. Él tiene dos ojos. —Luc se metió la carta en el bolsillo—. Y tú también lo sabes.

—Desafiaré a este granuja si me apetece, incluso aunque le deba cien guineas de la última partida de cartas.

—Hay una nota adjunta de Adina, Lucien —dijo Cam—. ¿No te interesa leer las sinceras súplicas de nuestra tía para que vuelvas a casa y le arregles la vida?

—Ya te has acostado con ella, ¿verdad, Cam?

Tony se puso en pie de un salto y tiró la silla a su espalda.

—Malditos sean vuestros tres ojos. La pobre chica acaba de enviudar.

—Siéntate, caballeroso bobo. —Cam se rió con languidez—. Luc sólo me está tanteando. Y la duquesa no es mi tipo.

—¿No es una mujer casada?

Luc cogió su copa.

El duque había muerto. Larga vida al duque.

Durante los diecinueve años que Adina había sido la esposa de Theodore, había perdido cinco hijos antes de nacer. La vida del pobre hijo que llevaba en el vientre no era ninguna certeza. Tras el quinto aborto, Theodore exigió que Luc abandonara la marina y le dejó bien claras sus preocupaciones.

Pero él siempre había dado por hecho que su tío se recuperaría de la enfermedad que padecía y seguiría buscando herederos. Había quien sugería que la delicada Adina no sobreviviría a otro parto complicado, y que lo mejor que podía hacer Theodore era buscarse una segunda esposa a la que se le diera mejor concebir.

Pero eso ya no era posible y todo había cambiado.

Luc no se quitaba la cara del marinero Mundy de la cabeza, igual que las súplicas de la pequeña institutriz para que salvara al joven hambriento. Los pobres seguían pasando hambre, a pesar de que ya hacía un año que había acabado la epidemia de hambruna. Las malas cosechas del año anterior habían reducido las reservas de semillas, y los cultivos de ese año eran escasos. Lo había visto en Portugal en primavera, en verano en Francia, y de nuevo en Cornwall y Devon antes de salir de Plymouth: las mejillas hundidas de los campesinos, las extremidades flacas de los aldeanos, y niños muriendo por todas partes. Había llegado a sufrir incluso el patrimonio de su familia, una creciente propiedad de Shropshire.

Pero ya no tenía elección. No podría viajar a Portugal con su mercancía.

Y ahora tenía una meta: necesitaba un heredero. Con el duque muerto y Adina esperando el nacimiento de su hijo, el ducado estaba en suspenso. Pero si el niño no sobrevivía o era una niña, él heredaría. Tenía que abandonar su barco y regresar a Londres en busca de una esposa adecuada. La propiedad de Francia era modesta y el título de Rallis era honorario; su hermano Christos, que llevaba varios años viviendo en el castillo, se podría encargar de ello. Pero no debía heredar el ducado. El peso de la responsabilidad y la autoridad acabaría con la vida de Christos con la misma rapidez que una guillotina.

Ahora no podía quedarse a bordo. Por primera vez en once años, debía irse a casa.

Si regresaba, se podría ocupar de los problemas de Combe mientras tuviera el poder de hacerlo. Theodore no podía haberlo nombrado principal administrador de la finca. Mucho se temía que habría sido Fletcher quien habría recibido ese honor, ya que era amigo de su tío de toda la vida. Él sólo podría ejercer autoridad sobre Combe hasta que naciera la criatura. Después del nacimiento ya no tendría ninguna autoridad, o la tendría toda.

—En realidad —dijo Cam—, la duquesa no está en condiciones de revolcarse sobre el heno con nadie. La preciosa Adina está a punto de dar a luz.

Luc levantó la vista.

—¿Ya?

—Oh, el tiempo vuela.

—Pobrecilla. —Tony negó con la cabeza—. Con su historial, es muy probable que no le sirva de nada. Y de todos modos Luc tendrá que esperar. La maldita aristocracia siempre mareando la perdiz. Yo siempre digo que es mucho mejor ser plebeyo.

—Tu padre es baronet, Anthony —le recordó Cam esbozando una pequeña sonrisa.

Tony hizo ondear su puro.

—Nadie le da importancia a un pequeño baronet. Y menos aún a su quinto hijo.

—¿Cuándo nacerá?

—En noviembre.

Le quedaban menos de tres meses. Tres meses tras los que Absalom Fletcher bien podría ser el señor de facto de Lycombe durante un montón de años. O tres meses para convertirse en duque. Todo dependía de la frágil viuda y su hijo nonato.

Luc se frotó la cicatriz. Cam volvió la cabeza con despreocupación. Pero por primera vez en meses el capitán del *Retribution* no sintió la necesidad de partirle esa cara perfecta a su primo.

—En cualquier caso, Luc, a esa pobre chica le vendrá bien tener un hombre en casa. —Tony tocó la empuñadura de su sable—. Será mejor que vuelvas enseguida.

—¿Qué es esta monstruosidad? —Cam posó una mirada arqueada sobre la espada—. Cielo santo, Tony, parece una joya de la corona.

—Pertenece a la familia. —El baronet sacó pecho—. El rey Guillermo se la regaló a mi tatarabuelo tras su abrumadora victoria en Cherbourg, ¿sabes?

Luc observó distraído las brillantes joyas incrustadas en la empuñadura de la espada. Uno de los rubíes le llamó la atención, pero no era tan grande como el que había en el anillo de la institutriz. Al final no podría seguirla hasta su castillo. Era lo mejor. No tenía ningún sentido que se complicara la vida cortejándola por muy valiente, vulnerable y temeraria que fuera. Y no importaba cómo lo miraban sus magníficos ojos con ese deseo velado, ni lo mucho que lo sorprendiera con su ágil lengua.

Se bebió el coñac de la copa, todo el que tenía, tal como había hecho la noche anterior, cuando compartió la oscuridad con una preciosa sirvienta empapada.

—Dejaré el *Retribution* en manos de Church —dijo—. ¿Vosotros regresáis a Inglaterra?

Tony resopló.

—El almirante ha ordenado que ponga el barco a tu disposición. El *Victory* navega a tu antojo. De nuevo.

Sonrió frunciendo el ceño.

Luc miró los oscuros ojos de su primo. Cam le devolvió la mirada con los ojos entornados.

—¿Cuál es el verdadero motivo de que te ofrecieras voluntario para traerme la noticia?

La esquina de los labios de Cam se curvó hacia arriba.

—Afortunadamente, justo cuando murió tu tío, tenía la imperiosa necesidad de ausentarme de Londres.

—Por una mujer, supongo.

Luc arqueó la cicatriz. Hacía seis meses también había protagonizado un escándalo con una mujer que llevó a su primo a viajar de Inglaterra a Francia. En realidad, era una jovencita. Pero en aquella ocasión Cam le sorprendió. El vicio de su primo no era el que él imaginaba. Y, sin embargo, cuando comprendió la verdad ya era demasiado tarde: su ojo fue la víctima de su error de juicio.

Cam hizo girar el contenido de su copa de coñac distraídamente.

—Cuando un hombre racional se comporta de forma contraria a sus intereses, siempre es por culpa de una mujer, Lucien. El hecho de que tú estés demasiado ciego para darte cuenta —por fin miró directamente el pañuelo que cubría el ceño de su primo— es sólo culpa tuya.

Luc retiró la silla de la mesa y se levantó. Entonces se abrió la puerta y entró el primer lugarteniente del *Victory*.

—Capitán —le dijo el marinero a Masinter—. Hemos interrogado a Mundy. Sólo ha admitido que en Plymouth lo contrató un hombre que no había visto nunca. Le pidió que buscara el *Retribution*, que se uniera a su tripulación y que robara el veneno de la enfermería. Debía esperar nuevas instrucciones cuando llegara a Saint-Nazaire. —Se dirigió a Luc—. Creo que dice la verdad, señor.

—Le has torturado, ¿no es cierto? —preguntó Cam arrastrando las palabras.

—¿Te ha dicho cómo se llamaba la persona que lo contrató? —le preguntó Luc al lugarteniente.

—Ha dicho que no lo sabía, señor. En cuanto a lo de la tortura... —Miró al conde—. Mundy nos dijo que al hombre le faltaba el pulgar de la mano izquierda.

—Gracias, Park —dijo Tony—. Es suficiente.

—Sí, capitán.

El oficial se marchó.

Tony frunció el ceño, pero esta vez su expresión no reflejaba ningún placer.

—Maldita sea, Luc. No me gusta que ningún ladrón se paseé a sus anchas por mi barco.

—Enciérralo en el calabozo, si quieres. Hablaré con él cuando vuelva.

Y descubriría todo lo que pudiera del intento de robo del muchacho. Si tenía que creer en los instintos de la institutriz —o como ella había dicho, en esa habilidad suya para leer a los hombres—, Mundy no era ladrón por inclinación, sino por desesperación. Pero lo del veneno era preocupante.

Entonces se acercó a la puerta.

—Nos vemos en el puerto, caballeros.

—Supongo que has cancelado los planes de hacer una escapadita a tu precioso castillo —supuso Cam suspirando con pesar.

—Es una lástima. Pero el viejo Luc tiene que hacer frente a sus responsabilidades.

Eso y evitar más reuniones en privado con una preciosa sirvienta pelirroja. La mandaría a Saint-Reveé-des-Beaux y se desharía de la tentación.

—*D*octor Stewart, ¿por qué la Marina Real nos escolta hasta el puerto?

Arabella estaba junto a la ventana del camarote y observaba cómo el barco se desplazaba por el agua muy despacio junto a ellos.

—Es un gran honor, muchacha.

Pronto estarían en Saint-Nazaire y dejaría el mar atrás. Pero estaba muy nerviosa. Se dijo que era porque estaba a punto de empezar a trabajar en un sitio nuevo. Según le había dicho el doctor Stewart, ya sólo estaban a un día de viaje. Seguro que sus nervios no tenían nada que ver con la certeza de que se veía obligada a hablar con el capitán Andrew antes de desembarcar. No habían vuelto a cruzar palabra desde que él había subido a bordo del buque de la marina la noche anterior, y se alegraba de ello. Aquella noche no había soñado con mares revueltos y tormentosos, había soñado que él la tocaba.

Nunca había querido que la tocara ningún hombre. Era ridículo que hubiera soñado que él lo hacía y se hubiera despertado sin aliento, con las faldas revueltas y la piel caliente.

—Le agradezco que se ocupara de mí cuando cogí frío, doctor. Ojalá pudiera ofrecerle alguna compensación.

—No tiene que darme las gracias. —Se rió—. Y no hace falta que me compense.

La joven se metió la mano en el bolsillo y sacó la moneda más grande que tenía.

—¿Aceptaría esto?

Él le apartó la mano con delicadeza.

—No hay que avergonzarse de aceptar la caridad. Tampoco es pecado.

—El pecado reside en el orgullo que conduce a rechazarla.

El capitán Andrew apareció en la puerta del camarote.

No estaba preparada para volver a verlo. Probablemente nunca lo estaría. Lo que la había confundido cuando estaba junto a él no fue el coñac, el sueño o el ataque del joven marinero. Se debía sólo a él, simplemente. Era esa extrañeza, su belleza destrozada y esa mirada intensa que se suavizaba de repente y se volvía a endurecer con la misma rapidez.

—¿Ahora eres teólogo? —preguntó Arabella al capitán.

—Hago lo que puedo, señorita Caulfield.

Su mirada brillante le dio ganas también a ella de ponerse a bromear. No debía hacerlo. Pero ya no volvería a verlo. Debía volver a centrarse en el trabajo, la determinación y en su objetivo.

—¿Cómo por ejemplo? —se permitió decir—. Aparte de pecar, claro.

Él apoyó un hombro en el marco de la puerta y se cruzó de brazos.

—Un poco de esto, un poco de aquello. Ya sabes, reducir ladrones de joyas, rescatar damiselas... —Hizo un gesto despreocupado con la mano—. Lo habitual.

El doctor Stewart le lanzó una mirada sesgada y se marchó.

Arabella dejó escapar un suspiro firme.

—Yo no robé el anillo.

Él alzó las cejas.

—Yo no he dicho tal cosa.

—¿Por qué desconfías de mí en esto? ¿Te he dado algún motivo en especial para ello?

La observó con esa extraña intensidad que a ella le hacía flaquear las rodillas.

—No eres lo que pareces, señorita Caulfield. El anillo que llevas encaja mejor con tu carácter que el uniforme de institutriz. ¿Puedes negarlo?

Quería hacerlo. Lo tenía en la punta de la lengua. Eso era una tontería. Era una chica pobre procedente de una familia pobre. Una huérfana. Una sirvienta.

Pero cuando él la miraba la hacía sentir como... una duquesa.

Volvió a la realidad.

—¿Por qué nos está escoltando ese buque de la marina? Y en aguas francesas, nada menos. ¿Has hecho algo ilegal?

—Ah, la pequeña duquesa cree que puede hacer todas las preguntas que quiera mientras se niega a responder las que se le hacen a ella. Interesante, aunque supongo que previsible. —Hizo un gesto en dirección a la cubierta de los cañones—. Pronto llegaremos a puerto. Quizá prefieras ver cómo llegamos desde arriba.

Le hizo un gesto para que se dirigiera a la puerta y ella salió delante de él. Pero Luc se quedó cerca, demasiado cerca, y cuando ella subió la escalera de la cubierta principal, la mano del capitán rozó la suya en la barandilla.

La cogió de los dedos y detuvo su ascenso. La brisa que se colaba por la escotilla se arremolinó alrededor de su capa y sus manos unidas.

—Señor —susurró, pero tenía la garganta apelmazada y el viento se llevó el sonido de su palabra.

La soltó y ella se apresuró escaleras arriba.

El viento soplaba con fuerza en la cubierta principal, y las velas del *Retribution* estaban tan hinchadas como las del buque naval que los seguía de cerca. Los marineros estaban muy activos sobre cubierta.

—¿Has perdido tus guantes, señorita Caulfield?

El capitán habló por detrás de su hombro con un tono grave e íntimo, como si no estuvieran a plena luz del día rodeados de docenas de hombres.

Se volvió. Se le sonrojaron las mejillas y se le separaron los labios. —Están en Plymouth —dijo—. Los vendí a cambio de comida.

Para los niños que encontró.

Asintió.

El capitán se quedó mirando su boca y se le hinchó el pecho, y ella tuvo miedo de que la besara delante de su tripulación y a plena luz del día, como un hombre besaría a una mujer de mala reputación, donde quisiera y cuando quisiera. Por como hablaba de las institutrices, debía pensar que era lo que sugirió cuando se conocieron en Plymouth. Viajaba sola y tenía un anillo que sólo podría poseer una mujer rica. El capitán Andrew no tenía motivos para pensar que era otra cosa que una mujerzuela, o debía de tener algún otro motivo para mirarla con ese evidente deseo.

—No soy lo que crees que soy.

Se mordió el labio. No había sido su intención hablar. No tenía por qué justificarse ante él.

—No creo que tengas ni idea de lo que pienso sobre tu persona. Ahora mira detrás de ti.

Se dio media vuelta.

Engalanado como una novia el día de su boda, el estuario brillaba a la luz del sol rebosante de embarcaciones. La orilla se extendía como un manto dorado y blanco de largas y relajadas playas que daban paso a dos hileras de muelles. Estaban llenos de barcos cuyas banderas delataban que procedían de todos los rincones del mundo.

La ciudad de Saint-Nazaire estaba afincada en el interior de la desembocadura del río, y era poco más que una colección de muelles y astilleros, con la punta de una iglesia asomando por encima del racimo de edificios que se levantaban desde la orilla.

—Es muy improbable que te caigas por la borda con tanto barco alrededor, duquesa —le dijo en voz baja junto al hombro—. Ya puedes soltar la barandilla.

Se sobresaltó. Tenía los nudillos blancos de apretarla.

—Yo...

—Ya me he dado cuenta —se limitó a decir—. Bienvenida de nuevo a tierra, señorita Caulfield.

Le hizo una reverencia y cruzó la cubierta en dirección al timón.

6

Dos Luises

—*Je suis désolé, mademoiselle* —dijo el posadero sin un ápice de desolación en su estrecho rostro gaélico—. *Mais*, no hay ningún carruaje. Y nadie puede fabricar un carruaje de la nada, ¿no?

Frunció los labios.

Arabella apretó las monedas que le había enseñado, hasta el último centavo que tenía.

—Es porque no le pago más, ¿verdad?

Negó con la cabeza.

—*Je vous ai dit*, ni los caballos ni el carruaje estarán disponibles hasta el *jeudi*.

El jueves. Faltaban dos días. No se podía permitir quedarse ni una sola noche en la posada y luego alquilar el carruaje hasta Saint-Reveé-des-Beaux.

—¿Hay algún otro sitio donde pueda alquilar un carruaje en la ciudad?

—*Non non, mademoiselle*.

Volvió a negar con la cabeza como si lamentara mucho no poder complacerla.

—Pero cuando venía he pasado junto a un establo y he visto un carruaje perfectamente bueno con dos caballos que no estaban haciendo nada en absoluto —replicó ella con firmeza—. ¿Cómo explica eso, *monsieur*?

—Discutir con los posaderos de este país es una pérdida de tiempo, querida —dijo una lánguida voz a su espalda—. Ahora que han probado las mieles de la Revolución, los franceses tienen poco respeto por nada que no sea la avaricia. Es una lástima. Antes eran maravillosamente obsequiosos.

El hombre que aguardaba en la puerta parecía un príncipe salido de un cuento de hadas. Era rubio como un dios, tenía el pelo ondulado y unos cálidos ojos marrones. Vestía terciopelo oscuro, con encaje en el cuello y las muñecas, y llevaba unas botas tan pulidas que brillaban.

Pero ningún príncipe repasaría a una dama con la mirada de pies a cabeza. En comparación, las lujuriosas miradas del capitán Andrew parecían completamente seguras. No. Eso no era verdad. No había nada de seguro en las miradas del capitán Andrew, porque ella las había deseado muy a su pesar.

—*Monsieur, bienvenue!* —El posadero hizo una reverencia pronunciada—. ¿Puedo ayudarle en algo?

—Para empezar, podría dejar de angustiar a esta dama. —Se acercó a ella—. Es evidente que necesita ayuda.

—Que no creo que acepte de ti. —El capitán Andrew cruzó la puerta—. Creo que enseguida te darás cuenta de que es muy autosuficiente. —Le hizo una reverencia—. Señora.

Arabella trató de sofocar su pulso acelerado.

—Capitán.

Los lánguidos ojos del caballero se abrieron como platos.

—¿Cómo es que tienes el placer de conocer a este diamante y yo no, Luc? Es absolutamente criminal.

—Señorita Caulfield, permíteme que te presente, con todas mis reticencias, al conde de Bedwyr —anunció el capitán mirando al conde de reojo—. Cam, la señorita Caulfield ha viajado desde Plymouth en el *Retribution*.

En la boca del conde se dibujó una lenta sonrisa y la volvió a repasar con los ojos.

—Ah, ahora comprendo la presencia de un pasajero en tu barco, que suele estar *rempli des bêtes*. Bien hecho, Lucien.

El capitán aceptó una llave del posadero.

—Mañana hay festival en la ciudad —se escuchó por la puerta antes de que apareciera el hombre que lo había dicho—. Qué bien, caballeros, podremos disfrutar de un entretenimiento poco habitual.

Era un hombre moreno con unos bigotes que se curvaban dramáticamente sobre cada una de sus mejillas. Llevaba uniforme naval y la espléndida pluma de su tricornio se cernía sobre sus ojos. Cuando vio a Arabella, se detuvo abruptamente.

—Vaya, *bonjour, mademoiselle.* —Se quitó el sombrero y arrastró la pluma por el suelo—. Es una preciosidad, ¿verdad, caballeros?

—Por lo visto, los ojos de Luc no están tan doloridos como los nuestros, Anthony —dijo el conde arrastrando las palabras—. Bueno, el ojo.

—Señorita Caulfield, este es el capitán Masinter de la Marina Real —dijo el capitán Andrew poniéndose a su lado—. Tony, no es francesa.

—No creo que Anthony tenga manías cuando la belleza es tan evidente —afirmó el conde de Bedwyr esbozando una sonrisa.

—Y no está casada —advirtió el capitán con sequedad lanzándole una dura mirada al conde. Luego la miró a ella—: ¿Verdad?

Arabella se tragó el nudo que tenía en la garganta. El conde era realmente magnífico, y el capitán naval muy apuesto. Pero estar junto al recio y autoritario capitán del *Retribution* cuando creía que ya no lo volvería a ver, le hacía temblar las rodillas. Se comportaba con total autoritarismo, y no había tenido que decirle que le tenía miedo al mar para que se diera cuenta. Ella no podía descifrar sus pensamientos, pero por lo visto él sí que podía interpretarla a ella perfectamente bien.

—No estoy casada.

—Lo siento, Cam —dijo el capitán sin rastro de humor. Luego la miró y le brillaron los ojos—. ¿*Monsieur* Gripon, ya ha atendido debidamente a la señorita Caulfield?

No era la primera vez que hablaba con otra persona mientras la miraba. Era como si supiera que la atención de los demás siempre estaba volcada en él y creyera que todo el mundo estaba esperando sus palabras sin importar dónde estuviera mirando.

—*Hélas, monsieur!* —El posadero hizo chocar las manos como si estuviera muy preocupado—. La preparación de *le jour de la fête* de mañana ha acaparado *toutes les ressources de la ville.*

El capitán frunció el ceño.

—Quiero alquilar un carruaje para viajar hasta el castillo —dijo la joven—, pero me ha dicho que no hay ninguno, aunque yo he visto uno en el establo, y caballos.

Se volvió hacia el posadero.

—¿Eso es cierto?

—*Le chariot* tiene que llevar la sagrada imagen de *le roi* Luis Noveno en la procesión de mañana, capitán. No puedo alquilarlo ahora. —El posadero negó con la cabeza apesadumbrado—. Pero la *mademoiselle* no quiere comprender.

El capitán asintió.

—Entiendo. Señorita Caulfield, me temo que es muy probable que esté diciendo la verdad. ¿De cuántos días dispones antes de tener que llegar a tu destino?

—Cinco. Pero me gustaría llegar antes. —No tenía elección. No disponía de fondos para quedarse ni un solo día en Saint-Nazaire. No podía dejarse vencer después de haber llegado tan lejos—. ¿Cuántos días durará el festival?

—Sólo uno. —El capitán se quitó los guantes—. Es la fiesta de San Luis, señorita Caulfield, uno de esos tipos medievales de las cruzadas y antepasado del actual Luis, ¿sabes? Lo de mañana será muy divertido. —Le dedicó una amplia sonrisa—. Los católicos del continente celebran unas fiestas maravillosas.

—¿Por qué no se queda una noche en la ciudad y disfruta de la celebración, señorita Caulfield? —le sugirió lord Bedwyr haciendo una elegante reverencia—. Será un honor ser su acompañante en los festejos.

—No me cabe ninguna duda. —Luc la volvió a mirar—. Señorita Caulfield, si tal como afirmas es cierto que has pasado tanto tiempo entre la alta sociedad de Londres, ya sabrás que no puedes confiar en las intenciones de lord Bedwyr.

—Apenas le conozco, capitán. No debería prejuzgarle.

—Entonces quizá podrías confiar en mi palabra.

—Sí, señorita Caulfield —afirmó Cam lanzándole una astuta mirada a Luc—. Es mucho mejor que confíe en nuestro amigo el capitán Andrew, en lugar de confiar en mí. Aunque tenga aspecto de villano y se dirija a una dama como un sinvergüenza, en realidad es un tipo noble, mientras que yo sólo soy un pobre hombre solo en un país extranjero que busca la inocente compañía de una dama para dar un paseo por la tarde.

La sonrisa de Cam se ensanchó hasta convertirse en la sonrisa que había practicado con cientos de preciosas mujeres con enorme éxito.

Un pálido rubor asomó a las mejillas de la institutriz.

Luc apretó los dientes. Ese sinvergüenza siempre conseguía hacer mella en las mujeres. A él nunca le había importado. Ni una sola vez.

Pero ahora sí le importaba.

—Camlann, no bromees con la joven —dijo sin sorprenderse de la aspereza de su voz.

—Supongo que tú eres el único hombre con ese privilegio.

Un brillo iluminó los ojos de Cam.

—Capitán, milord —dijo la joven con firmeza alzando la barbilla—. Me encantaría que dejarais de hablar de mí como si no estuviera delante. —Se volvió a dirigir al posadero—. Reservaré una habitación para esta noche y la de mañana con la esperanza de poder disponer del carruaje el día siguiente. ¿Cuánto me costará?

El posadero le lanzó una mirada inquisitiva a Luc.

La joven se sonrojó. Pero sus hombros permanecieron firmes.

—Apenas conozco a estos caballeros, *monsieur*, y no formo parte de su grupo. Yo pagaré mi habitación y el carruaje hasta Saint-Reveé-des-Beaux.

—¿Saint-Reveé-des-Beaux? —preguntó Cam lanzándole una rápida mirada a Luc. Dio un paso hacia ella—. Vaya, querida, ese también es mi destino. Tengo muchas ganas de ver a mi viejo amigo, el príncipe Reiner, que está alojado como invitado de... Vaya, ¿cómo se llama el arisco dueño del castillo, Tony?

Este alzó una ceja e hizo girar uno de los extremos del bigote con el dedo índice y el pulgar.

—Ahora mismo no me acuerdo.

—Ah, sí, el conde de Rallis. —Cam gesticuló con una de sus muñecas cubiertas de encaje—. *Monsieur* Gripon, el carruaje póngalo en mi cuenta. Insisto. Por supuesto le garantizo su privacidad durante el viaje, señora. Yo iré delante y despejaré el camino de rufianes y bribones. —Le dedicó una sonrisa ganadora y se fue hacia la puerta—. Oye, Tony, ¿por qué no volvemos al restaurante que hemos visto al pasar y pedimos un poco de capón rustido? Lucien, supongo que te veremos luego.

—Buena idea, Charles.

Tony le hizo una gran reverencia a la señorita Caulfield y se marchó.

Entonces la joven dijo:

—¿Eres amigo de condes y comandantes navales, capitán?

—No se si llamaría amigo a Bedwyr.

—Eso es evidente. No tengo ninguna intención de aceptar su ayuda para viajar hasta Saint-Reveé-des-Beaux.

—Es lo mejor que puedes hacer.

Si había un solo caballo o mula disponible en la ciudad, mandaría un mensaje al castillo y haría que le enviaran un carruaje. En cuanto Miles acabara de hacer el equipaje le pediría que se encargara de ello.

La joven lo miró un momento con las mejillas todavía sonrojadas.

—Buenas noches, capitán.

La observó mientras seguía al posadero escaleras arriba y se dio cuenta de que llevaba la espalda tan recta como la de cualquier duquesa. No tenía ninguna duda de que las jóvenes a las que entrenaba para entrar en sociedad eran muy afortunadas.

$\mathcal{L}$a posada estaba en el perímetro de la ciudad, al final de una playa rodeada de arbustos y plataneros. *Monsieur* Gripon le asignó una habitación del tamaño de un armario al final de la escalera, desde la que Arabella oía cada paso y cada palabra de los huéspedes del abarrotado hotel cuando pasaban junto a su puerta. Por lo visto, por mucho que conociera a un noble inglés y a un capitán de la Marina Real, eso no le aseguraba a una mujer pobre una habitación envidiable en una posada francesa. Las sábanas eran finas y estaban desgastadas, el colchón era de paja y los postes y el cabecero de la cama estaban roídos por los dientes de algún huésped hambriento.

Le costó poco tranquilizarse cuando pensó que en sólo dos días estaría durmiendo en un castillo.

Se quedó mirando un buen rato por la ventana. Observaba las olas negras que rompían en la playa, justo donde hacía dos horas que el sol se había escondido en la ensenada tras una llamarada de fuego. Incluso su olor, mezclado con los reconfortantes aromas de la comida que habían servido no hacía mucho en el comedor del piso de abajo, parecía menos salvaje y feroz.

Le rugió el estómago. Si no estaba despierta toda la noche por culpa del paso de los demás huéspedes por la escalera, sería por culpa de su tripa vacía. Pero no tenía suficiente dinero para pagar la habitación y la cena.

El capitán Andrew le pagaría la cena si se lo pedía. Pero entonces estaría en deuda con él y esperaría que se la pagara. Era lo que solían hacer. Había conocido muy pocos hombres que no la miraran como si fuera algo que engatusar, alguien a quien dar órdenes o comprar. U odiar. Como el hombre al que sus hermanas llamaban «papá».

Ella creía que el reverendo Martin Caulfield era un buen hombre, de intenciones sinceras y afectivo a su manera. Admiraba la modestia de Eleanor y estaba orgulloso de su inteligencia. Y le divertía el interés que Ravenna mostraba por cada bicho y pájaro del pueblo; imaginaba que era una naturalista aficionada. Pero nunca se había preocupado por su hija adoptiva mediana. Una vez, cuando ella era muy pequeña y lo molestó mientras trabajaba, la regañó y le dijo que no respetaba su vanidad.

Pero cuando creció vio algo más en sus ojos. Decepción. Disgusto.

Entonces, el día que cumplía catorce años, la vio hablando con el hijo del herrero. Era un chico robusto. Le había llevado un ramo de flores que había cogido de un jardín, y ella se rió, le hizo gracia que hubiera escapado sin que lo viera el jardinero. El reverendo la encontró allí, la cogió de la muñeca y la arrastró hasta casa. La llamó inmodesta y le leyó la historia de Jezabel. Le dijo que siempre había sospechado que su madre era una mujer de mala reputación. ¿Qué otra clase de mujer, sino una prostituta pelirroja, se desharía de sus hijas de esa forma? Arabella debía luchar contra esa tendencia que llevaba en la sangre, por el bien de la reputación de sus hermanas y por el bien de su alma.

Después de ese día dejó de buscar su aprobación y su afecto. Decidió estudiar para poder encontrar a su madre y demostrarle al reverendo que se equivocaba. La larga enfermedad de Eleanor lo hizo posible. Fue ella quien fue a la escuela con los fondos que había ahorrado en lugar de su hermana mayor, y allí aprendió lo que necesitaba para forjarse un destino. Y con suerte, quizás algún día, podría encontrar a su padre.

Se llevó los dedos al pañuelo que llevaba en la cabeza. Recordaba muy bien el pelo de su madre, sedoso y brillante bajo el sol tropical.

Ella lo tenía muy sucio. Y le picaba la cabeza. No podía presentarse ante la princesa Jacqueline con pinta de monja. Pero si se soltaba el pelo sin lavárselo, tendría un aspecto todavía peor.

Cogió la minúscula vela que le había dado *monsieur* Gripon, salió de la habitación y bajó los cuatro estrechos tramos de escaleras hasta el salón. Ya era tarde. Echó un vistazo por el pasillo que conducía a la parte posterior de la posada. Una mujer venía hacia ella. Tenía las mejillas rubicundas, el pelo recogido y la falda negra almidonada.

—Soy *madame* Gripon. —Hablaba como la camarera que servía en la última casa donde había trabajado—. ¿Le ha comido la lengua el gato, señorita?

—Me gustaría bañarme. —Arabella adoptó un tono de voz lo más altivo que pudo—. Quiero que me traigan agua caliente a mi habitación ahora mismo.

—Vaya, ahora que hemos captado la atención de su señoría nos ponemos altivas, ¿no?

—¿Disculpe?

La mujer se apoyó los puños en las caderas y la miró de arriba abajo. Negó con la cabeza.

—Pero teniendo en cuenta que no es él quien pagará la cuenta, me parece que no le podré preparar el baño.

—Claro que sí.

La mujer le tendió la mano a Arabella.

—Serán dos luises.

—¿Dos? Pero eso es un atraco.

La mujer volvió a posar la mano en la cadera provocando un frufrú de telas caras.

—El precio por darse un baño en mi hotel es de dos luises, señorita. Si no los tiene, no tengo agua caliente para usted.

—Entonces tráigame agua fría y me las apañaré con eso.

Volvió a tenderle la palma de la mano.

—Serán tres peniques, señorita.

Arabella reprimió su irritación.

—Buenas noches, señora.

Subió los escalones lo más tranquilamente que pudo con la vela temblando entre las manos.

Cuando entró en la habitación, dejó la vela, se quitó el paño sucio de la cabeza y lo tiró sobre la cama. Se le descolgó la melena sin brillo hasta la cintura y su estómago acompañó el movimiento con un intenso rugido. La frustración, la impotencia, el cansancio y el hambre se apoderaron de ella. Enterró la cara entre las manos.

Nada. Ni un sollozo. Ninguna lágrima. Ni siquiera una gota de humedad.

Nunca lloraba. Tenía el corazón seco desde el día que recibió su primera azotaina en el orfanato. La directora se rió de ella con la fusta en la mano, y Arabella le juró a aquella mujer y a Dios que no volvería a llorar jamás.

Se acercó a la ventana, abrió las contraventanas y se quedó mirando el mar negro. Debajo de ella, los caballos que no podía utilizar porque estaban reservados para un santo, relinchaban con suavidad.

Tenía un nudo de nervios en el estómago. La clase de nervios que sentía siempre que estaba a punto de hacer algo que sabía que al reverendo no le gustaría, unos nervios que hacía muchos años que no sentía porque se había convertido en una cuidadora de jóvenes de buena cuna respetable, responsable, profesional y muy demandada.

Se quedó mirando el establo. No había ningún farol ni ninguna antorcha que iluminara el edificio, y no se veía ninguna otra casa. Antes había visto cómo el mozo cerraba el establo y se marchaba a la ciudad. No había nadie dentro.

Había pasado la infancia en el campo con una hermana enamorada de los animales. Sabía muy bien que en los sitios donde los animales pasaban la noche habría agua.

No podía hacerlo. Si la descubrieran...

Apagó la vela y se tumbó a oscuras en la cama. Pero se quedó despierta, sumergida en la violenta música del oleaje y notando la brisa marina húmeda y salada en la piel. Se sentía sucia y pegajosa del viaje, no tenía aspecto de ser una mujer a la que ningún príncipe pudiera tomar en consideración.

Pero tenía que considerarla.

Tenía que estar guapa cuando la viera.

No la descubrirían.

Se levantó de la cama. Mientras se acercaba a la puerta notó el contacto del suelo frío en sus pies descalzos. Cogió una manta raída y salió de la habitación. La escalera estaba oscura y bajó a tientas desoyendo las quejas de un par de personas que subían. Cuando llegó al rellano, oyó los furiosos ruidos de muelles que salían de una de las habitaciones. Arabella se sonrojó, pero no era nada que no hubiera oído ya en las habitaciones de los sirvientes, y era una tontería que se pusiera mojigata cuando ella misma había pensado en ello cada vez que el capitán Andrew la había mirado.

Llegó a la planta baja en silencio.

Necesitaba jabón. Pero no tenía ni idea de dónde podría encontrar un jabón apropiado para lavarse el pelo en una posada francesa.

Empezó buscando en la cocina. Había un perro viejo dormido en el suelo junto a la chimenea. El animal abrió un ojo cuando ella se acercó a la despensa, sacudió una oreja, luego cerró el ojo, resopló y volvió a inspirar hondo.

Arabella encontró un tarro con jabón detrás de una jarra de ciruelas secas. Curioso sitio para guardarlo. Entonces lo abrió y metió la nariz dentro.

No era un jabón cualquiera, sino la más lujosa pasta de lavanda que había olido en su vida. Metió un dedo, la frotó y casi se pone a cantar de alegría. Era aceite de baño. Un buen aceite de baño costaba bastante más de dos luises. Si ella tuviera algo como aquello en un establecimiento público, también lo escondería detrás de las ciruelas.

Salió de la posada a escondidas. La noche estaba iluminada por una finísima luna creciente y las sombras que habitaban el camino hasta el establo eran muy intensas. Las olas del océano que rompían en la playa a quince metros de los plataneros sofocaban los demás sonidos como si fueran criaturas nocturnas. Arabella se dijo que aquello era mucho mejor que la brillante luz de la luna y el silencio. Lo que no pudiera ver ni oír no la podría asustar.

El establo estaba oscuro, pero cuando abrió la puerta se colaron algunos rayos de luna que iluminaron la paja. Los caballos resoplaban mientras dormían tranquilos y el aire tenía un sabor más seco y menos salado, más parecido al de la tierra. Olía como su hogar, como Inglaterra. Inspiró hondo y se llenó los pulmones de aquel aroma.

Encontró un cubo lleno de agua junto al primer establo. Se quedó junto a él un momento deseando poder tirarse todo el contenido del cubo por encima, y se sintió confundida.

Se le empaparía el vestido y también las enaguas. Incluso aunque se lavara por partes, corría el riesgo de acabar tan empapada como aquella noche en el barco.

La incomodidad le encogió el corazón.

No podía permitirse esa clase de problema en ese momento. Por un montón de razones.

El caballo que había en el establo la observó con unos ojos de color té mientras ella se quitaba la manta, el vestido, las enaguas y las medias. Las dejó a un lado, se puso de rodillas y agachó la cabeza dentro del cubo.

Los chorros de agua fría y limpia resbalaron por entre los mechones de su pelo. Unos minúsculos dedos de placer se extendieron por toda su cabeza. Se estremeció de gusto. Después de llevar el pelo recogido debajo del pañuelo durante semanas, aquello la embriagaba de libertad. Se sentía magnífica. Gimió de pura satisfacción.

Entonces escuchó un carraspeo masculino.

Sacó la cabeza del cubo, se apartó los mechones empapados de los ojos y se llevó las manos a los pechos. Parpadeó en la oscuridad.

—¿Quién hay ahí?

—Deberías pensar en todas las maravillas del mundo antes de enterrar la cabeza en la arena, duquesa.

El agua le resbalaba por la nariz, los hombros y entre los pechos, y goteaba por su tripa deslizándose por debajo de la camisa. La recorrió un pequeño temblor.

—Tendrías que haber anunciado tu presencia antes, capitán.

—Podría decir que has sido demasiado silenciosa para que pudiera hacerlo. Pero lo más probable es que estuviera mintiendo.

Ahora le veía. Era una sombra apoyada en un establo, como si fuera perfectamente normal que estuviera a oscuras en un establo en plena noche. Supuso que era tan normal como que una institutriz respetable se lavara el pelo en el cubo de agua de un caballo.

—No quiero interrumpirte. —Hizo un gesto y un rayo de luna se reflejó en su anillo—. Te ruego que continúes con lo que sea que estés haciendo. ¿Estás intentando ahogarte? Espero que no sea por mi culpa.

—No seas absurdo.

—Has elegido un método muy malo para acabar con tu vida.

—No estoy...

—Lo sé por experiencia, ¿sabes?

A Arabella se le encogió el corazón.

—Márchate.

Él se cruzó de brazos y se quedó inmóvil entre las sombras.

—Yo llegué primero.

Ella puso los ojos en blanco mientras sofocaba el recuerdo de los músculos de aquellos brazos y la sensación tan peculiar que sintió por dentro cuando los miró.

—¿Es que tenemos nueve años, capitán?

—Si tuviéramos nueve años, duquesa, no querría seguir aquí.

La recorrió una oleada de calor.

—Quiero...

El capitán guardó silencio.

—Quiero lavarme el pelo —susurró como si estuviera haciendo algo escandaloso. Cosa que era cierta—. Pero no puedo hacerlo si me estás mirando.

—No miraré. Tampoco te veo de todos modos. Por lo menos no con claridad. Y es una lástima.

—Márchate, por favor.

Se hizo un largo silencio. El balanceo de las olas sonaba amortiguado desde fuera y los suaves crujidos de los caballos se hacían notar en el interior.

—Te pagaré.

El rugido de su voz era profundo y serio.

Arabella volvió a temblar, pero esta vez fue de pesar. De todos los hombres que conocía, no quería que fuera precisamente ese quien quisiera comprarla. No quería que pensara que era una mujer a la que se pudiera utilizar y luego abandonar. Por alguna absurda razón quería que él fuera distinto.

—Ya te he dicho...

—Para que te laves el pelo aquí, ahora, delante de mí. Sólo quiero eso.

¿Sólo eso?

—Yo no...

—No tienes dinero para pagar el precio de una noche en esta posada ni el carruaje hasta el castillo. Ni siquiera tienes ropa para cambiarte. Aparte de un anillo del que no quiero hablar, tienes una capa, un vestido muy viejo, y un pañuelo que te ha prestado mi asistente. No puedes pretender entrar en el castillo de un noble vestida con ropa vieja, ni siquiera entrando por la puerta del servicio. Te echarán pensando que eres una vagabunda.

Eso era cierto, claro. Pero no podía admitirlo.

—Te pagaré lo suficiente como para que pagues tu habitación y te puedas comprar ropa nueva —dijo—. Siempre que continúes con lo que estabas haciendo.

—No pienso...

—Sólo el pelo, señorita Caulfield. Y yo me quedaré aquí.

—¿Dejarás de interrumpirme?

—¿Lo harás?

Tenía el vestido al alcance de la mano. Podría haberse tapado. Pero para hacerlo se tendría que descubrir un momento. Esa idea le provocó un travieso escalofrío. No era así como tenía que ir su viaje a Francia para conocer a un príncipe. Pero por primera vez en años quería sentir algo. Quería concederse un momento de completa irresponsabilidad y un placer completamente imprudente.

No debía hacerlo.

—No me creo que te vayas a quedar ahí —dijo vacilante.

—Entonces te deseo suerte con tus facturas.

—Tu caridad ya no es tan desinteresada, ¿verdad, capitán?

Se hizo otra pausa.

—Si te ofreciera oro a cambio de nada, ¿lo aceptarías?

—No.

—Tú no confías en la caridad.

Arabella ya se había topado con demasiados hombres como para creer que alguien pudiera darle algo a cambio de nada.

—La caridad siempre tiene un precio —dijo.

—Yo me estoy ofreciendo a pagarlo ahora. —Cambió de postura y suavizó el tono de voz—. Venga, duquesa, dale gusto a un marinero que lleva demasiado tiempo en el mar conformándose con la belleza del horizonte. Permítele disfrutar de una mujer guapa. De un modo inocente.

Aquel hombre no tenía nada de inocente. Volvía a bromear, pero no era un hombre tranquilo, y si quisiera hacerle daño, no le costaría mucho.

Pero ella no creía que le hiciera daño alguno. Podría habérselo hecho cuando estaba en su barco, cuando estaba bebida entre sus brazos, en su cama, a su merced. Pero no lo había hecho. Demostró misericordia con los ladrones desesperados y la miraba como un hombre hambriento.

—Es una simple transacción, señorita Caulfield —insistió—. Tú te lavas el pelo y yo te doy oro. Nada más. Nada menos.

—Sí.

Él guardó silencio como respuesta. Ella ni siquiera asintió para indicar que aceptaba su lasciva proposición.

Arabella dejó de mirarlo con la esperanza de poder confiar en su sexto sentido. Lo que no podía ver ni oír no la podía asustar.

Se agachó y cogió un poco de agua del cubo. Y mientras se la echaba sobre el pelo y frotaba, esperaba que no la viera temblar, y que si se daba cuenta, pensara que lo hacía sólo de frío.

7

El baño

*L*os rayos de luz de luna que se colaban por la puerta del establo la teñían de plata. Luc era un hombre de palabra, pero no era particularmente noble. En realidad, no se habría podido mover por mucho que hubiera querido. Lo tenía paralizado la imagen de la pequeña institutriz: estaba de rodillas y sus pálidos y preciosos brazos tiraban de la tela húmeda que le cubría los pechos.

El pelo le caía en forma de ríos oscuros por la espalda y los hombros, y los chorros de jabón se deslizaban por su melena mientras ella se pasaba las manos por el pelo. Arabella se movía decidida con los ojos cerrados y los labios apretados, sin ninguna intención de seducir y, sin embargo, la seducción era inevitable. Él había imaginado aquellos esbeltos brazos, esos pechos pequeños, y la curva de sus nalgas hasta sus muslos, y por fin los tenía delante como un banquete.

Estaba hambriento.

Su cuerpo respondió. Cómo no. Llevaba meses sin ver una mujer desnuda. El heredero del ducado de Lycombe no extendía su semilla con despreocupación. No podía permitir la existencia de hijos ilegítimos que pudieran ensuciar el árbol genealógico de la familia Westfall; su tío Theodore se lo había enseñado muy bien. Hasta ese momento Luc había tenido suficiente compartiendo su cama con mujeres discretas con mucha experiencia, y nunca había necesitado acostarse con vulgares rameras. Pero las viudas escaseaban en el mar. No era de extrañar que se excitara viendo a la preciosa institutriz. Era un hombre.

Arabella levantó el trasero de los talones, separó los muslos y cogió el cubo. Luego se inclinó y metió la cabeza una vez más, y Luc perdió el sentido. Quería deshacerse del cubo y sentir sus piernas alrededor de su cintura. Ella se salpicó la cabeza y los pechos, esos melocotones perfectos tan maduros que se marcaban bajo la tela de su camisa. Una mujer con experiencia sabría muy bien lo que provocaría esa imagen en un hombre, las sensaciones que le estaba transmitiendo en ese momento. O esa mujer lo estaba provocando a propósito, o era virgen y no tenía ni idea.

Una virgen. Cielo santo. No podía soportarlo.

Arabella se recogió el pelo y lo dejó reposar a su espalda. Luego se levantó y se volvió hacia él.

—Ya lo he hecho —dijo—. Sólo necesito lo suficiente para comprarme un vestido nuevo, unos zapatos y alquilar el carruaje. Bastará con que me des eso.

El dolor de la negación era demasiado intenso para soportarlo. Luc se adelantó para acercarse porque ya sabía que no podría conseguir nada más de ella.

Arabella se quedó donde estaba con la barbilla en alto. La curva de su cuello estaba completamente expuesta: era preciosa, brillaba de la humedad, y Luc pensó que se volvería loco. Ella se escondía tras una fachada de valentía, pero era completamente inocente, una niña jugando con fuego que defendía su juego mientras se quemaba toda la casa a su alrededor.

Se detuvo cerca de ella, lo bastante como para poder tocarla si se atrevía, y lo bastante como para que la distancia fuera una tortura. Sus manos la deseaban. Tenía la ropa mojada pegada al cuerpo, y las suaves curvas y el contorno de sus pechos y su cintura estaban expuestos a sus ojos iluminados por la luz de la luna. La oscuridad del pelo que nacía en el vértice de sus muslos se transparentaba a través de la tela mojada, y tenía los pezones gloriosamente erectos. Fríos. Luc se dijo que tendría el cuerpo frío. Pero el color le teñía las mejillas, asomaba en distintos puntos de su cuello satinado y se escondía por debajo de la camisa pegado a su piel. Sus labios de fresa se separaron y dejaron escapar un suave sonido.

Pero estaba insegura. Tenía luz en los ojos, pero no era un brillo seductor, sino interrogativo. Valiente, cálida y recelosa.

—Tu pelo brilla incluso en la oscuridad. —Tenía la voz ronca—.

Incluso mojado.—Tenía que obligarse a hablar o acabaría tocándola—. ¿Qué clase de hechizo lo hace brillar así? ¿Acaso eres una bruja disfrazada de institutriz?

—Sí. Pero ¿qué hay de ti? ¿Eres un príncipe disfrazado de pirata? Luc dio un paso atrás.

—Un príncipe no.

Más bien era un hombre cuyo principal deseo debería ser la misión de conseguir cuantos más herederos mejor, y no una pequeña institutriz mal alimentada, sucia y de virtud incierta que había cruzado Francia en busca de un castillo.

Cuando se fue hacia la puerta, debió de imaginar cómo ella dejó caer sus orgullosos hombros y el suave suspiro que le siguió cuando salió del establo.

Se marchó a su habitación, pero no podía dormir. Se dedicó a pasear por la estancia como un animal enjaulado. Como siempre. Pero por primera vez en años, tenía un motivo.

Los herederos a ducados no se entretenían con institutrices a menos que pretendieran asesinar a un comerciante o al hijo de un comerciante en un campo al alba. Esa clase de mujeres siempre tenían algún padre fornido o hermanos más que dispuestos a defenderlas de los ataques de la aristocracia libertina. Por lo menos se contaban muchas historias de ese tipo.

Tampoco le podía ofrecer nada permanente, y menos a una mujercita con una lengua tan larga y una postura tan orgullosa. Aquella noche había demostrado que se la podía comprar si estaba lo bastante desesperada. Y él no quería acostarse con una mujer desesperada. Incluso si se diera la remota posibilidad de que ella aceptara, sospechaba que sería una amante muy incómoda.

Cogió un puñado de brillantes monedas nuevas de su bolsa de viaje y la vela que aguardaba sobre la repisa, y bajó las escaleras hasta la habitación de Arabella. Se detuvo frente a la puerta y se imaginó tirándola abajo. Imaginó lo que encontraría al otro lado. ¿Le recibiría con los brazos abiertos? ¿Gritaría para pedir ayuda? ¿Estaría allí?

Se estaba volviendo loco.

Llamó.

No hubo respuesta.

Descorrió el cierre y la puerta se abrió. Estudió el cierre. No había cerradura. Ni siquiera tenía un pestillo para protegerse. Gripon era un gusano.

Estaba acurrucada en la esquina de la cama debajo de una manta más fina que su camisa. Su ropa interior estaba colocada con cuidado sobre una silla junto a la chimenea. Las prendas eran demasiado finas como para que pudiera viajar con ellas puestas, y además una de ellas estaba mojada.

Estaba tan desesperada por acudir a su cita con la princesa de Sensaire que había permitido que su equipaje con toda su ropa se marchara sin ella.

Mientras cenaban, su primo le había preguntado por su falta de sinceridad con la dama, y le hizo una pregunta que lo intrigaba: ¿por qué creía que ella era quien decía ser?

Porque no tenía motivos para no creer en su palabra. Cuando la miraba, veía brillar la sinceridad en sus ojos. Se había puesto en peligro para salvar a un marinero hambriento. Y esos niños de Plymouth… Sabía que ella los había ayudado. Había hablado con el hombre que la acompañó a llevarlos con su padre.

Pero la mayor confirmación era su integridad. Con su belleza podría llegar más alto de lo que puede aspirar una institutriz. Una semana en la cama del hombre rico adecuado podría haberle proporcionado fácilmente una tienda, un puesto de modista o cualquier otra profesión respetable para mujeres de buenas familias. Y si hubiera pasado más tiempo, podría haber conseguido una casa propia. Bien vestida y perfumada, podría ser una cortesana que volviera locos a los hombres. Pero ella no confiaba en los hombres. Era evidente que ya le habían hecho proposiciones. Pero las había rechazado.

Nada de eso explicaba por qué una mujer de su belleza y espíritu no se había casado. A menos que no fuera adecuada para casarse con un hombre respetable. A menos que, en realidad, no fuera virgen.

Su preciosa melena extendida sobre la almohada seguía mojada y enredada. No llevaba gorro. Enfermaría y moriría porque él era demasiado estúpido para darse cuenta de que la joven debía haberse secado el pelo ante un buen fuego. Debería traerle madera para la chimenea, despertarla, conseguirle un cepillo y obligarla a secarse el pelo.

Pero no podía despertarla. Dormida, sus pestañas de color canela escondían las chispas de sus ojos. Dormida, era menos guapa. En realidad, no era guapa, sólo era una doncella demasiado delgada que empezaba a dejar atrás la juventud o quizás es que había sido castigada por una vida de servidumbre.

Pero no podía dejar de mirarla. Estaba claro que no fingía estar dormida; él era el único tonto de los dos que seguía despierto y muerto de deseo.

Después de aquel autoinfligido episodio de tortura, dejó las monedas que le debía sobre la mesita de noche y salió de la habitación. Una vez en la escalera, pegó la espalda a la pared y sintió la pesadez de sus extremidades; la falta de equilibrio que se adueñaba de sus piernas cuando estaba en tierra se sumaba a su estrecho campo de visión.

Se alejó del edificio en la oscuridad en dirección a la playa. Subió la pendiente y se quitó la casaca y el chaleco. El viento soplaba con fuerza y se llevó el pañuelo que llevaba anudado al cuello. El trozo de tela se alejó volando durante varios metros antes de posarse en la arena. Luego se quitó las botas. El romper de las olas ahogó sus maldiciones a la luna creciente —que a pesar de su escaso tamaño brillaba demasiado para él— y las siguientes maldiciones dirigidas al balanceo de las olas, que parecían proyectar un brillo sagrado sobre la playa.

Cuando estuvo solo en calzones, se quitó el pañuelo negro de la cabeza con el que ya nunca salía a ninguna parte, y se metió en el océano. El agua estaba helada. Se metió hasta la cintura y luego se sumergió en una ola.

El agua le golpeó la cara y los hombros. Le ardió la cicatriz y se volvió a sumergir, luego más profundamente, más lejos de la orilla, de los muelles, los barcos y la civilización. Se alejó de la luna en dirección al sur y remó con los brazos en la corriente. Cerró el ojo. Se le tensó el pecho y se le aceleró la respiración, paladeó el sabor del mar frío en la boca y percibió el olor y el sonido de ese mar por todas partes mientras notaba la fuerza de la corriente alejándolo de la playa. Dejó que se lo llevara.

Un rato después se dio media vuelta, se llenó los pulmones de aire y miró las estrellas.

—Maldita sea —volvió a maldecir la luna por el mero placer de maldecir en voz alta.

El agua se agitaba con fuerza en el estuario y lo mecía sumergiéndolo bajo las olas y sacándolo a la superficie poco después. Ya no veía la orilla. Estaba demasiado lejos, y el brillo del agua lo eclipsaba todo. Pero sabía dónde estaba. Las estrellas y la luna no lo abandonarían.

Inició el viaje de regreso mediante lentas y medidas brazadas. La corriente tiraba de sus brazos y sus piernas para sacarlo, pero luchó contra ella.

Cuando por fin sus pies tocaron tierra y las olas rompieron contra su cuerpo, salió del agua, y, una vez en la arena, se puso de rodillas. Se dejó caer hacia delante exhausto y su mano rozó una tela.

Abrió el ojo y se rió. Deslizó el dedo por debajo del pañuelo, lo cogió y se lo puso sobre la cara destrozada. Luego se tumbó boca arriba sobre la arena, que todavía conservaba el calor del sol.

Por primera vez en meses, durmió hasta el amanecer.

*C*uando Arabella despertó descubrió, junto a su cama, cinco monedas de oro grabadas con el perfil del rey de Francia.

Se levantó y, con la piel de gallina, se cubrió con la blusa, las medias, el corsé, las enaguas y el vestido arrugado. Se ató las botas, se puso la capa y bajó las escaleras de la pensión. Era tan pronto que había niebla en la calle. Se ciñó bien la capa deseando que el sol abandonara su incertidumbre rosácea para teñirse de tonos dorados. Quizá cuando saliera el sol, podría olvidarse de aquella noche, de la luz de la luna en el establo y de cómo la había hecho sentir.

Estaban abriendo las ventanas de la panadería. El panadero la saludó esbozando una sonrisa y dedicándole un escueto:

—*Bonjour, mademoiselle.*

Eligió dos rollitos calientes y un hojaldre con conservas. Le pagó al hombre y regresó a la posada enseguida. Un hombre con un carro lleno de baratijas pasó por su lado y la saludó llevándose la mano al sombrero. Un chico sentado en una grieta del muro se quedó mirando fijamente su comida. Arabella le dio un rollito, se ciñó un poco más la capa y se fue hacia la playa. No pensaba darles a los posaderos la satis-facción de ver cómo desayunaba como una campesina.

Tenía muchas ganas de hincarle el diente a la porción de hojaldre. La miraba con los mismos ojos con los que la miró el capitán la noche anterior. Quizá como le miró ella también a él.

No debía pensar en eso. No debía admitírselo. Después del desayu-no se escondería en su habitación hasta que acabara el festival. Luego alquilaría a los únicos testigos de su vergüenza y su carruaje para que la llevaran a Saint-Reveé-des-Beaux.

Los escasos rayos de sol se colaban por entre los árboles y proyec-taban tonos dorados entre las sombras. Había un montón de minúscu-los cangrejos azules correteando por la arena y las gaviotas volaban en círculos sobre su cabeza en busca de algo que desayunar. En medio de la playa había un hombre desnudo tumbado boca arriba en la arena.

Arabella se detuvo confundida.

El capitán movió el brazo y se tapó la cara con la mano.

Debía irse. Debía marcharse corriendo. Ya.

No conseguía que se le movieran los pies.

Luc se sentó. Tenía la espalda ancha y una piel de color marrón dorado bañada por los rayos del sol del amanecer. Estaba toda cubier-ta de la arena, que también tenía pegada a los brazos. Se la limpió con despreocupación mientras miraba el mar.

Tenía que irse. Él se levantaría y ella le vería el…

El capitán flexionó las rodillas y apoyó los codos sobre ellas. Los nervios de Arabella temblaron como la gelatina. Llevaba calzones. Es-taba a salvo.

Dejó escapar un suspiro tembloroso.

No podía haberla oído, el ruido de las olas ahogaba todos los soni-dos. Pero él se dio media vuelta y ella se dio cuenta de que no estaba a salvo. En absoluto. No sabía que un hombre pudiera ser tan atractivo. El movimiento de sus músculos al volverse para mirarla, y la evidente fuerza que proyectaban sus movimientos le habían anclado los pies al suelo.

Las palabras de los sermones del reverendo le vinieron a la cabeza, palabras como «entrañas», e inspiró vacilante. La había visto. Tenía que ser valiente. No podía escapar.

Cuando él se puso de pie, ella estuvo a punto de perder el valor. Pero debía devolverle parte de las monedas, le había dado demasiadas. Y sencillamente era incapaz de alejarse, correr o tan siquiera arrastrarse con el temblor que se había adueñado de sus piernas. Podría regresar a la posada, esperar a que se vistiera y hablar entonces con él. Pero quizá jamás tuviera la oportunidad de volver a ver un hombre como ese. Jamás volvería a ver a ese hombre.

Luc empezó a caminar hacia ella.

Arabella se obligó a avanzar hacia él, como si para ella no fuera extraño encontrarse con un hombre medio desnudo en una playa al alba; lamentó haber deseado que brillara la luz del sol. El oro del sol le iluminaba la piel ensalzando los arrebatadores contornos de sus músculos. Sentía una intensa necesidad de tocarlo. Nunca había sentido la necesidad de tocar a un hombre antes de conocer al capitán, y menos aún a un hombre desnudo. Intentó no mirarlo fijamente, pero no lo consiguió.

Arabella pensaba que se detendría a cierta distancia, pero no fue así.

La joven se tambaleó hacia atrás y alargó la mano.

—¡Para! Quédate ahí.

Él la agarró de la mano y tiró de ella hasta que estuvo a escasos centímetros de su pecho desnudo.

—Si quisieras alejarte de mí, ya te habrías ido.

La agarraba de los dedos con poco esfuerzo, y tenía la piel caliente. Arabella no comprendía cómo podía estar tan caliente estando casi desnudo. Se había afeitado las patillas de pirata la noche anterior, pero volvía a tener una sombra en la mandíbula.

Ella estiró de la mano y él la soltó.

—Yo...

Tenía los pies enterrados en la arena y veía cómo la luz del sol bailaba en la mejilla del capitán. Tenía la sensación de haber perdido del todo el control. Sabía que no debía dejar de mirarlo a los ojos, pero su atención resbaló hasta sus labios y el deseo se apropió de ella.

—¿Por qué no me besas? —le espetó. Era tan atractivo... Desde sus anchos hombros y su pecho musculoso hasta los calzones que reposaban sobre los huesos de su cadera. Un cuerpo de hombre. Un cuerpo de hombre muy atractivo. Y estaba delante de ella provocándola sin siquiera tocarla. La verdad era terrible: quería que él le pidiera un beso para no sentirse culpable de dejarse besar—. Sé que quieres hacerlo.

—No te he besado porque, a pesar de lo que piensas de mí, soy un caballero y no me has invitado a hacerlo. —Hablaba en voz baja—. Invítame ahora.

«Sí.»

—No.

Luc parecía tener la respiración acelerada y no dejaba de mirarle los labios. Agachó la cabeza y los mechones de pelo despeinados cayeron sobre su frente. Le susurró cerca de los labios.

—Sólo un beso.

No debía hacerlo.

Luc inspiró hondo. Estaba muy cerca, pero no la tocaba.

—Mmmm. Rosas y lavanda. Venga, duquesa —murmuró—. No me hagas suplicar.

—No. —Se moría por sentir la boca del capitán sobre la suya—. No.

Él apretó los puños a ambos lados de su cuerpo muy despacio. Se alejó de ella con la mirada esmeralda caliente y poco centrada.

Se marchó. La rodeó en dirección a la posada.

Se fue.

Ella se quedó mirando las huellas de las pisadas que dejaba en la arena. Cerca de allí había una casaca de hombre tirada en la arena, y un poco más lejos un chaleco y unos pantalones, y todavía más lejos, una camisa. Luc se marchaba y el brote de expectativa que rugía en el interior de Arabella gritó de frustración.

Se dio media vuelta y su garganta dejó escapar un pequeño sonido de tristeza. Los hombres nunca se alejaban de ella. Era ella quien se alejaba de ellos. En realidad, solía escapar corriendo. No sabía que existiera esa opción. Nunca había conocido a un hombre que respetara su deseo de no dejarse tocar.

—Te olvidas la ropa —dijo contra el viento.

—Quédatela —le espetó él por encima del hombro sin detenerse.

—Eso es ridículo. ¿Para qué quiero yo una camisa y una casaca de hombre?

—Dáselas a alguien. Véndelas. Haz lo que quieras con ellas. Tengo más. Muchas más.

—Ya me has dado más dinero del que deberías. —Se metió la mano en el bolsillo para coger las monedas—. Deberías...

Luc se detuvo y se volvió hacia ella. Tenía el ceño muy oscuro debido al trozo de pañuelo que lo cruzaba. Arabella dio un paso atrás.

—Yo no soy ridículo. —Se volvió a acercar a ella—. Ni absurdo. Ni siquiera irrazonablemente arrogante. —Sus pasos eran largos y decididos—. Sólo soy un hombre que quiere besar a una mujer que quiere que la besen. Que quiere que la bese yo, que lo sepas. Y, sin embargo, pretende negarlo.

Se detuvo delante de ella, tan alto y casi desnudo.

—Yo... —Estaba hecha un lío. El viento le azotó la capa y tenía los labios fríos, y después de ese día ya no volvería a verlo—. Yo-yo no quiero que me beses...

Luc la besó.

No era la primera vez que la besaban. La habían toqueteado, sobado, agarrado y forzado. Había tenido lenguas empapadas en vino dentro de la boca y manos frías bajo el vestido.

Pero aquello era completamente distinto.

La sostenía empleando sólo la presión de su boca contra la suya, con firmeza, con intención, como si quisiera sentirla sólo de esa forma. Su beso era cálido, como si fuera el mismísimo sol. Ella se quedó quieta sintiendo cómo su luz solar se extendía por su cuerpo, se arremolinaba por su quietud y se enroscaba en su tripa y en sus pechos.

Le posó la mano sobre el hombro con mucha suavidad y capturó sus labios con mayor seguridad bajo los suyos. Arabella no se movió. En cuestión de momentos podría pedirle más. La volvió a besar. Esa vez pareció acercarse todavía más. La agarró mientras ella esperaba más, aguardaba que se lo pidiera para poder rechazarlo. Dejó resbalar la mano hasta su cuello. Le posó los dedos sobre la garganta con mucha delicadeza, y le inclinó la cabeza para pegarla a su boca por completo y poder disfrutar de un interminable momento de dulce y caliente conexión.

Luego se apartó de sus labios.

Ella jadeó y parpadeó, y se le escapó un pequeño suspiro de sorpresa.

Luc la miró a la cara con atención y se le hinchó el pecho.

—¿Otra vez? —dijo.

—Otra vez —susurró.

Le posó la mano en la nuca y unió sus labios. La guió con seguridad hasta que ella le entregó sus labios para compartir una caricia, y otra, y luego otra y otra más. Arabella ya no estaba esperando la oportunidad de rechazarlo. Ahora se dejaba besar y esperaba que no parase hasta que se hubiera saciado de él, de sus caricias, de su calor, y del deseo que estaba despertando en su interior. Quería que la besara hasta que olvidara lo que era no sentir placer en un beso. Luc era tierno y meticuloso, e imaginaba que ya habría adivinado todos sus sentimientos y deseos. Ya sabría que estaba asustada y deseosa, y que por primera vez en años ya no se sentía sola.

Qué tontería. A los hombres no les importaban los sentimientos y la soledad, sólo la lujuria y la satisfacción.

Le separó los labios con la boca y ella se lo permitió, consciente de que sólo quería de ella lo que deseaba cualquier hombre: su cuerpo y su consentimiento. Pero no quería resistirse a él. Él no le pedía más de lo que estaba dispuesta a ofrecer, lo que estaba ansiosa por darle. La había mirado muchas veces con apetito, y ahora era ella la que se moría por él.

Se puso de puntillas en la arena buscándolo más profundamente. Luc le posó la mano en la nuca, se inclinó sobre ella y Arabella se abrió, dejando que la utilizara como quisiera, permitiendo que la guiara. Quería más, quería sentir más intensamente ese creciente dolor de su interior que lo buscaba con desesperación.

Le acarició la lengua con la suya.

Ella dejó caer los hojaldres.

Luc repitió la maniobra y ella se volvió loca por dentro. Le empezaron a temblar las manos por debajo de la capa. Él le succionó el labio inferior y a ella se le escapó un suave gemido. Luc atrapó el sonido con la boca y le volvió a acariciar la lengua. Arabella escuchó los sonidos que salían de su garganta, sonidos que no reconocía, sonidos de sorpresa, necesidad y tristeza. No debía desear aquello, pero quería más. Quería estar más cerca de él. Tenía los brazos pegados a ambos lados del cuerpo y con ellos trataba de controlar la necesidad.

Luc la cogió de la cara y se apoderó por completo de su boca. Ella se la entregó, permitiéndole la entrada, dejándose conocer. Se les aceleró la respiración a los dos. Los pechos de Arabella rozaban el torso del capitán y de repente el calor explotó en el interior de la joven. Luc rugió.

—Duquesa.

Era un sonido de frustración y restricción. Dejó resbalar las manos por la espalda de ella, que gimió mientras él la estrechaba contra su cuerpo.

El capitán sabía a sal, viento y calor, y estaba duro por todas partes, tenía unos muslos y un pecho muy poderosos y la rodeaba con unos brazos muy fuertes. Quería tocarlo. Estaba hecho de piel caliente, fuerza y belleza, y aunque ella era pobre y estaba sucia, se sentía como la mujer más guapa de la Tierra: preciosa e inocente, por primera vez en años.

Se le contrajo la garganta y sintió un calor por detrás de los ojos. Era una fantasía. Estaba inventando fantasías.

Quería apartalo. Pero era real y ella no parecía capaz de despegarse de él.

Luc le apartó el pañuelo y deslizó los dedos por su pelo, y entonces se lo quitó por segunda vez. Pero debajo sólo encontró una trenza muy ceñida, la clase de trenza que le había enseñado a hacer su hermana Eleanor. Aquel día se la había apretado con más fuerza que nunca.

La trenza lo detuvo. Dejó caer las manos y la soltó de golpe. Pero respiraba con aspereza y tenía el ceño fruncido. El viento meció un mechón de pelo por delante de los ojos de Arabella. Ella se lo apartó con la mano temblorosa y la luz del sol bailaba en su melena mientras se miraban a los ojos.

—Mañana te acompañaré a Saint-Reveé-des-Beaux.

No parecía complacido de haberla besado, ni tampoco frustrado. Parecía enfadado.

Ella negó con la cabeza.

—No necesito tu ayuda.

Luc frunció el ceño, pero no dejaba de mirarle los labios.

—La tendrás de todos modos.

—No quiero tu ayuda. Yo… Por favor, no me la ofrezcas.

Él inspiró con aspereza y se le hinchó el pecho. Por un momento pareció que fuera a hablar.

Se dio media vuelta y se marchó hacia la posada.

Arabella se pasó los dedos por los labios húmedos y lo sintió en ellos.

—No ha sido sólo un beso —dijo. El pánico se adueñó de ella—. No ha sido sólo un beso —gritó.

Él no se detuvo, pero agitó la mano con impaciencia.

—Terminología, señorita Caulfield. Terminología.

8

La cena

*A*rabella no se escondió. El festival llenó de música las calles de Saint-Nazaire y los deliciosos aromas se colaban por su ventana abierta. La ventana por la que miraba el establo donde había sido escandalosamente desvergonzada la noche anterior, y la playa en la que había sido todavía más desvergonzada.

Se metió las monedas que no pensaba aceptar en el bolsillo, se puso la capa y salió de la posada. Había vendedores ambulantes por todas partes gritando las bondades de sus productos: melones, cerezas, patés, quesos, frutos secos y aceitunas. El aire cálido mecía una combinación a flores, carne asada y ajo que sólo había olido en las casas de Londres con chefs franceses. La fragancia era más interesante y considerablemente mejor de lo que había olido en semanas, a excepción de un confuso capitán de barco que olía a mar y del que no parecía tener suficiente.

El festival era mucho más que un mercado normal. Más bien le recordaba a las ferias gitanas por las que solían pasear sus hermanas y ella durante los veranos cuando eran niñas. Había un hombre vestido de violeta y amarillo que hacía trucos con cartas y un sombrero, un trío de acróbatas hacían sus números por la calle, y otro hombre se tragó un sable entero ante los ojos de los transeúntes encantados. Había espectadores de todas clases: campesinos, vendedores con aspecto adinerado y un montón de gente. Había músicos tocando el violín, gaiteros y un chico desgarbado que tocaba el tambor y vestía unos pantalones azules y una casaca con los botones pulidos para la ocasión.

—No hay duda de que ese debía de ser el encargado de tocar el tambor para las tropas de Napoleón.

La suave voz del conde de Bedwyr hizo que se diera la vuelta.

—Buenos días, milord.

Le hizo una reverencia.

Él le sonrió. No muy lejos de allí, el capitán Masinter flirteaba con una vendedora cuyas mejillas estaban adoptando un brillante color rojo.

Arabella paseó los ojos por la multitud.

—No está aquí —dijo el conde jugueteando con su reloj de bolsillo de oro. Brillaba bajo el sol como las tiras doradas de su chaleco y las ondas de su pelo—. Está en su barco haciendo sólo Dios sabe el qué para prepararlo y poder dejarlo en manos de su lugarteniente. Pero tampoco le han gustado nunca esta clase de fiestas. —Hizo un gesto señalando la reunión festiva que los rodeaba—. Por lo menos ya no. —Levantó una mano enguantada y se posó el dedo índice sobre su atractiva mejilla para señalarse el ojo derecho—. A los hombres de acción no les gusta que los sorprendan.

Ella sabía que debía cambiar de tema. No debía dar rienda suelta a su curiosidad.

—Parece que se conocen muy bien —dijo, sin embargo—. La cicatriz parece reciente. ¿Es una herida de guerra?

El conde alzó las cejas.

—¿Por qué no se lo pregunta usted misma, querida?

Porque tenía miedo de saber más cosa sobre él. Temía que cuanto más supiera sobre él más ganas tendría de besarle.

Guardó silencio.

—Ah —murmuró el conde—. Al parecer ella es tan poco comunicativa con él, como él lo es con ella. Qué interesante. —Le cogió la mano y se la posó en el antebrazo—. El capitán perdió el ojo en una pelea de hace unos seis meses, señorita Caulfield. —Empezó a desplazarse por entre la multitud arrastrándola junto a él—. Una discusión terrible. La punta de una espada. Pero los duelos son horribles.

—¿Un duelo? Pero los duelos son ilegales.

Le dio unas palmaditas en la mano.

—Sólo si te cogen, querida.

—¿Y por qué lo retaron en duelo?

—Un caballero no puede decir esas cosas.

Se le encogió el estómago.

—Por una mujer.

—Una niña, más bien. No es lo que usted se imagina —dijo en voz baja—, aunque naturalmente no intento sugerir que usted sepa nada sobre esa clase de asuntos sórdidos.

—Lord Bedwyr, se ha puesto usted muy misterioso. Supongo que lo hace para confundirme.

—No es fácil admitir que uno le ha saltado el ojo a un amigo —dijo—. No puede esperar de mí que me muestre frío y reflexivo.

Ella apartó la mano.

—¿Fue usted quien lo dejó tuerto? ¿Por una niña?

—Me acusó de tener un vicio muy desagradable —dijo sin evasivas—. Y aunque yo admito abiertamente ser aficionado a un buen número de pecados, ese no es uno de ellos. —Le volvió a posar la mano sobre el brazo—. Aunque tenía sus motivos para llegar a esa conclusión, así que acabé perdonándole.

—Después de herirle.

—Es lo que suele ocurrir cuando uno se pelea con espadas. Pero ya lo hemos dejado atrás. —Sonrió—. Le sugiero que haga usted lo mismo. Perdone a ese pobre hombre por sus errores y a mí por ser tan orgulloso y dejarme provocar. Disfrutemos de este festival tan encantador.

—La procesión desde la iglesia hasta el muelle empieza al anochecer. —El capitán Masinter se acercó por detrás con una papelina de nueces con especias en una mano y un vaso de cerveza en la otra—. Por lo visto, primero pasean un rato a san Luis por las calles y luego lo meten en un barco y lo hacen a la mar. Otra vez a las Cruzadas, pobre viejo... Esto está muy bueno.

Le ofreció una nuez.

—Nunca te considerarás demasiado intelectual para las diversiones de las masas, ¿verdad, Anthony?

El conde sonrió a Arabella.

Entre un puesto de empanadas y un grupo de personas que disfrutaban de un espectáculo de marionetas, asomaba el escaparate de una tienda de vestidos.

—Milord. Capitán. Debo entrar en esa tienda.

Asintió para despedirse y se alejó de ellos.

—La acompañaré encantado —dijo el conde, y le hizo un gesto para que lo precediera—. Me tengo por un experto en moda.

El capitán Masinter sonrió.

—Les esperaré aquí. —Hizo un gesto con la barbilla en dirección al escenario de las marionetas—. Disfrutaré del espectáculo.

Una mujer pechugona le rozó la manga y se volvió para seguirla sin volver a mirar las marionetas.

La tienda estaba llena de telas de seda, algodón, terciopelo y lana, todas de colores preciosos. La vendedora se asomó enseguida. Era una mujer menuda ataviada con un sublime vestido de muselina violeta pálido. Echó un rápido vistazo a la elegante ropa del conde y luego miró el sencillo vestido de Arabella y su capa desgastada por el viaje, pero enseguida adoptó una expresión neutral.

—*Monsieur*, ¿en qué puedo ayudarle? —dijo en un inglés teñido de acento francés.

—Es evidente que es la dama quien necesita ayuda. Yo sólo he venido a su pesar.

Pasó junto a una caja de encajes y se sentó con elegancia en un sillón.

Los ojos de Arabella se posaron sobre un terciopelo de color invierno y luego observó un maniquí vestido con un fabuloso vestido de seda azul. Tenía varias capas de un finísimo tul bordado con lentejuelas plateadas, negras y doradas que parecían alas de mariposa. Eran tan ligeras y luminosas que daba la impresión de que la dama que lo llevase podría salir volando si así lo deseaba.

Se dibujó una sonrisa en los labios rojos de la modista. Miró a lord Bedwyr.

Arabella se sonrojó. No cabía duda de que aquella mujer estaba asumiendo lo peor de ella. No era la primera. «Sólo una ramera legaría un pelo rojo a su hija y luego la abandonaría, junto a sus otras dos hermanas, como hizo tu madre.» Sólo una ramera. Una mujer que aceptaba el dinero de un hombre a cambio de darle placer.

Las monedas le ardieron en el bolsillo.

—Creo que al final no compraré ningún vestido hoy —le dijo a la modista, y salió de la tienda.

𝒟ejó que el capitán Masinter y lord Bedwyr la acompañaran a la procesión. La multitud cantaba un himno solemne durante todo el camino y el ritual le recordó a una coronación. Supuso que era lo que se pretendía.

Cuando hubieron embarcado la estatua dorada pintada a mano de tamaño real de san Luis, en dirección a la Tierra Santa en un barco demasiado pequeño para su propia vela junto al único marinero que la conducía, se excusó ante sus compañeros y regresó a la posada.

Se cepilló el pelo mientras oscurecía, se lo recogió en un moño y alisó las arrugas de su viejo vestido mientras su estómago se quejaba de su vacuidad. La aguardaba una cena modesta en una pequeña taberna que había descubierto cerca de la iglesia. La mayoría de las celebraciones se habían trasladado al agua, y Arabella paseó en dirección a la iglesia por las calles de la ciudad cada vez más vacías. Cenaría, dormiría y al día siguiente haría su corto viaje hasta el castillo. Y allí se encontraría con su destino.

Se puso la capucha, se ciñó la capa con firmeza y volvió la esquina del callejón que daba acceso a la taberna.

Cuatro hombres le bloqueaban el paso en las sombras. Tres de ellos aguardaban en grupo y el cuarto estaba apoyado en la pared.

Arabella se detuvo.

Pero ya era demasiado tarde.

—*La voilà* —exclamó uno de ellos.

«¿Ahí está?» Ella nunca les había visto.

—*Où est votre homme, ma petite dame?* —dijo acercándose y mirando tras ella—. ¿Dónde está tu hombre? —repitió con un tono empalagoso.

Otro de ellos lo siguió.

—*Eh, signorina?*

«¿Italiano?»

Arabella retrocedió. Los hombres se rieron con aspereza y hablaron entre ellos para que ella no les entendiera. El hombre que tenía delante le hizo gestos para que se acercara a él.

—*Va be. Noi vi abbiamo ora. Allora, ucciderlo.*

Se llevó la mano a la entrepierna y estiró.

Arabella se dio media vuelta y corrió. La calle estaba desierta y los ruidos del festival sonaban a lo lejos. Las pisadas resonaron a su espalda. Una mano tiró de su capa. Ella se soltó. Se le enredó la falda en las piernas y se le metió un pie en un aguajero. Se cayó hacia delante. Las risas se acercaron.

Arabella se tambaleó hasta una luz, una puerta. Rezó para que hubiera gente.

La agarraron de la capa, del brazo y le dieron media vuelta.

—¡No! ¡Soltadme!

El hombre se rió. Tenía los dientes negros y las mejillas hundidas. Los ojos del otro tipo se movían de izquierda a derecha. Estaban borrachos.

Arabella se resistió tratando de soltarse, pero el que estaba borracho le agarró el otro brazo. Un tercer hombre apareció por detrás.

La empotraron contra la pared y pegaron sus hombros contra la piedra. Uno de ellos alargó el brazo en dirección a su falda.

Ella gritó.

*L*uc se puso bien el pañuelo del cuello.

Miles le sostenía la casaca.

—Excelencia, todavía no he…

—¿Excelencia?

El capitán miró el reflejo de su asistente en el espejo.

—Como usted no creyó oportuno informarme de la muerte de su tío, lo hizo lord Bedwyr —dijo Miles suspirando.

—Ya veo. —Luc se colocó bien los puños—. Como bien sabrás, todavía no soy duque.

—Pero lo será.

—Eres un tipo muy lúgubre, Miles.

—El bebé de la duquesa podría ser una niña. Como le iba diciendo, he preparado una maleta con ropa adecuada para el castillo, y he pedido que traigan una montura esta noche para que esté disponible cuando se marche con la señorita Caulfield. El carruaje está reservado para las siete en punto.

—Bien.

La llevaría hasta allí y se encargaría de que llegara a salvo y se instalara con su personal y Reiner. Siempre que ella se lo permitiera.

No debería haberla tocado. No era la primera vez que alguien besaba a la pequeña institutriz, pero no estaba convencido de que le hubiera gustado. Parecía una estatua de mármol entre sus brazos. Y, sin embargo, su beso era puro fuego. Estaba bastante seguro de que no sería de su agrado que la acompañara a Saint-Reveé-des-Beaux, pero no pensaba darle ni voz ni voto en el asunto.

Después se marcharía a Londres, encontraría una esposa y estaría tan ocupado haciéndole herederos a la dama de la aristocracia que hubiera elegido que se olvidaría por completo de la preciosa institutriz, quien —si el carácter tenía algo que ver en el asunto— debería haber nacido duquesa.

Y el infierno se congelaría.

No era una mujer fácil de olvidar.

—Cuando te hayas ocupado de mis facturas, Miles, podrás disfrutar de un día de vacaciones en la ciudad —dijo—. No pienso quedarme más de un día en el castillo.

Miles se puso tenso.

—No se me ocurriría abandonarlo con un lacayo, excelencia. Habrá damas presentes.

—Estoy seguro de que a Reiner no le importará que tome prestados los servicios de su asistente personal durante una visita tan corta.

—Por supuesto que no. Yo le acompañaré al castillo y regresaré con usted al *Victory* cuando usted quiera.

—Miles, de todas las personas que conozco eres el único que me trata con tanta impertinencia.

—Creo que no sé a qué se refiere, excelencia. La señorita Caulfield también lo hace.

Luc fue al salón, luego al comedor de la pensión y no encontró ni rastro de Cam, Tony, Gavin o la institutriz.

Gripon se le acercó con remilgo.

—*Bonsoir*, capitán. ¿Quiere que le sirvamos la cena?

—¿Adónde han ido mis compañeros de viaje, Gripon?

—El doctor, el capitán Masinter y milord cenaron temprano y luego se fueron a ver el espectáculo a los muelles. *Mademoiselle* salió hace un cuarto de hora.

—¿Se ha marchado sola? ¿Al festival?

—*Oui*, *monsieur*.

—¿Y no intentó convencerla para que esperara un acompañante?

Gripon se cruzó de brazos.

—Tenía mucha prisa, capitán. Y todas las familias salen a la calle cuando hay festival. Estará perfec…

Pero Luc ya había salido. Había un caballo atado delante de la pensión. Cogió la correa, montó y le dio media vuelta.

Se encaminó hacia a los pies de la ciudad, donde se había desplazado la multitud para disfrutar de las festividades de la noche. Mientras la buscaba, las pezuñas del caballo repicaban en las calles adoquinadas y en los muelles.

No la encontró por la calle ni en el restaurante. Se marchó en dirección contraria a la procesión. No se habría alejado de las zonas pobladas de la ciudad. Recelaba demasiado de los hombres como para hacer algo tan…

Un grito resonó en las paredes del callejón que tenía delante.

Se dirigió hacia allí.

La tenían empotrada contra la pared, escondida tras una pila de cajas, dos la agarraban de los brazos para que no se moviera y le tapaban la boca, otro la cogía de las piernas y se las separaba. Había otro hombre aguardando entre las sombras del callejón.

Luc desenvainó la espada y deslizó la hoja por el hombro de su atacante antes de que ninguno de sus amigos tuviera tiempo siquiera de ver el caballo que se cernía sobre ellos. El sujeto gritó y se tambaleó hacia atrás. Uno de los hombres que tenía al lado se dio media vuelta y salió corriendo por la oscuridad del callejón por donde ya había desaparecido el tercero. Un cuarto tipo se acercó al capitán por detrás.

—¡Capitán! —gritó Arabella.

La caja de madera le golpeó sobre la cabeza y los hombros. Todo se volvió negro. Apenas tenía conciencia para sacar los pies de los estribos y bajarse del caballo. Se dejó caer hasta el suelo esquivando las pezuñas del animal y se puso de rodillas. Tenía la sensación de que la calle se inclinaba bajo su cuerpo, y se esforzaba por coger aire mientras con la mano buscaba a ciegas la espada que había soltado al caer.

—¡Aquí!

Luc levantó la cabeza. Arabella estaba a un metro de distancia cogiendo la espada del suelo, pero su silueta envuelta en la capa se tambaleaba y estaba borrosa. Le alcanzó en el hombro. Luc cayó al suelo y se le revolvió el estómago.

El relincho del caballo sonó muy lejano. Desbocado.

El hombre rugió cuando volvió a levantar la caja vacía.

—¡No!

Arabella corrió hacia el atacante con la espada.

Luc rodó por el suelo apoyándose en el hombro y pegó a tierra su inútil ojo derecho. Alguien aulló. El capitán sacudió la cabeza tratando de recuperar la visión y buscando al hombre de la caja.

Ella se le había adelantado. El tipo estaba sangrando por debajo del brazo; gritaba y había soltado la caja. Otro de los atacantes la cogió por detrás y le retorció los brazos a la espalda. La espada repicó en el suelo de la calle. El hombre herido se tambaleó hacia ella maldiciendo.

Luc se esforzó para levantarse y conseguir que su cuerpo volviera a funcionar. Nada. Los hombres tiraban de ella, la arrastraban y la tiraban al suelo. El hombre que sangraba estaba encima de ella y le subía la falda. Ella pateaba con fuerza.

El capitán se puso de rodillas y obligó a sus extremidades a funcionar. La espada estaba a escasos centímetros de su mano. Bendita mujer. Había sido ella quien la había pateado en su dirección.

Se abalanzó sobre el arma y se puso en pie.

Golpeó a su atacante con la hoja de la espada. El otro soltó a la joven gritando y se fue corriendo. El atacante se tambaleó rugiendo y escapó gritando maldiciones.

De repente, y a excepción de Arabella, el callejón se quedó vacío.

A Luc le daba vueltas la cabeza. Ella lo cogió del brazo. Luego lo abrazó y pegó su cuerpo al de él. Todo estaba borroso.

—No te caigas.

Su voz sonaba contraída y tenía los brazos tensos.

¿Lo estaba sujetando? Eso era un disparate. Pero el callejón era un túnel de oscuridad, le pesaban mucho las extremidades y le zumbaban los oídos.

—Tenemos que ir a algún sitio donde haya más gente, y rápido —dijo ella—. Si te caes, no tendré la fuerza suficiente para volver a levantarte.

Arabella hizo que se apoyara en su hombro y deslizó el brazo por su cintura para empujarle hacia delante.

Luc parpadeó y vio un punto de luz borroso que se convirtió en una antorcha, luego vio un farol colgado ante una puerta. Después vio otro. La cabeza le palpitaba y le zumbaba al ritmo de la música que empezaba a filtrarse por la calle. Parpadeó de nuevo, después lo hizo con más fuerza, y consiguió enfocar mejor. Le dolía mucho el hombro. Se concentró en la mujer en cuyo hombro se apoyaba. Su pelo, recogido en un moño sin cubrir, brillaba como el fuego.

Se apartó de ella.

Arabella se quedó de pie temblando.

—Pero estás…

—Sí.

La calle se mecía. La cogió del brazo y tiró de ella. Volvieron una esquina en dirección a una calle con faroles frente a cada puerta. Había gente reunida alrededor de un par de malabaristas que se lanzaban antorchas encendidas. El capitán Andrew la hizo rodear la multitud hasta un espacio oculto entre sombras y le dio la vuelta para ponerla frente a él. Su ojo estaba en llamas.

—Maldita sea, ¿en qué estabas pensando cuando decidiste salir sola por la ciudad? ¿Adónde ibas?

Arabella no podía controlar el temblor que le recorría todo el cuerpo.

—A cenar.

—¿A cenar?

—Tenía hambre.

—Tenías...

—¡Hambre! Llevo semanas sin comer bien y, con las malditas monedas que insististe en darme por hacer algo que no debí hacer, pretendía cenar. —La explicación se precipitó por su lengua—. Después de lo que ha pasado esta mañana no me quería arriesgar a cenar en la posada y encontrarme contigo porque no quiero volver a hacer cosas que no debo hacer. Pero... tenía hambre.

La mirada de Luc pareció dar vueltas. Estiró la mano hacia ella y Arabella se sobresaltó.

Él dio un paso atrás.

—Yo... Perdóname.

—¿Cómo puedo perdonarte nada cuando acabas de salvarme de esos hombres y de mi lamentable falta de juicio? Eres ridículo.

No quería estar en deuda con él. Se estremeció por dentro presa del pánico.

—No tenías miedo —dijo con una voz extraña.

—Al contrario.

Le fallaban las rodillas. Había sido una tonta. Sólo pensaba en escapar de él y en nada más.

Luc se acercó a ella, pero sólo la cogió de la mano y la rodeó con la suya.

—Ahora estás a salvo —se limitó a decir.

—No quiero estar en deuda contigo —dijo, porque lo mejor que podían hacer era ser sinceros.

—Eso ya me ha quedado perfectamente claro —murmuró él por debajo de la música de los malabaristas—. Has sido muy valiente. Si hubieras tenido la sierra de Stewart y su jarra de cobre, ni siquiera habrías necesitado mi ayuda. —Asomó una sonrisa a sus atractivos labios. Le posó los dedos bajo la barbilla y le levantó la cabeza—. Como ahora yo también estoy en deuda contigo, ¿podemos suponer que estamos en paz?

Ella asintió. Luc la observó en silencio durante un momento, luego dejó escapar un tenso suspiro y se dio media vuelta. Tenía un reguero carmesí en el pañuelo del cuello.

—Estás herido.

—Menos de lo que he estado otras veces. —Le hizo un gesto hacia la luz—. Ahora creo que deberíamos ir en busca de esa cena que querías.

—Ya no tengo apetito. No vi todo lo que ocurrió cuando... Qué me hicieron cuando...

—Nada —le espetó—. Ven.

Arabella recorrió las calles estrechas junto a él. La gente paseaba agarrada de los brazos o se reunía ante la puerta de los establecimientos abarrotados. Todos estaban de fiesta.

Fueron al restaurante que había junto a la posada. Él le abrió la puerta y ella vio su mueca de dolor.

Se detuvo.

—No pienso cenar hasta que no te hayas curado las heridas.

—¿Me estás chantajeando? Señorita Caulfield, es una lástima que no hayas nacido duquesa.

La joven vio algo muy extraño en su mirada cuando la posó sobre sus labios.

—Quizás algún día me case con un duque y dé rienda suelta a mi potencial —dijo forzando una sonrisa—. Pero hasta entonces, seré una institutriz excepcional.

—No me cabe ninguna duda.

Hablaba en voz baja.

—¿Y esas heridas? —le dijo con energía.

Luc esbozó media sonrisa.

—O también podrías ser niñera.

Su media sonrisa la hizo sentir rara por dentro y fuera de control. Todo él la hacía sentir fuera de control. Tomaba decisiones precipitadas por su culpa.

Se alejó de la puerta y salió a la calle.

—Mi niñera era una mujer maravillosa. —Debía conservar el tono ligero y hablar de cosas sin importancia, así no habría nada entre ellos—. No la recuerdo muy bien, murió cuando yo tenía tres años. Pero recuerdo su pelo negro y...

Él la agarró de la muñeca y tiró de ella hacia sí.

—No quiero que me hables de tu niñera. —Hablaba en voz baja por debajo de los sonidos alegres que los rodeaban—. No quiero saber nada más sobre ti. Ya me he vuelto prácticamente loco de deseo por ti, y esa locura empeora con cada palabra que dices.

—¿Por hablarte de mi niñera?

—Sobre lo que sea. Cualquier cosa. —La miró y ocurrió lo mismo que en Plymouth: era una mirada confusa y autoritaria a un mismo tiempo—. Te deseo en cuanto empiezas a mover los labios.

—¡Entonces guardaré silencio!

—No creo que seas capaz de guardar silencio. Pero da igual, tampoco importaría. Seguiría deseándote, aunque admito que quizá con un poco menos de intensidad.

—Ningún hombre me ha hablado nunca como lo haces tú. Tú eres sincero. Como si... —Como si al dejar claras sus intenciones estuviera dejando en sus manos la decisión de actuar, como lo había hecho esa mañana en la playa—. Desearía no haberte conocido —le dijo.

Luc le habló con silenciosa intensidad:

—Por lo visto, el destino se empeña en llevarnos la contraria, señorita Caulfield.

«¿Destino?»

Se alejó de él y se internó en un grupo de personas que paseaban por la calle. De repente la rodeó la música de las trompetas, tambores y gaitas. La luz de los fuegos se proyectaba en las paredes, el cobre brillante y las telas relucientes. Los vecinos se reían, hablaban y cantaban mientras avanzaban. Pero de repente la música le era familiar, más suntuosa y libre. Vio de reojo a los músicos, una banda de gitanos. Eran muy distintos a la gente del pueblo y los granjeros. Tenían la piel morena, gruesos mechones de pelo negro, y llevaban brillantes aros dorados que decoraban las orejas de los hombres y las muñecas de las mujeres. Arabella había bailado con sus hermanas cada verano de su infancia al son de la música de una feria gitana. Bailaron el día que la vieja pitonisa les leyó la buena ventura y Arabella decidió que algún día se casaría con un príncipe. Ese era su destino.

Sueños. Fantasías. Como la fantasía que perseguía en ese momento, corriendo hacia un castillo en busca de un príncipe, pero cayendo en manos de un grupo de hombres que podrían haberla violado porque estaba sola.

Zigzagueó entre la multitud sabiendo que la seguían. Ahora ya no la dejaría sola. Se abrió paso entre la gente ciñéndose la capa y mirando las caras de las personas que la rodeaban. No veía a los hombres que la habían atacado, tenía el corazón acelerado. La banda se acercó y la multitud se echó hacia atrás. Unas manos la agarraron al pasar. Ella consiguió liberar la capa. Estaba mareada, desorientada. No podía dejar de temblar.

Luc la agarró de los brazos y apartó a la gente. Los borrachos se quejaban riendo y lo rodeaban.

—¿Estás bien?

Ella asintió. Sólo la tocaba por donde le cogía los brazos y la protegía con el escudo de su cuerpo. Arabella levantó la vista. Luc tenía la cara entre sombras y luces.

—No sé qué cruel giro del destino te ha traído hasta mí, duquesa —le dijo con aspereza—. Pero ahora preferiría pasar un momento de locura contigo antes que la promesa de una vida entera de cordura.

—Yo… Por favor. —Tenía la respiración entrecortada—. No me pidas lo que no puedo darte.

—¿Qué crees exactamente que te he pedido?

—Te curaré la herida y luego me dejarás en paz, y esto se acabará aquí.

Él la agarró con fuerza por un instante. La multitud se había despejado y la música se perdía en la oscuridad. Cerca de allí los clientes del restaurante se reían y bebían vino en la noche cálida.

La cogió de la mano y la guió sin hablar. La posada estaba cerca y el caudal del río que se unía al mar se mezclaba con la música de los gitanos. La llevó hasta allí y sólo la soltó cuando llegaron a la puerta de la posada. Le hizo un gesto para que entrara primero. Arabella subió las escaleras sin aliento pensando en las palabras que debía decir para disuadirlo.

Cuando llegaron a su habitación y él abrió la puerta, ella se volvió hacia él.

—Tengo que ir a buscar el caballo —dijo Luc—. Saldremos pronto para Saint-Reveé-des-Beaux. Hasta entonces te deseo buenas noches, señorita Caulfield.

Le hizo una reverencia y se marchó a toda prisa escaleras abajo.

$\mathscr{L}$a noche seguía siendo cálida y las celebraciones continuaron a pesar de que ya era casi medianoche. Pero la cuidadosa y rigurosa búsqueda por los tranquilos callejones de Saint-Nazaire enfrió la sangre de Luc y le distrajo del dolor que sentía en el hombro y en la cabeza. Iba armado con una pistola y una daga, y también llevaba la espada, que había limpiado después de dejarla en la puerta, cuando todavía dudaba si tendría fuerzas para marcharse.

No le resultó muy difícil seguir el rastro de sangre desde el punto donde la habían asaltado. Le dio unas cuantas monedas a una prostituta de una casa mugrienta junto a los muelles y encontró al hombre herido tumbado en un camastro del piso superior. Tenía la camisa y el abrigo teñidos de sangre. No abrió los ojos cuando Luc habló con él.

Él capitán le dio a la mujer algunas monedas más para cubrir los gastos del entierro y le preguntó los nombres de sus compinches. La chica no los sabía. Dijo que eran marineros y forasteros. Nunca los había visto antes de aquella noche.

Luc prosiguió con la búsqueda hasta que la oscura ciudad se hubo ido a dormir, pero no tuvo éxito. Los otros tres hombres se habían desvanecido.

Lo único que le quedaba era encontrar el caballo. Había vuelto a la cuadra de su dueño y aguardaba nervioso junto al prado con las riendas colgando hasta el suelo. Lo tranquilizó, montó con mucha incomodidad y regresó a la posada.

Cuando llegó al establo del hostal, vio que la pequeña institutriz aguardaba bajo el círculo dorado que proyectaba la luz de una vela.

Le quitó la brida al caballo, la silla de montar y la manta, y condujo al animal hasta su establo. Luego cerró la puerta y se permitió mirarla. Aguardaba derecha y orgullosa con el pálido óvalo de su rostro enmarcado por la capucha de la capa.

—Es evidente que no has aprendido nada de tu aventura de esta noche sobre los peligros que conlleva merodear sola por esta ciudad —le dijo.

—No ignoraba los peligros de esas aventuras antes de esta noche, capitán —le respondió—. Aunque es cierto que nunca me había ocurrido con cuatro hombres a la vez.

Le tembló la voz, pero levantó la barbilla como si quisiera negar que esos episodios la hubieran angustiado.

Luc sintió una extraordinaria presión en el pecho.

—Veo que has encontrado tu caballo —dijo ella—. Supongo que para hacerlo no has necesitado las cuatro horas que llevas fuera.

—He pasado un rato en un bar de mala muerte —contestó—. Verás, la bebida es muy útil para aplacar inoportunos… mmm… deseos. Siempre que uno beba solo, claro. Cuando uno bebe con una preciosa institutriz, puede tener el efecto contrario, como ya sabemos.

Arabella se acercó a él hasta que estuvo a escasos centímetros. A Luc se le aceleró el corazón. Ella alargó el brazo, le deslizó una mano esbelta por la nuca y se puso de puntillas. Le tiró del cuello.

Luc posó los labios sobre los de la joven, que le besó con firmeza e intención.

Lo soltó enseguida y dio un paso atrás.

—No has estado bebiendo. No hueles a alcohol.

—Bruja.

Se le había caído la capucha y los acianos estaban muy abiertos.

—Has ido a buscar a esos hombres.

—¿Preferías que quedaran libres?

—Prefería que no te volvieras a poner en peligro por mi culpa.

—No he corrido mucho peligro. Soy bien conocido por mi habilidad con la espada y la pistola. Cajas de madera aparte.

—¿Es que no os enseñan a pelear con cajas de madera en la escuela de piratas?

—A la que yo asistí no.

—No fuiste lo bastante hábil con la espada cuando te batiste en duelo con lord Bedwyr.

—Ese error fue una casualidad. Cosa que habría admitido él mismo si no te lo hubiera dicho con la intención de impresionarte.

Arabella hizo una pausa.

—¿Y ese momento de locura del que hablabas también es una casualidad?

—No. —Peleó contra esa locura, que en ese instante lo asediaba con fuerza. Aquella mujer era distinta a todas las demás. Sin necesidad de flirtear, resultaba directa, franca y vulnerable al mismo tiempo. Y preciosa. Era tan guapa que seguía deseándola a pesar de la terrible noche que había tenido—. En realidad, ese es mi estado últimamente.

La joven tenía la mirada cansada.

—Ahora tengo una deuda doble contigo.

—No espero ninguna clase de pago. —Se alejó de ella—. No quiero que me pagues. Tu deuda está saldada.

—No quiero pagarte. No pretendo pagarte —se apresuró a responder—. Sólo quiero...

Batió las pestañas con incertidumbre, y después con aire suplicante.

Luc contó hasta diez. Luego hasta veinte.

Ella no dijo nada.

El capitán se dio media vuelta y salió del establo. Cruzó los árboles en dirección al agua buscando refugio y cordura donde siempre la encontraba.

Ella lo siguió y le tocó el brazo, y él sucumbió a la locura.

La abrazó, se inclinó sobre sus labios y la besó. La besó a conciencia y sin ningún ápice de duda, y Arabella no hizo nada para detenerlo. Era lo que más deseaba y el motivo por el que había corrido tras él. Ese hombre le hacía desear cosas que no debería querer, y hacer cosas que no debía hacer, y no había duda de que aquella era la peor de todas porque no quería sólo que la besara. Quería que se le aflojaran las rodillas por algo que no tuviera nada que ver con el miedo. Pero la única cosa, aparte del miedo, que la había hecho sentir de esa forma era él. Él la hacía olvidar que la habían besado hombres que no tenían ningún interés en complacerla mientras se abandonaban a su propio placer.

Era evidente que él sí quería complacer. Luc le posó las palmas de las manos en la espalda, las deslizó hasta su cintura y la pegó a su cuerpo. También le dejó hacer eso. Era duro y fuerte, y ella quería perder el control por un momento.

Él enterró los dedos en su pelo recogido, le inclinó la cabeza hacia atrás y posó los labios en su cuello. Ella suspiró, sintiendo cómo el placer se deslizaba por su cuerpo hasta que lo notaba por todas partes, en las puntas de los pechos y entre las piernas. Aquella sensación hizo que tuviera ganas de tocarlo y sentirlo con las manos. Le deslizó los dedos por el brazo y luego se agarró a él con suavidad. El músculo que se ocultaba bajo su casaca se movió al paso de su caricia y un sonido de placer rugió en su pecho.

—Así que tienes manos, ¿eh? —murmuró Luc detrás de su oreja, apoyando la boca caliente sobre su piel y haciéndola sentir salvaje por dentro—. Tócame, duquesa.

—No debo.

—Yo te lo pido.

—Me asustas.

La soltó. Inspiró hondo y se le hinchó el pecho.

—Esto es peor que la guerra. Por lo menos en una batalla un hombre sabe dónde está en todo momento. Por lo general.

—¡Sólo soy sincera contigo! Yo…

—¿Sí o no?

—Sí.

Arabella cruzó el espacio que había dejado entre ellos y posó la ligera palma de la mano sobre su pecho. Él la cogió del trasero y tiró de ella colocándole la rodilla entre los muslos.

La joven se quedó sin aliento. Perdió todos sus pensamientos. Sólo sentía su durísimo músculo contra la zona más íntima de su cuerpo.

Luc le besó el cuello y tiró del broche de su capa.

—¿Qué estás haciendo? —susurró ella. Sus palabras se perdían en el ritmo del oleaje y la necesidad que rugía en su interior.

—Te estoy desnudando. Te estoy tocando. Deja que te toque.

Deslizó la mano por su clavícula y por encima de su pecho. Pero ella no se apartó, tampoco le reprendió ni le dijo que no. Sabía que no debía dejar que la tocara, pero quería sentir placer. Quería, aunque fuera por un momento, ser tan alocada como un pirata.

*A*rabella no le rechazó. Aceptó sus besos y Luc se llenó las manos con su cuerpo como tantas veces había fantaseado.

La realidad era más dulce. Se estaba volviendo loco: quería más. Sentía sus pechos pequeños en las manos y quería chuparlos hasta hacerla gemir y conseguir que se corriera para él. Pero ella estaba inmóvil, apenas le tocaba, tenía los ojos cerrados y los hombros tensos. Deslizó la mano por su espalda y le pasó el brazo por la cintura atrapándola contra él, obligándola a montar su muslo. Ella arqueó la espalda tensando la tela del vestido contra sus pechos.

—Suéltate el pelo.

Las palabras sonaron demasiado abruptas, como una orden que podría haberles dado a sus hombres a bordo del barco.

Milagrosamente, ella obedeció. Levantó los brazos para quitarse las horquillas y liberó los gruesos mechones de su reclusión. Lo miraba por debajo de sus pestañas color canela entrecerradas. Cuando toda su melena se descolgó por su espalda, Luc deslizó la mano por debajo de la magnífica mata de pelo y separó los dedos en su interior. Era pesada, como el agua, la seda y el cobre fundido, y estaba caliente. Los mechones se mecieron empujados por la brisa de la noche y resbalaron por delante de sus labios de fresa. Quería ver su pelo sobre su cuerpo, resbalando por él desnudo; no quería tener otra cosa que no fuera su pelo entre las manos.

—¿No te has comprado un vestido nuevo?

—No.

—Debes hacerlo. Eso fue lo que acordamos.

Le dio media vuelta para ponerla de espaldas a él y ella siguió sin protestar. Le apartó el pelo, le desabrochó los cierres de la nuca y luego los lazos que se cruzaban por debajo de los pechos.

—¿Me vas a desnudar aquí fuera, donde me puede ver cualquiera? —le dijo.

—Todo el mundo está en la cama, y la luna también. —Se inclinó sobre su cuello para degustar el satén de su piel y ella suspiró—. Sólo quiero verte.

—No soy atractiva —susurró ella—. No tengo curvas ni soy voluptuosa. Te vas a decepcionar.

—No eres atractiva —mintió, porque a los treinta años ya sabía que era una tontería intentar convencer a una mujer de lo que se negaba a creer sobre ella misma. Le quitó el corsé y le bajó las mangas—. Eres demasiado delgada. Una mujer tiene que tener más carne. —Le posó las manos en el abdomen, la agarró de las caderas y tiró de ella hacia él. Su cuerpo suave y redondeado aterrizó contra su erección—. Mucha más.

—No tienes ningún respeto por mi vanidad. —Arqueó el cuello y él apretó más los dedos. Arabella se quedó sin aliento—. Pero no eres el primero.

—La vanidad no es el peor de tus pecados, duquesa. —Le besó el cuello inspirando su fragancia a lavanda y rosas—. Es el orgullo.

—Como si yo fuera la única orgullosa por aquí. No debería haberme preocupado por estar en deuda contigo. Ya veo que no eres ningún caballero.

—Y tienes la lengua muy larga, cosa que no le puede gustar a ningún hombre.

Le dio media vuelta para verla de frente y se quedó sin palabras. Las enaguas eran muy escasas y la camisa era muy fina, esa tela a través de la que había visto su cuerpo en el establo. El pesado anillo colgaba en el escote que se abría entre sus pechos, y varios mechones de brillante seda cobriza se enredaban con el sencillo lazo con el que lo llevaba atado. Su piel era como la nata, y la curva de sus caderas era realmente exquisita.

—Mi lengua viperina es irrelevante en este momento —dijo ella—. No estábamos hablando de mis defectos de carácter, sino de mi falta de belleza.

—Te deseo. Ahora.

No podía pensar en otra cosa.

La acelerada respiración de la joven le presionaba los pechos contra el corsé.

—Sí —susurró ella.

Luc dejó caer al suelo la espada, la pistola y la casaca. Luego se puso de rodillas delante de ella y deslizó las manos por debajo de su falda. Tenía unas piernas magníficas y llevaba unas medias muy desagradables que quería romper. Deslizó las manos por sus pantorrillas hasta llegar a sus muslos y ella no dijo nada, no hizo nada, no se movió ni un centímetro. Pero él notaba su temblor.

Necesitaba sentirla debajo de él. La agarró de las nalgas tanteando con las palmas de las manos. Ella le apretó el hombro con la mano.

Luc tiró de ella para tumbarla en el suelo.

La joven dejó que la besara en los labios, en el hueco del cuello, las curvas de los pechos, y permitió que le bajara las enaguas y el vestido hasta que el corsé dejó de ocultarle los pechos. Tenía los pezones duros y tan oscuros como los labios; destacaban contra la palidez de su piel en la oscuridad. Belleza. Era una auténtica belleza. Le acarició un pecho con el dedo. Ella se estremeció con violencia, pero no dijo nada ni abrió los ojos. Luc se inclinó sobre su pecho y rodeó su excitación con la lengua: su piel y sus pechos eran suaves como pétalos de rosa. Deslizó la lengua por la punta para degustarla, y ella separó los labios en un silencioso jadeo de placer.

Él estaba destrozado.

La chupó y su polla le presionó los calzones. A ella se le aceleró la respiración y él la mordió. Arabella se encorvó debajo de él apoyando las manos contra el suelo.

A Luc se le escapó un gruñido de frustración. Ella era su fantasía, estaba desnuda y entregada a él, tumbada, accediendo por fin a sus deseos. Pero estaba tensa y silenciosa bajo el rugido de la marea.

No quería su consentimiento. Quería su fuego.

—Abre los ojos, duquesa. —Su voz sonaba demasiado áspera. Hacía demasiado tiempo que no tenía a una mujer, y llevaba demasiado tiempo esperando a esa mujer. No podía esperar—. Habla.

—Estoy sintiendo —susurró ella con el aliento entrecortado—. ¿No es suficiente para ti?

Le levantó la falda, se bajó los calzones y se internó en ella.

Calor. Opresión. Humedad.

—Oh, Dios.

Se estaba muriendo. Se iba a correr. Bendita liberación. Llevaba demasiado tiempo sin hacerlo. Estaba tan caliente y firme... Era una belleza, un ángel y una seductora, y lo estaba salvando.

Ella estaba jadeando, se agarraba con fuerza a la capa y tragaba saliva.

Una ráfaga de hielo resbaló por la espalda de Luc y se afincó en sus testículos. La cogió de la barbilla, le rodeó la cara con la mano y la obligó a abrir los ojos.

—Eres virgen —dijo con la voz ronca.

—Yo... —Arabella intentó apartar la cara, pero él la agarraba con fuerza—. Ya te he dicho que no soy cómo tú pensabas.

—Abre los ojos. —La contención le agitó el cuerpo. Aquello era una agonía—. Ábrelos.

Ella obedeció.

—No...

Luc inspiró hondo e hizo fuerza con los brazos para retirarse.

—No te vayas. —Ella le agarró de la muñeca—. Hazlo.

—Perdóname —susurró, y la penetró.

No podía hacer otra cosa. Se retiró y la volvió a embestir más profundamente. Rugió de alivio empujado por el poder y el placer de poseerla. Se fue abriendo paso por su interior, despacio al principio, venciendo sus resistencias, y luego, cuando ya no fue capaz de seguir despacio, lo hizo más deprisa.

Ella estaba inmóvil debajo de él, tenía la muñeca sobre los ojos y los labios cerrados.

—Ahora —rugió Luc—. Duquesa, te lo suplico.

La cogió de la cadera, la estrechó contra él y Arabella gritó. Luc se volvió a internar en ella y a ella se le escapó un gemido. Lo agarró del brazo y su cadera se balanceó contra la de él. Entonces empezó a buscarlo moviéndose al ritmo de sus embestidas.

Las palabras escapaban de entre los labios de Luc, plegarias, maldiciones. El éxtasis que veía en la cara de Arabella lo empujó a él y a su urgente necesidad hasta el final. Ella lo agarró con fuerza y abrió los ojos de golpe, los acianos estaban llenos de sorpresa. Y entonces volvió a jadear, echó la cabeza hacia atrás y gritó de placer.

9

Los votos

Arabella se cubrió los ojos con la muñeca y dejó de mirar las estrellas, que eran los testigos de su ruina.

Los hombres llevaban años sobándola. Ella se había resistido a la lujuria de sirvientes y jefes, en dos ocasiones le había costado su puesto de trabajo. Pero no tenía ni idea de lo que querían esos hombres, ignoraba por completo el placer que podía encontrar en ese acto, no sabía que podía experimentar esas sensaciones, o que con sus caricias un hombre podía llegar hasta su corazón y conseguir que tuviera ganas de cantar, reír, gritar y suplicarle más, todo a la vez. Y dárselo todo.

Por fin lo sabía.

Mientras estaba allí tumbada boca arriba, con el cuerpo caliente de satisfacción, se entregó al pánico. Se había echado a perder. La virtud que había guardado con tanto celo durante todos aquellos años había desaparecido para siempre. Ya no podía recuperarla.

Había intentado quedarse quieta mientras la tocaba. No había querido resistirse, sólo vivir un momento de locura que no estuviera afincado en el pasado borroso y distante, ni en el futuro incierto, sino en el presente. Pensaba que podía permitirse sentir placer en el momento.

Pero había perdido el control. Le había dejado internarse en ella.

¿Sería así como habría empezado su madre? ¿Con un hombre? ¿Un acto? ¿Un momento de locura?

¿Qué había hecho?

—Así que no querías pagarme, ¿eh? —dijo Luc.

Se sentó lejos de ella con la espalda apoyada en un árbol. A la azulada luz de las estrellas, Arabella vio que se había desabrochado el chaleco y aflojado el pañuelo del cuello, y tenía los codos apoyados en las rodillas. Sus corpulentos hombros estaban rígidos.

—No pretendía ser una forma de pago —respondió. Sólo la necesidad de experimentar un momento de peligro que no tenía nada que ver con la violencia, sino con sus necesidades y deseos—. Te he dicho la verdad.

—Tendrías que haberme dicho toda la verdad. —Se quedó en silencio un momento—. ¿Por qué no me has detenido?

Arabella se sentó, se peinó el pelo con los dedos para quitarse la arena y empezó a trenzárselo de nuevo. No se atrevía a mirarle.

—No quería que pararas —dijo mirando el pelo que tenía entre las manos—. Quería saber lo que se sentía. —Con él. En su interior sintió pánico de no volver a verlo y quería tener algo suyo para que la acompañara en su futuro incierto—. Después de lo que ha pasado esta noche y de lo que me han hecho esos hombres... —No sólo esos hombres, lo habían intentado muchos antes—. Lo que ha pasado me ha asustado.

—Me has dicho que yo te daba miedo.

Las silenciosas palabras de Luc se perdían por entre el sonido de las olas.

—Quería hacerlo como yo quisiera. —Sus dedos se deslizaban rápidamente por el pelo, retorciéndolo, trenzándolo—. Como yo eligiera.

—Debería sentirme utilizado, pero teniendo en cuenta que es una causa tan noble, supongo que no puedo.

—No te burles de mí.

—Perdóname.

—Eres un tonto.

Luc se acercó a ella y le cogió la cara. Su caricia era más cálida que la noche y desprendía los aromas del mar, el peligro y la excitación. Arabella no necesitaba coñac. Él la embriagaba con sólo acercarse.

—No acostumbro a desflorar institutrices.

—Y yo no acostumbro a dejarme desflorar por piratas. ¿Lo consideramos un empate?

Pero él no se rió como ella esperaba. La agarró con más fuerza.

Arabella vio su cuerpo de hombre por donde se le abría el cuello de la camisa, unos huesos, unos músculos y una piel muy distintos a los suyos. Incluso después de todo lo que habían compartido, verlo la hacía temblar.

—Tengo que acabar de hacerme la trenza —se obligó a decir—. Suéltame.

Luc dejó resbalar la mano y ella se apoyó en los talones. Le temblaban los dedos, pero siguió moviéndolos para ocultarlo.

—Hoy he hecho esto —dijo—, pero mañana...

—Mañana es otro mundo —afirmó él con seriedad.

Arabella sabía que él seguía mirándola mientras se recogía el pelo. El aire de la noche le acarició la nuca húmeda. El frío y el control la hicieron sentir a salvo, era una sensación que le resultaba familiar.

—No he sido sincero contigo —le confesó Luc.

Ella se puso de pie, cogió la capa y se cubrió los hombros.

—Puede que fuera virgen, capitán, pero no soy tonta. Los hombres nunca son sinceros con las mujeres con las que se quieren acostar.

—Hay algo que debo decir...

—No. —La joven reculó hundiendo los pies en la arena—. Antes me has dicho que no querías saber nada sobre mí y yo siento lo mismo. Buenas noches, capitán.

La luna había desaparecido y la única luz que había era la de las estrellas y la del farol que colgaba a la puerta de la posada. Luc no la siguió; ella sabía que no lo haría. Estaba acostumbrado a darles órdenes a docenas de hombres y se había ganado el respeto y la amistad de capitanes de la marina y lores del reino, pero nunca la había obligado a hacer nada que ella no quisiera hacer.

Excepto dormir en su cama sin él.

Arabella se apresuró hasta la posada, reprimiendo el intenso pánico que crecía en su interior. Cuando escuchó el juramento del capitán a su espalda, imaginó que lo había dicho porque ella se había marchado. Entonces oyó las voces de los demás hombres y supo que no era así.

No tuvo tiempo para defenderse. Su espada y su pistola estaban tiradas en la arena a varios metros de distancia.

Pero tenía una daga en la bota.

No importaba. El murmullo de las olas le impidió oír a esos hombres cuando se acercaban, y la oscuridad se los había ocultado a la vista. Su absoluta confusión y el cansancio que le había provocado la paliza de hacía un rato y los posteriores ejercicios decidieron su destino. Se abalanzaron sobre él antes de que pudiera reaccionar. Dos de ellos le agarraron los brazos por detrás mientras el tercero aparecía de entre los árboles que tenía a la derecha. Su hombro herido protestó presa de la agonía.

El brillante reflejo del acero cruzó la noche estrellada.

El dolor no fue inmediato, sólo sintió sorpresa y el frío en la tripa. Consiguió soltarse una mano y lanzó el brazo hacia delante. Su puño impactó contra una mandíbula.

Entonces llegó el dolor, absoluto y devastador. Se inclinó hacia delante tratando de llegar a su daga. La rozó con los dedos y consiguió sacarla.

Se volvió a ciegas, atacó con ella y alcanzó carne. Alguien aulló. Rezó para no ser él.

Una mujer gritó. Su atacante cayó de espaldas.

Luc volvió a atacar.

Una bota impactó contra su pierna. Su hombro herido chocó contra el suelo. Sólo fue capaz de rugir.

El hielo se extendió por su tripa, y sus asaltantes empezaron a susurrar entre ellos.

«Italianos.»

Se marcharon.

¿Se habían ido de verdad? La oscuridad lo envolvía. El ruido de la marea lo mecía. Jadeó tratando de coger aliento. Intentó moverse.

«Oh, Dios.»

Vale. Era mejor que se estuviera quieto. En realidad, quedarse quieto era ideal.

Se inclinó sobre el agujero que tenía en la tripa presionándolo con los nudillos y maldiciendo. No podía desangrarse hasta morir en ese momento, y menos después de todas las heridas y horrores que había sufrido y a los que había sobrevivido. Morir en ese momento sería una estupidez.

Pero un rato después, cuando perdió la fuerza de los brazos y ya no podía contener la herida y la sangre empezaba a correr por entre los dedos, una muerte rápida le pareció una opción perfectamente razonable.

*A*rabella estaba lo bastante cerca como para verlos huir y para ver que uno de ellos tropezaba no muy lejos de allí y se caía. No se levantó.

Corrió y se puso de rodillas junto a Luc. Tenía el rostro contraído.

—No. —Le cogió el brazo y se lo apartó de la cintura. Él no se resistió. Tenía el chaleco y la camisa empapados de sangre. «No»—. No, no, no.

No tenía nada para detener la hemorragia. Le abrió la casaca y buscó un pañuelo.

—¿Ahora me tocas? —susurró él—. A buenas horas.

—No sabía que no tendría otra oportunidad.

Se le quedaron las palabras atascadas en la garganta. Encontró el pañuelo y lo presionó contra la zona más oscura de sangre.

—No… —Tenía la mandíbula dura como una roca—. No era esto lo que tenía en mente.

—Estate quieto. —¿Qué podía hacer? El hombre que estaba en el suelo detrás de los árboles no se había movido. Pero los demás podían seguir cerca—. No debes hablar.

—Bedwyr —dijo él sin aliento.

—No. Esos hombres podrían volver. No puedo dejarte aquí. ¿Dónde está tu espada?

—Ve.

Arabella se tragó el miedo y corrió.

El conde abrió la puerta de su habitación con cara de sueño, las colas de la camisa colgando por encima de los calzones y los pies descalzos.

—Está herido. Grave. Tiene que darse prisa.

Entró en su habitación y salió con las botas y la pistola. Mientras se ponía las botas hizo un gesto en dirección al pasillo.

—Despierte a Masinter y a Stewart.

El capitán Masinter abrió la puerta empuñando la espada.

—¿Q-qué? —Abrió mucho los ojos—. Cielo santo.

El doctor Stewart tenía los ojos inyectados en sangre, pero se espabiló enseguida. Cogió su botiquín del suelo.

Salieron de la posada rápido y en silencio, y recorrieron el camino hasta la playa.

Luc estaba tumbado tal como lo había dejado, inmóvil. Pero ahora tenía la cara entumecida.

—¡No!

Arabella se lanzó hacia él.

El capitán Masinter la cogió del brazo.

—Tranquila, señorita Caulfield. Este no es lugar para una dama.

Ella se apartó de él.

—Pero…

—El padre Stewart sabe bien lo que hay que hacer.

El conde dejó un farol junto a Luc y el sacerdote se arrodilló junto a él.

—Ha perdido demasiada sangre —murmuró el doctor Stewart.

Le quitó el pañuelo empapado.

El conde lo miró.

—¿Se va a morir, Gavin?

—Tú… —Se escuchó un mínimo susurro—. Ya te gustaría.

A Arabella le dio un vuelco el corazón. Luc no se había movido.

—Sí, a veces me gustaría. —Bedwyr se arrodilló junto al suelo con sus elegantes calzones—. Pero no de un modo tan ignominioso. Yo no soy tan insensible a nuestro amigable pasado como tú.

La joven se puso de rodillas al otro lado de Luc. Su respiración era tan superficial que apenas podía percibirla.

—¿Qué quieres que haga, Lucien? —dijo el conde—. Estoy a tu disposición.

—Por Dios, muchacho. Ahora no. —El sacerdote apartó otra tela empapada. Abrió el botiquín que tenía al lado y sacó dos pequeñas botellas y un paquete de piel. Dentro había una aguja y una bobina de hilo—. Charles, dame tu corbata.

El conde se desabrochó el pañuelo del cuello y se lo dio al sacerdote.

—Si no podemos hablar ahora, padre, entonces, ¿cuándo? —dijo, y volvió a centrarse en el hombre herido—. ¿Qué me dices, primo?

—¿Primo?

Arabella dejó de mirar a Luc para mirar al conde.

—Maldito… seas.

Luc no abrió el ojo.

—Utilizar tus últimos alientos para maldecirme es absurdo, chico.

El conde se sentó estirando sus largas piernas hacia delante y se apoyó en una mano. Si no fuera por la oscuridad que le rodeaba, cualquiera podría haber pensado que estaba en un picnic. Pero su rostro no reflejaba ningún placer. Arabella pensó que estaba fingiendo. Lord Bedwyr estaba fingiendo despreocupación.

—Piensa en esto, Lucien —comentó el conde arrastrando las palabras—. Cuando mueras, cosa que podría ser muy pronto, y no, no estoy intentando acelerar…

—Bien… por ti.

—Los dos sois terribles. Capitán Masinter, detenga esto. —Arabella se llevó las manos a las mejillas—. Esto no puede ser real.

—Pues lo es, querida —dijo el conde—. Terriblemente real. Y Luc está pensando en ello ahora mismo. Es más, aunque sólo sea por un momento, está pensando que si muere hoy morirá sin descendencia.

—¿Sin descendencia?

—Sin descendencia, señorita Caulfield. Sin hijos —dijo el conde con sumo cuidado.

Luc estaba más demacrado y su respiración era más rápida y profunda. El padre Stewart le estaba cosiendo la herida para cerrarla, y Arabella sabía que el dolor debía ser agonizante, pero Luc permaneció consciente de todos modos. Se le estaba escapando la vida, se llevaba su fuerza, su vitalidad y su pasión, y ella estaba gritando por dentro porque sencillamente no podía ser. La había besado, le había hecho el amor y en ningún momento la había forzado. La había visto borracha y le había dicho que no era guapa, y ella pensaba que quizá le quería un poco por eso.

—¿Y qué importancia tiene que no tenga hijos? —preguntó.

Se estaba muriendo.

—¿Qué importancia tiene, Luc? —repitió el conde—. ¿Tu heredero sabrá llevar tus zapatos, viejo amigo?

—¿Su heredero? ¿Heredero de qué?

El conde guardó silencio.

—¡Capitán Masinter, dígamelo!

—De su propiedad. De sus cosas. Lo habitual.

Miraba fijamente al conde con el ceño fruncido.

—Esto no puede ser real. —Se volvió hacia lord Bedwyr—. No puede estar hablándole de esta forma sólo porque se han peleado y si él, si… —Una ira impotente se apoderó de ella—. Tiene un hermano.

—Exacto.

—¿Esa es la tontería de la que está hablando? ¿De su resentimiento hacia usted o hacia su hermano?

Miró a los tres hombres alternativamente. Luc estaba muy quieto. Arabella sabía que no estaba inconsciente gracias a las tensas arrugas que le rodeaban la boca. El padre Stewart seguía trabajando junto a él y un olor amargo flotó por el aire. Ella no podía hacer nada por él. No podía hacer nada.

Llevaba toda la vida luchando contra la impotencia. Cuando estaba en el orfanato y desatendieron a su hermana pequeña, ella se quejó y la azotaron por ello, pero Ravenna no pasó hambre. Cuando el reverendo le dijo que debía ser hija de una prostituta porque ninguna mujer recatada tendría un pelo como el suyo, le hizo prometer sobre la cruz que jamás diría esas cosas delante de sus hermanas. Cuando el hijo de su jefe la acusó de seducirlo después de que ella se resistiera a él con uñas y dientes y la despidieron, le dijo a la madre del chico que, si no le escribía una carta de recomendación excelente, le diría a todo el mundo que su hija menor no era de su marido. Y cuando una pitonisa le prometió que un príncipe le revelaría la verdad sobre su pasado, trabajó hasta que encontró la forma de llegar hasta la puerta de un príncipe.

Nunca se había rendido. Pero en ese momento no podía hacer nada, y estaban hablando del fin de la vida de un hombre como si sólo importaran sus posesiones.

—No me puedo creer que quiera hablar de esto ahora —murmuró.

—Él quiere hablar de ello, querida —le contestó lord Bedwyr.

—No. No. Yo... —Arabella se puso de pie—. Tiene que haber algo que pueda hacer. —No podía quedarse sin hacer nada, viéndolo morir—. Tengo que...

—Duquesa.

Fue sólo un susurro. La mirada entrecerrada de Luc se veía negra bajo los primeros brillos del alba.

—Ajá. —El conde frunció el ceño—. Ya veo que estás pensando lo mismo que yo, primo. —Asintió—. Lo imaginaba. Pero ¿la dama estará dispuesta?

El ojo de Luc pareció ponerse vidrioso y se volvió a cerrar.

El padre Stewart dejó las últimas telas junto a él; estaban empapadas en sangre.

—No, Charles. —Negó con la cabeza—. No es posible.

—Claro que sí. Tú eres sacerdote y necesita una boda. *Allez-y, mon père*.

—Yo no soy sacerdote, muchacho.

—¿Una boda? —A Arabella se le revolvió el estómago—. Pero ¿con quién...?

—Con la única persona que ya podría haber engendrado a su heredero.

El conde la miró alzando una ceja.

El doctor Stewart negó con la cabeza mientras se limpiaba la sangre de las manos, pero su sobria mirada sugería que no debía negarlo.

—Yo...

—No tiene por qué dar explicaciones, querida. —El conde esbozó una sonrisa confidente—. Somos hombres de mundo, ¿verdad, Gavin? ¿Tony? Y en cualquier caso, tampoco tenemos tiempo. —Le hizo un gesto apremiante al doctor—. Adelante, padre. Saque su librito y su estola y despliegue su magia.

—Esto no es magia, muchacho —dijo el sacerdote, y dejó el trapo enrojecido—. Y mi Iglesia no lo aprobaría.

—Su madre francesa era católica y estamos en Francia, que es un país católico, ¿no? Tú eres un sacerdote de Roma y puedes casarlo con quien quieras. Y lo que no satisfaga el acto apresurado, estoy convencido de que un pequeño parche en forma de oro lo podrá arreglar.

—Es posible que baste para los tipos de Roma, pero no para los vejestorios del Parlamento —murmuró el capitán Masinter.

—¿El Parlamento?

—Como juerguista capitán naval que es, querida señorita Caulfield, nuestro encantador capitán no sabe nada sobre las leyes del matrimonio. No le escuche. —Lord Bedwyr miró con firmeza al doctor Stewart—. Venga, padre, se requieren sus servicios.

—No pienso hacerlo. —Arabella se ciñó la capa, pero tenía las manos manchadas de sangre y se esforzó para no ponerse a llorar—. Están todos locos. Que sea su hermano quien herede su propiedad. Oh, Dios. Por favor.

—Verá, señora, ha llegado a falsas conclusiones. No es una pelea lo que motiva el último deseo de mi primo. ¿Verdad, Luc?

—No es adecuado —espetó el malherido capitán, inspirando hondo.

—Lo ve, señorita Caulfield. Su hermano no es adecuado para heredar.

Arabella apretó los puños.

—¿Capitán Masinter?

—Es verdad, señora. Lamento decirlo. Me atrevería a decir que es peor de lo que usted imagina.

La joven miró al sacerdote. El doctor Stewart estaba tenso. Asintió a modo de confirmación.

Arabella no podía respirar.

—Pero en Inglaterra nadie aceptará como legítimo un matrimonio celebrado de una forma tan precipitada por un sacerdote católico. Es escandaloso.

—Piense un momento en la situación —dijo el conde muy tranquilamente—. Si en pocas semanas no descubre que está, ¿cómo llamarlo?, en un interesante estado, puede considerarlo todo una farsa y hacer su vida tranquilamente. Pero si es así, y con su asistencia, claro —le hizo una reverencia—, podría pedirle la validación a la Iglesia de Inglaterra. De ese modo ni usted ni su hijo carecerían de nada. La propiedad de mi primo es… extensa.

—Pero incluso aunque hubiera un hijo… —Tenía la cabeza hecha un lío—. No sería legítimo. Esta boda…

—¿Se va a celebrar después del acto? —concluyó el conde—. Muy cierto. Pero el capitán Masinter y yo no lo explicaremos nunca, ¿verdad, Tony? Y el bueno del padre puede reajustar la fecha en el informe oficial.

El padre Stewart frunció el ceño, pero no dijo nada. Estaba observando el rostro de Luc. Luego alargó la mano hacia su botiquín y sacó un libro forrado con cintas de colores y una larga tira de tela. Se colocó la estola sobre el cuello y abrió el libro.

—¿Qué? ¡No! —Arabella negó con la cabeza—. No pueden obligarme a…

—No te preocupes, muchacha. No es el sacramento.

La joven negó con la cabeza.

—¿Otra cosa?

—La extremaunción, señorita Caulfield —murmuró el conde. Observaba a su primo con seriedad—. Los últimos rituales.

—Cielo santo —dijo el capitán Masinter con la voz entrecortada.

Volvió la cabeza hacia otro lado y se le agitaron los hombros.

Arabella nunca había visto llorar a ningún hombre. Le querían, aquel marinero, el noble y el sacerdote, porque era un hombre digno de amar. Pero ella ya hacía años que sabía que tenía un corazón muy frío.

Entonces, ¿qué era aquel desesperado dolor que sentía en el corazón?

—¿Te arrepientes de todos tus pecados, muchacho? —dijo el doctor Stewart.

Le quitó el tapón a una minúscula botella de cristal y posó el pulgar en la abertura.

Luc la miró.

—De todos… menos de uno.

Ella cayó de rodillas junto a él y alargó la mano en busca de la suya. Pero se echó hacia atrás y no se la cogió. No se atrevía a tocarlo.

—Están locos —susurró.

—Te... lo suplico.

La tensión le teñía las palabras.

—Ni siquiera serás capaz de decir los votos.

Le dolía cada palabra. No lo soportaba.

—Preciosa... esposa. —Se le relajaron las arrugas de la boca—. Lo... intentaré.

—Eres un mentiroso. O mentías antes o mientes ahora, pero me da igual. —Las lágrimas le abrasaron los ojos, y después las mejillas—. Esto está mal.

La mirada borrosa de Luc se posó sobre el conde.

—Dile... la verdad.

Arabella no conseguía ver por entre las lágrimas.

—¿Le confieso que estás loco y que lo tuyo no es transitorio?

—Quiero que... —Le costaba respirar y tragaba saliva— le...

—Lo haré.

—¡Ahí lo tienes! —El conde dio una palmada—. La dama es razonable. Adelante, padre.

El escocés negó con la cabeza, pero pasó las hojas de su libro. Entonces levantó la mano y dibujó el signo de la cruz en el aire entre ellos.

—*In nomine Patris et Filii et Spiritus Sancti...*

Arabella se estremeció en aquel cálido amanecer de verano. Aquella no era una boda legal. Era una farsa para el conde y para Luc. Pero él la estaba mirando con el ojo entrecerrado y no se arrepentía. Ese hombre la había ayudado cuando podría haberla abandonado. Y cuando podría haberle hecho daño, le había dado placer. Debía hacerle ese regalo por falso que fuera.

Nunca había prestado atención a las lecciones eclesiásticas del reverendo y no había estudiado como Eleanor; no entendió ni una palabra de las palabras en latín que precedieron a los votos.

—Lucien Andrew Ral...

—Sí, sí, ya sabe su nombre —lo interrumpió el conde—. Tenemos poco tiempo, padre. Continúe.

—Luc, ¿tomas a esta mujer como legítima esposa?

—Sí, quiero.

De entre sus labios salió apenas un susurro.

—¿Cómo te llamas, muchacha?

—Arabella Anne Caulfield.

Luc abrió la palma de la mano. El padre le preguntó si quería casarse con él, y ella contestó lo que ellos deseaban.

Entonces el conde se levantó y se encaminó a toda prisa a la posada. Mientras ella lo observaba sorprendida y temblorosa, el sacerdote retomó el hilo y empezó a recitar el resto del texto en voz baja y con rapidez. Posó la mano sobre la frente de Luc. El capitán Masinter les daba la espalda de pie, y miraba el mar con los brazos cruzados.

El cielo se estaba tiñendo de gris y los graznidos de las gaviotas surcaban el aire de la mañana. Arabella seguía sentada; estaba como entumecida, sólo sentía el pánico que le recorría las venas.

La mano del doctor Stewart resbaló de la frente de Luc y el sacerdote agachó la cabeza.

No. No.

Ella se levantó y se dio media vuelta tambaleándose sobre las piernas arqueadas.

Lord Bedwyr la cogió del brazo.

—No debemos olvidar las formalidades, querida.

Ella se quedó mirando el papel y el tintero que llevaba en la mano.

—¿Por qué ha hecho esto?

—Debéis confiar en mí. —Se sacó una pluma de la casaca—. Y también su marido. —Regresó junto a Luc y se volvió a arrodillar, le quitó el tapón al tintero y apoyó la hoja de papel sobre el botiquín del doctor—. Esto servirá.

Señaló la base de la página.

Ella lo firmó con los dedos entumecidos.

—Arabella —murmuró el conde—. Tu mujer tiene un nombre muy bonito, Lucien. Es una lástima que no tengas la oportunidad de utilizarlo. —Posó la pluma en la palma de su primo—. Ahora te toca a ti, chico. Intenta no mancharlo de sangre.

Arabella se dio media vuelta.

El capitán Masinter estaba pálido.

—Vestido... nuevo —susurró Luc—. Zapatos.

—¿Quieres que te enterremos con un vestido y zapatos nuevos? —preguntó el conde—. Es una petición rara, pero los últimos deseos de un hombre son sagrados. No se lo diré a nadie, ni Tony tampoco —añadió, pero Arabella vio el dolor en sus ojos.

Se dejó llevar por el impulso y cogió al conde de la mano.

—Quiere que me compre un vestido y zapatos nuevos antes de llegar al castillo. Hicimos un pacto. Dígale que me ayudará a comprar ropa nueva y me llevará hasta allí. —Levantó la voz—. Prométaselo.

El conde apretó los labios con fuerza y miró a su primo.

—Claro que la ayudaré, bastardo. —Liberó la mano de entre las de Arabella—. Anthony, ayúdame a llevarlo dentro.

El capitán Masinter se aproximó.

Arabella no podía mirar la cara castigada de Luc, sólo su mano extendida. Se moría por cogerla, deslizar la suya en su interior y darle su vida.

10

La viuda

No la dejaban entrar en su habitación. Arabella no protestó, ellos le conocían de toda la vida. Se fue a su dormitorio, se limpió su sangre de las manos y las lágrimas cayeron en el agua teñida de rojo.

Se sentó delante de la ventana y miró el mar. Por las escaleras se escuchaban pasos y voces. Un rato después se envolvió en su capa y se acurrucó en la cama. Le dolían las partes del cuerpo por donde la habían agarrado aquellos hombres, y tenía muy sensibles las zonas en las que Luc le había hecho el amor.

El capitán Masinter fue a buscarla al anochecer. Estaba ojeroso y tenía los nudillos blancos de apretar la empuñadura de la espada.

—Señorita, digo, señora, yo… Quiero decir… —Se pasó el reverso de la mano por los ojos—. Lo siento mucho, querida.

—No puede ser. —Se sentía ciega y sin aliento—. ¿Puedo entrar ya?

El capitán negó con la cabeza.

—No creo que le importe.

No pudo reprimirse. Al margen de lo que pusiera en ese papel, en realidad ella tenía tanto que ver con él como cualquier desconocido. Y dado que eso era lo que había deseado, suponía que era un justo castigo.

La llevaron a la policía y le enseñaron el inmóvil y pálido rostro del hombre que Luc había matado en la playa. Arabella lo reconoció. Era uno de los hombres con los que Luc se había peleado en el callejón.

—Lo atacaron como venganza por haberme defendido —susurró entumecida.

El entierro se celebraría en el mar al día siguiente. Lord Bedwyr dijo que después se encargaría de los asuntos de su primo y se reuniría con ella en el castillo. Hasta entonces sería mejor que prosiguiera con su destino. La subió en el carruaje privado donde la aguardaba el señor Miles y partieron hacia Saint-Reveé-des-Beaux junto a un corpulento marinero del *Retribution* que viajó sentado al lado del cochero.

El castillo apareció ante ellos de repente en un claro del bosque. Se erigía desde el mismo río en gótica magnificencia. El edificio proyectaba el brillo dorado de sus torreones puntiagudos y sus arcos elegantes, y bramaba su esplendor aristocrático reflejándose en el espejo del agua.

La asaltó la misma debilidad que sintió a bordo del barco cuando iban a Saint-Nazaire. Pero en ese momento Luc ya no estaba detrás de ella para tranquilizarla, ni tampoco sentía el contacto de su mano cogiendo la suya como la sintió entonces. En esa ocasión su única compañía era un extraño hombrecillo con el cuello de la camisa almidonado y tacones altos que no se había dirigido a ella en todo el viaje, excepto para ofrecerle comida y almohadas.

Arabella suponía que el señor Miles también estaría triste a su manera.

En ese momento se inclinó hacia la ventana y dijo:

—Como puede ver, el castillo es un testimonio del mejor Renacimiento francés, señora. Una arquitectura brillante. De una habilidad exquisita.

Era un castillo salido de un cuento de hadas, pero no sintió ningún placer al verlo.

—El caritativo trabajo que hizo la viuda del conde en la zona lo salvó de los revolucionarios, y la familia logró conservarlo —prosiguió—. Murió hace algunos años, pero su hijo pequeño sigue viviendo aquí en ausencia de su hermano. ¿Conoce a su excelencia o a su majestad?

—No. El príncipe me contrató por carta, y no sé nada del *comte*, excepto que es un lord menor inglés que lleva algún tiempo alejado de su hogar. Nunca he oído hablar de él. —Se quedó mirando el castillo—. Las personas para las que suelo trabajar no tienen ningún interés en los lores ausentes, sólo les interesan los que residen en Londres y pueden fijarse en sus hijas.

El señor Miles apretaba los labios.

—El *comte* es heredero de un título y una propiedad de mucho prestigio en Inglaterra, señora.

El príncipe Reiner tenía la intención de introducir a su hermana en la sociedad londinense dos meses después con el propósito de encontrarle un marido apropiado. Quizás estuviera visitando el castillo del *comte* con la esperanza de establecer una alianza entre familias.

—¿Está casado? —preguntó.

El señor Miles volvió a mirar por la ventana.

—En realidad, se ha casado hace poco.

Se aproximaron al castillo. Sus paredes se alzaban contra el cielo azul erigiéndose desde el río plateado como una fantasía. De su interior salieron dos hombres vistiendo una librea azul y dorada, y con espadas anudadas a la cadera. Después apareció otro hombre ataviado con casaca negra y cordones plateados: quizá fuera un mayordomo. Abrió la puerta del carruaje. El señor Miles salió, dio un paso atrás y dijo:

—Señorita Caulfield, prima de lord Bedwyr. La joven ha venido a asumir el puesto para el que la contrató su alteza. Creo que su señoría el conde llegará dentro de algunos días.

De repente Arabella era prima de un conde. No había pensado en eso.

Aceptó la mano que le ofrecía un lacayo y bajó del carruaje.

El mayordomo le hizo una reverencia.

—Por aquí, si es tan amable, señorita.

El castillo era todavía más espléndido por dentro que por fuera. En el vestíbulo brillaban una lámpara de araña de cristal y espejos a ambos lados que dividían su reflejo en imágenes infinitas. Apartó la mirada y dejó que el mayordomo se llevara su capa. La guió por una magnífica escalinata de piedra en espiral. Daba acceso a un pasillo forrado con lujosas alfombras rojas y doradas, y de sus paredes colgaban retratos de damas cuyas cofias rivalizaban con las torres del castillo, y de hombres ataviados con batas violetas adornadas con armiño blanco. Abrió una puerta dorada que daba acceso a un salón de perfecto esplendor.

La silueta de una mujer alta y esbelta recortada contra la luz que entraba por la ventana se volvió cuando la oyó entrar. La joven que aguardaba entre todas aquellas sillas con bordados egipcios, el reluciente pianoforte y el arpa dorada, vestía un sencillo vestido de muselina blanca y un chal de encaje; no tenía aspecto de princesa.

—¿Señorita Caulfield? —dijo.

Arabella le hizo una reverencia muy pronunciada.

La princesa se acercó a ella con presteza.

—¡Qué joven eres! ¡Y muy guapa! —Hablaba un inglés perfecto con un ínfimo tinte de acento que delataba su origen extranjero. Cogió a Arabella de las manos y se inclinó para darle dos besos, uno en cada mejilla—. Cuando Reiner me dijo que había contratado a la temible señorita Caulfield de Londres, me puse a temblar. ¿Qué otra persona que no fuera una temible institutriz podía conseguir tan buenos matrimonios a tantas jovencitas? Pero tú no eres severa ni terrible. Qué suerte la mía.

—La suerte es toda mía, alteza.

—Mis amigos me llaman Jacqueline. —Observó el rostro de Arabella con unos ojos abiertos e inteligentes. La princesa era una chica sencilla con el pelo negro y liso, la nariz larga y una boca ancha de sonrisa fácil. El único adorno que lucía era un colgante de perlas que llevaba prendido al cuello con una cadena con filigranas—. Creo que seremos buenas amigas.

—Eso espero su…

La princesa le estrechó los dedos.

—Jacqueline —la corrigió. Unió sus cejas oscuras—. A menos que estés escondiendo una horrible y malvada bruja bajo esa preciosa cara y tu reflexiva sonrisa. ¿Es así?

«Bruja.»

Arabella reprimió el dolor que le atenazaba el pecho.

—Lo descubrirás a su debido tiempo.

La princesa se volvió a reír y la arrastró hasta un sofá.

—Debes estar agotada del viaje. Pero el secretario de Reiner le dijo que llegarías hace días.

—Esa era mi intención. Pero entonces perdí a... un buen amigo.

—Oh, lo siento mucho, señorita Caulfield. Cuando vi el paño negro de tu carruaje pensé que era por el viejo duque. No tenía ni idea de que estabas de luto. Y, sin embargo, has venido a ayudarme de todos modos. Eres mejor persona de lo que pensaba.

A Arabella no le preocupaba que la princesa no comprendiera muy bien las obligaciones de la servidumbre. Jacqueline era alegre y buena, y en sus ojos color avellana brillaba una simpatía sincera. Arabella asintió y añoró a sus hermanas, a quienes les podría haber confiado la verdad. Esa noche escribiría una carta para Eleanor y Ravenna.

—¿El viejo duque? —dijo.

—El duque de Lycombe, el tío del *comte*. Murió hace poco más de un mes, y ha dejado a nuestro anfitrión como heredero de su hijo nonato. Nunca he conocido a un duque inglés. Siempre había pensado que eran pálidos, grises y severos. Pero mi hermano dice que el *comte* es un buen hombre, así que, si acaba heredando el título de su tío, mi idea sobre los duques ingleses cambiará por completo. —Sonrió—. Aunque también es verdad que a Reiner le gustan más los caballos y la caza que a la mayoría de la gente, así que no sé si su recomendación se puede asumir sin reflexionar sobre el tema. En realidad, en este momento mi hermano está de caza en otra propiedad, y no volverá por lo menos en una semana.

—Tenía entendido que te ibas al palacio de invierno dentro de algunos días.

—Reiner se lo está pasando demasiado bien aquí cazando y montando a caballo. Y yo también. Este es un sitio ideal para leer y escribir. Hemos decidido que nos iremos a Londres directamente desde aquí.

No tenía motivos para haber corrido tanto. No tendría por qué haber subido al barco de Luc, y si no lo hubiera hecho, quizás él aún estaría vivo.

Se esforzó por seguir hablando.

—¿Y el *comte* está aquí?

—No. Su hermano estuvo aquí hasta hace unas semanas, pero se marchó a París con mi madre y las cortesanas de Reiner. Desde entonces sólo estamos Reiner y yo y algunas de mis doncellas, que son todas bastante simpáticas y terriblemente aburridas. Pero Reiner y yo estamos pasando unas vacaciones estupendas. Me encantaría que duraran para siempre. —Suspiró—. Pero es imposible, claro. Él quiere casarme con algún lord inglés viejo y aburrido, y supongo que, como llevo esperando esto desde que alcanza mi memoria, no puedo protestar.

—Es el motivo por el que me contrató.

—Pero no te puede pedir que trabajes estando de luto. Señorita Caulfield, te propongo que sigamos de vacaciones durante todo el mes de septiembre. Así tú podrás hacer tu duelo tranquilamente y yo podré retrasar un poco más lo inevitable. Si aceptas, prometo que cuando llegue octubre aprenderé todo lo que me enseñes en la mitad del tiempo. ¿Crees que podré conseguirlo?

—Eso depende de si eres una alumna muy tonta —«como tu profesora»— o una alumna muy lista.

¿Lo que sentía era lo habitual? ¿Todo el mundo sentía arrepentimiento, dolor y añoranza al mismo tiempo? Le costaba respirar. Le costaba hablar. Se había pasado la vida fingiendo, pero todavía no lo había sufrido en persona.

Jacqueline esbozó una sonrisa.

—¿Ah, sí?

—Oh, ya lo creo. —Se obligó a hablar—. A mí me gustan más las alumnas listas, claro, pero también puedo enseñar a las que no lo son tanto. Normalmente compensan su falta de carácter con una imponente devoción al conformismo. Y como los caballeros de la alta sociedad suelen ser todos igual de poco originales y predecibles, no suele costarme mucho emparejarlas.

—Oh, señorita Caulfield.

—Arabella.

—Me parece, Arabella, que nos vamos a llevar muy bien.

Todo lo bien que se podían llevar dos amigas cuando una estaba ocultando su dolor y la otra pretendía escapar de su futuro.

*D*espués de tomar el té, el mayordomo, *monsieur* Brissot, acompañó a Arabella hasta su dormitorio. Le echó un vistazo a la lujosa cama de cuatro postes vestida con sedas marfileñas y borlas doradas, a la chimenea de mármol italiano y a la gruesa alfombra de tonos rosas pálidos y dorados, y se alejó del umbral de la puerta.

—Le ruego que me disculpe —dijo—, pensaba que me iba a enseñar mi habitación.

—*Ça y est, madame.*

Hizo un gesto hacia el interior de la estancia.

—No, *monsieur*. Debe de haber algún error.

—No es ningún error. Las instrucciones de lord Bedwyr fueron bastante claras.

Lo dijo como si no le importara que asignaran una habitación perfecta para cualquier invitado de la nobleza a una sirvienta de menor rango que él.

Arabella pasó la mayor parte de los cuatro días siguientes metida en aquella habitación. Se reunía con la princesa para pasear por el parque que se extendía por una de las orillas del río, para tomar el té y para cenar. El quinto día Reiner envió un carruaje que debía recoger a su hermana para que asistiera a una fiesta que el anfitrión de una propiedad cercana iba a celebrar en su honor.

—Te suplicaría que me acompañaras, Arabella —dijo Jacqueline, dándole un beso en cada mejilla—. Pero imagino que preferirás quedarte aquí. Yo también me quedaría.

Sonrió con tristeza y se marchó a la fiesta.

Arabella fue a la terraza con vistas al río y se quedó mirando fijamente el agua, que la aterrorizaba, incluso a pesar de su tranquila apariencia de espejo. Sacó el anillo de rubíes del vestido y pasó el pulgar por los símbolos que había grabados en el grueso aro de oro.

Cuando regresara, Jacqueline vendría acompañada de su hermano: el príncipe. Arabella sabía que debería sentir la misma emoción que había sentido tras cada paso que daba de camino a descubrir su verdadera identidad. Pero sólo sentía vacío. Lo normal sería que hubiera pensado que se le había roto el corazón, pero para eso debía tener un corazón, y ya hacía mucho tiempo que sabía que ella no tenía corazón. Ya no era una doncella casadera, ni tampoco era una verdadera esposa ni una viuda, y la idea de que tal vez algún día pudiera ser princesa le parecía la ambición de otra mujer y una tontería de proporciones gigantescas.

*T*uvo pesadillas durante algún tiempo. Lo asediaba la oscuridad, veía desiertos y tenía sed. Más pesadillas y más sed. Luego percibió algunos momentos de luz y sintió una breve satisfacción en la lengua y en la garganta. Justo después regresó la sed y de nuevo las pesadillas. Oía gritos, primero de un chico y luego de una mujer. Estaba perdido en la oscuridad y nunca conseguía encontrarlos. La sed lo consumía.

Entonces la luz se extendió. Se hizo una claridad de un gris perla y luego blanco.

—Ah, Lucien. Bienvenido al mundo de los vivos.

—Vino —dijo.

Le pesaba la frente.

La pesadez desapareció y la sustituyó la frialdad. Era una delicia.

—Vino.

—Vaya, ¡creo que ha dicho algo, Charles!

—Pues claro que ha dicho algo, Anthony. Está consciente. De ahí el lúcido ojo abierto. Habla, primo, o no seré responsable de lo que finja haberte oído decir.

—¡Cielo santo, Luc! Nos has dado un susto de muerte.

Tenía la boca seca y la sensación de tener la lengua cinco veces más gruesa de lo normal.

—Vino.

—Está bien, está bien. No hay necesidad de gritar, amigo.

—Tráele un vaso de vino, Anthony.

Intentó levantarse. El dolor estalló en su tripa y luego vinieron los espasmos. Jadeó.

—Será mejor que no te muevas. —Escuchó la voz de Cam a su lado—. Tienes un agujero espantoso en el costado y ninguno de nosotros tiene ganas de que se vuelva a abrir, y menos aún Gavin, que ha tenido que coserlo dos veces porque entre los tres no hemos sido capaces de evitar que te movieras cuando delirabas presa de la fiebre, maldito seas.

Luc cerró el ojo y se concentró en no desmayarse. Le dolía todo. Respiró despacio mientras ponía a prueba sus extremidades una a una.

Había una mano frente a su barbilla. Una mano con una taza. Pero le pesaba demasiado la cabeza para levantarla.

—Maldita sea —murmuró Tony. Agarró a Luc de la nuca y le inclinó la cabeza hacia delante—. Bebe, amigo. Tienes que recuperarte rápido. No querrás que esa esposa tan guapa que tienes siga siendo una viuda durante mucho tiempo, ¿no? Una chica como esa tendría a los cazafortunas llamando a su puerta en un periquete.

Luc escupió el vino.

—¿Viuda?

—Mira lo que has hecho, Anthony. Ya le has confundido y no lleva consciente ni diez minutos.

—Estoy vivo.

—En cuanto a lo de la viuda —dijo Tony levantándose—, verás, Luc, amigo, teníamos que hacerlo. La pobre chica estaba destrozada. Fue mejor así. Mejor para ella.

—Os voy a… —El dolor le retorció los intestinos. Jadeó tratando de tomar aire—. Os voy a estrangular.

—Te desafío a que lo intentes.

Cam hablaba con serenidad.

Luc abandonó la lucha. Gracias al balanceo que notaba en el cuerpo cuando se quedaba quieto, y el terso techo de roble que tenía sobre la cabeza, sabía que estaba en el camarote del capitán del *Victory*. Estaba muy débil y las sábanas estaban frías y húmedas. No era la primera vez que tenía fiebre. Reconocía las consecuencias incluso a pesar de la confusión.

Cerró el ojo y se relajó en las sábanas frías.

—Explicádmelo.

—Chico listo. —La voz de Cam se acercó—. Estás muerto, capitán Andrew del *Retribution*. Tiramos tus restos mortales al mar desde la cubierta de tu antiguo buque mercante, con el que ahora mismo estamos recorriendo la costa bretona.

Aguardó.

—Te preguntarás por qué hemos coreografiado tu muerte prematura y le hemos mentido a todo el mundo. Pues verás, creemos que eres un hombre marcado. O mejor dicho, lo eras. Pero ahora que los asesinos creen haber hecho el trabajo ya se han relajado. Hasta que no vuelvas a la vida no tienes nada que temer en tu debilitado estado. En resumen, lo que queremos es que estés plenamente recuperado antes de volver a ponerte en peligro.

Luc apretó los puños. El dolor que sentía en la tripa le provocaba una punzada cada vez que inspiraba con ira.

—Ya le contaremos el resto más tarde, Charles. Tiene los labios muy blancos. Padre Stewart, tre…

—¿Dónde… está ella?

—En el castillo —dijo Cam—. Miles la acompañó hasta allí el día posterior al ataque y la dejó al cuidado de Reiner. Allí está a salvo, y hasta que no sepamos quién ha intentado matarte, nadie tiene por qué saber nada sobre su ascenso a la aristocracia, cosa que creemos que es lo mejor y con lo que no me cabe duda de que estarás de acuerdo. Por su parte, ella no parece inclinada a aceptar la validez de vuestra boda apresurada, cosa que es lo mejor hasta que lleguemos al fondo de este asunto.

Le dolía la cicatriz. Le dolía el hombro. Le dolía respirar. Y todo lo agotaba mucho.

—Eran carteristas —murmuró cayendo presa del sueño.

—Eran asesinos. —Escuchó el crujido de un papel al desdoblarse—. Mira.

Abrió el párpado e intentó centrar la vista en el papel que Cam le había puesto delante.

Se encontró frente a su propia cara. Era un retrato perfecto, incluyendo la cicatriz y el pañuelo. Y era bastante evidente que era obra de su hermano. Tenía hasta su firma al pie: Christos W.

—Anthony encontró esto en el bolsillo del tipo que mataste en la playa. No hemos conseguido encontrar a los otros dos, pero después de seguirles el rastro por Saint-Nazaire, creemos que por lo menos uno de ellos era siciliano. ¿Algún mercenario de la guerra, quizá?

—Basura —le espetó Tony.

—Así que, como ves, primo, tenemos motivos para creer que hay alguien que quiere ver muerto al duque.

—No es Christos —susurró Luc.

—No está en el castillo, amigo —dijo Cam—. He recibido un mensaje del señor Miles. Tu hermano se marchó de Saint-Reveé-des-Beaux hace un mes diciendo que iba a París. Y desde entonces no se sabe nada de él.

Luc estaba confuso.

—Un mes...

—Hace un mes, después de que muriera tu tío, cosa que te acercó peligrosamente al ducado, y señaló al joven y loco Christos como el siguiente en la línea de sucesión.

—No. —«Imposible»—. Susurró y cayó presa del sueño.

*C*uando despertó todo estaba oscuras. Se esforzó por descubrir dónde estaba, y luego por recordar.

—¿Cam?

Tenía la garganta en llamas.

—Está durmiendo, chico —dijo Gavin junto a él, luego le ayudó a beber—. Nos has dado a todos un buen susto. Tu primo lleva una semana sin dormir.

—Se siente culpable.

Se hubiera reído si eso no lo hubiera matado de dolor.

—Es devoción. Te quiere como un hermano. Siempre te ha querido.

Cosa que probablemente fuera cierta. Y teniendo en cuenta el crimen del que había acusado a su primo hacía siete meses, Cam había sido misericordioso al haberle sacado sólo un ojo.

—¿Y Christos?

—Anthony ha enviado a un hombre a París a buscarlo.

—No ha sido él.

—Ya lo sé, chico. Pero tenemos que asegurarnos, ¿no?

—Cam debe ir...

El dolor le atravesó la tripa y se aferró a sus pulmones.

—Al castillo. Sí. Ya ha hecho el equipaje. Se marchará por la mañana.

Luc consiguió esbozar una mueca.

—Por lo visto no me necesitáis para nada —susurró.

—Sólo para que te recuperes rápido. Hay una chica que se alegrará de verte.

Puede que sí, pero también podría ser que, cuando descubriera que había escapado de las garras de la muerte, decidiera acabar con él ella misma.

*L*a princesa y el príncipe regresaron de caza una hora después de que el ama de llaves le hubiera dicho a Arabella que el conde de Bedwyr había llegado al castillo.

Arabella aguardó a su alumna real en el vestíbulo. Jacqueline no tardó mucho en ir en su busca. La joven llevaba el abrigo de montar sobre el brazo y se quitó los guantes mientras entraba a toda prisa en la sala.

—Querida Arabella, ¡cómo te he echado de menos! Ya tengo la sensación de que eres como mi hermana. Imagínate las ganas que tenía de contarte hasta el último detalle de lo que ha pasado mientras estaba fuera.

—Es un honor, alteza.

La princesa le lanzó una mirada inquisitiva.

—¿No me digas que te has vuelto a meter en el papel de institutriz ahora que mi hermano ha vuelto?

—Yo...

—¡No! Te pedí que no lo hicieras, y me temo que estás a punto de desobedecerme. Vamos, acompáñame a mi cambiador para que pueda quitarme este terrible uniforme. No me gusta nada montar en compañía de perros, pero eso es lo único de lo que hablaba todo el mundo: la caza y los incontables zorros que cogieron para decorar las paredes.

Arabella sonrió.

—¿Tan aburrido ha sido?

—Te lo juro, Bella, no he tenido nada que decirle a nadie durante todo el tiempo. Pero eso tampoco es nada extraordinario. Soy terriblemente tímida.

Arabella no se lo podía creer.

La princesa se encogió de hombros.

—Estoy muy cómoda en compañía de un libro y una pluma, pero no acabo de estar a gusto entre los caballeros y las damas de la sociedad. Se me traba la lengua. —Entrelazó el brazo con el de Arabella y se la llevó hacia el pasillo—. Ese es uno de los motivos de que me caigas tan bien. Tú nunca dices nada que me dé ganas de esconderme detrás de los tapices.

—No me lo puedo creer.

—Pero es cierto. Por desgracia. Reiner conoce mis dificultades y creo que te contrató con falsos pretextos. Supongo que imaginabas que tendrías una alumna que sería capaz de abrir la boca en compañía de otras personas, pero la realidad es que tienes que cargar con una potra que rehúye en cuanto ve a un perro y que sale corriendo en cuanto se le acerca un zorro.

Arabella se rió. Tuvo una sensación horrible y de gran alivio al mismo tiempo.

—Ah, la dulce risa de una dama —dijo la voz del conde por detrás de ella—. Qué bálsamo para la agotada alma masculina.

Arabella se volvió. La princesa jadeó junto a ella.

Lord Bedwyr estaba al otro lado del pasillo delante de la puerta del salón, tan resplandeciente como siempre, la ropa blanca como la nieve y una cascada de encaje colgando de las muñecas. Llevaba el pelo despeinado y su sonrisa era magnífica.

Junto a él, el príncipe de Sensaire parecía un hombre corriente.

En una ocasión Arabella había visto al príncipe regente de Inglaterra de lejos. Era un hombre con el rostro florido, de un tamaño enorme y ropas llamativas, y no cabía duda de que tenía más de cincuenta años. En ese momento borró todas las fantasías infantiles que albergaba de que el príncipe con el que se casaría sería joven, guapo o resplandeciente.

El príncipe Reiner no era ni guapo ni resplandeciente, pero su apariencia era tan contraria a la del príncipe regente como a la del conde de Bedwyr. Era bastante alto y esbelto de pies a cabeza, cosa que le confería cierto aire de soldado. Llevaba una pulcra casaca blanca con chorreras militares, tenía un aspecto robusto, y su rostro, a pesar de no ser realmente atractivo, contaba con un par de bonitos ojos alegres.

—Reiner —dijo el conde—, ¿me permitís presentaros a mi prima, la señorita Caulfield?

El príncipe le hizo una reverencia.

—*Enchanté, mademoiselle.*

Arabella se inclinó.

—Y, Bedwyr, quiero presentarle a mi hermana —dijo el príncipe—. Jackie, me complace presentarte al conde de Bedwyr, compañero de Westfall desde la infancia.

—Alteza.

Lord Bedwyr le hizo una elegante reverencia a la princesa.

Jacqueline bajó la mirada y clavó los ojos en el suelo.

El conde le dio la espalda.

—Reiner, viejo amigo, hay noticias de Inglaterra. Westfall es casi Lycombe.

—Ya lo he oído. El tío duque ha muerto.

—Qué Dios bendiga su alma.

—Entonces, ¿tienes noticias de nuestro amigo? —dijo el príncipe—. ¿Ha regresado a Londres para aguardar su destino dejándote aquí para que disfrutes de su castillo?

—En realidad, está en Francia y tiene la intención de venir a hacernos una visita. —Sonrió a Arabella y a la princesa—. Pero ¿qué podemos hacer con nuestro tiempo hasta que llegue nuestro anfitrión?

—¿*T*ienes que cenar conmigo cada noche, Bella —insistió Jacqueline—. Las absurdas doncellas que eligió mi madre no tienen nada interesante sobre lo que hablar, y yo...

Se había encaprichado del conde. Arabella no precisaba ningún poder especial de observación para darse cuenta.

—Eres muy tímida —se limitó a decir.

—Así es.

Las mejillas de la princesa no eran rosadas, sino amarillentas. Por lo visto, su encaprichamiento le provocaba más preocupación que placer. Arabella la comprendía muy bien.

—Por favor, Bella, me gustaría mucho.

Era lo que llevaba soñando durante años: poder disfrutar de la compañía de un príncipe casadero. Pero aunque ya no tenía ningún interés en él, hizo lo que le pidió Jacqueline.

*U*na semana después, la princesa le anunció a Arabella que ya estaba preparada para comenzar las lecciones.

—Quiero ser menos… reservada.

—Normalmente no eres reservada. —Sólo estaba confundida por un hombre—. Únicamente necesitas unas pocas instrucciones y podrás estar cómoda entre la alta sociedad londinense.

Quiso decirle que no todos los hombres de la alta sociedad eran tan guapos como el conde. Ni tan provocadores. Lord Bedwyr no había mencionado a su primo, pero a veces la observaba como si la estuviera evaluando. Cuando se lo encontraba, él sonreía y flirteaba con alguna de las doncellas, o invitaba al príncipe a montar, o daba alguna excusa transparente para evitarla. Pero a ella tampoco le apetecía hablar con él de Luc.

No la fue a buscar hasta pasados quince días.

—Cielo santo, querida —dijo acercándose a ella por el jardín de rosas con el sombrero en la mano y el pelo brillando al sol—. ¿Todavía lleva su uniforme de institutriz? Pensaba que había prometido comprarse un vestido nuevo. Y unos zapatos, si no recuerdo mal.

—Ya veo que estas tres semanas de luto no le han quitado las ganas de hacer comentarios inapropiados, milord.

Le dio la espalda para centrarse en el cesto en el que estaba colocando las rosas que cortaba.

—Y tampoco le ha quitado a usted esa manía de hacer el trabajo de la servidumbre. ¿Acaso Reiner no tiene jardineros que hagan esta clase de cosas? —dijo señalando la cesta.

—Me gusta. Y yo soy una sirvienta.

Se hizo un momento de silencio sólo quebrantado por el feliz trino de los pájaros que brincaban en el arbusto de al lado, y el chasquido de las tijeras de Arabella.

—He venido a cumplir la promesa que le hice a mi primo.

El conde ya no bromeaba.

—¿Comprarme un vestido y unos zapatos nuevos? Eso es tan ridículo como todo lo demás.

—No he venido a comprarle un vestido.

Estaba muy serio.

—No tiene ninguna responsabilidad conmigo, milord.

—Claro que sí.

Dejó resbalar la mirada hasta donde ella se cogía las manos a la altura de la cintura, y entonces lo comprendió. Se quedaría con ella hasta que supiera si estaba embarazada del hijo de Luc.

—Podría mentirle —dijo sintiendo cómo en su interior crecía una extraña y triste desesperación—. Podría estar embarazada de otro hombre y afirmar que es de su primo para aprovecharme de mi conexión con usted, un lord. ¿Cómo sabe que no haría eso con la esperanza de asegurarme un futuro para no tener que volver a ser una sirvienta?

—Porque conozco a mi primo. Y por lo visto mucho mejor que usted.

Arabella sintió un aguijonazo en los pulmones.

—He venido aquí a casarme con un príncipe —dijo de la forma más absurda.

—Querida, usted ya tiene un título.

No podía ser. Ella no quería casarse con Luc. Él no era príncipe y no reconoció el anillo. Y había muerto.

Había muerto. La fatalidad de ese pensamiento la recorrió de pies a cabeza.

El conde dio un paso adelante y la estrechó entre sus brazos. Ella pegó la cara a la exquisita solapa de su casaca y lloró.

*A*rabella regresó a los jardines el día siguiente, y el otro, y durante toda la semana. Los laberínticos caminos eran elegantes y tranquilos, y le proporcionaban horas de solitud en las que no se veía obligada a sufrir el escrutinio del conde. Paseó por entre los pulcros arriates de flores, luego recorrió un camino por entre el bosque hasta llegar a una fuente en la que había esculpidas algunas cariátides de piedra que sostenían una concha.

Mientras caminaba, imaginaba cartas a sus hermanas que nunca llegaba a escribir.

Cuando vio que por el camino se acercaba un carruaje tirado por cuatro caballos grises, se detuvo y observó cómo se bajaban los pasajeros. Del castillo salieron cuatro sirvientes ataviados con la librea negra y plateada que flanquearon a un caballero y subieron las escaleras rodeándolo con aire protector.

Entonces regresó a la casa y fue a buscar a Jacqueline.

—¿Ha regresado la comitiva de tu madre?

—Oh, no, todavía no, gracias a Dios. —La princesa metió la punta de la pluma en un tintero—. El *comte* por fin ha vuelto a casa.

—¿Es un anciano?

—Tiene la edad de lord Bedwyr, creo que sólo es unos años más joven que Reiner. ¿Por qué lo preguntas?

—Porque entró muy despacio en la casa asistido por los sirvientes.

Arabella apartó la cortina y observó el opulento carruaje que desaparecía en el espacio destinado a su aparcamiento.

—Me parece que estaba enfermo —dijo la princesa—. Y ahora está convaleciente. Creo que tardaremos algunos días en poder disfrutar de su compañía. Pero cuando esté recuperado, será estupendo que nuestro pequeño grupo se pueda beneficiar de la presencia de un caballero. Casi me dan ganas de desear que mi madre no regresase nunca con el resto de la corte. Oh, pero eso ya lo he dicho, ¿no?

Le brillaron los ojos color avellana.

$\mathscr{C}$omo la tarde era suave y cálida, Arabella le sugirió a Jacqueline que practicara el arte inglés de tomar el té. Los sirvientes les prepararon todo lo necesario en una terraza que se extendía sobre la orilla del río con vistas a los jardines.

La princesa aceptó la taza que le ofreció Arabella y se volvió hacia el príncipe Reiner, que estaba sentado ante un tablero de ajedrez junto a lord Bedwyr.

—Háblanos del *comte*, hermano. ¿Es guapo?

—¿Cómo podría saberlo, Jackie? —Se inclinó sobre el tablero—. No soy una dama.

Dos de las doncellas de Jacqueline se rieron. Habían utilizado la excusa del té para ponerse sus mejores galas. Sin duda no tendría nada que ver con el conde.

Arabella se sirvió una taza y se acercó a la balaustrada. Las compañías que la reina había elegido para su hija no la habían aceptado en su círculo, y después de tres semanas todavía la miraban con recelo. Ella no las envidiaba. Después de pasar años a las puertas de la alta sociedad, estaba acostumbrada.

—¿Es guapo el *comte*, lord Bedwyr?

Jacqueline por fin había conseguido dejar de tartamudear y sonrojarse en presencia del conde. Pero ello no parecía tener efecto alguno en él. Bedwyr la trataba con la misma sencillez con la que trataba a sus doncellas.

Lord Bedwyr se recostó en el respaldo de su silla y aguardó el movimiento de su oponente.

—Lamento comunicarle, alteza, que es una bestia. No es del gusto de las damas en absoluto.

Jacqueline apretó los labios.

—Según tengo entendido, es propietario de este castillo, de los viñedos y de una casa en Inglaterra. Debe de ser muy rico.

—¿Qué clase de comentario es ese, Jackie? —dijo su hermano—. Señorita Caulfield, está descuidando su trabajo. Debe hacer uso de su cargo y enseñarle modales —dijo sonriendo.

—Le pido perdón, alteza. —Arabella hizo repicar los dedos contra la taza, una porcelana fina como el papel con ribetes dorados. Era una taza digna de una princesa, como su lujoso dormitorio y los jardines que estaba observando sin sentir absolutamente nada—. Me esforzaré para mejorar mis métodos de instrucción.

—Eso espero.

El príncipe Reiner sonrió y volvió a centrar la atención en el tablero. Era un hombre bueno, amable con todo el mundo, y generoso y afectivo con su hermana. Pero no despertaba ningún interés en Arabella.

—Bueno, ¿es rico, milord? —dijo Jacqueline.

—Si yo tuviera la mitad de los fondos del *comte*, princesa —le contestó lord Bedwyr—, estaría nadando entre caballos, carruajes, casas y joyas.

—¿Sabes, hermano? —dijo Jacqueline—, no deberías reprenderme por preguntar por las características materiales de un caballero. Eso es lo que mamá me ha enseñado a valorar en los hombres desde que tenía seis años.

—Es una tragedia que el valor de un hombre, su corazón y su nobleza queden eclipsados por su fortuna y apariencia a los ojos de las damas.

El conde dejó escapar un suspiro teatral y movió el caballo blanco.

—Usted no tiene que preocuparse por eso, milord —afirmó Jacqueline mirándolo directamente con descaro.

Él alzó una ceja.

—Ah, pero mi fortuna no es nada envidiable, princesa.

La joven esbozó una pequeña sonrisa.

—Lord Bedwyr, es usted terriblemente engreído.

—¡Jackie!

—¡Princesa!

El conde la miró de reojo con complicidad y volvió a centrarse en el tablero.

—Tu hermana es muy sincera, Reiner. No deberías haberla enviado a un convento para que la educaran. Las chicas aprenden las peores enseñanzas morales de las monjas, ¿sabes?

Jacqueline se sonrojó, pero su mirada era serena. Quizá le hubiera cogido el truco al conde después de todo.

La puerta de la terraza se abrió y un lacayo anunció:

—Su excelencia, *le comte de* Rallis.

Un caballero salió a la luz del sol. Era un hombre alto de espaldas anchas y ropa impecable. Llevaba unas botas brillantes y un pañuelo negro en la cabeza que le tapaba el ojo derecho y parte de una terrible cicatriz.

A Arabella se le cayó la taza y se hizo añicos a sus pies.

11

La comtesse

Luc observó cómo le volvía el color a las mejillas, que se habían quedado pálidas como el pergamino, y estuvo a punto de estrangular a su primo. Cuando Cam envió la última misiva al *Victory*, decía que ella ya conocía su verdadera identidad. Y él le había creído.

Una joven con la misma altura y aspecto de Reiner corrió hacia ella.

—¡Arabella!

«Arabella.»

—Bella, ¿te encuentras mal?

—No —la oyó decir—. No, estoy bien.

Levantó la barbilla cuando la miró a los ojos, pero los acianos rebosaban confusión.

—¡Ah, Luc! —Él príncipe le estrechó la mano—. Bedwyr prometió que vendrías, pero nunca me creo nada de lo que dice.

—Debería empezar a seguir tu ejemplo.

Miró a Arabella por encima del hombro de Reiner.

—Amigo mío —dijo el príncipe, volviéndose hacia los demás—. Permíteme que te presente a tus invitadas, mi hermana y sus doncellas.

Las damas se acercaron a él. Estaba atrapado, tenía que actuar como el elegante anfitrión de la fiesta, cuando la única persona que merecía su atención se alejaba por la terraza en dirección al jardín. Nadie pareció advertirlo. Seguía llevando el sencillo vestido de institutriz. Por lo visto ni Cam ni ella le habían explicado a nadie lo que había pasado en Saint-Nazaire.

Le pondría remedio enseguida. Pero no antes de que pudiera hablar a solas con ella.

—Señoría —dijo una de las damas—, ¿le apetece tomar el té?

—Creo que le apetecerá algo más fuerte. ¿No es así, Rallis? —dijo Cam alzando una ceja.

—En ese caso, tomaremos vino —dijo Reiner.

Luc les hizo una reverencia a las damas, le lanzó una silenciosa mirada a su primo y siguió al príncipe hacia el interior del castillo. Hizo un gesto con la mano para despedir al lacayo, y se volvió hacia su primo.

—Maldito seas, Cam.

Bedwyr se apoyó en el aparador con despreocupación.

—Supongo que no te acuerdas de que ya me maldijiste cuando te debatías entre la vida y la muerte en la arena de aquella playa. De verdad, Lucien, últimamente te repites mucho.

—Te mereces todas las maldiciones que recibes.

—Es probable, pero eso ahora no importa. ¿Desde cuándo es mi responsabilidad gestionar tus tortuosas historias amorosas?

—Maldita sea, primo. ¿Es que no tienes conciencia?

Reiner le sirvió una copa de borgoña.

—Seguís discutiendo como cuando teníais dieciocho años.

—Por aquel entonces él sólo era un hedonista despreocupado. Ahora es un mentiroso y un manipulador. ¿Por qué me hiciste creer que se lo habías dicho?

—Dime, Lucien —dijo Cam como si su primo no hubiera dicho ni una palabra—, ¿durante tu convalecencia has pensado en cambiar una ceguera por la otra? ¿O simplemente es que ahora estás ciego por partida doble? —Hizo un gesto con la copa en dirección a las puertas de la terraza—. Pero creo que ya tengo la respuesta.

Reiner le puso una copa de vino en la mano a Luc.

—Bebe, amigo. Me parece que lo necesitas.

Luc dejó la copa.

—¿Te lo ha contado?

—¿Que debía garantizar la seguridad de la impactante institutriz, pero no podía acercarme a diez metros de ella? Sí. Pero no mencionó que tuviera nada que ver contigo.

—No era yo quien debía explicarlo. —Cam se quitó un hilo imaginario de la manga y por fin miró a Luc a los ojos—. Desde el principio. Como tú querías.

Cam tenía razón. Luc sabía que tendría que haberle dicho la verdad en cuanto ella le preguntó su nombre. Y desde aquel día podría habérselo contado en cualquier momento. No lo había hecho porque creía que al ocultarle su identidad podría alejarse de ella.

Pero su primo lo sabía. Por algún motivo, el sinvergüenza enseguida comprendió lo que él había estado demasiado ciego para ver.

Empezó a caminar en dirección a la puerta.

—Espera un momento, Luc —dijo Reiner a su espalda—. ¿Has instalado a tu amante en esta casa en calidad de institutriz para mi hermana?

—No es mi amante. —Abrió la puerta—. Es mi *comtesse*.

*A*rabella se internó en el jardín a ciegas. No estaba llorando, pero había caído presa de un ciclón de alivio, alegría y una absoluta y titánica ira que embotaba sus sentidos mientras corría junto a la hilera de arbustos en dirección a los caminos.

Estaba vivo.

Necesitaba estar a solas un momento para pensar, para poner orden en sus pensamientos, para comprender.

Para disfrutarlo.

Estaba vivo. Vivo, sano y capaz de sonreír y hacerles reverencias a las absurdas doncellas de la princesa.

Vivo.

Lo bastante vivo para haberle dicho que no había muerto antes de que ella lo descubriera de esa forma.

Llevaba semanas llorándolo. Semanas. Y él le había mentido. Era incapaz de comprender el motivo. ¿Habría pensado que si conocía la verdad intentaría atraparlo en el matrimonio? Pero ella le había rechazado en más de una ocasión. Había objetado hasta el último momento. Había sido él quien la había atrapado a ella.

Al final de la hilera de arbustos había un largo muro de piedra que se internaba en un campo de viñedos. Se detuvo. Sus pasos no la ha-

bían llevado al bosque. Estaba perdida. Pero no había caminado tanto
para alejarse del castillo. El castillo de Luc. El castillo del *comte*.

Estaba vivo. Y era un caballero con título. El heredero de un ducado.

Tendría que haberse dado cuenta. No era la primera vez que un
hombre le mentía.

Aunque nunca de esa forma. Claro.

Inspiró hondo. Alargó la mano, se agarró al muro y apretó la roca
con fuerza mientras asimilaba aquella incomprensible realidad. Luego
siguió caminando hasta que llegó a un edificio. Tenía el techo bajo, era
largo y oscuro; enseguida se dio cuenta de que era una prensa de vino.
No había nadie por allí. La cosecha había acabado, el sol se estaba
poniendo y el edificio y las viñas desnudas proyectaban largas sombras
sobre la hierba.

Se apoyó en la pared de piedra y cerró los ojos. Regresaría, se en-
frentaría a él e intentaría no abalanzarse hacia sus brazos e inspirar su
fragancia mientras le decía exactamente lo que pensaba del modo en
que la había tratado.

Puede que para él todo hubiera sido un juego. Y su primo, lord
Bedwyr, debía formar parte de él. Pero los hombres que lo atacaron y
su herida, eso no había sido una actuación.

¿Por qué lo había hecho?

Se separó de la pared y regresó por donde había venido.

Primero escuchó los ladridos de los perros, y después el ruido de
las pezuñas de un caballo. Cuatro perros doblaron la esquina del
altísimo muro de piedra que rodeaba el campo más cercano y corrie-
ron hacia ella con las lenguas colgando en actitud de amigable bienvenida.

Se oyó un silbido y los animales se alejaron de ella para regresar al
campo.

Luc se aproximó a Arabella sobre un enorme caballo negro, como
si fuera un hombre salido de sus sueños. Llevaba una casaca de color
verde oscuro de muy buena confección y un plumero negro, los muslos
cubiertos de pieles y un sombrero alto. Parecía un lord incluso a pesar
del pañuelo y la cicatriz.

Arabella no quería esconderse, pues sabía que no debía importarle que le temblaran las manos y se le hubiera cerrado la garganta. No obstante, cuando Luc se bajó del caballo con los perros brincando por entre sus botas, no pudo evitar mirarlo embobada.

—Buenos días, señora.

Se acercó a ella.

La joven retrocedió.

—¿Puedes montar?

—Es probable que no. Pero según el lacayo que se informó hablando con el jardinero, te marchaste en esta dirección a una velocidad considerable, y no sabía si conseguiría encontrarte antes del anochecer si lo intentaba a pie. Esto es muy grande. —Esbozó una pequeña sonrisa—. Así que, si se me abre la herida y me muero, te aseguro que será culpa tuya.

—¿Cómo pudiste...? —Le falló la voz. Era alto y atractivo y, sin embargo, tenía la piel más clara y se le adivinaba más tensión alrededor de los labios. Arabella deseaba que se muriera de dolor y al mismo tiempo rezaba para que no fuera así—. Eres cruel.

—Ah. Vamos directos al grano. Nada de besos de reencuentro primero. —Suspiró—. Debería haberlo imaginado cuando se te rompió la taza, pero todavía tenía esperanzas.

—¿Cómo pudiste ocultármelo?

—Pensaba que te lo había dicho Bedwyr. Me dijo que lo había hecho.

—Pues no lo hizo. —Le tembló la voz. Se obligó a hablar con más firmeza—. Me he visto obligada a averiguarlo de golpe cuando has entrado por la puerta.

Luc saboreó el placer que sentía al volver a verle la cara. Tenía las mejillas ligeramente sonrosadas, los ojos acianos bien abiertos y sus labios eran perfectos, como siempre, suaves, carnosos y rojos como fresas. Quería pegarlos a los suyos. Quería darle un beso de bienvenida tan apasionado que acabaran los dos tumbados en la hierba medio desnudos, igual que ocurrió en aquella playa hacía ya demasiado tiempo para su gusto.

Pero ella tenía aspecto de tener el estómago revuelto.

Se detuvo a cierta distancia de Arabella.

—Lamento no haberte dicho toda la verdad sobre mí. —Le hizo una gran reverencia. Llevaba una semana sin sentir tanto dolor en el estómago, pero mereció la pena—. Te ruego que me perdones.

Los acianos se abrieron como platos.

—¿Lamentas no haberme dicho toda la verdad? Me pregunto qué clase de verdad parcial podrías haberme contado.

—¿Verdad parcial? —La impaciencia se apoderó de Luc—. ¿Tan detestables te parecen mi título y mi posición?

—¿Tú título y tu posición?

Luc negó con la cabeza confundido. Entonces el motivo de la sorpresa de Arabella golpeó en su tripa dolorida como un cuchillo frío.

—Bedwyr no te había dicho que estaba vivo. —No era posible—. ¿Verdad?

—Claro que no.

Arabella tragó saliva para reprimir las emociones.

—Cielo santo. —Dio un paso adelante—. Nunca imaginé que no te lo diría. Lo ha hecho para castigarme a mí, y no a ti, de eso no hay duda. Pero debería matarlo por ello. Ayer fue el primer día que pude viajar, pero si lo hubiera sabido te habría escrito.

Ella se puso derecha y pareció tomar una decisión.

—¿Por qué no me dijiste antes quién eras?

—Tendría que haberlo hecho. —Se frotó la mandíbula—. Quería hacerlo.

Arabella apartó la mirada.

—Los hombres mentís por sistema.

—Mi intención no era mentir, sino…

—Me da igual. No significas nada para mí.

—Y, sin embargo, el alivio te ha iluminado los ojos cuando me has visto en el castillo. Te estás engañando a ti misma, duquesa.

—No me llames así.

—Resulta muy instructivo que te preocupe cómo te llamo. —Se acercó a ella. Arabella apoyó los hombros contra la pared que tenía detrás. Luc observó su precioso perfil; sus dedos se morían por enredarse en los mechones cobrizos que colgaban del pesado moño que llevaba en la nuca—. Te preocupas por mí —dijo.

—Me preocupaba por ti cuando pensaba que estabas muerto. —Le tembló la voz—. Eras más interesante entonces.

Luc se relajó.

—Si eso es lo que tengo que hacer para captar tu atención, moriré de nuevo encantado. Pon fecha y hora.

—Eres muy gracioso, milord. Deberías reunir una compañía teatral y hacer un espectáculo ambulante. —Seguía sin mirarle—. Quizá podrías invitar a lord Bedwyr. Juntos ganaríais un montón de dinero.

—Ya tengo mucho dinero. Y no soporto que me llames milord de esa forma tan desagradable. Me dan ganas de escribirle al rey y decirle que no quiero el título.

Por fin asomó una mueca a los labios de Arabella. Entonces pareció perder su batalla interior, se le suavizó el ceño y se volvió hacia él. Luc pensó que se iba a morir de verdad. Ver cómo lo miraba con tanta elegancia y caridad era una bendición del cielo.

—Me… —Pareció esforzarse por encontrar las palabras—. Me alegro de que estés bien.

—¿Te alegras? ¿Eso es todo?

Alargó la mano hacia ella y le rodeó el cuello con la mano. Arabella se apartó.

La ira ardió en su ojo.

—¿No vas a dejar que te toque? A Bedwyr le dejaste.

—No es verdad.

—Dijo que lo abrazaste. ¿Eso también es mentira?

—Yo… —Trató de recordar. El conde la había abrazado en el jardín—. Yo…

—Dejaste que ese libertino sinvergüenza…

—Fue un abrazo de consuelo, un breve… —Dejó de justificarse—. No tengo por qué justificarme.

—Ya lo creo que sí.

—¡Estaba llorando! ¿Es que no lo ves? Lloré por ti, porque habías muerto por mi culpa, y él me consoló. Eso es todo. Sólo fue un consuelo momentáneo. Y ahora que estás aquí, después de haberme mentido y haberme hecho padecer, ¿pretendes que caiga entre tus brazos?

—Sí.

Se quedó boquiabierta.

—Por lo visto tu arrogancia parece tan intacta como tu cuerpo.

Luc apoyó las palmas de las manos en la pared a ambos lados de su cabeza y se inclinó hacia delante.

—Es verdad, mi cuerpo ha sobrevivido, y todavía recuerda tus caricias. Muy bien.

Entonces su cuerpo la traicionó. Podía soportar sus provocaciones. Pero no podía soportar su cercanía.

—Mi primo dice que tenías la intención de casarte con Reiner —dijo.

—¿A ti te dijo eso, y a mí no me dijo que estabas vivo?

—Es un tipo contradictorio —reconoció él con cierta tristeza—. Me parece que se debe a un exceso de adulación. —Se inclinó sobre un costado de su cara y pareció inspirar hondo—. Dios, no sabes lo que siento al verte. Todo lo demás desaparece. —Le rozó el lóbulo de la oreja con los labios y le provocó una corriente de suave placer—. ¿Qué intenciones tienes con Reiner?

Estaba vivo, estaba bien, y la estaba tocando. Arabella había soñado con aquello.

Debía esforzarse por hablar con sensatez.

—No tengo ningunas intenciones hacia él. No he tenido ninguna desde el momento en que dejé que me tocaras en aquella playa.

Y algunos días antes.

—Bien —murmuró Luc. Deslizó la punta de la lengua por debajo de su oreja y luego le posó los labios en el cuello—. Porque tendría que batirme en duelo con él por haberse casado con mi esposa. Teniendo en cuenta que yo disparo mejor que él, moriría, y su país se quedaría sin líder y se produciría un incidente de consecuencias internacionales. No sería bonito. Es mucho mejor de esta forma.

Arabella se alejó del placer apartándose de él.

—No soy tu esposa de verdad.

Luc dejó caer el brazo.

—El sacerdote dijo: «Habéis declarado vuestro consentimiento de convertiros en marido y mujer». Me parece que sí que lo eres.

—Yo no le oí decir eso.

—Debió de ser por los nervios. Creo que es algo muy común entre las novias.

—No fue una boda legal.

—Firmaste un contrato matrimonial.

—Firmé una hoja en blanco.

—Ya no está en blanco. Unos elfos muy simpáticos con los que me encontré en el bosque mientras estaba convaleciente hicieron visible la tinta invisible de la hoja y ahora pone muy claro que estás casada conmigo. ¿No te parece que la magia es algo increíble?

—¿Cómo puedes bromear sobre esto? —protestó.

Luc dio un paso adelante, le cogió la cara con las manos con suavidad y colocó la boca a dos centímetros de la suya.

—No estoy bromeando. Estamos casados. Y es un matrimonio real y válido.

El aliento de Luc le rozaba los labios y de repente pareció arder toda la vida que albergaba en su interior.

Ella había confiado en él, había creído en su honor, le había entregado su cuerpo, y él le había mentido desde el principio.

—Si te pido que me liberes de ese compromiso —dijo sintiendo su aliento y su fragancia a su alrededor embrujándole los pensamientos como siempre—, ¿lo harás?

—¿Estás segura?

Tenía la voz muy ronca. Sus labios rozaron los de Arabella como un susurro. Ella cerró los ojos al percibir aquella debilidad.

—Sí. Estoy segura. Libérame ahora.

Se hizo un momento de tensión: Luc no se movía. Entonces dejó escapar un rugido y se apartó.

—¿Qué quieres de mí? —le preguntó—. ¿Otra disculpa? ¿Una docena de disculpas? Pues aquí las tienes. —Tendió la mano—. Me equivoqué. Cometí un error. Estaba acostumbrado a hacer ese papel y no vi ningún motivo para darte más información.

—No me importa por qué me mentiste. ¿Es que no lo ves?

—Lo único que yo veo es que, teniendo en cuenta cómo ha salido todo, estás haciendo una montaña de un grano de arena.

—¡Me obligaste a casarme contigo con falsos pretextos!

—Yo nunca te he obligado a hacer nada. —Volvió a avanzar hacia ella y se acercó todo lo que pudo sin tocarla—. Pero lo haré ahora, pequeña institutriz. Te voy a obligar a quererme. Conseguiré que me quieras más de lo que puedas soportar.

—¿Y ahora me amenazas?

—No comprendo cómo puedes pensar que es una amenaza.

Era un lord. Por fin comprendía de dónde venía su arrogancia, su forma de ser tan autoritaria e insistente. Podía tener a la mujer que quisiera. Era imposible que la quisiera de verdad, ella sólo era una sirvienta pobre con la lengua muy larga. A fin de cuentas, Luc era igual que todos los demás hombres. Otros ya habían tratado de echar a perder su reputación cuando no se entregó a ellos.

Pero ahora estaba en manos de Luc, era su esposa, podía hacer lo que quisiera con ella, y no sólo durante un viaje, sino durante toda la vida. El pánico que había sentido tantas veces estando con él la volvió a atravesar de nuevo.

—No lo entiendes —le dijo—. Yo no puedo estar casada con un lord.

—No puedes estar casada con un lord —le repitió sin ninguna entonación—. Eres la mujer más difícil que he conocido en mi vida.

—Pues no entiendo para qué me quieres.

—No lo entiendes —dijo con la mirada ensombrecida de nuevo por esa desconcertante necesidad que no comprendía—. No lo entiendes, ¿verdad?

La besó. Al principio sólo fue una suave caricia, pero se apropió de sus labios y la obligó a sentirlo. Luego se convirtió en una posesión. Ella aceptó su acercamiento, se apoyó en él, le presionó el pecho con las manos, sintió su vida bajo la palma de las manos y separó los labios para él.

Fue demasiado breve. Luc la soltó.

Ella se llevó los dedos a los labios y volvió la cabeza buscando el control que había perdido. Él levantó la mano como si fuera a apartarle los dedos de la boca, pero entonces se detuvo y dio un paso atrás.

—Maldita sea.

Luc se dio media vuelta haciendo girar las colas de su casaca en el aire y volvió hacia su caballo.

Ella le vio montar. Vio cómo se subió al caballo de un salto haciendo caso omiso de la herida, que sin duda todavía debía dolerle. Luego hizo girar al animal y se alejó al galope con los perros ladrando y brincando a su alrededor. Arabella le vio marchar.

Siempre la dejaba. Ella sólo le había dejado una vez, pero cada vez que ese hombre conseguía encender su necesidad, luego lo veía marchar. Luc esperaba ganar, y era muy posible que acabara haciéndolo.

*C*uando Arabella regresó al castillo al anochecer, se encontró con un desfile de carruajes alineados en el camino y un montón de sirvientes corriendo de un lado a otro cargados con baúles de viaje y sombrereras. El mayordomo estaba en el centro del alboroto dirigiendo el ajetreo.

—*Monsieur* Brissot, ¿quién ha llegado?

—Ha vuelto la reina, *mademoiselle*. Le aconsejo que se ocupe de la princesa *tout de suite*.

Arabella pasó corriendo junto a los sirvientes camino de las dependencias de la princesa.

—Oh, querida Bella. Pensaba que nos libraríamos de mamá un poco más de tiempo. Pero no ha podido ser. —Jacqueline la abrazó y luego sonrió—. Así que le he pedido al *comte* que celebre una fiesta.

Luc no le había contado a nadie que estaban casados. Arabella no entendía nada de lo que hacía aquel hombre, sólo sabía que era impredecible y autoritario y que le provocaba un deseo que la debilitaba.

—Pensaba que no te gustaba la vida de la alta sociedad —consiguió decir.

—Y así es. Sólo lo he hecho porque mamá siempre debe tener algo que hacer. Últimamente sólo ha estado pendiente en mis perspectivas matrimoniales, y he pensado que podría darle otra cosa en la que pensar. Por lo menos durante algunos días.

—¿La fiesta se celebrará pronto?

—Pasado mañana. Al *comte* le ha encantado la idea. Va a invitar a todo el mundo. —Sonrió—. Pero antes de que empiece el desfile de vestidos de noche y todo el mundo se ponga a bailar el vals, tienes que enseñarme algo muy práctico para que mamá se quede muy impresionada con tu instrucción y te duplique el sueldo.

*L*a reina no estaba impresionada. Cuando entró en las dependencias de su hija antes de cenar, le lanzó una mirada a Arabella y dijo que ahora que había regresado la corte ya no precisarían de sus servicios por las noches, por muy prima lejana del conde que fuera. Jacqueline protestó, pero la reina se acercó a la puerta del dormitorio y la abrió ella misma. Arabella se marchó encantada.

Las objeciones del príncipe desautorizaron las directrices de su madre. Un minuto antes de que sonara la campana que avisaba del comienzo de la cena, Jacqueline entró a toda prisa por la puerta del dormitorio de Arabella.

—Date prisa. Tienes que vestirte para bajar a cenar. —Se acercó al armario—. Reiner ha insistido en que nos acompañes. Y el *comte* ha secundado su invitación. Es todo un caballero. —Se quedó boquiabierta cuando vio los cajones vacíos—. Arabella, ¿no tienes otro vestido aparte del gris que llevas cada día?

—Estoy… estaba… estoy de luto —tartamudeó.

—Entonces deberías tener por lo menos dos vestidos grises —dijo la princesa con la inocencia de una chica que no había pasado un solo día de su vida sin tener menos de tres docenas de vestidos en el armario—. Me temo que no tengo nada de un color tan apagado, y es que mamá insiste en que todos mis vestidos deben ser blancos o de tonos pastel. Así que esta noche tendrás que llevar más color. —Se fue hacia la puerta—. Venga, date prisa. Cuanto más nos hagamos esperar para la cena, más nos mirarán cuando aparezcamos, y no me apetece nada. Una cosa es que te miren cuando eres la mujer más guapa del país como tú, pero es muy distinto cuando a la que miran es a mí.

$\mathscr{S}$e dieron prisa, pero todo el mundo se las quedó mirando igualmente. Arabella sólo notó la mirada de una persona.

Después Luc la ignoró por completo, no sólo durante la cena, sino durante los tres días siguientes. Se mostraba elegante y agradable con la reina y sus cortesanas, incluyendo a las doncellas, a las que trataba con mucho encanto y deferencia, y sin demostrar ni un ápice de arrogancia o autoritarismo; pero a ella ni siquiera le dirigió la palabra. Mientras toda la casa se concentraba en los preparativos para la fiesta, no salió a su encuentro en ningún momento ni se acercó a ella. Nadie se dirigía a ella en calidad de nada que no fuera «la institutriz de la princesa», la señorita Caulfield. Hasta el conde había dejado de lanzarle miradas capciosas, de hecho ya casi no lo veía nunca.

Nadie sabía que la esposa del *comte* residía bajo el techo de Saint-Reveé-des-Beaux, y la joven empezó a creer que había imaginado su encuentro en el viñedo.

$\mathscr{A}$rabella negó con la cabeza cuando una sirvienta apareció en su dormitorio con el vestido que Jacqueline había prometido prestarle para la fiesta.

—Esto no puede ser para mí.

Sobre su cama había un vestido confeccionado en gasa rosa y la más fina de las sedas, con unas minúsculas mangas de estilo casquillo y abalorios en forma de estrella cosidos al corsé y a la falda. Era un vestido para una princesa, y no para una institutriz, por mucho que le gustara su trabajo.

—*Mais oui, mademoiselle* —dijo la sirvienta con seriedad—. La princesa lo ha elegido de entre todos sus vestidos y ha pedido que lo arreglaran especialmente para que usted lo lleve *ce soir*.

—Pero no puedo aceptar otro regalo…

—Sí que puedes. —Jacqueline asomó la cabeza por la puerta de su dormitorio con una caja en las manos enguantadas—. Éste.

Se acercó a ella, destapó la caja y sacó una medialuna de diamantes.

—Princesa —susurró Arabella—, no tendrías que haberlo hecho.

—No he sido yo. —Jacqueline dejó la reluciente tiara sobre el vestido que había en la cama como si estuviera vistiendo el cubrecama para la fiesta—. Es de parte del *comte*.

La sirvienta se llevó la mano a la boca.

—*Jésus, Marie et Joseph.*

—Es evidente que te admira —dijo la princesa—. No me extraña. Y no es el único. He visto a por lo menos cuatro de los cortesanos de Reiner lanzándote miradas interesadas desde el otro extremo de la mesa a la hora de cenar, y dos de ellos están casados los muy mujeriegos.

Arabella se quedó mirando la delicada tiara, una lluvia de diamantes que se diseminaban en forma de abanico desde un grupo de gemas centrales colocadas en forma de rosa.

—No puedo ponérmela.

La doncella hizo un mohín de desagrado.

Jacqueline la miró.

—¿No te gusta el *comte*? De verdad Bella, si un hombre me regalara una tiara tan bonita como esta, me la pondría tanto si me gustara como si no. Todas mis tiaras son reliquias de familia, son muy feas y están pasadas de moda. Esta es perfecta.

Por lo visto Luc pensaba llevar a cabo su amenaza. No sabía que los regalos caros no significaban nada para ella.

Se vistió y dejó la tiara encima de la cama. Pero la princesa se puso delante de la puerta y le prohibió salir de la habitación a menos que se la pusiera.

Arabella dejó que la doncella se la colocara en la cabeza y se miró al espejo. Parecía una princesa. Tocó los diamantes con un dedo vacilante.

—¿Por qué no me la ha dado personalmente?

—Creo que temía que se la tiraras a la cabeza si lo intentaba. —Jacqueline alzó las cejas—. Te comportas de una forma distinta cuando estás en la misma habitación que él, Bella, y la verdad es que no entiendo por qué. Si hay un hombre capaz de poner a la defensiva a una mujer, ese es lord Bedwyr, no el *comte*. Lo cierto es que, a pesar de ser un héroe naval y de tener esa brillante cicatriz, es un cachorrito.

Arabella no pensaba lo mismo. Luc se había servido de la ayuda de Jacqueline para que no pudiera rechazar su regalo y, sin embargo, todavía no le había contado la verdad a nadie. Estaba jugando con ella como lo había hecho desde el principio, y el pánico que le provocaba se cebó en ella sin piedad.

No era un cachorrito. Era un lobo.

*Y*a hacía un siglo que el castillo contaba con un gran salón para celebrar bailes. Lo ubicaron en el lado que daba al río, completando el puente que lo cruzaba de una orilla a otra. El pasillo que salía de la galería de las arcadas conducía hasta un magnífico salón de techos altos con una puerta en el extremo opuesto por la que se accedía a un camino con espalderas que llevaba al bosque.

Aquella noche el salón brillaba debido a los cientos de velas y al reflejo de las antorchas que flotaban en el río; su resplandor relucía a través de las ventanas que se extendían desde el reluciente suelo de parquet hasta el techo estucado. Los músicos del príncipe iban ataviados con una librea azul y dorada, y tocaban piezas alegres que llenaban el vasto salón. Los lacayos, con los colores plateados y negros del personal del duque, se movían por entre los grupos de invitados ofreciendo vino.

Los asistentes a la fiesta también estaban todos magníficos. Aquel era el mundo de Luc, los hombres y mujeres que ella sólo había visto de pasada mientras preparaba a sus estudiantes, las vestía y engalanaba a la ultima moda. Todos tenían un aire de sublime superioridad. Las damas, con los labios pintados de rojo y los cuellos envueltos en joyas, posaban sobre ella sus largas pestañas y levantaban los abanicos para susurrar a su paso.

Arabella mantuvo la barbilla bien alta, desplegó el abanico de encaje que le había dado Jacqueline y se internó en la multitud.

La reina entró del brazo del príncipe Reiner y seguida de Jacqueline. Los invitados se agacharon haciendo reverencias mientras la partida real se encaminaba hacia la tarima, donde el príncipe sentó a su madre en un sillón dorado. Luego cogió a su hermana de la mano, la ayudó a bajar el escalón del estrado y se dirigió directamente hacia Arabella.

Los jadeos se hicieron evidentes por todo el salón.

Soltó a su hermana y se inclinó sobre la mano de Arabella.

—*Comtesse* —dijo en voz baja—. Me encantaría tener el honor de bailar con la preciosa esposa de mi querido amigo.

Jacqueline se quedó con la boca abierta.

Arabella no pudo evitar que la llevara a la pista de baile. Él le sonrió con amabilidad, y fue como si no tuviera nada de raro que un príncipe bailara con una institutriz.

—No debería haberlo hecho, alteza —le susurró cuando la coreografía los acercó.

—No he podido evitarlo. Habría sido una gran falta de gratitud por mi parte si no le hubiera pedido el primer baile. A fin de cuentas, esta es su casa.

Sonrió.

—Los invitados piensan que está usted bailando con una sirvienta.

—Los invitados pronto sabrán la verdad.

Luc aguardaba al otro lado del brillante salón junto a un grupo de damas y caballeros. Se volvió para mirarla como si sintiera la mirada de Arabella.

El baile llegó a su fin, el príncipe hizo una reverencia y se marchó. Jacqueline apareció a su lado.

—*Comtesse?* Cielo santo, Bella, ¿qué me has estado ocultando y por qué lo sabe mi hermano y yo no?

—Debe de habérselo dicho él. —Cogió a Jacqueline de la mano—. Siento no habértelo explicado. No sabía…

—Oh, no pasa nada. Todo el mundo tiene secretos, aunque tienes que admitir que el tuyo era enorme. No sé por qué el *comte* y tú se lo estáis ocultando a todo el mundo, ni por qué actúas como una sirvienta cuando en realidad eres la señora de la casa. Pero… —Volvió a mirar hacia la multitud, esta vez en dirección a Luc—. Te felicito. Tu marido es muy atractivo.

—No sé lo que quiere de mí —dijo Arabella con sinceridad.

La princesa posó su inteligente mirada sobre ella.

—Quizá deberías preguntárselo.

Luc se estaba acercando a ellas. Jacqueline le estrechó los dedos y se marchó.

Entonces apareció delante de ella, le cogió la mano y se inclinó sobre ella.

—Esta noche estás preciosa, duquesa. Como siempre.

Se llevó la mano de Arabella a los labios, le dio la vuelta y besó el centro de su palma enguantada. Arabella sintió un hormigueo por todo el cuerpo.

Apartó la mano.

—¿Qué estás haciendo?

Él sonrió con comodidad y seguridad.

—Provocándome una enorme frustración. Ven a la terraza conmigo.

—No. Todo el mundo pensará que pretendes seducir a la institutriz.

—Que los cuelguen a todos. Eso ya lo conseguí hace semanas. Ven conmigo.

«Eso ya lo consiguió.»

—No.

—Tu recibimiento sigue dejando mucho que desear.

—Supongo que no tengo práctica dejando que me manoseen en público.

—Dado que prefiero manosearte en privado, te concederé este asalto.

—La playa no era precisamente un lugar privado.

—Muy cierto. Pero yo ya he hecho todo tipo de planes para nosotros en mi imaginación.

Arabella apretó los puños.

—¿Por qué bromeas conmigo como si no hubiera nada más que decir?

—¿Qué más hay que decir? Qué tal esto: este baile es para ti.

—¿Para mí? Pero tú…

—Llámalo una especie de fiesta de compromiso. —Miró a su alrededor—. Ahora ya nos está mirando todo el mundo. Por lo visto, no está bien que un hombre hable durante demasiado tiempo con una dama en un salón de baile. Tendrás que bailar conmigo para apaciguar su sensibilidad ultrajada.

—Pensaba que habías dicho que los podían colgar a todos.

—Baila conmigo, duquesa.

—Me confundes.

—Y tú me deslumbras.

La mirada de Luc se deslizó por su cuello y le acarició los pechos, luego siguió bajando hasta su cadera. Él era más guapo de lo que había soñado Arabella, y llevaba una casaca de color azul oscuro que realzaba su corpulenta espalda; parecía que fuera capaz de levantar un barco él solo. También lucía un único zafiro del color de la noche alojado en el pañuelo del cuello. Llevaba el ojo cubierto con un pañuelo de inmaculada seda negra, y hasta la cicatriz parecía elegante. Si fuera una mujer dada a perder el corazón por la importancia y la belleza de un hombre, estaría perdida. Pero ella no tenía corazón; estaba a salvo.

—Tienes que bailar conmigo —dijo—. No aceptaré una negativa.

—Disfrutas mucho de tu ventaja.

—De lo que disfruto es de poder tocarte. Me recuerda ese breve pero memorable episodio de la playa. Antes del desafortunado incidente del cuchillo, claro.

Sonrió.

Arabella tenía las mejillas encendidas.

—Te he oído hablar con las damas de compañía. ¿Te diriges a todas las mujeres con la misma sinceridad?

—No. Sólo lo hago con mis esposas, y entre ellas nada más con las que se niegan a bailar conmigo. —Se acercó un paso y la miró—. ¿Me concederías el honor de bailar conmigo, Arabella?

Era la primera vez que la llamaba por su nombre. Pareció acariciarlo.

—Yo, yo... —Se le enredaron los pensamientos con las intenciones. Sabía que lo hacía a propósito—. Llevas tres días evitando hablar conmigo a solas y, sin embargo, ahora me provocas como lo hacías en tu barco, como si no hubiera pasado nada desde entonces.

—Llevo tres agónicos días manteniéndome alejado de ti con la intención de dejar que te acostumbraras a la verdad a tu propio ritmo. Es evidente que ha sido una mala táctica.

Miró la tiara que llevaba en el pelo.

—Sólo un hombre de poco carácter intentaría engatusar a una mujer con regalos caros.

—Tienes toda la razón —dijo él—. Pero baila conmigo de todas formas.

No podía resistirse a él. Asintió.

Como era el señor de la casa, Luc sólo tuvo que levantar la mano para que la orquesta empezara a tocar una nueva pieza. Entonces la cogió de la mano. Le deslizó los dedos por la cintura y luego los subió hasta sus costillas acariciándola innecesariamente, pero ella lo aceptó. Arabella levantó la mano para posarla sobre su brazo y él empezó a bailar el vals con ella.

—No he vuelto a hacer esto desde que ese depravado me sacó el ojo —dijo en voz baja y con una sonrisa en la voz—. Te pido disculpas por adelantado por pisarte.

Arabella perdió la mirada en aquel rostro que reflejaba el placer de disfrutar de algo tan sencillo, y entonces una sensación tierna y poderosa a un mismo tiempo se adueñó de su pecho. Quizá Jacqueline tuviera razón. Quizá no fuera un lobo siempre.

Esa idea duró menos de un minuto.

—Dios mío. Me muero por besarte. —Tenía la voz ronca y no dejaba de mirarle los labios—. Necesito besarte.

—Si me besas aquí, me avergonzarás.

—Si te besó aquí te… —Se detuvo—. ¿Ha sido una aceptación tácita?

—Yo…

—No me refiero a que hayas aceptado el lugar del beso, claro. Sino el propio beso.

No lo soportaba. La hacía reír, llorar y bailar al mismo tiempo. Miró por encima de su hombro.

—Eres…

—Absurdo. Sí, ya me lo has dicho antes.

—No puedes evitar interrumpirme. Iba a decir que eres tan depravado como tu primo.

—En los deseos es posible. Pero yo sólo tengo ojos para una mujer. —Separó los dedos sobre su espalda buscando la costura del vestido para luego robarle una caricia a su piel—. Los suyos están distribuidos entre muchas. *Regardez*.

Ella siguió la dirección de la mirada de Luc en busca de una distracción, un poco de cordura o cualquier cosa que sofocara el agitado ardor que se había desatado en su interior. Lord Bedwyr estaba en el centro de un grupo de damas y se reía mientras ellas se llevaban los abanicos a las mejillas.

Arabella frunció el ceño.

—No comprendo por qué insistió en celebrar esa ridícula boda.

Luc la estrechó un poco más fuerte, mucho más de lo apropiado; la tenía tan bien sujeta que si se resistía a la fuerza de sus brazos se caería.

—No fue ridícula —dijo por encima de su frente—. Y lo hizo porque sabía que yo lo deseaba.

—Tú tenías tantas ganas de casarte conmigo como yo de casarme contigo. Lo único que querías era estar conmigo esa única vez, igual que yo. Pensábamos que ibas a morir. Jamás debí haber aceptado.

Por fin lo había dicho en voz alta.

Arabella aguantó la respiración mordiéndose el labio.

Él no lo negó.

La apretó con la mano que tenía en su espalda. La acercó un poco más a él e inclinó la cabeza hacia la suya.

—Ya ha pasado más de un mes, Arabella. Es tiempo más que suficiente para saberlo. —Tenía la voz ronca—. Dime. ¿Estás embarazada de mí?

Arabella se derrumbó un poco por dentro y susurró:

—No.

Luc no dijo nada.

—Si el hijo de la duquesa es un niño —dijo—, tampoco tienes que preocuparte de que tu hermano pueda heredar.

—Bedwyr te lo ha explicado.

—Nadie ha tenido que decírmelo. Toda la casa está al corriente de tu situación familiar. Las damas de compañía llevan toda la mañana cotilleando al respecto. —No era capaz de mirarlo a los ojos—. Aceptaré la nulidad sin protestar. Y no espero que me compenses de ninguna forma. No tiene por qué saberlo nadie.

Se hizo un largo silencio.

—Yo no quiero anular nuestro matrimonio —dijo Luc.

—Claro que sí. Debes hacerlo.

—No, no debo, pequeña institutriz que da órdenes como si fuera duquesa de nacimiento. Me pregunto qué será lo próximo que me ordenes. ¿Quieres que busque un cuchillo y acabe lo que empezaron aquellos tipos de la playa? O quizá prefieres que me lo clave un poco más arriba, que me arranque el corazón y lo meta en una caja sobre la chimenea, así no podré volver a molestarte.

No podía hablar en serio. No lo decía en serio. Luc flirteaba y la provocaba como si no significara nada, cuando para ella lo significaba todo.

Para ella lo significaba todo.

El corazón que creía que no existía empezó a palpitar al galope por debajo de sus costillas. Llevaba toda la vida escapando: del orfanato, del reverendo y de los hombres que habían intentado utilizarla. Pero jamás podría escapar de él. Y lo peor de todo era que no quería hacerlo. Quería volver a perderse, pero esa vez quería hacerlo con él. Se perdería encantada, y entonces desaparecería para siempre.

Arabella se liberó de sus brazos. Se quedaron como dos estatuas griegas en medio de los giros de las faldas, las colas de las casacas y las brillantes joyas de los bailarines. La joven vio la verdad en su rostro. No se lo había contado todo sobre su apresurada boda. Seguía mintiéndole.

—Hablas como si tus palabras no tuvieran consecuencias —le dijo—. Pero este juego se ha acabado. Tienes que dejar de jugar a esto.

—No pienso liberarte de tu compromiso, Arabella.

Ella levantó la mano y se quitó la tiara del pelo.

—No puedes comprar mis sentimientos ni mi obediencia, milord.

Las parejas que bailaban a su alrededor redujeron sus pasos de baile y se detuvieron para mirarlos.

Él no se movió ni aceptó la tiara.

—¿Y ahora quién intenta avergonzar a quién?

Su voz era ronca y oscura.

—Yo soy la única avergonzada. Me avergoncé confiando en ti.

Luc cogió la tiara de su mano y en su rostro se reflejó una furiosa vulnerabilidad.

Ella se marchó con la barbilla bien alta mientras se deslizaba por entre los invitados.

Tuvo que hacer uso de hasta la última gota de su serenidad para no salir corriendo.

12

La novia

—*H*an estado hablando del tema durante horas. —Jacqueline estaba detrás de ella en su tocador y le pasaba los pelos de un cepillo plateado por la melena—. Los aristócratas franceses son muy escandalosos, pero nunca esperan que un inglés también lo sea. Tu vals y posterior pelea con el *comte* han sido una sorpresa refrescante.

Sus risas se encontraron con los ojos de Arabella en el espejo.

Tenía la mirada despejada. Cuando se marchó del baile, se quitó ese vestido de princesa y se lo entregó a la doncella para que se lo llevara. Luego se sentó junto a la chimenea hasta que los sonidos de la fiesta se apagaron y Jacqueline fue a verla a su habitación.

—De todos modos, todo el mundo se habría acabado enterando enseguida del origen de la tiara —dijo la princesa cepillándola con suavidad—. Lo más probable es que los sirvientes empezaran a hablar sobre el tema en cuanto te la di. En una casa como esta, los secretos no duran mucho.

—¿Ninguno?

Jacqueline esbozó una sonrisa.

—Excepto quizá la noticia de que en realidad no eres una institutriz.

—Sí que soy institutriz.

—Bueno, hasta que el *comte* anuncie vuestra boda secreta. Reiner pensaba que tenía la intención de hacerlo esta noche. Vuestra pelea debe haberle hecho cambiar de opinión. Oh, Bella, tienes que perdonarlo inmediatamente para que yo pueda abrazarte delante de todos como mi amiga y no como mi sirvienta.

Arabella se levantó, fue hasta el armario y lo abrió. Jacqueline le había dejado ropa nueva; su viejo uniforme estaba bien doblado en su interior. Apartó las enaguas y sacó el anillo que anidaba en la camisola. Lo sacó y se lo ató al cuello. Cuando llevaba el vestido de baile, había añorado sentir su peso alrededor del cuello. Le resultaba familiar. La consolaba.

—¿Por qué os casasteis en secreto?

—Jacqueline, no puedo quedarme aquí.

La princesa dejó el cepillo en la mesa.

—No me vas a explicar lo que ocurre entre el *comte* y tú, ¿verdad?

—Me marcho mañana.

—¿Lo sabe él?

Pronto lo descubriría. Pero, con un poco de suerte, la distancia haría que se enfriaran su lujuria y su orgullo, y se daría cuenta de que era lo mejor. Entretanto ella empezaría a buscar a su padre, pero esa vez lo haría sin esperar que ningún príncipe le señalara el camino.

—Tienes que hacer lo que debas —dijo Jacqueline—. Yo no sé nada sobre las complicaciones del matrimonio. Pero me gustaría que te quedaras.

—No puedo.

El momento de terror que había sentido en el baile ya había pasado, pero no las ganas de marcharse y alejarse de Luc.

—Bella —dijo la princesa—. Admito que lamento que no vayas a estar conmigo en Londres.

—Ya sabes todo lo necesario para defenderte perfectamente.

—No me siento cómoda con los caballeros —dijo frunciendo el ceño—. Esperaba que me enseñaras a acostumbrarme a ellos.

—Me temo que en ese aspecto no tengo muchos más conocimientos que mi alumna.

Y menos si Luc Westfall era quien la examinaba.

—Eso no puede ser cierto. Yo he vivido confinada en castillos y asistiendo a las fiestas que han elegido mi hermano y mi madre, y no sé nada sobre los hombres. Pero tú has vivido entre la alta sociedad londinense. Debes haber tenido muchas aventuras.

—Si por aventura te refieres a haber confiado en un hombre que me prometió presentarme a… —un príncipe—, a un posible superior, para luego descubrir que lo que quería era presentarme a su lujuria, entonces sí, tuve una aventura.

—¡Arabella! ¿Era un invitado de alguna casa en la que trabajaste?

—Era el hermano mayor de los niños que yo cuidaba, y hasta ese momento lo consideraba un amigo. —Cerró el puño alrededor del anillo que colgaba sobre su clavícula—. Le expliqué al ama de llaves lo que me había hecho. Ella informó a mis superiores, pero ellos no se inmutaron. Les dijo que yo lo había seducido. Me despidieron.

—Fueron muy injustos.

—Fue culpa mía. —Siempre había sido culpa suya, desde los primeros días de orfanato hasta la terrible y desastrosa situación en la que se encontraba en ese momento—. Fui muy ingenua. Y asumí de forma absurda que el buen carácter siempre debía ir ligado a la riqueza y la buena apariencia de un hombre.

La princesa tardó un poco en contestar.

—Comprendo —dijo por fin.

Arabella se volvió a sentar al tocador, y levantó las manos para trenzarse el pelo.

Jacqueline la cogió de la mano.

—¿Te marcharás mañana?

—Por la mañana.

—Le pediré al cochero que te prepare el carruaje. —Fue hacia la puerta y se detuvo allí—. Te extrañaré, Arabella. Te añoraré como añoraría a una hermana si la tuviera. Espero que nos volvamos a encontrar pronto.

Arabella se acercó a ella y la abrazó.

Cuando Jacqueline se marchó, entró una doncella para preparar el fuego que aplacaría el frío de la noche. Ella se sentó frente a las llamas y se trenzó el pelo. Pero una hora después, mientras miraba el río negro por la ventana envuelta en una manta, y una vez que se hubieron apagado todas las luces de la fiesta y que hubo desaparecido la magia, seguía teniendo frío. El castillo tenía trescientos años, el otoño había llevado una brisa húmeda a sus habitaciones; no era de sorprender que no consiguiera entrar en calor para poder dormir. Y ya no le volvería a ver más.

Se metió en la cama y se tapó. Las sábanas eran suaves y olían a rosas, y estaba rodeada de marfil y oro. Era la cama de una princesa, podía fingir una noche más.

*C*uando se despertó, la ambarina luz del fuego se extendía por el cubrecama desde los pies de la cama. El *comte* estaba abriendo las cortinas y su silueta se recortaba contra la claridad de la noche. Arabella sólo veía el contorno de sus hombros, el brazo con el que apartaba la cortina y la silueta de su cintura. Allí la oscuridad ocultaba la belleza masculina de su cuerpo, no como en la playa, donde pudo verla iluminada por el sol.

Arabella se sentó.

Él no dijo nada, pero se le hinchó el pecho. Ella escuchó su áspero aliento por debajo del crujido y el siseo del fuego.

La joven se desplazó gateando hasta los pies del colchón. Él alargó el brazo y le posó la mano en la cara, era grande, cálida y fuerte. Arabella volvió los labios hacia la palma de su mano. Luc se inclinó, la levantó hacia él y sus labios se encontraron.

La besó con apetito y la abrazó sin soltarle la cara. Le acarició la mandíbula y la barbilla con el pulgar, abriéndole la boca para él. Sabía a vino, a calor y al deseo que sentía por ella. La lengua de Luc acarició la suya con suavidad, y luego se internó más adentro. Ella le acogió. Cada vez que la tocaba conseguía que lo deseara un poco más.

—Dulce Arabella —susurró contra su mejilla—. ¿Qué consecuencias puedes temer tanto para que quieras huir de mí, mi pequeña institutriz?

La pérdida. La traición. Que se le rompiera el corazón. La pátina de todo el dolor que había sufrido aguardaba bajo su piel y le rodeaba el corazón como un guardián. No debía amarlo. Pero quedarse con él y no amarlo era imposible.

—¿Qué estás haciendo aquí?

—Disfrutar de lo que es mío por derecho.

Escondió la nariz en su cuello y ella levantó la cabeza para permitirle el acceso.

—Yo no te pertenezco como esta casa o tu barco.

—Dame una noche de bodas. Por fin.

—No deberíamos estar casados. No deberías ser mi marido.

—Duquesa. —La cogió de la cara y la obligó a mirarlo—. Eres mi esposa a los ojos de Dios.

—Yo ya no creo en Dios.

—Entonces cree en mí.

—Blasfemo.

Luc sonrió.

—Hipócrita.

—Bésame.

«Bésame una y otra vez hasta que vuelva a creer en Dios, porque entonces sabré que es un milagro y no sólo un sueño.»

Luc le acarició la cara con reverencia y luego hizo lo que ella le había pedido. Arabella ya conocía su sabor, la sublime forma y presión de su boca sobre la suya, la intensa y palpitante emoción que sentía por dentro cuando la lengua de Luc acariciaba la suya. Conocía el olor a mar y a viento que desprendía, incluso en ese momento.

Por fin se dio permiso para tocarlo. Posó las manos sobre su cuerpo y resiguió el contorno de su cuello y sus hombros con las palmas de las manos y las yemas de los dedos, reconociendo su piel y sus tendones como conocía su carácter: fuerte, poderoso y seguro. Su cuerpo era duro y robusto, y Arabella sabía que nunca sería suyo, no importaba lo que él le dijera o hiciera. Luc no pretendía hacerle daño; lo haría sin darse cuenta.

—Me haces sentir a pesar de que yo no quiero —dijo, y para salvar su orgullo añadió—: Y tu arrogancia es insoportable.

Luc le acarició la parte inferior de los pechos con los pulgares.

—¿No podemos dictar una tregua?

—¿Como hicimos en la playa cuando me hiciste el amor?

—Quizá durante un poco más de tiempo.

Le cogió un pecho y ella se inclinó sobre él. Entonces le acarició el pezón. A Arabella se le entrecortó la respiración. Luc la acarició y ella pensó que si dejaba de hacerlo se rompería en mil pedazos.

Se agarró de sus hombros.

—Puedes hacerme el amor ahora.

—Sí, a eso venía.

—No te rías de mí. —Arabella le necesitaba, dentro de ella, por todas partes—. No tienes ni idea de lo que me hace sentir todo esto.

—Claro que lo sé. —Dejó resbalar la mano por su espalda hasta su trasero y se la pegó al cuerpo—. Porque a mí me pasa lo mismo.

La besó con intensidad. Ella quería subirse encima de él y envolverse en él. Le paseó las manos por el pecho y luego siguió por su cintura; necesitaba tocarlo y necesitaba tenerlo cerca. Los dedos de Arabella se posaron sobre un parche de carne irregular y él se quedó sin respiración. Al amparo de la oscuridad, la cicatriz reciente daba la impresión de ser un corte oscuro en su costado.

—Ah —dijo en voz baja—. Un inconveniente menor.

—¿Un inconveniente?

Ella había dicho sus votos matrimoniales por culpa de esa herida.

—Más bien una oportunidad.

Luc la levantó de la cama, la atrajo hacia él y la besó. Dejó resbalar las manos por su espalda, la agarró de las nalgas y siguió por los muslos. El camisón de Arabella le trepó por las rodillas, y ella notó la calidez de sus manos cuando la invitó a separar las piernas. Jadeó con el cuerpo expuesto al suyo, la arrastró hacia él, y su zona sensible colisionó con la tela de sus pantalones.

—Me... —Se pegó a él—. Me voy a caer.

—Yo te cogeré.

La llevó de nuevo a la cama, se la colocó sobre el regazo y la ayudó a sentarse a horcajadas encima de él. Arabella no entendía lo que quería, pero lo hizo porque él quería que lo hiciera y porque se moría por tenerlo cerca. Luc la besó agarrándola con fuerza de la cadera con una mano y de la cabeza con la otra. Enterró los dedos en su pelo recogido.

—Por Dios, ¿por qué llevas esta trenza infernal?

Arabella se rió.

Luc se peleó con el lazo.

—Te daré lo que quieras. —Tenía la voz áspera—. Si me ayudas con esto, te daré la mitad de mis posesiones. Te daré tres cuartas partes; no, te daré todas mis posesiones.

Ella le apartó las manos con delicadeza y deshizo el nudo con facilidad.

—No quiero nada de eso.

Empezó a desabrocharle los pantalones.

—Oh, duquesa, duquesa —rugió Luc, esparciéndole el pelo por los hombros con la mirada rebosante de deseo—. Al final me vas a matar.

—No volveré a permitir que mueras por mi culpa.

—Ya estoy muriendo por ti ahora. —Se le elevó el pecho con fuerza—. Tócame. Tócame ahora y verás cómo me muero.

—¿Otra amenaza?

Arabella posó los dedos sobre su abdomen y a Luc se le contrajeron los músculos.

—Sólo sería una amenaza si lamentaras mi muerte. —Respiraba con dificultad—. Arabella, te lo suplico.

Ella le tocó. A pesar de lo desesperada que estaba por mantenerlo a raya, en ese momento sólo deseaba complacerlo.

No fue como ella esperaba. Luc gimió de placer, cosa que ella ya imaginaba que sentía, pero la joven también sintió placer mientras le exploraba. Él posó la mano encima de la suya para enseñarle lo que quería y siguió moviendo la mano de Arabella por su piel hasta que la soltó y la ayudó con el balanceo de su cadera.

—¿Esto es todo lo que quieres de mí? —le dijo ella con la voz temblorosa.

—Sí... No. —Luc tenía la voz atenazada—. Dios, no.

—Entonces, ¿qué quieres?

—Quiero estar dentro de ti. —La cogió de las caderas—. Pero primero... —Tiró del camisón que ella tenía bajo las nalgas y trató de sacárselo, pero a Arabella se le enredaron los brazos y el pelo en la tela. Luc la inmovilizó cuando tenía los brazos levantados y su melena se descolgaba por todas partes—. Oh, Dios, duquesa.

—No te veo la cara —se rió ella por detrás de la cortina de pelo—, pero parece que te duela algo.

—Me duele sí. —Le posó la mano en el pecho cálido y le estimuló el pezón—. Sí.

Luego ella notó el contacto de su boca sobre la piel rodeándole el pezón, la tenía cálida y húmeda. Le dio un suave mordisco. El placer la recorrió de pies a cabeza.

—Quítamelo.

Luc tiró del camisón hasta sacárselo del todo. El pelo de Arabella se descolgó en forma de cascada. Él se enroscó un mechón en la mano y tiró de él para acercársela.

Ella sonrió y Luc se sintió en la gloria mientras se permitía disfrutar de la felicidad del momento.

—Así que al final resulta que sí que eres la clase de hombre capaz de arrastrar del pelo a una mujer hasta tu dormitorio.

—No cuando ella ya me ha invitado a entrar al suyo.

—Yo no te he invitado. Tú has forzado la cerradura.

—La puerta no estaba cerrada. Me estabas esperando. —Le apartó un mechón de pelo de la frente—. Te has peleado conmigo. Pero querías que viniera.

Lo cogió de la mano y se la colocó en la cintura, luego encontró la excitación de Luc con la otra mano. Se puso de rodillas y él no dijo nada mientras ella se acomodaba encima de él, pero la miró a la cara con la respiración desacompasada. Arabella no sintió lo mismo que recordaba de la playa después de aquellos primeros momentos de dolor. Él era enorme y ella se sentía incómoda.

Luc la agarró con más fuerza de la cintura.

—Arabella, déjame…

Ella le besó y él enterró los dedos en su pelo y la atrajo hacia él mientras la besaba.

—Ven aquí, preciosa —le dijo contra los labios—. Ábrete para mí. Deja que te dé lo que buscas.

Luc le deslizó la punta de la lengua por el labio inferior mientras la agarraba del pecho. Le acarició el pezón con el pulgar y ella resplandeció como si estuviera llena de gotas de lluvia. Se deslizó sobre él y su cuerpo se dilató, luego se sintió llena y después derrotada. Lo sentía demasiado. En el cuerpo y en su descarnado corazón.

—No te vas a romper. —Luc le echó la cabeza hacia atrás y le besó el cuello mientras ella se esforzaba por respirar—. Estás hecha para esto —murmuró posando la cálida boca en su cuello y dejando resbalar las puntas de los dedos por su tripa—. Para mí.

Paseó el pulgar por el pelo que le crecía en el pubis y acarició su intimidad. Arabella se escuchó hacer un ruido, se le escapó un gemido lloroso que no fue capaz de reprimir. Luc la acarició y le habló con suavidad mientras ella se presionaba contra él cada vez más desesperada.

—Más —susurró—. Por favor.

Luc la embistió. Ella gimió, se puso de rodillas y se volvió a deslizar encima de su erección. Él le daba un placer que sentía dentro, en el fondo de la garganta, y por todas partes. Era sólido, tenía las manos fuertes, y ella lo quería todo a la vez. Arabella lo cogió de la cara, le besó y dejó que se internara todavía más en ella. Quería más. Quería sentirlo dentro de todo su cuerpo.

Cuando llegó el momento, Luc la abrazó, y ella no se hizo añicos, no se rompió ni se resistió. Arabella se pegó a él, y cuando se dio cuenta de que estaba a punto de gritar su nombre, se mordió los labios.

Luc tenía el brillo del sudor en la piel y la respiración tan acelerada que le agitaba el pecho. Ella deslizó las manos por los musculosos contornos de su tripa y dejó que sus dedos se posaran sobre el monte que había junto al punto por el que estaban unidos.

—Has sobrevivido —susurró Arabella.

—Tenía un buen motivo.

Le apartó el pelo de la cara y la atrajo hacia sí. Tuvo la sensación de que la besaba con ternura y gratitud. Tenía el corazón demasiado lleno.

Ella se retiró. Cuando se separó de él, Luc se quedó tumbado en el colchón y dejó escapar un gran suspiro. Arabella sintió frío en la piel húmeda al no tener el calor del cuerpo de él, y se envolvió con el cubrecama, acurrucándose de lado para poder mirarlo.

—¿Ya has conseguido lo que querías, capitán?

Tenía el ojo cerrado, pero le asomaba una sonrisa en la comisura de los labios.

—He conseguido lo que quería, pequeña institutriz.

Su voz era un suave rugido, como si ya estuviera medio dormido.

—Me marcharé de aquí mañana por la mañana.

—De eso nada.

—Sí que me iré.

—¿Cómo? —Volvió la cabeza y se apoyó sobre el codo para mirarla—. ¿Es que aparecerá una caravana de gitanos y te raptarán?

—No habrá ningún secuestro. Me iré igual que llegué, por la puerta principal y en un carruaje.

Él le acarició el hombro con el dedo bajándole el cubrecama por el brazo y siguiendo el paso de la tela con la mirada.

—No te creo. Pero si me lo creyera, tampoco te lo permitiría.

—¿Es que les vas a ordenar a tus sirvientes que no me dejen marchar? ¿Cerrarás las puertas con llave?

Se le dilataron las aletillas de la nariz como si fuera un caballo enfurecido.

—No.

—Entonces me marcharé.

Luc se levantó de la cama, se subió los calzones por encima de las nalgas firmes, se los abrochó y tiró de la cuerda que hacía sonar la campana.

—Entonces necesitarás sustento para el viaje —dijo con toda normalidad y con el mismo encanto señorial que empleaba para dirigirse al resto de sus invitados. Cogió la casaca que había dejado sobre el sillón dorado y se la puso encima del hombro. Era de satén negro.

Ella se sentó y arrastró la ropa de cama.

—Incluso vestido de lord pareces un pirata.

Luc sonrió y fue hacia la puerta.

—Si crees que parezco un pirata, quiere decir que nunca has visto uno de verdad.

—¿Tú has conocido piratas de verdad?

Él salió al pasillo cerrando la puerta casi del todo. Pero la conversación que mantuvo con la sirvienta a la que había llamado fue más que suficiente para dejarle claro a toda la casa que eran amantes, en caso de que la tiara que le había regalado no hubiera sido lo suficientemente explícita.

Luego volvió, cerró la puerta y cruzó el dormitorio hasta la chimenea.

—Durante la guerra pasé once años en la marina —explicó colocando un tronco nuevo en el hogar. Luego cogió el atizador—. He visto de todo.

—Eres el heredero de un ducado. ¿Por qué te fuiste a la guerra?

Luc se sentó en una silla frente al fuego. La luz dorada le iluminó la parte marcada de la cara.

—Mi tío se casó con una mujer joven. Nunca pensé que llegaría a heredar. De todos modos, después del Tratado de París, me retiré de la marina.

—Pero no volviste a Inglaterra. Y no has contestado mi pregunta.

—Yo estaba en Cambridge cuando mi hermano escapó del hombre que tenía su tutela y desapareció en Francia.

—¿En Francia?

En plena guerra contra Inglaterra.

—Lo estuve buscando durante un año entero, pero no conseguí encontrarlo, no podía protegerlo. Yo… —Frunció el ceño—. Ya hacía muchos años que Gavin Stewart era el médico de nuestra familia, además de un buen amigo. Fue él quien me sugirió que hiciera algo útil en lugar de pasarme la vida preocupado. —Se frotó la cara con la mano y se posó los dedos sobre la cicatriz durante un segundo—. Y me gustan mucho los barcos.

—¿Conseguiste…? —Arabella jamás pensó que él también podía haber perdido a alguien—. ¿Conseguiste encontrar a tu hermano?

—Fue él quien me encontró a mí. Por aquel entonces disponía de una prestación que me proporcionaba la propiedad que me había legado mi padre, aunque todavía no controlaba mi fortuna. Pero mi hermano seguía siendo demasiado joven para poder independizarse del hombre que nos hizo de tutor cuando murió nuestro padre, y nuestro tío, que era el tutor legal, se negaba a intervenir. Así que le mandé dinero a Christos.

—¿Le enviaste dinero a Francia? ¿Eso no era ilegal?

—Y aquí es donde volvemos al tema de los piratas.

Luc sonrió, pero su gesto no reflejaba ningún placer. Y aunque había adoptado una postura relajada en el sillón, se adivinaba la tensión en las manos que tenía apoyadas sobre los reposabrazos.

—¿Y dónde está tu hermano ahora?

Luc cerró el ojo.

—Creo que está en París.

Alguien llamó a la puerta.

—Ah —dijo—. Ya llega el sustento.

Luc no dejó pasar a la sirvienta y entró la bandeja él mismo para dejarla sobre la cama. Arabella destapó los platos.

—Aquí hay comida para media docena de personas —exclamó.

—O para una institutriz mal alimentada.

Luc hablaba con tranquilidad.

Arabella paseó la mirada por las exquisiteces que tenía delante y luego lo miró a él: vio una mezcla de satisfacción y vulnerabilidad. Se le contrajo la garganta.

Comió y bebió el vino que le sirvió. Él se recostó en el cabezal de la cama con una fuente de plata llena de higos maduros de color violeta apoyada en su vientre plano. Tenía la casaca abierta y la tela se descolgaba en pliegues de satén a ambos lados de su cuerpo. Arabella perdió el apetito y tan sólo quería saciarse del placer de mirarlo. Quería acariciarlo con la boca como había hecho él. Ese hombre le aceleraba y le calentaba la sangre y eso la asustaba. Cuando estaba con él, podía olvidarse de todo. Podía incluso llegar a olvidar la necesidad de averiguar quién era realmente. Lo había negado durante semanas, se había resistido a ese sentimiento y a él y, sin embargo, había caído.

Entonces empujó la bandeja hasta los pies de la cama y gateó hacia él. Como tenía miedo de tocarlo y despertar las emociones que había experimentado hacía un momento, se limitó a tumbarse de lado y a observarlo.

—Luc...

«Te quiero.»

Él apartó el plato de fruta, se inclinó hacia delante y la besó.

—Si me vuelves a llamar por mi nombre, preciosa, te regalaré una docena de tiaras. Cientos.

—No puedes comprarme.

—No pretendo comprarte —murmuró él contra su cuello—. Pretendo hacerte feliz.

—Los diamantes no me harán feliz.

Arabella se agarró a sus hombros mientras los besos de él descendían por su cuerpo.

—Entonces, ¿qué?

—Quiero conocer a mi familia.

Por fin susurró la verdad que jamás le había dicho a nadie.

—Tu padre adoptivo, el reverendo Caulfield, pastor de una parroquia pobre de un minúsculo pueblo fronterizo —dijo—. Tu hermana mayor, Eleanor, una solterona erudita. Tu hermana pequeña, Ravenna, al servicio de…

Arabella lo empujó.

—¿Cómo sabes todo eso? Yo no te lo he contado.

Luc frunció el ceño.

—No me costó mucho descubrirlo, duque…

Ella le posó los dedos en los labios.

—No deberías llamarme así.

Luc le besó los dedos y luego se metió uno en la boca. La caricia de su lengua en la sensible yema del dedo se reprodujo entre sus muslos y en los dedos de los pies. Arabella cerró los ojos y se limitó a sentir lo que le estaba haciendo. «Sólo esto.» Eso es lo único que debía querer de él, nada más. Ahora que ya conocía sus propias debilidades, podía protegerse y no desear más. Todavía podía salvarse y no acabar completamente perdida. Luc le posó los labios en la palma de la mano y luego en la sensible piel de la muñeca.

—Entonces, ¿cómo puedo hacerte feliz, duquesa?

—Déjame marchar.

Estiró el cuello y él le besó el hombro despojándola por completo del cubrecama.

—No puedo. —Dibujó un camino entre sus pechos con la lengua, luego trazó un círculo sobre su hinchazón, y por fin llegó al hambriento pezón erecto—. Todo el mundo pensaría que soy el peor de los sinvergüenzas por seducir a una institutriz y después abandonarla. Eso arruinaría la reputación de mi familia.

Arabella se arqueó al sentir sus besos sobre el vientre; la estaba dejando sin aliento.

—Bromeas, pero no lo comprendes.

—Lo que yo comprendo es que cuando estoy contigo, dentro de ti, no hay nada más.

La agarró de las caderas.

—Siempre hay algo más.

—¿Qué otra cosa puede haber, aparte de tus expresivos ojos, tu gloriosa melena, tu lengua afilada…?

—Mi desconfianza en ti.

La instó a separar las rodillas y le posó la boca en la cara interior del muslo.

—Tu olor a rosas.

«Mi corazón, que ahora podría romperse.»

Se inclinó sobre ella y le deslizó la lengua por la zona más sensible de su cuerpo. Arabella jadeó.

—Tu sabor embriagador.

La volvió a lamer muy despacio y ella arqueó la espalda.

—¿Qué…? —Arabella intentó respirar—. ¿Qué estás haciendo?

—Te estoy saboreando. —Le pasó la lengua por encima—. Embriagándome de ti.

Era un placer absoluto, suave y húmedo, y ella se estaba ahogando.

—No soy una copa de coñac.

—Eres el paraíso. Mi paraíso.

Luc succionó con suavidad y Arabella estuvo a punto de saltar de la cama. Se agarró al cubrecama y se quedó quieta, y él siguió chupándola hasta que ella estuvo ciega de placer y debilitada: la atormentaba la necesidad de querer mucho más que eso.

—Esto no puede estar bien.

Se esforzó por controlarse mientras sentía las caricias de su boca. Luchaba contra su necesidad.

—Confía en mí, Arabella —dijo él, y la agarró más fuerte con las manos.

Quería hacerlo. Quería ser todo su mundo igual que él —mucho se temía— ya se había convertido en el suyo.

Le dejó hacerle lo que quiso con la lengua, y gritó cuando el placer la recorrió de pies a cabeza, meciendo su cuerpo con tal intensidad que no pudo reprimir sus gritos. Luego la penetró. Esa vez su gruesa polla se internó en ella sin ternura ni palabras tranquilizadoras, esa vez lo hizo con urgencia. La embistió con fuerza y luego con más fuerza todavía. Después de la suave seducción de su boca, la joven aceptó la invasión, y se imaginó que él la necesitaba. Se pegó a él.

—Dios, Arabella —rugió—. Me vuelves loco.

Se le tensaron los hombros y, después de dejar escapar un gemido poderoso, acabó dentro de ella.

Tardó un rato en soltarla. La rodeó con los brazos, la abrazó mientras seguía debajo de él y le apoyó la frente en el hombro. Ella deslizó las manos por sus costados sudorosos y memorizó la textura de su piel y la forma de su cuerpo. Cuando sus dedos llegaron a la herida, Luc inspiró hondo. Se separó de ella sin dejar de mirarla.

—No tendrías que haber hecho eso —le dijo Arabella.

—No he podido evitarlo.

—De esa forma —le aclaró posándole el dedo en el costado.

Se movió con cautela y la tapó.

—Soy muy indisciplinado.

Otra mentira. Estaba tan seguro de la disciplina que imponía a su tripulación, amigos y sirvientes que no podía imaginar desviarse de su voluntad.

Arabella cerró los ojos y volvió la cabeza sobre la almohada. Él le tocó la frente, le apartó un mechón de pelo y le posó los dedos en la mejilla un momento antes de apartar la mano.

—¿Por qué no confías en mí, duquesa? —le dijo con suavidad—. ¿Cuándo te lo habré dado todo?

—¿Quieres saber por qué no confío en ti? —susurró—. ¿Por qué me mentiste y sigues ocultándome la verdad?

Arabella necesitaba que lo negara, que le asegurara que no le estaba ocultando nada sobre los motivos que habían propiciado una boda tan apresurada, y sobre el porqué de que mantuvieran en secreto su herida.

Luc no dijo nada y ella apoyó la cara en la tela que conservaba su olor.

—¿Aceptarías los diamantes como regalo de bodas? —le dijo con seriedad.

—No puedo.

Entonces él se marchó. Arabella ya suponía que se iría. El dormitorio se quedó frío enseguida. Se tapó con la manta, se acurrucó en el colchón y aguardó a que la venciera el sueño.

13

El señor de la casa

—¿*E*stá usted aquí, excelencia?

Luc abrió el ojo. Su asistente estaba en la puerta de la caseta para botes. La luz del sol que enmarcaba su silueta sugería que ya era mediodía.

El señor de la casa se inclinó hacia delante sobre el banco acolchado y se frotó la cara con las manos y luego el pelo; trataba de despertarse.

—¿Qué pasa?

Después de haber pasado la noche haciéndole el amor a una preciosa y apasionada mujer, debería sentirse espectacular. Pero le dolía muchísimo el costado y, a pesar de todo, ella seguía intratable.

—Esta mañana ha llegado una carta de Canterbury, señoría, y otra del señor Parsons.

Miles le traía la correspondencia con precisión militar. Luc frunció el ceño. La expresión que vio en la cara de su asistente le recordaba demasiado a cuando Arabella le devolvió la maldita tiara la noche anterior.

Había cometido un error. Otro error con ella. Era demasiado orgullosa para dejarse engatusar. Pero no comprendía lo que quería de él esa mujer. Nunca había conocido a ninguna mujer que no se derritiera ante una joya. O ante la seducción. Las disculpas no habían funcionado.

Cogió las cartas.

—Café. Haz las maletas. Un carruaje. Por ese orden.

—Me he tomado la libertad de pedirle al mayordomo que le diga a la cocinera que prepare otro desayuno para usted y varios de los invita-

dos que se han levantado tarde debido a la fiesta de la pasada noche.
Antes de que se marchara, su excelencia...

—La *comtesse*.

—... y desayunara su alteza...

—¿Se marchara?

Luc levantó la cabeza.

Su pulcro asistente levantó la nariz. Iba vestido con tanta elegancia
como siempre. Llevaba la ropa almidonada y planchada a la perfección, como siempre que había hecho las veces de asistente de camarote
en los barcos de Luc.

—Su excelencia quería ir a visitar a la modista de la ciudad. Yo le
he asegurado que la mujer vendría a verla, pero ella tenía muchas ganas
de abandonar la casa, donde por lo visto está siendo objeto de un escrutinio considerable por parte de sus invitados, a excepción de lord
Bedwyr y su alteza el príncipe y la reina, claro.

Luc se frotó el cuello dolorido. Dormir sentado no le afectaba a
menos que durmiera profundamente. Pero en realidad sus problemas
no eran físicos. Ella lo había dejado exhausto y confundido. Esa mujer
era pura pasión y coraje, todo envuelto en un feroz descaro que ahora
sabía que ocultaba una tierna incertidumbre. Arabella había conseguido que la necesitara más con cada caricia y cada palabra.

Puede que se resistiera, pero no tenía elección: era suya.

Le cogió la carta de la mano y rompió el sello de cera.

—¿La modista?

—Su excelencia quiere comprarse un vestido de viaje.

—Mmm...

La carta era corta e iba directa al grano. El arzobispo no aceptaría
la validez de la boda celebrada por un sacerdote de la confesión roma-
na en circunstancias inciertas, y sin el beneficio de la lectura de las
amonestaciones apropiadas. Urgía a lord Westfall a regresar a casa y
conseguir una licencia para casarse con la señorita Caulfield con el ple-
no consentimiento de la Iglesia de Inglaterra, o corría el riesgo de poner su alma mortal en peligro de caer presa del pecado de fornicación.

Se metió la carta en el bolsillo.

Malditos prelados. Sólo era un mero inconveniente. Pero si ella se quedaba embarazada y el niño nacía antes de los nueve meses de la fecha válida de la boda, podría acabar convirtiéndose en un problema. Se la llevaría a Inglaterra cuanto antes y pondría fin a todo aquel asunto.

Se levantó y Miles se retiró para que pudiera salir del cobertizo. Luc no volvió a su dormitorio después de haber ido a visitar a Arabella al suyo. Y cuando ella volvió a rechazar su regalo, se fue al cobertizo sin pensar. Sólo dormía bien cuando estaba cerca del agua. El antepasado que compró Saint-Reveé-des-Beaux debió de estar pensando en él cuando lo hizo.

Miles le siguió y sus tacones Luis XIV resonaron por el muelle que se extendía bajo las arcadas del túnel.

—¿Partirá pronto para Inglaterra, excelencia?

—Hoy. Y deja de llamarme excelencia. Es irrespetuoso y un poco morboso.

—Muy bien, excelencia. ¿Y debo pedirle a *monsieur* Brissot que ponga al servicio a las órdenes de su excelencia la duquesa cuando vuelva?

—¿De la modista?

Miles alzó sus finas cejas.

—Discúlpeme, excelencia, pero pensaba que su excelencia regresaría desde París. Pero quizá prosiga su viaje y se reúna con usted en Inglaterra.

—¿Después de qué? ¿De qué diablos estás hablando, Miles?

—*Monsieur* Brissot me informó de que su excelencia pretendía partir hacia París después de visitar a la modista.

Luc se detuvo y cerró el ojo. Debería haberlo imaginado. Ya se lo había dicho. Era tonto de remate. Peor aún, estaba ciego. Y estaba empezando a ver el carácter de su pequeña institutriz bajo una luz completamente nueva.

—¿Cuándo ha salido para el pueblo, Miles?

—No hará ni un cuarto de hora.

—Haz los preparativos para nuestro viaje de hoy. Pasaremos la noche en Guer y luego iremos parando en los sitios que sean necesarios de camino hasta Saint-Malo. Y dile a lord Bedwyr que me marcharé en una hora. Si quiere venir conmigo y con mi esposa, tendrá que estar preparado para salir.

Cruzó el muelle hasta llegar a uno de los niveles inferiores del castillo, donde los limpios y vivos olores del río se mezclaban con los aromas de la cocina y el olor a pan recién hecho. Iría a buscarla a la modista y luego... No sabía lo que haría. El recelo de aquella mujer era completamente irracional. ¿Qué mujer no quería ser *comtesse* y posible futura duquesa, por el amor de Dios?

Arabella le deseaba, eso era evidente. Sólo tenía que mantenerse firme. Después, como él era el que tenía más experiencia de los dos, le ganaría la partida. Aunque era algo que ya había intentado hacer varias veces sin ningún éxito.

Puede que si lo volvían a apuñalar en la tripa, ella se acercara a él por voluntad propia. Debía tenerlo presente.

Entró en el establo y se sacó del bolsillo la carta del asistente de Combe. Parsons no tenía buenas noticias. La producción de la propiedad iba bastante bien y los ingresos no se habían reducido. Pero los arrendatarios estaban sufriendo. La hambruna había acabado, pero los granjeros parecían menos prósperos que nunca, trabajaban muy duro sin conseguir nada a cambio de sus esfuerzos. Y Parsons le suplicaba que se ocupara de ello. La propiedad no podía esperar hasta que se resolviera el asunto del título. El asistente le escribía para pedirle que regresara tan rápido como pudiera.

Tenía que hacerlo, y no sólo porque la propiedad estuviera en apuros. La carta de Parsons lo confirmaba: Theodore había nombrado a su viejo amigo y hermano de Adina, Absalom Fletcher, principal administrador en caso de que el hijo de Adina fuera un niño. Él estaba en segundo lugar. En sólo dos meses, el obispo de Barris se podría convertir en el señor de facto de Combe durante las siguientes dos décadas.

Luc no necesitaba más. Tenía muchas ganas de regresar a Inglaterra. Las mismas ganas que tenía de saber quién tenía tanta prisa por verlo muerto.

Los hombres que le atacaron en la playa no lo hicieron para vengar al compañero que él había matado en el callejón. El hecho de que Arabella se los hubiera encontrado primero fue una coincidencia desafortunada. O puede que supieran que ella había llegado en su barco y pretendieran utilizarla para atraerlo. Pero el marinero Mundy seguía insistiendo en que lo habían contratado en París y que no tenía ni idea de lo que debía hacer con el veneno una vez que lo hubiera robado. Tanto Tony como su lugarteniente creían en su palabra.

En Inglaterra encontraría respuestas.

Cam apareció cuando Luc sacaba su caballo del establo.

—Tengo entendido que tu encantadora *comtesse* se ha ido a comprar un vestido. —Recostó el hombro en el marco de la puerta y cruzó sus brillantes botas Hessianas—. Confieso que estoy sorprendido de saber que has conseguido convencerla. A mí no me hizo ningún caso.

—Puede que mis poderes de persuasión sean mejores que los tuyos.

—Lo dudo mucho.

Luc ajustó el estribo y deslizó la mano por la esbelta cruz del caballo.

—No vas vestido para viajar.

—Me temo que tendrás que viajar sin mí, primo. —Miró en dirección al camino donde la princesa Jacqueline montaba acompañada de un mozo—. Tengo que ocuparme de algunas cosas aquí antes de regresar a casa.

Luc frunció el ceño.

—Es muy inocente, Cam. Y supongo que no tengo que añadir que también es la hermana de nuestro amigo.

—Entonces, ¿por qué lo añades? —Esbozó una sonrisa perezosa—. Puedes estar tranquilo, esa no es la clase de interés que tengo en ella, oh, gran defensor de la virtud femenina. A excepción de la virtud de una dama en concreto, claro.

—Vigila tu forma de referirte a mi esposa —rugió Luc.

Su primo aceptó las riendas del gran caballo blanco que le ofrecía un mozo.

—Puede que seas tú quien deba tener cuidado, Lucien, o, a pesar de lo mucho que me esforcé por ti, acabarás perdiéndola.

—Lo tendré en cuenta.

Apoyó el pie en el estribo y se impulsó hacia arriba aguantando el dolor.

—Veo que todavía no estás bien del todo, ¿verdad? —dijo Cam—. ¿Estás seguro de que te quieres marchar ya?

—No me pienso esconder en un agujero como un conejo asustado. —Negó con la cabeza—. Los hombres de Tony ya han vuelto de París. No han encontrado a Christos.

—¿Y el retrato que tenía el siciliano que intentó matarte?

—No tengo una explicación para eso. Pero mi hermano no los contrató.

—Estás preocupado por él. Por su seguridad —dijo Cam, porque lo sabía.

—Siempre. —Se pasó la mano por la nuca—. Cuando lo vi por última vez en diciembre, nos peleamos.

—Ya me lo imaginaba.

—¿Ah, sí?

—No se me ocurría otro motivo por el que me acusaras de haber abusado de una niña de doce años —dijo su primo con suavidad—. Después de nuestra pequeña conversación con las espadas, escribí a tu hermano. Me dijo que antes de que te reunieras conmigo en París, él y tú hablasteis sobre Fletcher.

—Le pedí a Christos que regresara a casa conmigo.

—Supongo que se negó.

—Me dijo que no quería regresar a Inglaterra ni a Combe. —Inspiró hondo—. Mi forma de reaccionar cuando te encontré con aquella niña fue una lamentable consecuencia de mi… frustración.

—Ah.

Cam se golpeó la bota con la fusta.

—¿Cómo está?

—Mi tutelada está bien, gracias. Estoy seguro de que te haría llegar su afecto, pero te tiene pánico. Cosa que es muy comprensible.

—Si me hubieras explicado que estabas buscando a la niña que tenías bajo tutela antes de que te encontrara con ella a solas en un burdel de París, quizá no hubiera reaccionado de esa forma tan violenta.

—Ya imagino. ¿Y qué hacías en aquel burdel, primo? Nunca me ha parecido tu estilo.

—Te estaba buscando. Esperaba aprovechar que estabas en Francia para que hicieras entrar en razón a mi hermano. —Le dolía la cicatriz. Las dos—. Se esconde del pasado y, sin embargo, no creo que recuerde nada, Cam.

—Tampoco sirvió de mucho lo que hiciste.

Luc miró a su primo a los ojos.

—Fui tonto al pensar, ni siquiera por un momento, que tenías algo que ver con Fletcher.

—Ah, por fin se disculpa. —Suspiró Cam con dramatismo—. Menudo lío. Y ahora estás ciego por ello. Pero no se podía evitar. El momento fue desafortunado y tú vives predispuesto a proteger a los débiles. Pobre tonto caballeroso.

—¿Disfrutando de la disertación, primo?

—Sólo disfruto de la libertad que me proporciona mi falta de preocupación por los demás.

Luc hizo avanzar a su caballo.

—Disfruta del castillo, Cam, no de la princesa.

Espoleó al caballo en dirección al pueblo.

*H*acía un día cálido y la puerta de la modista estaba abierta. Luc se quedó en el umbral con el corazón encogido.

Ella estaba en medio de la tienda mirando hacia otro lado. Llevaba un vestido tan azul como el mar que acariciaba sus sutiles curvas y dejaba al descubierto su cuello, sus brazos y su escote. Su pelo, que sólo se había recogido con un lazo, se descolgaba por su espalda en ondas de fuego.

—Si te pones eso el día de nuestra boda, duquesa, me harás el hombre más feliz del mundo.

Arabella se volvió hacia él con los ojos abiertos como platos.

—¿El día de nuestra boda?

Entró en la tienda.

—Una formalidad para satisfacción de la Iglesia de Inglaterra. Pero tenemos que hacerlo cuanto antes. Nos vamos hoy.

—Nos vamos a…

Miró a la modista. La mujer había alzado las cejas y los escuchaba con atención.

Luc le hizo un gesto para que se marchara. Ella hizo una reverencia y desapareció en la trastienda.

Arabella se puso de puntillas como si fuera a salir volando.

—¿Quieres partir hoy para Inglaterra?

Luc pareció estudiarla.

—A menos que eso interfiera en tu viaje.

Ella se llevó las manos a la cintura.

—Me dijiste que no me impedirías que me fuera.

—Dije que no permitiría que mis sirvientes te encerraran en casa. Nunca dije nada sobre lo que haría yo.

—¿Me vas a encerrar?

—Claro que no. —Se acercó a ella. El anillo de oro y rubíes colgado de aquel sencillo lazo brillaba en el vértice de su escote—. ¿Pensabas dejarme?

—Sí. La princesa me ofreció el carruaje de su hermano y un escolta.

—Ah. Entonces concluiste que no podías escapar de mí en mi carruaje. Es decir, tu carruaje.

Ella no dijo nada.

Luc alargó la mano y Arabella no retrocedió cuando él cogió el anillo y lo observó.

—¿Te vas París a reunirte con el hombre que te regaló esta joya tan cara? —Las palabras escaparon en contra de su voluntad—. ¿Ese es el motivo por el que tienes tanta prisa?

Ella tardó un poco en contestar.

—Si me crees capaz de entregarme a ti como lo hice ayer por la noche y al mismo tiempo tener la intención de hacer lo que estás sugiriendo —dijo—, entonces te quedan muchas cosas por aprender sobre mí, milord.

Fue como si le diera una bofetada. Luc soltó el anillo, pero no se alejó de ella. Lo tenía bajo su poder; era como si lo hubiera encerrado bajo llave. No le podría ganar la partida.

—¿Por qué quieres huir a París, Arabella? —El corazón le latía con fuerza—. ¿Qué esperas encontrar allí que no te puedo dar yo?

—Un hombre. —Cogió el anillo con la mano y se la llevó al pecho—. Pero no es lo que tú imaginas.

—¿Qué estoy imaginando?

—Ya te he explicado qué clase de mujer soy, pero tú no me crees. —Se apartó de él—. Dime, milord, ¿es sólo por mi pelo? ¿Es ese tono rojo de prostituta lo que te tiene convencido de que no sé nada sobre la castidad o la constancia? ¿O es mi belleza? O quizá se deba a la falta de modestia que he demostrado tener contigo. No eres el primer hombre que piensa mal de mí. En realidad, es algo bastante común.

—Yo no pienso mal de ti.

Ella le miró a los ojos con firmeza y levantó la barbilla de esa forma que le oprimía el pecho.

—Seré una esposa buena y diligente. Te acompañaré a Inglaterra y te daré lo que deseas cuando lo desees. Pero tendrás que creer en mi palabra cuando te digo que tu heredero será realmente tuyo.

—Nunca pensé que no lo fuera.

—Y entonces, ¿por qué has venido a evitar que me marche a París?

Porque la necesitaba. Porque no podía soportar pensar que le pudieran hacer daño. Porque tenía la sensación de que se estaba volviendo loco, y no sólo cuando estaba con ella, sino cuando no lo estaba. Porque por primera vez en su vida se sentía realmente desequilibrado y pensaba que, tal vez, la locura de su hermano no era un caso aislado, quizás él también acabara sucumbiendo a ella.

Los delicados nervios del cuello de Arabella se tensaron. Dio un paso adelante, lo rodeó de camino a la puerta y lo dejó con aquel olor a rosas y el acalorado y familiar pinchazo de la impotencia.

*C*uando llegaron a la posada camino del puerto, Luc se dirigió a Arabella como si le estuviera informando del tiempo que hacía y le hizo saber que no dormiría con ella. Le dijo que le preocupaba mucho su herida. Que necesitaba más tiempo para curarse bien.

Durante el camino a Saint-Malo, él cabalgó junto al carruaje en el que viajaba ella con el señor Miles y una doncella. Cenaron solos en la posada, y él le habló muy civilizadamente sobre los pueblos por los que iban pasando, la ciudad portuaria a la que se dirigían y el lugar en el que aguardarían la llegada del barco del capitán Masinter, que los llevaría a Portsmouth. Después de cenar la acompañó a su habitación, le hizo una reverencia, y se marchó después de un sencillo: «Buenas noches».

Hicieron el resto del camino hasta Saint-Malo más o menos de la misma forma. Una vez en la ciudad portuaria amurallada, aguardaron la llegada del *Victory* hasta que la paciencia de Luc llegó a su límite. El señor Miles le explicó a Arabella que no esperarían el barco del capitán Masinter. Por lo visto, el *comte* había comprado pasajes para el *ferry*. Proseguirían su camino a Inglaterra por la mañana.

Embarcaron pronto. A mediodía el cielo ya se había puesto gris y a media tarde empezó a llover. Al anochecer las olas del océano golpeaban las ventanas de los camarotes que había bajo la cubierta principal.

El capitán de la pequeña embarcación le aseguró que se trataba de una tormenta suave y le comentó a Arabella que, dado que el viento soplaba con constancia, llegarían muy bien de tiempo. El señor Miles le ofreció un té que se derramó de la taza y se vertió sobre la mesa. El asistente limpió el té de la mesa mientras le explicaba historias de tempestades mucho peores que el *comte* había dominado con facilidad.

—Aunque, desgraciadamente, su señoría no está capitaneando este barco (siempre que podamos denominar barco a esta balandra) —dijo el hombrecillo meneando la cabeza con aire puntilloso—, así que tampoco puedo saber cómo nos irá en esta tempestad.

Cuando cayó la noche, Arabella se tumbó de lado en la cama y se hizo un ovillo rodeándose con los brazos; tenía las manos frías y húmedas y la respiración acelerada. El barco crujía con rabia y el viento aullaba y azotaba los costados de la embarcación hasta que ni siquiera fue capaz de escuchar sus pensamientos. Exhausta, acabó dejándose arrastrar por pesadillas de violencia y asfixia.

Se despertó rodeada de oscuridad y sintiendo la mano cálida de Luc en la mejilla. Se agarró a él y se aferró a sus dedos como si fueran una boya.

Él se sentó en el borde de la cama y la abrazó.

—No tengas miedo, pequeña institutriz —le dijo por debajo de los rugidos del barco y el azote de la lluvia—. Estoy aquí. Estás a salvo. —La abrazó con seguridad. Ella enterró la cara en su camisa y se pegó a él. Luc le besó la cabeza y le acarició el pelo y la espalda—. Has sobrevivido a cosas mucho peores.

Arabella sentía los fuertes y rítmicos latidos del corazón de Luc contra la mejilla.

—¿Sabes lo del naufragio? —susurró.

—Sí —dijo contra su pelo—. Un hombre de mi posición tiene que saber algo de la mujer con la que se casa.

Arabella levantó la cabeza y sólo vio el contorno de su silueta en la oscuridad.

—¿Y no te importa? ¿Te da igual que no sepa nada de mi verdadera familia? ¿Que mi madre enviara a sus tres hijas a un futuro incierto? Que quizá fuera una…

Luc se apoderó de sus labios.

La besó con suavidad y ternura, y luego con más intensidad, hasta que ella le rodeó el cuello con los brazos. La volvió a tumbar en el colchón con mucha delicadeza. Arabella enredó los dedos en su pelo y él la atrajo hacia sí cogiéndola de la cintura mientras ella se presionaba contra él. Era fuerte, sólido y cálido. La abrazó y la besó para que sólo pudiera pensar en su boca, en la necesidad que sentía por él, y en la seguridad de su abrazo.

—Gracias —susurró Arabella, porque nunca se lo había dicho.

Luc le besó las comisuras de los labios, luego siguió por debajo de sus orejas y el cuello. Después movió el brazo para sostenerle la cabeza.

—Duérmete. —Le acarició la mejilla con un dedo—. Te prometo que cuando te despiertes el cielo estará claro y podrás volver a practicar tus paseos por la cubierta principal con la gravedad de tu parte.

Ella se acurrucó en la protección de su cuerpo y el vaivén del barco pasó a ser una amenaza distante.

—¿Controlarás el clima de la misma forma que controlas todo lo demás? —murmuró sintiendo cómo el sueño se apoderaba de sus párpados y de sus extremidades.

—Todo no —susurró él y le dio un beso en la frente—. No puedo controlar a mi duquesa —le pareció escuchar a Arabella—. No puedo controlar mi corazón.

Pero ella sabía que ya estaba soñando.

El día amaneció tan espléndido, claro y azul como él había profetizado. Arabella se despertó sola. Se levantó del camastro, se vistió, y subió a la cubierta principal. Él estaba allí y la saludó como lo había hecho desde que comenzó su viaje: muy agradable, con serenidad y de un modo muy impersonal.

Aquella noche tampoco fue a buscarla. Cuando partieron camino a Shropshire, Luc volvió a cabalgar junto al carruaje. Era un carruaje magnífico, tapizado con las telas más suaves y con piel, cortinas doradas en las ventanas y el escudo de armas del duque en la puerta. Tiraban de él cuatro impresionantes caballos negros con arneses brillantes, y el cochero y el postillón vestían libreas azules recién estrenadas. El posadero del albergue en el que se detuvieron en la carretera se deshizo en atenciones para hacer feliz a la *comtesse* después de que el *comte* dejará bien claro que ese era su único deseo. Su marido la rodeaba de lujo y comodidades, pero no la trataba con más intimidad que a los sirvientes.

Arabella no se opuso. Luc había frustrado los planes que ella había hecho de ir a visitar a su hermano en París. Ya encontraría la forma de averiguar la verdad sobre su apresurada boda por muy distante que se mantuviera de ella.

Por lo que le había contado Jacqueline, Christos Westfall fue una compañía muy entretenida durante la temporada que estuvo viviendo en el castillo. Era un artista que pasaba la mayor parte del tiempo encerrado en el estudio que tenía en una casita al final de los jardines, metida en el bosque. Y la princesa no lo había visto mucho. También le contó que tenía un carácter muy voluble y que sentía auténtica devoción por Luc, que le adoraba de la misma forma. Parecía un hombre irreprochable. Pero Arabella se había casado con su hermano debido a su falta de idoneidad para heredar nada. Ella esperaba que la propiedad ancestral del duque de Lycombe le diera respuestas. Era evidente que el heredero del duque de Lycombe no se las iba a dar.

Arabella había estado muchas veces en residencias de otros duques en Londres, pero nunca había visitado la casa de campo de ninguno. Cuando vio Combe por primera vez, se le hizo un nudo en el estómago.

La casa presidía unos campos esmeralda salpicados de ovejas y algún que otro solitario y enorme roble. La propiedad asomaba sobre la cumbre de una ladera. Era una extensión majestuosa de piedra caliza con torrecillas y ventanas que capturaban los rayos del sol menguante y parecían prender fuego en toda la casa. El río que serpenteaba a los pies del valle reflejaba el resplandor de la casa como una película protectora.

Paseó la mirada hasta el hombre que estaba sentado a horcajadas sobre su caballo cerca de ella. Se había detenido y aguardaba muy quieto con el rostro vuelto hacia la casa.

El camino rodeaba la ladera por el norte y luego se alineaba con la casa. Cruzaron una hilera de viejos abetos que desembocaba en un repentino claro, y Combe apareció directamente delante de ellos, majestuoso, extenso e indiscutiblemente ducal.

Frente a las columnas de la puerta principal había dos docenas de sirvientes dispuestos en hileras perfectas que aguardaban a ambos lados de la escalinata. Al pie de la escalera los esperaban las hermanas de Arabella y un enorme perro negro.

Ravenna corrió hacia el carruaje con *Bestia* a su lado. Eleanor la siguió. En cuanto el lacayo aminoró el paso, ella saltó del carruaje y aterrizó entre los brazos de su hermana. Eleanor la cogió de la mano y se abrazaron sin decir una sola palabra. Tenían demasiadas cosas que contarse. Había pasado demasiado tiempo.

Arabella se retiró.

—Bienvenida a casa, duquesa —exclamó Ravenna con una sonrisa en los ojos oscuros.

—Ya le he dicho que debería llamarte milady —dijo Eleanor estrechando la mano de Arabella con fuerza—, pero todos los sirvientes insisten en que pronto te convertirás en duquesa, y en cualquier caso nuestra hermana pequeña hará lo que quiera por mucho que yo le diga.

Le sonrió con dulzura.

Arabella le dio un beso en la mejilla.

—Os he echado mucho de menos a las dos.

Se le quebró la voz.

—Pero por lo visto has estado muy ocupada —dijo Eleanor esbozando otra sonrisa y mirando por encima del hombro.

Luc estaba desmontando. Le dio las riendas a un sirviente y se acercó a ellas.

—Madre mía, Bella —susurró Ravenna—, es guapísimo. Pensaba que querías casarte con algún viejo príncipe roñoso, pero este hombre es… ¡guau!

Eleanor le quitó la mano del hombro a Ravenna. Cuando Luc llegó hasta ellas, agachó su cabeza dorada e hizo una gran reverencia.

—Milord —dijo.

—Señorita Caulfield.

Él le dedicó una elegante reverencia.

Ravenna flexionó fugazmente las rodillas.

—Hola, duque. Es un placer tenerte en la familia. ¿Quién te hizo esa herida en el ojo? Quienquiera que fuera te hizo un corte muy feo.

La preciosa boca de Luc dibujó una sonrisa ladeada. Se agachó para acariciar la cabeza peluda de su perro.

—Yo pensaba lo mismo, señorita Ravenna, por eso hice que lo mataran. Es muy fácil hacer esas cosas en un barco. Sólo hay que empujar a alguien por la borda y navegar a toda vela.

Ravenna esbozó una brillante sonrisa.

—Tienes mi aprobación, Bella. Puedes quedártelo.

Eleanor reprimió una carcajada.

—Señoritas —les dijo él—, si me permitís enseñarle la casa a vuestra hermana, después os la dejaré toda para vosotras.

No miró a Arabella mientras le posaba la mano sobre su brazo y le presentaba al mayordomo y al ama de llaves.

Esta última miró a Luc con cariño.

—Permítame decir que estamos todos muy contentos de que haya vuelto para quedarse, excelencia.

—Gracias, señora Pickett. Yo también me alegro de estar en casa.

—Parecía un hombre en paz—. Pero no debe vender la piel del oso antes de cazarlo. Bastará con milord.

—El señor Parsons está deseando hablar con usted, excelencia —anunció el mayordomo con absoluta sobriedad—. Le espera en su estudio.

Ninguno de los demás sirvientes alineados en el camino parpadeó ni una sola vez.

—¿Lo ves? Te lo dije —le susurró Ravenna a Eleanor.

Luc negó con la cabeza y ayudó a Arabella a subir los escalones que conducían a la puerta principal. El interior de aquella majestuosa montaña de piedra caliza era todo color, elegancia y muebles dorados, desde los retratos de damas vestidas con colores alegres y caballeros con suntuosos trajes, hasta los suelos arlequinados y las velas que ardían en candeleros de bronce y candelabros de cristal colgados del techo.

—¿Qué te parece, pequeña institutriz? —le preguntó en voz baja—. ¿Crees que este espacio te proporcionará el territorio suficiente para ejercer tu autoridad, o debería construir una ala adicional y contratar una docena más de sirvientes?

Ella lo miró. Sus ojos no brillaban de provocación ni censura, sino de orgullo y cautelosa esperanza. A ella le dolía el corazón, un corazón que poseía a pesar de lo mucho que se había esforzado por negarlo.

—Con esto bastará —consiguió decir.

Luc esbozó una pequeña sonrisa y se separó de ella.

—Señorita Caulfield, señorita Ravenna, es toda vuestra.

El ama de llaves le hizo una visita completa por la casa seguida de sus hermanas y *Bestia*.

—Y tú que pensabas que si te casabas con un príncipe podrías tener un palacio —susurró Ravenna cuando pasaron junto a una biblioteca llena de libros hasta el techo.

—Ella nunca quiso tener ningún palacio —la corrigió Eleanor—. Sólo al príncipe.

—Esta casa no es mía —aclaró Arabella—. Sólo estamos aquí para ocuparnos de algunas cosas hasta que nazca el hijo de la duquesa.

—Esta es la habitación que más le gusta a Eleanor. —Ravenna señaló la biblioteca—. Cómo no.

—La cena se sirve a las cinco en punto, excelencia —la informó la señora Pickett cuando las dejó en la puerta de su dormitorio—. ¿Le parece bien?

—Sí. Gracias, señora Pickett. Pero no debe llamarme excelencia —le dijo con suavidad—. Es una falta de respeto hacia la tía de mi marido.

—Sí, excelencia.

El ama de llaves hizo una reverencia y se marchó. Arabella se volvió hacia Eleanor y volvió a ver el fino vestido de su hermana, una prenda que ella misma había cosido hacía ya cinco años. El vestido de Ravenna era más nuevo; sus superiores le pagaban un sueldo decente. Pero era apropiado para el trabajo que hacía con los animales, no era una prenda elegante.

—Te estás mordiendo el labio, Bella —dijo Eleanor frunciendo el ceño—. ¿Qué te preocupa?

—¿Los sirvientes os tratan bien?

—Pues claro que sí. Somos tus hermanas.

Pero ella había trabajado en las suficientes casas de aristócratas para saber que eso no tenía por qué ser así, y tampoco dijo lo que estaba pensando: que la gente de Combe debía de estar esperando que fuera otra clase de mujer la que se convirtiera en su señora. Una verdadera dama.

—Es evidente que no tienen ningún problema imaginándote como la duquesa —dijo Eleanor—. En realidad, parecen ansiosos de que eso ocurra.

Arabella se puso derecha. Cumpliría sus expectativas. Como había pasado la vida soñando con un príncipe, llevaba una década preparándose para eso. Sería una duquesa, o por lo menos una *comtesse* viviendo en la casa de una duquesa. Luc no tendría ningún motivo para avergonzarse de ella.

—Ven. Déjanos ver tu dormitorio. —Eleanor la cogió de la mano y abrió la puerta—. No nos han permitido ni asomar la nariz desde que lo redecoraron…

Se quedó sin palabras. Se detuvieron todas en la puerta. El dormitorio era espectacular. Era un espacio elegante, sencillo y completamente femenino. Los tapizados eran de un sedoso damasco color marfil y rosa pálido, el tocador y las sillas estaban recubiertos de un dorado sutil, había brillantes espejos, y tanto la cama de cuatro postes como las ventanas estaban cubiertas de cortinajes de finísima gasa rosa con bordados dorados.

—Es…

Ravenna abrió y cerró la boca.

—Digno de una princesa —dijo Eleanor.

Arabella tenía el estómago encogido.

—¿Y decís que lo acaban de redecorar?

Ravenna entró en el dormitorio.

—Por lo visto, el duque mandó instrucciones hace semanas.

Hacía semanas, antes de que ella supiera que era *comtesse* o una probable duquesa. Cuando todavía pensaba que era la viuda del capitán de un buque mercante.

—Mira, Bella. —Ravenna abrió una puerta y asomó la cabeza—. Un vestidor más grande que la casa de papá en Cornwall. El duque podría aparcar aquí su carruaje. Y está lleno de vestidos. Estoy segura de que te podrías poner uno distinto cada día durante un mes. —Miró hacia la pared opuesta—. Supongo que esa puerta da a su dormitorio.

Eleanor la cogió de la mano.

—Venga, Bella, voy a pedir que nos preparen el té y nos cuentas cómo ha pasado todo esto.

*L*uc no cenó con ellas. El mayordomo le explicó a Arabella que su excelencia estaba en otra parte de la casa ocupándose de asuntos urgentes, y le preguntó si a su excelencia le gustaría disfrutar del borgoña de 1809 con sus *cailles en sauce de la reine*.

Más tarde, vestida con un camisón de finísima seda y suaves encajes, se acurrucó en el enorme colchón y escuchó los susurros del fuego y los sonidos de su marido en el dormitorio de al lado. Al final oyó cómo se cerraba su puerta y sus pasos desaparecieron por el pasillo.

$\mathscr{D}$esayunó sola en su dormitorio hasta que Ravenna llamó a la puerta. Llevaba una falda a cuadros de grandes bolsillos, una camisa y un chaleco ceñido. Se había recogido la salvaje y sedosa melena con un lazo.

—¿Me das un poco de chocolate? —le preguntó su hermana pequeña—. La cocinera todavía no lo había preparado cuando he bajado a los establos. Por lo visto, los sirvientes no toman chocolate en las mansiones ducales.

Hizo ondear sus cejas negras y cogió la taza de Arabella.

—¿Dónde tú vives los sirvientes toman chocolate?

—Yo sí. Pero las niñeras me miman porque yo mimo a sus perros.

Arabella sonrió.

—¿Te gustan?

—Sí. Y ellas me adoran. Por lo visto, soy la única persona de Inglaterra capaz de mantener doce carolinos, tres perros lobos y dos loros, sanos y felices. Me parece un acuerdo maravilloso.

—Pero no eres del todo feliz allí.

Ravenna picoteó la tostada.

—Siempre pareces adivinarme el pensamiento, Bella —dijo—. Pero me las apañaré. Si te quieres preocupar, preocúpate por Ellie: se pasa la vida encerrada en Cornwall haciendo el trabajo de papá.

—¿Es infeliz?

—Ella dice que está contenta.

Negó con la cabeza.

Entonces apareció una doncella en la puerta.

—Excelencia, el duque desea que se reúna con él en el establo dentro de tres cuartos de hora. Quiere que se vista con ropa adecuada para montar. ¿Desea que la ayude?

$\mathscr{C}$uando Arabella se acercó por el camino, Luc la observó sin prisa y con evidente apreciación desde la elegante entrada del largo complejo de establos de techos bajos.

Le hizo una reverencia.

—Ese vestido te queda muy bien.

Ella se pasó las manos por la falda de terciopelo del color del cielo otoñal.

—Es como si estuviera hecho para mí.

—¿Y no es así?

Él sonrió.

—Debería llevar luto por tu tío.

—Lo que deberías hacer es llevar diamantes para mí.

—No…

—Si me dices que no, yo debería intentar comprar tu obediencia con regalos bonitos, es probable que diga que esos vestidos tan bonitos son para darme placer a mí, y que me da igual si a ti te gustan o no, o si me proporcionan alguna otra ventaja. Y entonces tú me fulminarás con los ojos…

—Yo no hago eso.

—… y nos pelearemos y te marcharás…

—Yo no me marcho… Bueno, quizá lo haya hecho un par de veces.

—… y entonces no podré disfrutar del placer de ver esos vestidos. Así que ahórrame la reprimenda, duquesa. —Le hizo una reverencia—. Por favor.

—No quiero sermonearte. —No podía soportar que bromeara cuando ella sentía tanta confusión en el corazón—. Sólo quiero darte las gracias por los vestidos. Por mi dormitorio. Por todo lo que me has dado. Pero en especial por haber traído a mis hermanas.

Luc la miró con atención y trató de descifrar su expresión enigmática.

—Es un placer.

Se volvió hacia las amplias puertas del establo de donde el mozo estaba sacando dos caballos. Ella le tocó el brazo para detenerlo y él se paró y le miró la mano. Ella la retiró.

—Luc, no es apropiado que los sirvientes se dirijan a nosotros como lo hacen, como si el asunto de la herencia ya estuviera decidido.

—Ya se lo he dicho varias veces, pero no hay forma. —Le brilló la mirada—. Y por lo que tengo entendido, la servidumbre no tiene por qué ir acompañada de mansedumbre.

A Arabella le ardieron las mejillas.

—Venga —dijo haciendo un gesto hacia los caballos—, quiero enseñarte Combe.

No la invitó, esperó a que ella le diera su conformidad.

—Me encantaría.

La ayudó a montar cogiéndola de la cintura, y a Arabella se le cayó el corazón a los pies. Añoraba la cercanía que le había demostrado en el paso fronterizo y volver a ver esa mirada hambrienta en su rostro. Pero sólo le lanzó una rápida mirada mientras ella se colocaba bien la falda por encima de las piernas y la parte de atrás del caballo, y luego se acercó a su montura.

Hacía un bonito día de octubre, era brillante y fresco, sólo había algunas nubes sobre el río y el camino era muy cómodo. Rodeaba una arboleda de fresnos y robles, y cruzaba un campo salpicado de ovejas en dirección a una granja que se erigía a lo lejos afincada en un rincón de la ladera. Desde la casa se veían parcelas en barbecho junto a incipientes cultivos de trigo.

—Mi familia lleva siglos residiendo en Combe, aunque esta casa se construyó en tiempos de Elizabeth —dijo—. He pensado que te gustaría visitar a algunos de los arrendatarios. La familia que vive en esta casa, los Goodes, es la más próspera.

Luc cabalgaba su enorme caballo negro y examinaba las tierras de su familia en perfecta paz; tenía la misma actitud que adoptaba en la cubierta de su barco.

—Parece que conoces bien la propiedad. ¿Venías de visita a menudo antes de hacerte a la mar?

—Estuve viviendo en Combe con mis padres y mi hermano hasta que cumplí los diez años. Mi padre tenía una casa en el norte, pero mi madre prefería vivir aquí, donde las noticias de Francia llegaban más deprisa desde Londres. En aquellos tiempos no solían ser nunca buenas noticias. Por lo menos para su familia.

Entonces guardó silencio y sólo se escucharon los bufidos de los caballos hocicando la hierba, el canto de los pájaros y el balido aislado de alguna oveja.

—¿Y cuando cumpliste los diez años tu padre trasladó a tu familia a esa casa al norte de Londres?

—Cuando tenía diez años, mi padre murió en un accidente de carruaje. Mi madre lo pasó muy mal, y se marchó a Francia con la intención de consolarse recuperando las tierras de su familia de mano de los jacobinos que se habían hecho con el poder. A mi hermano y a mí nos mandaron a vivir cerca de Londres, en la casa del hermano de nuestra tía. Nuestro tío era una especie de hedonista indolente y no quería preocuparse de educar a dos niños.

—Ese es el tutor que mencionaste en Saint-Reveé-des-Beaux, ¿verdad? El hombre del que escapó tu hermano.

—El mismo. —Señaló a un hombre que se aproximaba desde la granja—. Ahí está Goode. Yo conocí a su padre Edward cuando era un niño. Thatcher es su viva imagen.

Thatcher Goode le saludó con deferencia y luego observó a Arabella con ojos astutos. Vestía con pulcritud y hablaba muy bien, pero las costuras de su ropa estaban hechas jirones y tenía las mejillas hundidas. Los llevó a su casa y les presentó a su mujer y a sus tres hijos.

La casa estaba vacía de muebles, las paredes desnudas y no tenían ninguna alfombra para cubrir los fríos listones de madera del suelo. La señora Goode le ofreció un té a Arabella. El té estaba hervido tres veces y las galletas no tenían azúcar. La mujer y el hijo mayor la observaron con cautela y no hablaron mucho.

Cuando se marcharon de la granja a caballo, Luc parecía pensativo y Arabella guardó silencio.

La siguiente familia de arrendatarios vivían más o menos en las mismas condiciones que los Goode.

—Luc…

Él levantó la cabeza mientras cabalgaban en dirección al puente que cruzaba el río. La enorme casa que se erigía a lo lejos no daba ninguna pista del estado en el que se hallaban los residentes de la propiedad.

—¿Duquesa?

—¿Son todos cuáqueros?

Él frunció el ceño.

—No —le espetó.

—Discúlpame. Pensaba que quizás eso explicaría la desnudez de sus casas y su…

—¿Pobreza? —Luc agarraba las riendas con fuerza—. No. Sólo son pobres.

—Pero ya se han cosechado los campos, y debe de haber unas cuatrocientas ovejas y cabras...

—Es la primera vez que lo veo. —Se frotó la cicatriz por debajo del ala del sombrero—. Pero es peor de lo que imaginaba.

—¿Ya lo sabías?

—El administrador de mi tío me enseñó los libros de contabilidad de la finca ayer por la noche. —La miró—. Lamento no haber podido cenar contigo y con tus hermanas.

—Me parece que los arrendatarios hambrientos de Combe son más importantes que las codornices en salsa —señaló ella—. ¿El señor Parsons es un hombre deshonesto?

—Es terriblemente honesto. Lo que pasa es que no tiene ni idea de adónde van a parar los ingresos de los arrendatarios. Me escribió un mes antes de que muriera mi tío y me suplicó que interviniera. No podía hacerlo, no tenía ninguna autoridad. Y... —Hizo una pausa—. Otros asuntos me mantuvieron alejado de casa más tiempo del que pretendía.

Asuntos de los que no quería hablar con ella.

—Tienen miedo —comentó—. Puedo percibir su miedo. Y las suspicacias. Pero... no creo que vayan dirigidas a ti.

La observó con detenimiento mientras sus caballos cruzaban el puente.

—Yo...

—No debes preocuparte por eso —le advirtió y volvió la cabeza hacia la carretera—. Yo me encargaré.

—Ya no tengo preocupaciones. Me has apartado de una vida en la que trabajaba todos los días y me has dado una existencia de absoluta tranquilidad. No estoy acostumbrada a tanta inactividad.

—Pronto tendrás diversiones más que suficientes.

A partir de ese momento Luc sólo tocó temas ligeros. La felicitó por su forma de montar, y más tarde, durante la cena, también alabó su vestido y su peinado. Arabella tenía ganas de agarrarlo y sacudirlo para que volviera a ser sincero con ella. Luego quería que la abrazara y le hiciera el amor como había hecho en otras ocasiones, como si la necesitara.

Pero no le pidió su sinceridad, y no hizo nada de lo que ella soñaba. Y tampoco la volvió a invitar a montar. El momento de intimidad había desaparecido. Sólo lo veía durante las cenas, cuando se comportaba de forma encantadora con sus hermanas y le demostraba su apreciación masculina. Él era el señor de la casa y ella sólo era el adorno con el que compartía su hogar.

14

Seducción

Al final Arabella encontró muchas cosas que hacer durante el día.

—Hace más de un año que no hay ninguna señora en esta casa —le explicó la señora Pickett mientras rebuscaban entre pilas de viejos encajes y manteles a la luz de las velas. Separaban los que estaban peor de los que se podían salvar—. He intentado mantenerlo todo en orden, pero no he querido tomar decisiones que no me correspondían a mí.

Arabella no se molestó en señalar que en realidad ella no era la señora de la casa, porque ya sabía que no serviría de nada. Reprimió un bostezo. Pero todavía no estaba lo bastante cansada como para irse a dormir. Cuando imaginaba que aguardaría en vano a que él fuera a buscarla a su dormitorio, volvía a enterrar las manos en la pila de manteles rancios. Sus hermanas se habían ido a dormir, pero la señora Pickett parecía ansiosa por acabar aquella tarea.

—Tengo entendido que el tío de mi marido estuvo enfermo varios meses antes de morir —comentó Arabella con aire conversador.

—Sí, excelencia. Fueron catorce meses, aunque al principio todavía podía pasear por los alrededores. Fue sólo al final cuando se puso demasiado enfermo como para salir de su dormitorio.

—¿Catorce meses? —Se le congelaron las manos—. ¿Y la duquesa no vivió aquí durante todo ese tiempo?

—No, excelencia. —El ama de llaves tenía los ojos clavados en la pila de manteles, pero frunció los labios—. Su excelencia prefirió quedarse en la casa de la ciudad.

Era poco habitual que los maridos y esposas de la aristocracia vivieran separados durante parte del año. Pero era evidente que la duquesa había abandonado a su marido enfermo.

—Supongo que lo visitaría a menudo. —Arabella sabía que la señora Pickett pensaría que era una chismosa, pero tenía que saberlo—. Tampoco es un viaje tan largo.

—No, excelencia.

¿No?

No podía ignorar la oportunidad que le estaba ofreciendo el ama de llaves.

—¿Visitó Combe alguna vez después de que se pusiera enfermo?

—No le gusta viajar.

Los ojos de la señora Pickett se encontraron con los de Arabella durante un breve e instructivo momento.

De repente el hecho de que los sirvientes insistieran tanto en llamar excelencia a Luc, ya no parecía tan impertinente. Y los ojos precavidos y las mejillas hundidas de los Goode y las demás familias de arrendatarios…; todo se aclaró. No temían a Luc. Temían al hijo nonato de Adina, que consideraban ilegítimo.

Y, sin embargo, ¿por qué tendrían tanto miedo de un niño indefenso? A menos, claro está, que a quien temieran fuera al tutor del niño.

—Señora Pickett —planchó una arruga que encontró en un tapete de encaje, lo dejó en la pila, y se volvió hacia el ama de llaves—, ¿sabe dónde puedo encontrar al *comte* a estas horas?

Le daba vergüenza admitir que no sabía nada sobre las actividades de su marido después de la cena. Pero los ojos del ama de llaves brillaron de satisfacción.

—Está en el estudio, excelencia.

Arabella tuvo que hacer uso de toda su disciplina para no salir corriendo.

Llamó a la puerta y luego entró sin esperar. Animada por sus recientes descubrimientos, se negaba a aceptar la distancia que le había impuesto Luc.

El estudio estaba iluminado por una única lámpara que se encontraba sobre el escritorio y el fuego de la chimenea. La estancia estaba amueblada con elegancia masculina y parecía hundida entre las sombras que se proyectaban por paredes forradas con madera de nogal. Por encima asomaba una pintura azul marino salpicada de estrellas plateadas. Un par de librerías flanqueaban la chimenea de mármol, y Luc estaba sentado ante ellas con varios libros y diarios a sus pies, y uno de los tomos abierto sobre las rodillas. Sobre una mesa y a la altura de su codo, tenía una bandeja de plata con una botella de cristal y un vaso lleno de un líquido ambarino. En la bandeja también había otro vaso vacío.

Luc levantó la cabeza y pareció tardar un momento en enfocar.

—Duquesa —se limitó a decir. Su voz era muy suave.

—¿Qué estás…? —Le falló el coraje. La luz del fuego se reflejaba dramáticamente sobre su cicatriz, y parecía corpulento, varonil y prohibitivo. Cuando pasaba mucho tiempo sin verlo, olvidaba que cuando estaba cerca de él se le aflojaban las rodillas—. ¿Qué estás leyendo?

Él cerró el libro, lo dejó a su lado y se levantó.

—Nada ahora que estás aquí. Pensaba que ya haría mucho tiempo que estarías en la cama.

—Estaba haciendo algo con la señora Pickett.

—Qué diligente a estas horas tan altas de la noche.

—No es tan tarde. —Miró el reloj dorado de cristal que había sobre el escritorio bajo los oscuros cristales de la ventana. Se acercó al reloj—. No son ni las ocho.

Cerró las cortinas. Sabía que la estaba mirando y esa certeza le aceleraba el corazón. Se volvió hacia él y lo vio exactamente igual que antes: alto, corpulento y absolutamente distante.

—¿No me vas a ofrecer una copa? —preguntó—. ¿O ese vaso vacío es para otra persona?

—¿Para qué otra persona podría ser? El mayordomo es un puritano, y a mi asistente no le gusta el coñac francés.

Arabella intentó sonreír.

—¿Coñac?

Le temblaban las manos.

Luc alzó una ceja.

—¿Quieres un poco?

Ella asintió y mientras él servía se puso al otro lado de la chimenea. Pasó los dedos con nerviosismo por las encuadernaciones doradas de los libros.

—Parece que estás inmerso en un proyecto de investigación.

Se volvió y él la cogió de la mano. Su contacto era cálido y completo. Le puso el vaso en la mano, le colocó los dedos y la soltó. Pero no se apartó. No había vuelto a estar tan cerca de él desde que cruzaron el canal.

—Estaba leyendo sobre rotaciones de cultivos y cosechas de maíz —comentó junto a ella rodeado de un olor a coñac y piel—. Un tema fascinante. ¿Te explico lo que he aprendido?

Arabella se llevó el vaso a la boca y bebió.

—Me encantaría.

Luc se inclinó hacia ella.

—Aunque preferiría admirar el encantador vestido que llevas. Es un… —Levantó el vaso y se sirvió de los nudillos para acariciarle la piel desnuda del escote por encima de la pañoleta. Arabella se estremeció—. Es un diseño muy bonito —concluyó, y le aguantó la mirada mientras se llevaba el vaso a la boca.

—¿Estás borracho? —susurró ella.

—Sólo de ti, duquesa. Siempre sólo de ti.

Arabella se llevó la mano a la mejilla acalorada.

—¿Estamos demasiado cerca del fuego? —le preguntó él—. Puedes apartarte si quieres.

—No quiero. —Lo que quería era quemarse—. Quiero ayudarte.

—¿En qué? —preguntó él con voz vacilante.

—Quiero ayudarte con lo que quiera que estés haciendo para resolver el misterio de las perdidas de las familias arrendatarias. Esta noche he…

—¿Esta noche mientras revolvías entre los manteles como una sirvienta?

—¿Cómo sabes que estaba haciendo eso?

—Yo siempre me preocupo de saber lo que estás haciendo, pequeña institutriz. —Le pasó la mejilla por el pelo—. Mmm, perfume de polvo. Totalmente encantador.

—Si no te gusta mi *parfum domestique*, no te acerques tanto a mí —le espetó sin ninguna convicción.

El aliento de Luc mecía los mechones de pelo que le colgaban por la frente.

—¿Por qué trabajas como una sirvienta, Arabella? ¿Crees que de esa forma estás cumpliendo con tu deber de esposa abnegada como prometiste?

—No... —empezó a decir, y entonces se obligó a pronunciar las palabras—. Llevas semanas sin darme la oportunidad de ser una esposa abnegada.

Luc pareció quedarse de piedra.

—Si te ofreciera la oportunidad —dijo—, ¿lo aceptarías sin considerarlo un deber?

—No. En realidad, temo que si me haces la oferta, sería una esposa decepcionante, porque no encontrarías ni rastro de deber en mi recibimiento.

Luc dejó el vaso en la repisa de la chimenea. Luego la cogió de la cintura y dejó resbalar la mano por debajo de su brazo. Su contacto, a pesar de ser ligero y provocador, la hizo temblar.

—¿Arabella?

Tenía la voz ronca.

Ella cerró los ojos, sintió sus manos sobre ella y no quiso que ese momento acabara nunca.

—¿Luc?

Pareció inspirar su aroma.

—¿Quieres casarte conmigo?

Un sollozo se quedó atrapado en su garganta. Sabía que era ridículo, pero la atravesó un rayo de absoluta felicidad.

—Pensaba, milord —dijo con la voz temblorosa—, que ya estábamos casados.

—¿Quieres casarte conmigo? —La cogió de la cintura con la otra mano y habló pegado a su mejilla. Volvió a acariciarle el costado del pecho con el pulgar—. ¿Sí o no?

Arabella quería verle la cara, pero la tenía abrazada con fuerza.

—Sí.

La agarró del pecho, le pasó el pulgar por el pezón y ella notó cómo su cuerpo se abría para él.

—Tienes *carte blanche* para preparar la boda —le dijo—. Elige lo que quieras. Pero tiene que ser pronto. Tres semanas.

Lo suficiente para que se pudieran leer las amonestaciones.

—¿Dónde sea?

Apenas conseguía escucharse la voz ni sentir el contacto de los libros que tenía pegados a la espalda. Luc la estaba tocando y la estimulaba, y se moría por él.

—¿Dónde si no es aquí?

—En Londres —dijo—. En el Támesis. En la cubierta del *Victory*.

Luc dejó de mover las manos y ella deseó no haber dicho nada. Se separó de ella con una expresión inescrutable en el rostro.

—¿Se puede hacer? —preguntó con inseguridad.

—Sí. —Esbozó una lenta sonrisa—. Sí, creo que se puede hacer.

—Ejem. —Un hombre carraspeó en la puerta que ella había dejado abierta—. ¿Milord?

Luc se apartó de ella y Arabella agradeció que la oscuridad ocultara sus mejillas encendidas.

—Arabella, este es el señor Parsons, el administrador de Combe —explicó Luc sin que su voz delatara que hacía sólo un momento le estaba tocando el pecho y pidiéndole que se casara con él. Pero era un lord, y un lord podía hacerle el amor a su mujer en la calle si así lo deseaba, y el tráfico se vería obligado a rodearlo—. Parsons, esta es... —la miró y apareció una pequeña arruga bajo su boca— mi *comtesse*.

El señor Parsons hizo una reverencia.

—Milady. —Entonces se dirigió a Luc—. El señor Firth me ha informado de que...

—Excelente, excelente. —Luc se dirigió hacia la puerta. Le hizo un gesto a Arabella para que lo siguiera—. Querida, la dedicación que demuestra este hombre por la propiedad es incansable, pero la conciencia me impide aceptar que siga trabajando cuando debería haberse ido a dormir. Acabo con esto enseguida. ¿Nos disculpas?

Tenía la mano en la puerta. La estaba echando.

—Claro —se limitó a decir con las manos frías y las mejillas ardientes de la vergüenza.

Al pensarlo se dio cuenta de que había sido sorprendentemente tonta. Él la quería en su cama; ella ya sabía desde su primer encuentro que la quería de esa forma. Y la Iglesia de Inglaterra tenía que dar por válido su matrimonio. Era un tonta por soñar, por primera vez en su vida, con una proposición tierna y un matrimonio de cuento de hadas. Se había equivocado al interpretar lo que acababa de ocurrir como otra cosa que no fuera un negocio. No había cambiado nada. Luc no tenía ninguna intención de confiar en ella.

—Buenas noches, señor Parsons —dijo, y salió del estudio sin revelar la tempestad que ocultaba en su interior.

*L*as velas estaban a punto de extinguirse cuando Luc abrió la puerta que comunicaba sus dormitorios. Se acercó a la cama de Arabella, descorrió las cortinas, y se quitó la ropa. Luego la cogió de la mano y la hizo ponerse de pie en la gruesa alfombra, justo delante de él. Primero le quitó el gorro de la cabeza, luego las horquillas del pelo y a continuación el delicado camisón.

La tocó en todos los rincones del cuerpo que iluminaba el brillo de las brasas, y después siguió por los rincones a los que no llegaba la luz. Consiguió que lo necesitara hasta que no deseó nada que no fuera él, luego se internó en ella e hizo que lo necesitara todavía más.

Cuando acabaron y estaba tumbada encima de él con el cuerpo suave y húmedo de satisfacción, Arabella observó cómo las sombras temblaban sobre el brillante cuerpo sudado de Luc y lo tocó. Y con sus caricias le pidió más en silencio.

Luc la tumbó boca abajo, le levantó las caderas de la cama y, con gran habilidad y una fuerza apasionada, le dio mucho más. Ella pegó las manos al cabezal de la cama y gritó su nombre una y otra vez mientras se hacía añicos.

Cuando se desplomó sobre el colchón, él le besó los hombros, la espalda y la curva de las nalgas hasta que se durmió. La dejó sin haberle dicho una palabra.

Por la mañana la doncella le trajo el desayuno. Arabella se acurrucó bajo las sábanas con su taza de chocolate percibiendo la gloriosa sensibilidad que tenía en ciertas zonas del cuerpo, y cogió la nota que había sobre la bandeja del desayuno. El papel tenía grabado el escudo de armas del conde de Rallis. La leyó con una sonrisa y después se deshizo en suspiros entrecortados.

«Duquesa, me voy a la ciudad. Volveré a buscarte dentro de tres semanas. L.»

Arabella sólo había llorado cuando creía que el hombre al que aún no se había dado cuenta de que amaba se estaba muriendo, y luego volvió a llorar cuando estuvo de luto por él. Algo tan insignificante como un alejamiento virtual y un abandono no podían provocarle lágrimas, ni siquiera después de que la hubiera utilizado como si fuera una prostituta; incluso aunque tuviera la sensación de que hubieran tirado su corazón con el resto de la ropa sucia. Ella le había permitido utilizar su cuerpo, voluntariamente y con impaciencia. Y había vuelto a ser una imprudente por dejar que la esperanza anidara de nuevo en su corazón. Era la única responsable del vacío que sentía en su interior.

Se levantó de la cama, se vistió y se fue a buscar a sus hermanas. En el pasillo, y junto a su puerta, aguardaba un lacayo ataviado con la librea de la casa sentado en una silla. Era un joven alto con rizos rubios, la piel bronceada y los ojos sombríos. Lo reconoció, pero no formaba parte del servicio de la casa. Lo recordaba del *Retribution*, y también los había acompañado a ella y al señor Miles a Saint-Reveé-des-Beaux.

Se levantó e hizo una reverencia.

—Excelencia.

Encontró a sus hermanas en el comedor del desayuno. Cuando las dejó un rato después, el lacayo del pelo rizado la estaba esperando en la puerta del salón.

La estuvo siguiendo de un lado a otro durante el resto del día.

—Bella —dijo Ravenna cuando entraron al jardín—, ¿sabes por qué nos siguen esos lacayos?

—En realidad, uno va delante de nosotras y el otro nos esta siguiendo —la corrigió Eleanor.

—Me parece que prefiero ser una veterinaria pobre que una duquesa. Me da igual lo espectaculares que sean tus establos —dijo Ravenna con brillo en la mirada—. Me pondría muy nerviosa que me controlaran todo el día.

—No creo que la estén controlando, Venna —sugirió Eleanor—. Creo que la están protegiendo.

Arabella no estaba tan segura. Luc quería un heredero, y ella ya había estado a punto de escapar en una ocasión. Pero mucho antes de eso, cuando estaban en su barco, ya le había pedido al chico encargado de los camarotes que la vigilara. Según le confesó él mismo, lo hizo para saber siempre dónde estaba.

Se mordió el labio.

—¿Ellie, Venna?

Sus hermanas dejaron de mirar a los perros guardianes ataviados con sendas libreas para mirarla.

—Me voy a Londres.

*N*o se marchó a la ciudad enseguida. El día que pasó visitando a los arrendatarios de Combe se convirtió en dos, luego en tres, y luego en una semana. Las esposas de los granjeros le servían tés aguados y galletas sin azúcar, y aceptaban con cautela las cestas de fruta, pan, queso y nueces que les traía de la casa.

Volvió a retrasar su viaje y la semana siguiente visitó las mismas casas con dulces para los niños, miel y manteles. La señora Pickett la miraba con desaprobación y le decía que los granjeros no necesitaban telas con encajes y bordados. Pero las esposas de los granjeros se lo agradecían y Arabella ya no tenía que adivinar sus emociones porque ellas empezaron a compartirlas.

Durante la larga ausencia de la duquesa, la había sustituido su hermano. De vez en cuando decía algún sermón en la iglesia de la parroquia.

—Nunca se ha visto un caballero más elegante, milady, ni se han escuchado mejores sermones que los del obispo —le comentó la señora Lambkin mientras servía el té en sus tazas agrietadas—. Nos dijo que debíamos darle al señor lo mejor que él mismo nos ofrece. —Miró un momento a su hijo, que estaba barriendo la chimenea—. Como agradecimiento, ¿comprende? —añadió—. Así Dios sabrá que no guardamos rencor y no nos volverá a sumir en la hambruna. —Le temblaron las manos con las que sostenía la tetera. El chico apretaba los dientes—. No podemos esperar generosidad si no le damos algo al Señor antes, ¿verdad?

Miró brevemente a Arabella y luego posó los ojos sobre el corpulento lacayo que aguardaba junto a la puerta. Después miró por la ventana, donde el otro lacayo aguardaba junto a la valla. El miedo brillaba en sus ojos.

Arabella salió en busca del administrador de Combe y lo encontró en el molino. Le dio conversación sobre la propiedad y el hombre se mostró orgulloso de hablarle largo rato sobre el tema. Pero se dio cuenta de que no podía formularle directamente la pregunta que jamás se había atrevido a hacerle a su marido; no podía avergonzar a Luc de esa forma, ni tampoco debía humillarse a sí misma.

En la casa nadie tenía mucho que decir sobre Christos Westfall. Los sirvientes mayores lo recordaban como un niño muy guapo al que le gustaba mucho dibujar y decían que era propenso a pasar periodos de intensa introspección. Cuando creció se marchó a Inglaterra, el país de su madre, y ya no regresó jamás.

*R*avenna les anunció que debía ir a ver cómo estaban sus niñeras y sus animales antes de reunirse de nuevo con sus hermanas en Londres para la boda.

—Les haré llegar una invitación a tus superiores —dijo Arabella.

—Entonces asistirán encantados. Adoran los espectáculos.

—Yo también debería irme, Bella —intervino Eleanor—. Papá no deja de escribirme para decirme que espera mi vuelta a diario. Le preguntaré si quiere venir conmigo a Londres para asistir a la boda.

—No me cabe ninguna duda de que tendrá que quedarse con su parroquia. Y también estoy segura de que no le gustará que vuelvas a marcharte.

—Ya lo sé. —Eleanor la abrazó y le dio un beso en cada mejilla—. Pero yo estaré donde estés tú.

Arabella se quedó en el camino y se despidió del carruaje que se llevó a sus hermanas.

—Joseph —le dijo a su guardián cuando entraba en la casa. Era un joven gigantesco con los brazos del tamaño de ramas de árbol y unas piernas como troncos—. Dile a tu compañero Claude que mañana nos vamos a Londres.

El joven le hizo una reverencia.

—Sí, excelencia.

ℰl espeso humo de los puros flotaba suspendido en el aire, y los hombres rugían inmersos en distintos estados de ebriedad, frustración y satisfacción mientras las cartas pasaban de unas manos a otras, y las monedas y otras baratijas cruzaban las mesas. Luc se bebió el resto del whisky y parpadeó para aclararse la vista.

Pero seguía sin ver bien. No tenía ni idea de cómo podía ningún hombre ganar una partida sumido en aquella nube de vicio. Y tampoco comprendía cómo podría soportar otra noche de aburrido hedonismo sin sacar ningún fruto de sus esfuerzos.

Quería aire salado, brisa y una cubierta bajo los pies. Y si no podía ser, quería sentir la brisa del campo, el aire de las colinas de Shropshire y el cuerpo de su mujer debajo del suyo.

En realidad, lo primero podía irse al infierno. Lo segundo era exactamente lo que necesitaba.

Pero tenía que hacer lo que estaba haciendo. De entre todos los clubes de Londres, Absalom Fletcher, el obispo de Barris, sólo frecuentaba el club White's. La última vez que Luc vio a su antiguo tutor, le dijo que si alguna vez se subía a su barco lo haría pedazos con una espada y luego utilizaría su carne para alimentar a los tiburones. Por eso había considerado que era más prudente acercarse a él de esa forma sutil. Era probable que ir a visitarlo a la casa que tenía cerca de Richmond no fuera la mejor opción. El encargado de los negocios del viejo duque, Firth, había convocado una reunión de los apoderados de Combe a la que Fletcher aún no había respondido.

Pero Luc no estaba sorprendido. Por lo visto, el obispo de Barris tenía un cochero al que le faltaba un pulgar. Era demasiada coincidencia que el marinero Mundy hubiera afirmado que lo había contratado un hombre al que también le faltaba un pulgar.

De ahí la estrategia de Luc. Un encuentro accidental bien preparado podría conseguirle lo que jamás podría obtener de un acercamiento directo.

Y, sin embargo, después de dos semanas, estaba empezando a tener dudas.

—Probablemente esté demasiado ocupado desplumando feligreses inocentes y quitándoles el poco dinero que tienen para pan, como para salir a jugar a las cartas —murmuró Tony con la mano en la cadera.

El portero ya le había entregado su espada.

Cam entró en la sala y se paseó junto a ellos.

—¿Os apetece ir a la ópera esta noche, caballeros? —preguntó con despreocupación.

—Cielo santo, Charles —rugió Tony—. Prefiero volver a la guerra que tener que soportar todos esos gritos por muchas tentaciones que nos aguarden en la sala verde. Si tenemos que ir a ver algún espectáculo, ¿por qué no vamos a Drury Lane?

—He oído decir que el público que asistirá esta noche a la ópera será mucho más interesante que las actrices o la sala verde.

Cam alzó una ceja cargada de intención mirando a Luc.

Este tiró las cartas sobre la mesa y se levantó.

—Siento un especial cariño por la ópera. ¿Qué obra se representa, Bedwyr?

—*Hamlet*.

Luc lo miró por encima del hombro.

—No representan *Hamlet* en la ópera. —Tony los siguió tambaleándose un poco. Miró al portero que le había dado la espada—. ¿No?

—Sólo la versión en la que el tío Claudius contrata un cochero al que le falta un pulgar para asesinar a Hamlet —dijo Cam.

Tony frunció el ceño y se volvió de golpe hacia Luc.

—Hamlet asesina a Claudius.

Luc fulminó a Cam con la mirada.

—Y muere poco después.

Tony negó con la cabeza.

—Charles, maldito bribón, no hay ninguna versión de *Hamlet* en la que aparezca un cochero.

El carruaje de Luc se detuvo delante del club y se fueron a la casa de Lycombe, donde se cambió de ropa para ir a la ópera. No se vistió de negro por su tío Theodore, que había dejado que la gente a la que debía proteger se muriera de hambre. Se puso una casaca de color azul brillante y un chaleco a rayas amarillas y plateadas. El sastre de Cam había aplaudido de felicidad cuando Luc eligió las telas. Sería el hombre más elegante de la ciudad con ese tono de azul combinado con el amarillo canario.

Luc apenas podía ni ver aquella monstruosidad aviaria. Pero si su atuendo conseguía provocar la ira del sobrio, disciplinado y mojigato Fletcher, estaba dispuesto a ponerse una cesta sobre la cabeza y trotar por toda la calle Bond rebuznando como un asno.

Y la verdad es que era un asno. No tendría que haber abandonado a Arabella tan rápido. Tendría que haberla invitado a Londres con él. Pero no podía protegerla cuando lo único que deseaba era follársela.

Eso no era cierto. No se la quería follar. Bueno, sólo de vez en cuando. Pero abrazarla mientras cruzaron el canal había sido casi igual de satisfactorio. Y observarla mientras se tomaba el té con las esposas de los granjeros, oírla hablar con sus hijos y escuchar cómo se reía con sus hermanas le provocaba el mismo dolor en el pecho que sentía cada vez que ella levantaba la barbilla con valentía. Y cuando lo miraba y sus ojos le hacían preguntas que le encogían las entrañas y le robaban la razón, no podía pensar con claridad.

Follársela era infinitamente más sencillo, en especial cuando no hablaban.

No conseguía ponerse bien el pañuelo del cuello. Miles chasqueó la lengua y le dio otro. Pero también lo arrugó.

—Si su excelencia me permite…

—Me puedo anudar la maldita corbata yo solo, Miles —rugió.

—Pero todo da a entender lo contrario, excelencia. Puede que un vaso de coñac le calme los nervios.

—Mis nervios de excelencia están bien.

Se peleó con la tela. No necesitaba beber más. Necesitaba a una seductora con una melena feroz y unos ojos acianos nublados por la pasión, unos suaves labios de fresa y la más suave de…

Se obligó a abandonar su fantasía. Tenía que dejarla en Combe. Teniendo en cuenta que Fletcher y su cochero sin pulgar estaban en la ciudad, ella estaba más segura donde no pudiera interponerse en el fuego cruzado entre él y sus posibles asesinos.

—Esto es absurdo —le rugió a su primo mientras ocupaban sus asientos en el palco que Cam había reservado en la ópera—. Estoy perdiendo el tiempo. Aunque consiga hablar con Fletcher, es muy improbable que logre que confiese que contrató a varios hombres para que me asesinaran en Francia.

—Muy cierto. —Tony asintió y se sacó una petaca del bolsillo del uniforme—. Y yo diría que estos chanchullos empiezan a ser tediosos, Luc. Esta horrible casaca que llevas es un chiste. Y la pequeña carrera que representamos ayer en el parque para escandalizar a los transeúntes me costó cincuenta guineas.

—Luc te las devolverá —le aseguró Cam.

—¡No las pienso aceptar! Las ganó justamente galopando por Rotten Row como si le persiguiera el diablo.

—Hay que hacer lo que sea por el espectáculo —afirmó Cam, sacándose del bolsillo una hoja de periódico—. Tal como esperábamos, aparece en la columna de habladurías de hoy. Cito: «¿Las distracciones y la falta de luto por su tío que demuestra lord Westfall son fruto de la frustración que debe sentir debido a que cada vez está más lejos del título ducal?» O…

—Idiotas —le espetó Luc.

Cam observó con despreocupación a los espectadores del teatro.

—Pero ¿qué otra cosa propones, primo? ¿Quieres colarte en su casa y registrar sus documentos en busca de alguna prueba que demuestre que intentó matarte?

—No es mala idea, aunque es completamente ilegal, claro.

Tony bajó la petaca y se limpió los bigotes con un pañuelo con mucho cuidado.

—Anthony, a veces eres un perfecto imbécil. Es un milagro que la Marina Real te permita siquiera capitanear un bote de remos.

—Servicio excepcional al rey. —Tony se señaló los galones y las medallas que llevaba prendidas al pecho—. Orden de Garter y todo eso.

—Que Dios ayude a nuestro imperio —murmuró Cam—. ¿Sabes algo de tu hermano, Lucien?

—Nada. Pero tengo motivos para pensar que viajó en barco desde Francia hace quince días. El hombre que tengo en Calais...

Le falló la lengua.

En la otra punta del teatro vio a un hombre esbelto con el rostro delgado. Vestía una capa de terciopelo azul extendida dramáticamente sobre una casaca negra, la corbata y los calzones hasta la rodilla, todo de color negro. Miró fijamente a Luc. Lo observó a conciencia y entornó los ojos.

A Luc se le pusieron las manos frías y pegajosas. Absalom Fletcher tenía las sienes cubiertas por sendas tiras plateadas, cosa que enfatizaba su imagen de austera y sofisticada sobriedad. Pero, por lo demás, era el mismo bastardo piadoso y santurrón que Luc había visto doce años atrás.

Aquella ocasión fue a buscarlo para preguntarle adónde se había marchado Christos. Todavía no era obispo, pero se esforzaba con diligencia estableciendo conexiones en el Parlamento y en la corte. Y el sacerdote negó saber nada del paradero del chico. Le recomendó a Luc que volviera a llevar a su hermano a su casa de Richmond cuando lo encontrara, donde cuidarían de Christos como se debía cuidar de una persona propensa a sufrir ataques de histeria.

Si Luc hubiera tenido una espada en ese momento lo habría matado. Fletcher nunca había admitido haber hecho nada malo. Decía que él se había preocupado por ellos con humildad, y les había enseñado disciplina y la fortaleza interior que necesitaban para ser hombres de carácter en el mundo. Como no tenía ninguna arma, Luc le escupió en lugar de asesinarlo.

Entonces compró una comisión en la marina.

Era la elección más evidente. Christos había huido a Francia, estaba lejos de su protección y la guerra avanzaba con rabia. Así que Luc se marchó al único lugar donde —ya de niño— podía escapar de Fletcher.

Al reverendo Absalom Fletcher le ocurría lo mismo que a su mujer, le aterrorizaba el mar abierto. No sabía nadar.

De repente Luc ya no veía el drama que se estaba representando en el escenario del piso de abajo, ni tampoco escuchaba a los demás espectadores riéndose con nerviosismo de su falta de respeto hacia el luto. Sólo sentía el ardor de sus entrañas. Pero cuando llegó el descanso del espectáculo, se limitó a reclinarse en la butaca como si sólo estuviera disfrutando de la compañía de sus amigos, y aguardó.

Fletcher no le hizo esperar mucho. Pocos minutos después, recorrió el teatro con austeridad hasta el palco de Luc.

—Lucien, qué sorpresa más agradable. —Su voz era el mismo ronroneo urbano de veinte años atrás. Sobre su pecho descansaba una enorme cruz muy elegante que relucía con el brillo de los diamantes—. Charles. —Miró a Cam y después a Tony—. Capitán.

Ninguno de ellos lo saludó con una reverencia. Luc juró en silencio que, si Fletcher levantaba su anillo de obispo violeta para que se lo besara, le rompería todos los huesos de la mano.

Fletcher volvió a observar la ropa de Luc.

—Ya veo que no le llevas el respetuoso luto a tu tío, Lucien.

Sus ojos grises como el acero estaban cargados de censura.

—No hay duda de que ello se debe a que no le respetaba.

No pudo decir nada más. Tenía los puños apretados y la garganta apelmazada.

—Ya me han contado lo de tu carrera por el parque de ayer y que las últimas semanas no has parado de jugar.

—¿Ah, sí?

—¿No tienes ningún respeto por el dolor de tu tía o por el honor que le debes al nombre de tu familia?

—Supongo que no.

—Parece que no has cambiado nada desde que tenías dieciocho

años, Lucien. Lo lamento mucho. Pensaba que te convertirías en un hombre de carácter, pero está claro que las semillas que planté en tu juventud cayeron en suelo estéril.

Luc no podía respirar.

—Eso parece.

—Es una lástima. Tendré que aconsejar a mi hermana que se consuele retirándote el cargo de administrador de la finca mientras su hijo siga siendo menor. Un duque no puede abandonarse a los entretenimientos de los que disfrutas tú, y el niño debe tener unos tutores que le enseñen bien y administren sus tierras con sapiencia hasta que sea mayor de edad.

—Como compraste tu puesto en el episcopado, Fletcher, supongo que ahora tienes línea directa con Dios —le espetó Luc—, y ya sabrás que mi primo nonato es un niño.

El obispo no movió ni un solo músculo de la cara.

—Tengo entendido que te has casado con una sirvienta, Lucien. —Meneó la cabeza con tristeza—. Nunca fuiste tan inteligente como tu hermano. A pesar de lo débil que es, por lo menos él sí ha sabido siempre cuándo ha de mostrar un comportamiento acorde a sus intereses.

Luc lo vio todo rojo.

Fletcher miró a Cam y salió del palco.

Tony cogió a Luc del brazo y lo inmovilizó.

—Caballeros —dijo Cam—, ¿nos marchamos? Ya he tenido bastante espectáculo por esta noche, y resulta que tengo una botella de coñac que lleva nuestros nombres.

—Espero que sean dos botellas —comentó Tony—. La soprano me ha provocado un terrible dolor de cabeza durante el primer acto. Si me veo obligado a sufrir sus gritos también durante el segundo acto, creo que me quedaré sordo. Entonces tú tendrías que quedarte mudo, Charles, y los tres podríamos poner un puestecito en la feria y vender entradas.

—Yo me quedaré mudo cuando tú te deshagas de esa espada ridícula, Tony.

—Esta espada lleva en mi familia desde...

—Décadas. Sí, ya lo sabemos. Pero eso no la hace menos vulgar de lo que era el día que la forjaron.

—Todo es según el color del cristal con el que se mire, y esas cosas.

—Y hablando del tema, ¿esas patillas que llevas no están prohibidas en la marina?

—Yo tengo privilegios especiales.

—¿Privilegios especiales?

—Ya te lo he dicho, Charles: el rey, Garter, esas cosas. Tendrías que haber estado allí. La ceremonia fue increíble. Eso sí que fue un buen espectáculo.

Hablaban de tonterías para hacer menos evidente el silencio de Luc, y él les estaba agradecido.

$\mathcal{L}$uc no aceptó la invitación de Cam para beber hasta olvidar, y se marchó a casa. A Adina le faltaba poco para dar a luz y estaba encerrada en sus aposentos de Lycombe, rodeada de sirvientas y atendida por una amiga, y Luc no la había visto mucho más después de saludarla cuando llegó. El médico ducal le dijo que el niño crecía como era debido y que la duquesa estaba bien, aparte de estar un poco débil. Cuando habló con Luc en privado, le dijo que era perfectamente posible que el niño sobreviviera. La duquesa necesitaba descansar y no se la podía molestar con ningún asunto de importancia. Pero Luc no podía esperar más para hablar con ella. Tal como había imaginado, su farsa hedonista había bastado para provocar la amenaza de Fletcher: su intención de apartarlo de la administración de la propiedad y de la responsabilidad de criar al hijo de Adina —si es que era un niño— había quedado muy clara. Legalmente, el obispo no podía hacer nada para que él dejara de ser administrador de Combe: la voluntad de Theodore era inquebrantable. Pero Fletcher era el administrador principal y debía esperar sacar provecho de esa posición, y veía a Luc como un impedimento para conseguir sus fines. Quizás imaginara que, si eliminaba a Luc de la ecuación, podría controlar a Christos, tanto si era él el heredero del niño como si se convertía en duque en caso de que el bebé de la duquesa resultara ser una niña. Y entonces Fletcher se haría con el ducado de todas formas.

Según el testamento de Theodor, Adina no tenía ningún control sobre Combe ni sobre el futuro de su hijo. Y Luc no entendía por qué habría hecho eso teniendo en cuenta la devoción que su tío sentía por la joven esposa que le había conseguido su viejo amigo diecinueve años atrás.

Había llegado el momento de mantener una conversación con la futura madre.

Cuando Luc regresó a la casa, Miles le reprendió como si fuera su madre. Le quitó la casaca de los hombros y la sostuvo con el dedo pulgar y el índice.

—Quémala. El chaleco también. Y todas las ropas carnavalescas que he llevado estos últimos quince días.

—¡Gracias a Dios! —Miles dejó la casaca en el pasillo—. Entonces, ¿debo dar por supuesto que por fin os habéis encontrado con el obispo?

—Sí, pero ¿cómo sabes que…? —Negó con la cabeza—. Bedwyr.

—Su señoría creyó conveniente informarme de las causas que estaban motivando vuestras atroces decisiones respecto a la moda y a los entretenimientos a los que os dedicáis últimamente, excelencia.

—Ya me imagino.

Se puso la bata y se encaminó hacia la puerta.

—¿Esta noche será la biblioteca, excelencia? ¿O quizás el vestíbulo? He examinado a conciencia ambas estancias y creo que los sillones de la biblioteca son bastante más cómodos que…

—No me mangonees, Miles.

—Disculpe, excelencia.

—Siempre lo hago.

—Excelencia, debo informarle de que…

—Esta noche no, Miles. —Abrió la puerta más cansado de lo que había estado desde que yació tumbado en un camastro recuperándose del apuñalamiento—. Por esta noche ya he acabado.

$\mathcal{S}$e despertó empapado en sudor frío debido a una pesadilla. Estaba soñando que su hermano de seis años cabalgaba por la cima de la coli-

na de Combe y se caía por un acantilado que ni siquiera existía. Entonces aparecía una mujer en la colina que caminaba decidida hacia arriba
con el sol reflejado en su feroz melena. Luc la llamó, pero ella no le
contestó. Subía hacia la cumbre.

Cuando abrió los ojos tenía el nombre de Arabella en los labios. La
luz del sol se colaba por entre las cortinas de la biblioteca.

Cogió el vaso de coñac medio vacío que tenía en la mesita y se lo
acabó de un trago. El calor se extendió por su pecho, pero no bastó
para aliviar el dolor que sentía en el costado y en el cuello. Era evidente que Miles nunca había dormido en uno de los sillones de la
biblioteca.

Fue a su dormitorio y se puso una casaca negra, calzones negros y
una corbata negra. Su tío, que jamás se creyó lo que él le había contado
sobre Fletcher, no se lo merecía, pero el nombre de Lycombe y su
comtesse sí.

Miles se paseaba a su alrededor con aire afeminado y evidentes
ganas de hablar. Pero ya hacía muchos años que Luc le advirtió que si
alguna vez le dirigía la palabra antes del desayuno lo lanzaría al océano
atado al cañón de treinta y dos libras del *Victory*.

Los sirvientes que aguardaban en el comedor del desayuno parecían estar especialmente alerta. Luc no los conocía, todos eran emplea-
dos de Adina, y él sólo llevaba quince días en la casa. Pero cada vez que
levantaba los ojos del periódico o del desayuno, los sorprendía mirándolo con brillo en los ojos.

La atención que demostraban le cortó el apetito. Apartó el plato y
subió a las dependencias de Adina.

Su salón rebosaba tonos dorados y amarillos, estaba lleno de almohadones de satén y encaje, y delicadas fruslerías de porcelana, y olía
mucho a perfume floral. Y en medio de ese goloso exceso de abundancia femenina, como si fuera una flexible vela de ébano iluminada por la
llama más pura, estaba su mujer.

15

Secretos

Arabella se levantó, se alisó la falda negra y luchó contra los deseos encontrados de lanzarse a los brazos de Luc como una meretriz o permanecer distante y fría como una *comtesse*. Parecía cansado, tenía la cicatriz más tensa de lo normal y su piel se veía pálida. Era el aspecto de un hombre disoluto, si era cierto todo lo que le había contado la amiga de Adina.

Cuando no estaba con la duquesa, la señora Baxter pasaba el rato de salón en salón enterándose de los *on dits* más jugosos. Según los rumores, el nuevo duque llevaba quince días de juerga en la ciudad, jugando y siempre de jolgorio, y básicamente deshonrando el nombre de Lycombe. Y era tan impropio del hombre que conocía ella que no se lo había creído.

Sin embargo, no parecía alegrarse de verla.

Le hizo una reverencia y le dijo con elegancia:

—Menuda belleza angelical me he encontrado. Aunque quizás esto no sea la Tierra. Tal vez ayer por la noche muriera mientras dormía y ahora esté en el cielo.

La miró y frunció el ceño.

—Lucien, qué detalle que hayas venido a verme —balbuceó Adina, tendiéndole la mano para que se la besara.

Luc se inclinó sobre ella y luego saludó a la señora Baxter con una inclinación de cabeza. La mujer batió las pestañas por lo menos veinte veces mientras decía la palabra «*commmte*» como si no soportara no infundirle algo de énfasis.

Arabella se sintió en la obligación de ofrecerle la mano ella también. La mano de Luc era cálida y fuerte, y ella le había añorado tanto que al verlo volvía a sentirse viva. Cuando le posó los labios sobre los nudillos, se le encogieron los dedos de los pies.

—*Comtesse* —dijo.

Ella le hizo una reverencia.

—Milord.

No le tembló la voz. Un pequeño triunfo. Podía controlar la situación. Tenía cosas más importantes en las que pensar que en su estúpido y femenino corazón, que quería suplicar a ese hombre que la quisiera, o en su cuerpo, que recordaba de un modo tan tangible lo que él le había hecho cuando la había tocado la última vez.

Él la soltó y ella recuperó parte de la compostura que tanto había practicado hasta que conoció a Luc Westfall y lo echó todo a perder. Sabía que debía seguir enfadada y dolida, y que tenía que esforzarse en defender los muros que había construido alrededor de su corazón. Pero ya hacía mucho tiempo que esos muros se habían derrumbado. Ya sólo podía ponerse en pie sobre sus ruinas y esperar que el invasor tuviera piedad de ella.

—Qué encantador —canturreó Adina—. Poder presenciar el reencuentro de una pareja enamorada. —Suspiró y luego abrió como platos sus ojos brillantes—. Vaya, Arabella, todavía no te he preguntado cómo os enamorasteis Luc y tú. Tu belleza habla por sí misma, claro, y todos sabemos que los caballeros valoran eso por encima de cualquier otra virtud femenina, ¿verdad?

Asintió con sabiduría y la señora Baxter hizo lo mismo.

—Está usted en lo cierto —dijo Luc—. Los hombres son muy estúpidos cuando se trata de mujeres atractivas.

A Arabella se le encogió el corazón. Él no podía haberlo dicho con intención de ser cruel. Pero estaba apretando los dientes.

—Adina —dijo—. Me gustaría hablar contigo cuando te vaya bien. Aunque antes quiero disfrutar de un momento a solas con mi esposa.

Adina esbozó una brillante sonrisa.

—Claro, Lucien —dijo, y le hizo señas en dirección a la puerta—. Llévate a esta preciosa dama y bésala en condiciones. No quiero que nadie diga que me he interpuesto en el camino del amor.

Se rió con suavidad y alegría. La señora Baxter soltó una risita.

Arabella sintió vergüenza ajena de aquellas dos mujeres de casi cuarenta años que se comportaban como estúpidas niñas de quince. Pero ella era igual de culpable por desear los besos de un hombre que la tenía obsesionada desde hacía meses y que le había hecho olvidar sus planes para lograr casarse con un príncipe, a pesar de la despreocupación y la deshonrosa forma con la que la había tratado.

Luc le hizo un gesto para que saliera delante de él. Ya en el pasillo, la recta espalda de Joseph se puso todavía más tiesa cuando pasaron.

—¡Capitán!

—Descanse, señor Porter.

Luc abrió otra puerta y la hizo pasar de nuevo. Era un salón amueblado según los dictados de la moda y sin tener en cuenta la comodidad. Arabella se detuvo en medio de la estancia, pero no se sentó.

Él cerró la puerta y caminó hacia ella hasta que estuvo muy cerca.

—Te dije que regresaría a Combe y te traería a Londres yo mismo.

Ella entrelazó las manos.

—Vaya. Ya veo que has aprendido a saludar de una forma tan desagradable como yo.

Luc no sonrió.

—¿Por qué has venido?

—Para planear la boda para la que me diste carta blanca, si lo recuerdas. Y para compartir contigo alguna información que he averiguado y que no me ha parecido seguro transmitirte por escrito.

Luc frunció el ceño.

—¿Información?

—El hijo de Adina no es de tu tío.

Abrió los ojos como platos.

—¿Te lo ha dicho ella?

—No. Lo he averiguado hablando con la señora Pickett, y me lo han confirmado casi todos los demás habitantes de la casa.

—¿Se lo has preguntado?

—Pues claro. Primero me dirigí a los sirvientes de la casa y les pregunté por la verdadera identidad del bebé que hay en el útero de la duquesa. Luego hice la ronda y seguí con los jardineros y los mozos del establo. Y luego se lo pregunté a...

Luc levantó la mano como si fuera a cogerla del brazo, y luego la dejó caer.

—¿Y cómo lo averiguaste?

—Gracias a una compleja operación de sumas y restas. Verás, yo antes era institutriz, y mis matemáticas son especialmente buenas. Ya sé que a un hombre de educación universitaria como tú le parecerá sorprendente, pero sé contar hasta más de nueve. A veces resulta muy útil tener tales conocimientos.

Luc volvió a levantar la mano, en esa ocasión para frotarse la cicatriz que asomaba por debajo del rizo de pelo negro que se descolgaba por su frente. Pero Arabella vio cómo se le arrugaba la frente.

—Después de que te marcharas de Combe de repente, sin avisar ni dar ninguna explicación…

—Te escribí un mensaje.

—… me entretuve visitando a las familias de arrendatarios…

—Como la duquesa que estás tan preparada para ser.

Arabella sintió un revoloteo de mariposas en el estómago.

—Todo el mundo parecía ansioso por dejarme bien claro que Adina no había vuelto a la casa desde que empezó la hambruna, y que, durante ese tiempo, el viejo duque estaba demasiado enfermo para salir de Combe. Luc, querían que yo supiera que el bebé no es de Theodore.

—Eso no es prueba suficiente.

—¿A qué te refieres? Cientos de personas están seguras, incluyendo al ama de…

—Es la palabra de Adina contra la de toda esa gente, y la palabra de Adina tiene más valor. —Negó con la cabeza—. Me temo que así es como son las cosas en el mundo de los licenciosos nobles, pequeña institutriz.

Arabella se mordió el labio. Luc posó la mirada sobre su boca.

Ella se armó de valor.

—Y hablando de comportamientos licenciosos, la señora Baxter ha oído rumores muy sorprendentes sobre ti, lord Bedwyr y el capitán Masinter.

—¿Ah, sí? Me preguntó qué habrá oído.

—Juego. Bebida. Juergas. —Se detuvo con la respiración entrecortada—. Mujerzuelas. Ya sabes, lo habitual.

—Lo habitual, ¿eh?

—Para algunos hombres. —De repente su intenso escrutinio la ponía nerviosa—. Me siento como si volviéramos a estar en la cubierta de tu barco —susurró.

—¿Porque tienes ganas de aferrarte a la barandilla?

—Porque me estás mirando como lo hacías entonces. —Intentó ponerse recta—. ¿Por qué?

—Puede que sea porque me siento como me sentía entonces —dijo con una extraña voz grave—. Como si un precioso misterio envuelto en modestia santurrona y una imprudente valentía decidida, hubiera aterrizado delante de mí y no supiera muy bien qué hacer con ella.

A Arabella se le apelmazó la garganta.

—Podrías…

Se abrió la puerta.

«Besarla.»

—¿Milord? Oh. Discúlpeme, milady. —El mayordomo hizo una reverencia—. Joseph me dijo que lo encontraría aquí, milord. Acaba de llegar el carruaje del capitán Masinter. Le espera en la calle.

—Gracias, Simpson. Bajaré enseguida.

El mayordomo se retiró.

—Bueno, ahí lo tienes —dijo con despreocupación. Había desaparecido la intensidad de su mirada—. Por lo visto me espera un poco más de juerga, y eso que sólo son las once de la mañana. Pero así es la vida de un hedonista en la ciudad.

Se separó de ella.

—No puedes hablar en serio —dijo ella a su espalda.

—Pues claro que no —le dijo con la mano en la manecilla de la puerta y la cabeza inclinada—. Pero no tengo nada más que decir, Arabella. Así que eso debería bastarte.

A ella se le encogió el estómago.

—No me basta. Pero supongo que no tengo elección. Luc, ¿por qué me pusiste guardias en Combe? ¿Es que no confías en mí?

—Sí que confío en ti —le aseguró.

—Eleanor pensaba que les habías pedido a Joseph y a Claude que me protegieran.

Luc guardó silencio por un momento.

—¿Y la creíste?

—No lo sé. ¿De qué necesito que me protejas?

«De su absurdo corazón y de la indiferencia que Luc demostraba por él.»

—Esta noche tendremos invitados —se limitó a decir—. Nada inapropiado durante el luto. Sólo invitaré a algunos amigos íntimos para anunciarles que has llegado a la ciudad.

—Yo...

—El ama de llaves se ocupará de los preparativos. Tú no tienes que hacer nada, excepto vestirte para la ocasión. —La miró por encima del hombro—. Déjate el pelo suelto, por favor.

—Estoy de luto. Y soy una mujer casada. No parece apropiado que...

—Déjatelo suelto, Arabella.

Se marchó.

*A*quella tarde pasó varias horas encerrada con Adina y la señora Baxter, que se tomaron la planificación de la boda con gran entusiasmo. La emoción tiñó las pálidas mejillas de Adina de un bonito tono sonrosado. Cuando la conversación se convirtió en un debate sobre qué florista podría proporcionarles las rosas más frescas en noviembre, y se pusieron a hablar de que el río no olería especialmente mal en esa época del año, por lo que no era necesario que compraran ramilletes, Arabella fue a vestirse.

Había dejado marchar a su doncella y estaba sentada al tocador pensando en el escote y la cantidad de piel de los brazos que dejaba entrever el vestido negro. Entonces entró Luc.

—Ah, la dama en su tocador. La mayor fantasía de un hombre y una pesadilla al mismo tiempo.

Arabella intentó respirar con tranquilidad cuando se le acercó por detrás y le miró a través del espejo. Él también vestía de negro, y el pañuelo que llevaba anudado en la frente era una mera extensión de su belleza prohibida.

—¿Pesadilla?

—Las decisiones femeninas siempre lo son. Por ejemplo, qué joyas ponerse.

—No tengo ninguna…

Luc se sacó una caja de la casaca y la abrió. Dos hileras de gemas carmesíes brillaban agrupadas en minúsculos ramilletes dorados.

—He pensado que como estás acostumbrada a llevar rubíes y oro no rechazarías este regalo.

—Son preciosos, Luc.

—Los imaginaba brillando en tu pelo. —Le apartó un mechón de la frente. Luego le cogió la melena y se la apartó de los hombros—. Esta noche no llevas el anillo —dijo; era la primera vez que le pedía que no llevara ese anillo.

—Yo… No. —Puede que si se lo contara no se enfadara. Pero tenía miedo—. Gracias. Eres muy generoso.

Luc dejó la caja en la mesa, sacó uno de los pendientes y se lo puso.

—Una mujer guapa no necesita adornos. Pero un hombre orgulloso se los regala de todos modos.

Arabella dejó que le pusiera el otro pendiente y luego volvió la cabeza para mirar cómo brillaban las gemas a la luz de las velas. Luc levantó la mano y le acarició la mejilla con suavidad, luego siguió por el cuello y el hombro. Ella suspiró y sus pechos se pegaron al corsé, hinchados, redondos y sensibles al eco de su caricia. Arabella quería que la tocara y confiara en ella, y que le diera motivos para que ella también pudiera confiar en él.

Uno de los dos tenía que empezar.

—Hace muchos años nos dijeron a mis hermanas y a mí que el legítimo propietario de este anillo conocía a nuestros verdaderos padres. Nos dijeron que ese hombre era un príncipe.

Luc detuvo sus caricias.

—¿Reiner?

Ella lo miró a través del espejo.

—No sabemos quién es, sólo sabemos que no reconocerá el anillo a menos que una de nosotras se case con él.

Dejó de tocarla y se llevó la mano al pañuelo del cuello. Luc se miró en el espejo y se reajustó un poco la tela.

—Eso suena a algún cuento gitano.

—Crees que soy una tonta. Y tienes razón, porque fui lo bastante ingenua como para creérmelo. Pero tenía muchas ganas de conocer a mi padre. Y quería saber si mi madre era la clase de mujer que afirmaba el reverendo Caulfield, la clase de mujer capaz de abandonarnos de esa forma. Quería saber si era una prostituta. —Se dio media vuelta para mirarlo directamente—. ¿Me crees? ¿Crees lo que te he contado sobre el anillo?

—¿Por qué no iba a hacerlo?

No era una afirmación. Se lo estaba preguntando.

En ese momento podría haberle suplicado que creyera en su fidelidad. Podría haber insistido en que ella jamás se llevaría a un hombre a su cama como había hecho Adina, quizá como hizo su madre hacía mucho tiempo… Tal vez por eso tuvo tres hijas tan diferentes entre sí; pensar que compartían el mismo padre era una ingenuidad. Le podría haber dicho que no tenía por qué esconderla en el campo y hacer que sus guardias siguieran todos sus movimientos, porque ella nunca le sería infiel.

Pero ella ya le había contado su historia y él seguía ocultándole secretos.

Arabella cogió un chal negro de encaje y se encaminó hacia la puerta.

—Nuestros invitados están a punto de llegar. No quiero llegar tarde.

Se volvió y por un momento le pareció ver una sombra de desolación en su rostro destrozado. Pero enseguida desapareció. Era muy posible que sólo se lo hubiera imaginado.

Esperó a que se acercara a la puerta y se la abriera, y bajó las escaleras cogida de su brazo: el *comte* y la *comtesse* de Rallis apareciendo ante los ojos del mundo como si se entendieran a la perfección.

*D*espués de la cena, un lujoso evento junto a una docena de parientes con una chispeante conversación y muchas risas, los caballeros se retiraron a jugar a las cartas. Cuando se quedó a solas con las damas, Arabella se enfrentó al tortuoso camino entre su pasado de institutriz y su nueva posición de *comtesse* con cada frase que decía. Pero sus invitados eran personas sofisticadas que sentían afecto por Luc, y la aceptación del capitán Masinter y lord Bedwyr lo hacía todo mucho más natural.

Entonces subió la escalera en dirección a su dormitorio pasada la medianoche y completamente exhausta. Luc no fue a su cama. Mientras estaba despierta tendida en ella, lo oyó salir de su dormitorio y bajar las escaleras, pero no regresó.

Después de desayunar, Adina, tumbada sobre unos almohadones y con la barriga sobresaliendo de su delgado cuerpo, le hizo un gesto con la mano para rechazar la ayuda que le ofreció con los preparativos de la boda. La señora Baxter se puso a abrir las respuestas a las invitaciones de boda y anotaba los nombres en la interminable lista de invitados. Arabella las dejó disfrutar de los preparativos.

Joseph volvía a estar a su lado, cosa que debía significar que Luc no estaba en la casa. Arabella fue hacia la parte delantera de la casa acompañada de su corpulento lacayo y empezó a explorar las habitaciones. Cuando llegó a una estancia de tamaño modesto amueblada con un escritorio, dos sillas y un aparador en el que había gran variedad de botellas y vasos, se apartó de la puerta. Luego se detuvo y volvió a entrar, cerrándole la puerta al guardia en las narices con una sonrisa en los labios.

Estaba nerviosa, le dolía la cabeza y tenía el estómago revuelto. Un trago de coñac parecía lo más adecuado para acallar su agitación. Cuando Luc le permitiera volver a verlo, estaría tranquila y fuerte, y no dejaría que sus provocaciones y sus secretos le hicieran daño.

Destapó una botella, olió su contenido y se le llenaron los ojos de lágrimas y empezó a toser.

Coñac.

Cogió un vaso, vertió un dedo y luego se acercó a un sillón y se sentó. Sonrió al pensar en el lujo de no tener otra cosa que hacer a las once de la mañana que sentarse a beber en un sillón.

Todavía estaba sonriendo cuando miró los documentos que había amontonados en tres pulcras pilas delante de ella. Dejó el vaso y cogió el papel que había en el montón del centro del secante.

Respecto a su intención de solicitar el divorcio al Parlamento, debe presentar una lista completa y detallada de las infidelidades de su mujer, incluyendo fechas, lugares, nombres y todos los testigos posibles. Para establecer su verdadera e innegable infidelidad en una vista de esta clase, debe estar dispuesto a exponerla por completo, incluyendo cualquier factor familiar y de su juventud que puedan proporcionar bases para la difamación. No existe ninguna forma fácil de hacer esto, y aunque soy consciente de que un hombre de su carácter se sentirá reacio a exponer a su familia a esta censura pública, estos son los pasos que deben tomarse para asegurar el resultado deseado.

Era evidente que era el borrador de una carta. Había manchas en las zonas en las que el autor había vuelto a mojar la pluma en la tinta, y estaba llena de palabras tachadas y corregidas en los márgenes. Pero a Arabella se le revolvió el estómago de todos modos.

«Tiene que ser un error.» ¿Una broma tal vez? Luc no insistiría en que se casara con él para después divorciarse inmediatamente.

Y, sin embargo, le escondía cosas.

Se acercó al montón de papeles y los fue apartando después de leer su contenido con desesperación. Al final sus ojos se posaron en una carta escrita por la misma mano, era otro borrador, pero en esa ocasión el autor de la misiva había firmado.

La dama por la que os habéis interesado es la señorita Caroline Gardiner, la hija mayor de lord Harold Gardiner y lady Frances Gardiner. Es un título nuevo, su propiedad está a ochenta kilómetros al norte de Combe y es próspera. A la señorita Gardiner le corresponderán quince mil libras de dote, además de derechos sobre la producción del molino de Gardiner. Aparte de las condiciones de matrimonio, también hay que considerar las posibles inversiones que se pueden hacer en las minas que se encuentran en las tierras de lord Gardiner. Pero mi opinión es que la asignación de la dama es más que suficiente para revitalizar la finca, y deja un amplio margen para futuros proyectos o para que lo gaste como mejor convenga en sus propiedades del norte y de Francia.

Si me permite, también quiero señalarle una ventaja adicional: la chica es muy guapa y acaba de salir de la escuela. Como no hace mucho que sus padres son miembros de la sociedad, no conocen las exigencias que podrían disuadir el matrimonio. En realidad, sé de buena tinta que estarían más que dispuestos a aliar su familia con la de Combe.

Esperaré sus instrucciones antes de redactar una oferta oficial.

Atentamente
Thomas Robert Jonas Firth.

¿Una heredera?

Arabella estaba muy mareada. Dejó la carta sobre la pila e intentó respirar. Estaba convencida de que pronto sucumbiría a una gran tristeza, pero de momento sólo sentía una náusea fría y metálica y una enorme confusión.

Luc había insistido en que se casara con él. Había insistido. Luego se negó a concederle una anulación. Después le pidió que se casara con él —por segunda vez—, y no sólo para cumplir con los requisitos de la Iglesia, sino celebrando una boda que ella debía planificar a su gusto.

No tenía sentido. Excepto por el hecho de que a Combe le vendrían muy bien las quince mil libras que entrarían en sus arcas. Con ese dinero los arrendatarios volverían a ser felices enseguida.

Los arrendatarios que Luc había querido que ella conociera.

Se llevó una mano temblorosa a la cara. ¿Qué clase de juego era aquel?

De repente no podía seguir sentada ni un segundo más. Se levantó del sillón. Le daba vueltas la cabeza y tenía el estómago revuelto. Se cogió de la mesa y se acabó el coñac.

Se dejó caer en el sillón, se llevó las manos a la tripa y luego al pecho. Tenía los pezones sensibles y la tripa un poco más redondeada. El generoso escote que había lucido la noche anterior no era cosa del vestido. Era el hijo de Luc creciendo en su interior.

Sonrió. Luego se rió. Y entonces lloró.

Después se limpió las lágrimas y se dirigió hacia la puerta.

No pensaba liberarlo de su compromiso. A pesar de las cartas de su secretario y de su continua distancia, no creía que él quisiera deshacerse de ella. Le daría el heredero que necesitaba y tendría unos brillantes ojos verdes. Y le ayudaría a solucionar la pobreza de sus arrendatarios.

Armada de un valor incierto, la primera cosa que debía hacer era pedir que llamaran a la modista. Se iba a casar —de nuevo— dentro de diez días. Necesitaba un vestido de novia.

16

La boda

—*D*ebe de ser agradable estar a punto de convertirse en duque, querido amigo Luc. —El capitán del *Victory* de su Majestad Anthony Masinter, estaba al timón del buque de guerra de ciento veintidós cañones y observaba sus dominios—. Le pides a la Marina Real que haga subir este barco por el río, y al almirante le falta tiempo para decirte que sí.

El barco, adornado con guirnaldas y flores blancas, faroles de papel y lleno de sirvientes corriendo de arriba abajo, era todo un elegante festival que cruzaba el Támesis. Adina Westfall era una mujer muy tonta, pero conocía muy bien la clase de pompa que atendía a esa clase de bodas. Todo era muy festivo.

Excepto su novia.

Cuanto más se acercaba el día, más distante estaba. Aducía hercúleas tareas que todavía le quedaban por completar, y cenaba en compañía de Adina y la señora Baxter, y pasaba la mayor parte del día reunida con carreteros, floristas y personas así. Luc visitaba su club y se volvió a reunir con Firth, e intentaba no morirse de ganas de mirarla cuando pasaba junto a él. Para saciar su patética necesidad de sentarse en la misma habitación que ella durante un rato, visitó los aposentos de Adina. Arabella no estaba, pero Adina se mostró muy locuaz.

—Oh, Luc, serás un espléndido tutor para mi bebé, sea niño o niña —comentó con efusividad—. Estoy encantada de que mi querido Theodore lo dispusiera así.

No era lo bastante inteligente como para ser una buena actriz, y Luc la creía. Fletcher todavía no había hablado con ella. O bien sus amenazas eran pura fachada, o bien no quería preocuparla hasta que el bebé hubiera nacido.

Parsons le envió una carta en la que le explicaba que varios de los arrendatarios querían reunirse con él cuando regresara a Combe. El administrador le preguntaba cuánto tiempo estaría de luna de miel. Luc no podía darle una respuesta.

Le mandó una nota a su *comtesse*, que vivía en la misma casa. Hacía seis años que era capitán de uno de los mejores barcos de la marina, y se sentía como un imbécil por no ser capaz de llamar la atención de su mujer.

Cuando Miles le puso la casaca sobre los hombros —una casaca que sin duda llevaría mientras cenaba solo—, Arabella asomó la cabeza por la puerta de su vestidor. Llevaba un sencillo vestido negro que trepaba por su cuello y se había recogido la preciosa melena en dos trenzas que le colgaban sobre los hombros. Tenía pelo de valquiria. En realidad parecía una chica que estudiaba para ser institutriz. Una combinación de ambas cosas. Ni en las manos, ni en las orejas, ni en el cuello llevaba joyas o lazos, y el bulto del anillo de rubíes ya no estaba. Tenía las mejillas sonrosadas y los labios separados.

—¿Querías verme?

«De todas las formas posibles a todas las horas de cada día.»

A Luc se le secó la boca.

Le hizo un gesto a Miles para indicarle que saliera de la habitación y se acercó a ella.

—Sí.

Arabella tenía la barbilla levantada. Pero no pudo resistirse a tocarla. Cogió la punta de una de las trenzas con los dedos y acarició el pelo satinado.

—Hoy he recordado que las parejas recién casadas suelen irse de viaje después de la boda —dijo sintiéndose ridículamente torpe y con una extraña sensación de rigidez en la lengua. Bajó la mirada y observó los feroces mechones de pelo sobre la palma de su mano—. ¿Te gustaría?

—Pero en realidad no seremos recién casados —le contestó ella—.

Y teniendo en cuenta que no hace mucho que hemos hecho un viaje, no veo por qué deberíamos ceñirnos a esa convención.

Luc dejó que la trenza resbalara por entre sus dedos. Entrelazó las manos a su espalda y la miró a los ojos.

A ella el corazón le dio un brinco. Por un momento él vio suavidad en la mirada de Arabella, y la luz que brillaba en sus ojos parecía buscar algo. Luego se volvieron a apagar.

Precisamente esa forma que tenía de encerrarse en sí misma era lo que hacía que él no fuera a buscarla a su cama por las noches. Sabía que podría reclamarle sus derechos como marido y ella aceptaría, era una mujer apasionada. Pero no podía utilizarla de esa forma. Ella merecía más, no podía tratarla como si fuera su amante. Arabella merecía que la trataran como la princesa que un día soñó que sería.

Pero no sabía cuánto tiempo más aguantaría. La semana que había pasado ya le parecía un milenio. Si la vida a su lado iba a pasar así de despacio, muriendo de deseo por ella sin poder tenerla, hubiera sido preferible morir en aquella playa de Saint-Nazaire.

Pero mientras miraba su precioso rostro y veía esa combinación de reticencia y adorable determinación, no podía desear tal cosa de verdad. Incluso aquellos breves momentos en su compañía eran mejores que una vida sin ella. Por lo visto su locura ya era completa.

—¿Y tú? —preguntó ella.

—¿Yo?

Se aferró a las hebras de razón que, como siempre, se desenredaban en su presencia.

—¿Que si tú crees que deberíamos ceñirnos a esa convención?

Luc se rascó la nuca como si lo estuviera pensando. Intentaba ganar tiempo. El tema estaba a punto de decidirse, su conversación se terminaría, y ella se marcharía.

—Nunca me han gustado mucho las convenciones —confesó—. Tendrás que disculparme por ello, pequeña institutriz. Sé que te has dedicado bastante tiempo a enseñar modales convencionales.

—Eso lo hice con las chicas que no poseían ninguna chispa de originalidad natural. Pero a las que tenían un espíritu único, las animaba a…

—¿Las animabas?

—Las animaba a perseguir sus sueños de la forma más beneficiosa para sus intereses.

A Luc le empezó a doler el pecho. Ella había intentado seguir su sueño y él la había atrapado a un paso de conseguirlo.

—Supongo que no les aconsejabas lo mismo a sus madres.

No sabía cómo había conseguido sonreír.

—No exactamente. —Sus perfectos labios de fresa esbozaron una sonrisa—. Pero una acaba aprendiendo a dar cierta versión de la verdad cuando no está en una posición… —tragó saliva— envidiable. —Inspiró hondo—. Debería irme. Esta tarde todavía me quedan cien cosas por hacer. —Se había puesto nerviosa—. ¿Eso era todo lo que querías decirme?

—Sí —mintió.

Arabella se fue y él se quedó allí de pie un buen rato después de que se marchara. El corazón le latía despacio y con fuerza.

Llevaba dos días sin verla. Y estaba a punto de casarse con ella por segunda vez, en esa ocasión con el beneplácito de la Iglesia de Inglaterra.

—Después de haber capitaneado este barco durante seis años en la guerra —le dijo a Tony—, no hay que ser ni baronet para que te concedan privilegios especiales.

Su amigo resopló.

Luc observaba desde el alcázar cómo llegaban los invitados de la boda y se subían a la embarcación cruzando el puente flotante que habían construido desde la orilla del río hasta el barco.

Entonces el corazón le dio un brinco. Arabella avanzaba con cuidado del brazo de su primo. Cruzó el puente en dirección a la cubierta con la cabeza alta y los hombros rectos. No demostró ni un ápice de miedo cuando embarcó. Se había hecho un semirrecogido y su melena se descolgaba en una cascada de tirabuzones. Llevaba un vestido de color rosa pálido que dejaba su cuello y sus hombros al descubierto y ofrecía una hipnótica visión de la belleza femenina que había debajo.

Pasó por debajo del toldo blanco erigido sobre la plancha de la mano de Cam y subió a cubierta.

Luc se inclinó hacia delante.

—Mira, querida —dijo su primo—, aquí está tu novio.

Arabella levantó la mano, la posó sobre la cara de Cam y le dio un beso en la mejilla.

—Gracias, milord.

A Luc le ardió la garganta.

Cam le hizo una elegante reverencia.

—Ha sido un placer facilitar vuestra boda. Otra vez.

Luc la cogió de la mano y tiró de ella hacia él. Ella levantó las pestañas, los acianos estaban iluminados.

—Esfúmate, Cam.

—Muy bonito, Lucien. ¿Tienes los anillos?

—Los tiene el sacristán en la iglesia. —No dejó de mirarla—. Ahora vete.

—Ah, el impaciente novio. Parece que esa escurridiza criatura existe después de todo. Fascinante. Enhorabuena, querida.

Sonrió a Arabella y se marchó.

—Ha sido muy amable y me ha ayudado a subir al barco —dijo ella con una pequeña sonrisa.

—Aprovecharía cualquier oportunidad para tocar a una mujer guapa.

—¿Y tú, milord? —le preguntó Arabella con esa sinceridad que le había encandilado desde el primer día.

—Yo sólo quiero tocar a una mujer.

La intranquilidad asomó a los acianos.

—Espero que esa mujer a la que te refieres sea yo.

—En realidad, ya hace bastante tiempo que eso es así. —Intentaba hablar con relajación, pero mucho temía que parecía tan bufón como se sentía—. ¿Estás bien?

Arabella asintió, pero los pequeños temblores de su cabeza dejaban entrever que no había superado su miedo, sólo había conseguido esconderlo con gran esfuerzo.

—¿Por qué hiciste esto, Arabella? ¿Por qué elegiste un barco si te da tanto miedo el agua?

—No tengo riqueza…

—Tienes la mía.

—Riqueza propia. —Siguió levantando la barbilla—. Quería hacerte un regalo de boda. Quería complacerte como… Como no lo había hecho antes.

—Duquesa, si no lo hubieras hecho ya, ¿crees que estaría aquí ahora?

Ella flexionó las rodillas con la misma elegancia que un cisne agachando el cuello.

—Es un honor, milord.

—Arabella tengo…

Entonces Luc vio una figura vestida de negro subiendo a la cubierta. Fletcher miró a izquierda y derecha y se agarró a la barandilla con fingida despreocupación, pero tenía los nudillos blancos.

Luc se quedó sin respiración.

—¿Has invitado a ese hombre?

Ella se volvió.

—¿A cuál?

—El que lleva una cruz de oro colgada del cuello.

Arabella lo miró a la cara.

—¿Quién es, Luc?

—El obispo de Barris. Absalom Fletcher.

—No vi la lista de invitados final. Adina la supervisó. Pero no es de extrañar que haya invitado a su hermano. —Lo cogió de la mano—. Lo siento, Luc. ¿Quieres que le pida que se marche? Adina no vendrá, claro, y no veo ningún motivo por el que tenga que estar aquí si no te complace.

Luc miró sus grandes y compasivos ojos y quiso que lo supiera todo. Ella había cuidado de los hijos de otra mujer y se aseguró de que estuvieran a salvo. Ella había pedido clemencia para un ladrón porque estaba muerto de hambre. Ella había intentado proteger el nombre de Lycombe del incierto pasado de su familia. Y, sin embargo, él era incapaz de decirle la verdad. No podía confesarle los vergonzosos secretos de su pasado ni los miedos que ensombrecían su presente. Debía protegerla.

Arabella entrelazó sus esbeltos dedos con los de Luc.

—No estropeará nuestra celebración —le aseguró con firmeza—. Nos limitaremos a ignorarle. Ya llevo un tiempo estudiando el arte del desaire. Según la señora Baxter, es una arma necesaria para cualquier duquesa. No veo por qué no puedo emplearla como *comtesse*.

Luc la cogió de la mano.

—Una sirena con el pelo en llamas y los ojos como acianos de verano. —El joven que estaba junto al hombro de Luc hablaba con rapidez y con un suave regusto al continente—. Mi hermano te hizo justicia, *belle enfant*.

Arabella temía estar mirándolo fijamente.

Parecía flotar sobre las puntas de sus brillantes botas mientras se apoyaba en Luc. Sus ojos verdes eran vibrantes e impacientes.

—Ahora comprendo su admiración.

Esbozó una preciosa sonrisa que le iluminó la cara.

Luc apartó la mano de la de Arabella y la posó sobre el brazo del joven.

—Has venido.

—No podía perderme la boda de mi hermano. —Rodeó a Luc y se llevó la mano de Arabella a los labios—. Christos Westfall. *Enchanté*.

—Arabella, este es mi hermano.

Luc estaba más erguido y su voz sonaba más segura.

Ella hizo una reverencia, pero Christos la urgió a levantarse. Se acercó a ella y la observó con atención.

—Luc, *elle est exquise* —dijo arrastrando las palabras. Luego se apresuró a añadir—: ¿Dónde la encontraste?

La comisura del labio de Luc se curvó hacia arriba.

—En una taberna.

—Y, sin embargo, sus huesos gritan sangre real. —Los largos dedos de Christos la cogieron de la barbilla y le inclinaron la cabeza de izquierda a derecha. Ella se lo permitió intentando sonreír y con un manojo de nervios en la tripa—. Tienes que vestirla de violeta y armiño para que pueda hacerle un retrato. Llevarás una corona, Belle. *J'insist!* Pero sin cetro. Los cetros son para reyes viejos y bigotudos, no para las princesas.

—Como tú quieras —aceptó Luc con sencillez, pero estaba mirando a su hermano con la misma intensidad con la que Christos la estudiaba a ella.

Arabella se apartó con suavidad de sus dedos.

—Estoy encantada de que hayas venido. —Se esforzaba por mantener la voz serena—. Debéis tener mucho de que hablar, y yo tengo que saludar a los invitados. Por favor, disculpadme.

Avanzó a ciegas hacia delante.

Una mano pequeña y fuerte le cogió la suya.

—¡Es exactamente igual que el duque! —susurró Ravenna.

—En cierto modo sí, aunque es más delgado y un poco menos fornido. —Eleanor apareció al otro lado de Arabella—. ¿Es su hermano, Bella?

Asintió y cogió las manos de sus hermanas.

—Quedaos conmigo, por favor. Conozco a muy pocas de las personas que están aquí, y en este momento creo que no estoy preparada del todo para ser *comtesse*.

Pero eso no era cierto. Era *comtesse* porque había sido indescriptiblemente débil, no fuerte. Y en ese momento el hombre cuya supuesta herida de muerte la había abocado al matrimonio estaba a unos metros de distancia, con aspecto de ser una persona tan correcta como cualquiera de las demás que había en aquel barco.

Saludó con elegancia a personas que no conocía, aceptó sus felicitaciones e ignoró sus miradas curiosas. Entre los invitados había elegantes condes e impresionantes ministros, duques viejos, condesas vestidas a la última moda, barones, almirantes; todos ellos con sus respectivas esposas, y Arabella conversó con todos sus invitados sin problemas. El único hombre con el que le costaba hablar estaba perdido entre la multitud con la oveja negra de su hermano, manteniendo una pose de seguridad y una sonrisa en el rostro mutilado.

Eleanor y Ravenna estaban conversando con algunos invitados. Se le aceleró la respiración. Y no fue por el agua gris del río que la rodeaba, sino por el pánico que crecía en su interior. Arabella corrió escaleras abajo.

Christos y Ravenna la encontraron allí.

—¡*Belle*! ¡Por fin te encontramos! —Christos se movía con ligereza y una gran elegancia. Era un hombre apuesto con un rostro que reflejaba todo el carácter y la intensidad que se adivinaba en el semblante de Luc, pero donde no había ni rastro de su seguridad. Se sentó a su lado y la cogió de la mano—. Tus invitados te están buscando. ¿Por qué te escondes?

—¿Te estás escondiendo, Bella?

Ravenna se puso de pie delante de ella con las manos en las caderas y una expresión preocupada en el rostro.

—No. Sí. —Miró directamente a Christos—. Tú y Luc lleváis mucho tiempo sin veros.

—Sólo media docena de meses. Pero… —Hizo un gesto con la mano para quitarle importancia— los meses y los años no importan cuando existe afinidad de espíritu y un gran afecto, *non*?

Ravenna asintió.

Arabella giró la mano dentro de la de Christos y la separó. Las palabras desesperadas que tanto tiempo llevaban atrapadas en su interior resbalaron por su lengua.

—¿Tu hermano sería capaz de divorciarse de su mujer sin informarle de sus planes?

—No el hermano que lleva varias semanas alabando a dicha esposa en sus cartas —dijo él sin vacilar.

—Encontré cartas dirigidas a él. Las había escrito su administrador. Hablaban sobre lo necesario para preparar una petición de divorcio, y acerca de una heredera cuya dote podría restaurar la fortuna de Combe.

—Oh, Bella. —Ravenna abrió sus ojos oscuros como platos—. ¿Le preguntaste a Luc por esas cartas?

—No lo hizo —dijo Christos asintiendo pensativo—. Me temo que hay mucho miedo en un amor incierto.

Ravenna levantó las cejas. Arabella no podía mirar a su hermana a la cara.

—¿Cómo se llamaba esa heredera? —preguntó Christos ladeando la cabeza.

—Señorita Gardiner.

Christos relajó la expresión y esbozó una sonrisa.

—Ah, entonces el misterio está resuelto, *ma belle*. Era mi tío quien se informó con la intención de convertirla en mi esposa.

El aire entró de golpe en los pulmones de Arabella.

—¿Tu tío? —Intentó recordar las cartas. Ninguna tenía fecha y tampoco aparecía el nombre de Luc—. ¿Cuándo te lo dijo tu tío?

—Hace un año.

—¿Y qué es eso del divorcio?

—Eso era para liberar Combe de las garras del hermano de su mujer —replicó Christos automáticamente.

Arabella se inclinó hacia delante.

—¿Qué sabes de ese tema?

—Lo que me contó mi tía hace un año cuando le hice una visita, que su hermano quería que ella se quedara en Londres mientras mi tío moría solo en Shropshire. Esa mujer es muy buena, pero tiene un alma débil. No obstante, me temo que su inocencia es perjudicial para mi hermano.

—Pero ¿qué tiene que ver una cosa con la otra? —quiso saber Ravenna.

—Ah, *mon chou* —dijo él meneando la cabeza—. Me parece que sabes poco sobre la avaricia de los hombres.

—Por suerte —contestó ella. Entornó los ojos—. ¿Qué es un *chou*?

—Una col.

A Arabella le iba la cabeza a mil por hora.

—¿Por qué no se divorció de Adina si tenía la intención de hacerlo? El hijo no es suyo.

Christos se encogió de hombros con elegancia.

—Puede que no supiera que estaba embarazada.

—Tenía que saberlo. ¿Por qué no te casaste con la señorita Gardiner?

—Ah. —Bajó la barbilla—. Aunque me gustaría mucho, me parece que el afecto y la compañía de una mujer con la que poder compartir sueños no es para mí. No soy adecuado para recibir ese regalo, *ma belle*.

No era adecuado.

—¿Christos? —Cogió su enorme y bonita mano de artista—. ¿Por qué no eres adecuado?

Él esbozó una mueca con los labios y en su boca se dibujó una onda. Luego giró sus manos entrelazadas.

—Tengo altibajos. —Se apartó la tela de encaje que le cubría los puños de la camisa. Tenía la muñeca llena de cicatrices entrecruzadas y sobrepuestas entre sí—. A veces toco fondo. Y ninguna dama merece vivir así.

Se hizo un silencio entre ellos y escucharon el movimiento de los pies sobre la cubierta, las conversaciones sofocadas de las cuatrocientas personas y las notas mudas de los violines y las flautas.

Ravenna se sentó en una silla y apoyó las manos en las rodillas.

—¿Qué podemos hacer para que puedas volver a casarte con tu duque con la cabeza libre de cargas, Bella?

—*Oui, ma belle.* Tu hermana habla con la cabeza y yo hablo con el corazón, pero te ayudaremos. Porque estoy tan seguro, como sé que soy un hombre, de que mi hermano no tiene malas intenciones contigo. Más bien al contrario.

—Me parece que alguien está extorsionando a los arrendatarios de Combe —explicó Arabella—, pero sólo me ofrecen pistas temerosas. No tengo ninguna prueba. Y creo que la persona que está detrás de todo esto es el obispo de Barris, el hermano de Adina. Y, sin embargo, no tengo muchos hechos en los que basar esa acusación.

—Excepto el odio que siente por mi hermano y su forma de manipular a mi dulce tía. Y a menos que Luc se convierta en duque, mi tío será el principal administrador de Combe.

—Pero eso no basta para demostrar un crimen —afirmó Ravenna.

—Entonces Arabella deberá encontrar alguna prueba —replicó él.

—¿Dónde?

—En sus aposentos privados.

—¿De verdad crees que un hombre que comete crímenes relacionados con miles de libras escondería las pruebas de sus fechorías en un cajón de su estudio?

—Sí. —Parpadeó con sus intensos ojos verdes—. Ya lo he visto antes. Malditos tontos. Pffff.

—¿Dónde está Barris? —preguntó Ravenna repentinamente ansiosa—. Iremos allí y…

—Barris es una isla del lejano mar del Norte, *mon chou*.

—Pero ¿él vive en Londres?

—Cuando yo era niño, tenía una casa cerca de Richmond. Mi hermano y yo estuvimos viviendo allí durante algunos años.

—Todavía tiene esa casa —explicó Arabella—. Adina lo mencionó.

—Podrías ir a hacerle una visita —sugirió Ravenna—, y cuando salga de la habitación, le registras el escritorio. Leí una novela donde el protagonista lo hacía.

—Ah, *oui*. Y el arte siempre refleja la realidad, *non, mon chou*? —preguntó levantando la ceja.

—Creo que deberías dejar de llamarme «tu col» o nuestro parentesco empezará a ser un poco incómodo.

—Pero Richmond está demasiado lejos —dijo Arabella—, y luego hay que sentarse a esperar a que salga de la casa.

Ravenna frunció los labios.

—Y estará llena de sirvientes.

—Entonces tendrás que ir cuando salga a entretenerse por Londres.

—¿Y cómo sabrá cuándo lo hará?

—¿Acaso no lo está haciendo ahora mismo justo encima de nuestras cabezas, *mon*…?

Ravenna lo fulminó con la mirada. Él se rió.

—Tal vez…

A Arabella se le aceleró el corazón. Quería ayudar a Luc. Necesitaba ayudarlo. Ese era el problema que él le estaba escondiendo. No tenía todas las piezas: no sabía por qué no quería compartirlo con ella, ni el motivo por el que la llegada de Christos le había tranquilizado tanto.

Apretó los puños.

—Se niega a dejar que le ayude a proteger a la gente de Combe.

—Ah, *ma belle* —intervino Christos—. Mi hermano siempre intenta proteger. Compartir esa carga le resulta imposible.

Arabella se levantó.

—Podría ir a casa del obispo ahora aprovechando que está aquí. Puede que no se me vuelva a presentar esta oportunidad. Mi lacayo

Joseph podría venir conmigo. Vosotros dos os quedaréis aquí e inventaréis excusas para justificar mi ausencia.

—¿De tu propia boda?

Ravenna saltó de la silla.

—Justo después. Tengo que hacerlo, Venna. Cuando llegue, los sirvientes me pedirán que espere a que regrese, luego se olvidarán de mí, y podré registrar la casa a mi antojo. —Se mordió el labio—. Espero.

—Esto parece un disparate.

—*Non*. No lo es. La casa es sencilla y está vacía. Hay pocos sitios en los que buscar. Los sirvientes son mayores y no se interesan mucho por las visitas.

—¿En la casa de un obispo?

—En su casa. —Christos se levantó como si fuera un gato; era esbelto y elegante—. Lo sé muy bien. Sólo un loco puede reconocer a otro loco.

*M*ientras Arabella estaba en la parte inferior del barco, el champán había fluido con abundancia y la conversación estaba muy animada. Igual que su imaginación. Plantearse huir a Richmond para registrar la casa de un obispo en busca de unos documentos que probablemente no existieran era una estupidez. La misma estupidez que la había conducido a un callejón oscuro de una ciudad portuaria que no conocía, y que desencadenó la serie de acontecimientos que la habían llevado hasta allí.

Siguieron allí media hora más hasta que un pequeño grupo de invitados y familiares abandonaron el barco con ella y con Luc para ir a la iglesia a celebrar la ceremonia. Luego regresarían al *Victory* para cenar, bailar y disfrutar de los fuegos artificiales. Adina no había reparado en gastos.

Arabella no podía esperar media hora. Tenía que ver a Luc. Lo buscó por entre los invitados. Estaba muy nerviosa y, por mucho que temiera su distanciamiento, sólo quería estar a solas con él.

Al principio pensaba que esos nervios eran el motivo de las peculiares miradas que le lanzaban algunos de los invitados; en especial, las damas, que se escondían debajo de sus paraguas para evitar su mirada mientras los caballeros volvían la cabeza hacia otro lado cuando ella pasaba. Pero se lo estaba imaginando todo. Nadie ignoraría a una novia el día de su boda.

Serpenteó entre la gente que aguardaba bajo el toldo principal instalado en la parte frontal del barco, y se encontró con Eleanor.

—¿Bella? —Frunció el ceño—. Tengo que decirte una cosa que me parece que no te va a resultar agradable. Pero deberías saberlo.

«Luc.»

—¿Qué pasa, Ellie?

—Acabo de escuchar un rumor muy desagradable, porque sé que es un rumor. Me lo ha contado una mujer que no creo que sepa que soy tu hermana.

—Dímelo, por favor. Rápido.

—Por lo visto, se dice que le has sido infiel al *comte*, que tienes un amante o varios, y que estás ansiosa por convertirlo en el padre de un bastardo.

Arabella se quedó sin aire en los pulmones y una oleada de calor se extendió por su cuerpo y sus mejillas.

—Es un rumor.

—Pues claro que sí. Para mí es evidente que le adoras, y aunque no fuera así, tú tienes demasiada integridad como para hacer algo semejante. —Eleanor miró a su alrededor—. Pero alguien está contando esa historia. Mira a esas dos mujeres de allí, nos miran como si fuéramos una curiosidad en una exposición.

No podía dejarse lastimar por un rumor. Ya se había mantenido firme contra la crueldad y la falta de amabilidad en muchos momentos de su vida. Lo único que la entristecía era que esa crueldad le hiciera daño a Luc.

—La mujer que me lo ha contado me ha dicho que la información debe de ser cierta porque procede de una fuente de dentro de la familia —le explicó Eleanor—. Pero no es la duquesa, es su hermano, el obispo. ¿No te parece lo más sorprendente que has oído en la vida?

—No. —Se le aceleró el corazón— Ese hombre odia a Luc. Creo que lo hace para hacerle daño.

Por ese mismo motivo les quitaba el dinero a los arrendatarios de Luc. Pero ¿sólo querría hacerle daño o su objetivo era arruinarlo por completo? ¿O lo haría con algún otro fin?

Todo aquello era demasiado. La desesperación se volvió a apropiar de su razón, y el plan que habían trazado Christos y Ravenna cada vez le parecía menos absurdo y más próximo a ser su única esperanza.

Cuando levantó la cabeza para buscar a Luc, se hizo el silencio entre la gente. Oh, cielo santo. ¿Tenían que ir en solemne procesión hasta la iglesia así? Tenía la cabeza hecha un lío y estaba muy nerviosa, no creía que pudiera soportarlo.

Pero nadie la estaba mirando. Todos se habían vuelto hacia otra persona. De pie, al otro extremo de la plancha, y bajo un rayo de sol que se colaba por entre los aparejos que colgaban sobre sus cabezas, el obispo de Barris aguardaba con los brazos cruzados sobre la enorme cruz que llevaba colgada sobre los pectorales. Se veía brillar su anillo de amatista.

—Permitidme que comparta estas noticias que afectan profundamente a mi familia con gran solemnidad —dijo con la seguridad de un hombre acostumbrado al púlpito.

Los invitados se quedaron en silencio, todo el mundo lo observaba con la boca cerrada. Se detuvieron incluso los parasoles de las damas. Un terrible calor trepó desde el útero de Arabella hasta su cuello y llegó hasta las puntas de sus dedos. Iba a declarar que ella era una Jezabel delante de todo el mundo. Aquello avergonzaría a Luc de por vida.

—Mi hermana, la duquesa de Lycombe, acaba de dar a luz. —Hizo una pausa, y Arabella cerró los ojos—. Es un niño.

17

La fuerza de un hombre

—*L*o único que lamento es que mi querido amigo Theodor —prosiguió Fletcher—, a quien todos admirábamos, y que tanto amaba su mujer —esbozó una extraña y triste sonrisa—, aunque era algo un poco anticuado por su parte —se oyeron algunas risitas entre la gente—, no pueda ver con sus ojos a su hijo y heredero. Pero tengo fe en que su espíritu descanse en paz sabiendo que su esposa y su hijo están bien. Si son tan amables, me gustaría pedirles que levanten sus copas conmigo por el nuevo duque de Lycombe. Y por Lucien, cuya boda honramos hoy, y que seguirá siendo el heredero hasta que asistamos a otra boda dentro de un par de décadas.

Se oyeron más risas y el tintineo del cristal.

A Luc no le importaba. No sabía dónde estaba Arabella. Los maliciosos rumores que circulaban por la fiesta ya debían de haber llegado a sus oídos.

Levantó la copa, aceptó los empáticos gestos de sus amigos y se inclinó. Luego todo el mundo empezó a hablar. Dejó la copa de champán y se abrió paso por entre los invitados buscando a su mujer: su limitado campo de visión nunca le había parecido tan frustrante.

Debía de estar destrozada. No. No podrían con su pequeña institutriz de lengua afilada. Antes que aceptar aquella mentira, era más probable que contestara al escuchar el rumor.

Luc sabía que era mentira. El pensamiento racional lo abandonaba siempre que estaba con ella, pero la conocía igualmente.

—¿Buscando a tu impactante novia, Westfall? —Se tropezó con un capitán que había conocido durante la guerra—. Puede que haya decidido marcharse ahora que ha escuchado que no será duquesa, ¿no? Pobre diablo, mira que perder el título y la mujer el mismo día…

Se rió y le dio una palmada en la espalda a Luc. Estaba borracho. Él lo adivinó en sus ojos rojos. Le estaba tomando el pelo. Era una broma. De muy mal gusto e insensible, pero inocente.

¿Y sería acertada?

Distante. Evasiva. Inalcanzable. Arabella se había comportado de todas esas formas desde que había llegado a la ciudad. Y antes de eso… En Francia había intentado escaparse de él.

No se lo podía creer. Ella ya debía saber que, a pesar de su ceguera, la encontraría donde fuera.

*E*staba tan nerviosa que le costó mucho bajarse del carruaje ante la modesta casa del obispo de Barris en las afueras de Richmond. Se erigía solitaria en el extremo de un extenso parque alejado de la carretera principal y a medio kilómetro de la casa más cercana, que parecía una especie de escuela. El río fluía por detrás de la vivienda proporcionándole una frontera natural en la parte posterior.

Arabella se dirigió hacia la puerta con mucha determinación.

—No creo que tarde mucho, Joseph. Supongo que una hora.

—Me gustaría entrar con usted, milady.

—No. Este es un recado de extraordinaria delicadeza. Si entras, tu imponente tamaño y tu mirada penetrante alarmarán al personal del obispo.

El lacayo frunció el ceño y la miró contrariado.

—Espérame en el carruaje. El *comte* estaría complacido de que lo hicieras, si lo supiera.

Si el *comte* se enteraba, despediría a Joseph y después le daría una buena reprimenda a Arabella. Verbal, claro. Luc jamás la había tocado de una forma violenta.

Se marchó hacia la puerta con las mejillas acaloradas y colocándose la capa sobre los hombros. No se había parado a quitarse el vestido de novia; todavía no estaba preparada para hacerlo. Quería que se lo quitara Luc en su noche de bodas, y quería que lo hiciera muy despacio.

En realidad esperaba que lo hiciera aquella noche. La ceremonia de la iglesia debía haberse celebrado hacía una hora, pero ella no estaba presente. Así que aquella tampoco sería su noche de bodas.

Pero podían fingir que sí, siempre que él volviera a dirigirle la palabra después de que lo abandonara en el altar justo cuando se acababa de enterar de que no sería duque.

¿Qué había hecho?

Pero las familias de arrendatarios no podían seguir sufriendo. El obispo era el administrador del pequeño duque y por tanto tenía el control de Combe. Jamás volvería a tener esa oportunidad.

Llamó a la puerta utilizando el sencillo llamador de latón. A pesar del elegante atuendo del obispo, su casa no era nada ostentosa. Le abrió la puerta una mujer anciana vestida con una muselina gris.

—Informe a su excelencia de que la señora Bradford ha venido a visitarlo.

—Su excelencia no está en casa. Tendrá que volver más tarde.

La mujer hizo ademán de cerrar la puerta. Arabella la detuvo con la mano.

—No me importa esperar.

Se coló en el vestíbulo blanco.

El ama de llaves estudió el elegante vestido de Arabella, su capa y los pendientes de oro y rubíes que asomaban por entre su pelo. Luego hizo un gesto en dirección a una puerta.

—Puede esperar aquí, señora —dijo abriéndola para hacerla pasar a un salón—. No tengo ni idea de cuándo volverá. Su sobrino se casa hoy en la ciudad.

—Sí. —Arabella paseó un dedo por encima de una mesa desnuda que había en el centro de la habitación—. Creo que ya lo he oído. Leeré mientras espero. Qué maravillosa colección de libros.

—No lo sé, señora. Yo no suelo leer. ¿Quiere tomar un poco de té?

—Oh, es usted muy amable. Pero no, gracias.

El ama de llaves asintió y cerró la puerta cuando se marchó.

Arabella se levantó y se acercó a la puerta. Pero no había llave en la cerradura. Rebuscó por toda la habitación algún cajón que pudiera contener una llave, pero los únicos muebles eran la librería, la mesa y tres sillas con respaldos rectos tapizadas con un terciopelo de rojo apagado. Si el obispo estaba desviando dinero de los granjeros de Combe, estaba claro que no lo estaba empleando en aquella casa.

Miró entre los libros. Parecía el lugar más evidente para esconder documentos valiosos. Sólo encontró docenas de tomos sobre religión con interminables notas en los márgenes escritos por una mano excesivamente pulcra.

Miró detrás de los dos cuadros colgados en la pared.

Nada. Pero tampoco había imaginado que encontraría los tesoros en el salón.

Abrió la puerta como si tuviera intención de llamar al ama de llaves y luego se quedó muy quieta y escuchó. No se oían pasos por ninguna parte. La casa estaba en silencio.

Se quitó los zapatos y cerró la puerta al salir. Por lo menos las bisagras estaban bien engrasadas. Caminó en silencio hasta la siguiente puerta y se volvió a quedar completamente inmóvil. Del interior de la estancia no salía ningún sonido. No había nada como pasearse descalzo por la casa de alguien para levantar sospechas, así que se volvió a poner los zapatos por si acaso hubiera alguien en la habitación.

Era un comedor. Estaba tan inmaculado como el vestíbulo y el salón, pero era igual de pequeño y sencillo. Ni siquiera había un aparador donde guardar un orinal. No le servía. Y cada vez estaba más nerviosa. Merodear nunca había sido su fuerte. Ella prefería enfrentarse directamente a las cosas.

Excepto últimamente. Llevaba escondiéndose desde que había leído las cartas del secretario de Luc, evitando lo que podría decirle si le daba la oportunidad.

Pero se había acabado. Cuando aquella imprudente aventura terminara y volviera a Londres, le suplicaría que la perdonara y se lo contaría todo.

Se volvió a quitar los zapatos, salió del comedor y cerró la puerta. Esta vez se oyó un crujido tan silencioso como un ratón, pero con el silencio que reinaba en toda la casa, parecía el sonido de un gong. Arabella se estremeció y se detuvo a escuchar.

Los treinta segundos que aguardó se convirtieron en un minuto. No se oía nada. El ama de llaves debía de haberse quedado dormida en alguna parte.

Subió por la escalera rezando para que los escalones fueran igual de silenciosos que el resto de la casa del obispo. Sus plegarias fueron respondidas: los escalones no crujieron. Llegó al rellano y pegó la oreja a la primera puerta. Ningún sonido. Se volvió a poner los zapatos y la abrió.

Por fin.

Entró en el estudio del obispo y dejó los zapatos en el umbral. El suelo estaba hecho de sencillos tablones de madera, y estaba cubierto por una alfombra roja igual de modesta que amortiguaba el sonido de sus pasos. Un enorme escritorio ocupaba la mitad de la estancia. Los únicos objetos que había encima eran un tintero, una pluma y papel secante, y una única hoja de papel en blanco. Había otra librería idéntica a la que había visto en el salón, una mesa pequeña y dos sillas de respaldo recto. El único objeto que rompía la monotonía era el cuadro que colgaba de la pared, en el que se veía un edifico muy austero erigido sobre un amplio parque. Al pie se leía: «Escuela Whitechapel. Reading, Inglaterra. Fundada en 1814».

Las cortinas estaban un poco abiertas y el sol de la tarde se colaba directamente en la estancia. Desde fuera sólo se veía el reflejo del cristal.

Rodeó el escritorio y probó con el cajón central. Se abrió con facilidad. Dentro vio un montón de papel para escribir, un abrecartas muy grande en forma de cruz, un cuchillo para afilar lápices y una pequeña pistola. Arabella cogió el cuchillo y la pistola sin dudar y se los metió en el bolsillo de la capa.

Los cajones que había a ambos lados de la silla estaban cerrados. «No podía ser de otra manera.» Como no tenía cerraduras en las puertas, el obispo debía tener alguna forma de garantizar la privacidad de sus asuntos ocultándolos de los curiosos ojos de los sirvientes. Pasó la mano por debajo del cajón central buscando con los dedos alguna llave escondida, pero no tenía muchas esperanzas de encontrarla. Metió la mano hasta el fondo del cajón y sus dedos rozaron algo de metal. Sacó una llave.

El obispo era un hombre raro. O quizá tuviera los sirvientes más aburridos y menos curiosos de toda Inglaterra. O puede que tuviera sirvientes con los brazos muy cortos.

La llave abrió los cajones que había a ambos lados de la mesa con facilidad. Deslizó los dedos por los documentos que encontró. Cada vez se sentía más frustrada. Nada parecía especialmente extraño, sólo había correspondencia con personal eclesiástico y archivos de la escuela de Whitechapel. Arabella no tenía ni idea de lo que estaba buscando. Había sido una tonta por tomar aquella decisión. Había dejado a Luc plantado ante el altar y no tendría nada con lo que explicarse ante un marido furioso que acababa de perder el ducado a manos de un hijo bastardo.

Volvió a cerrar los cajones y dejó la llave en su escondite. Inspiró hondo. Sería una debilidad aceptar la derrota tan pronto.

No escuchó nada en el pasillo, así que repitió la maniobra anterior y avanzó hasta la siguiente puerta. Era un dormitorio, en esa ocasión con cerradura en la puerta y muy poco amueblado, aunque en ese momento no estaba ocupado: no había pertenencias personales sobre los muebles y la cama pequeña no estaba hecha. La siguiente estancia era otro dormitorio, también con cerradura e igual de vacío.

En la tercera habitación encontró utensilios para el afeitado, una plancha y un maniquí vestido con el bordado atuendo clerical. Su opulencia contrastaba con el resto de la casa. Hasta ese momento Arabella había imaginado que el obispo de Barris y el reverendo Caulfield eran iguales. Pero aquella imagen cambió su forma de pensar. El reverendo podría pasar un mes dedicando su sermón de los domingos a hablar únicamente de aquellas ropas.

Se quedó en medio del dormitorio del obispo con los brazos cruzados y pensó en todos los sermones sobre vanidad que su padre adoptivo le había soltado a lo largo de los años. Un hombre que exaltaba su apariencia personal, pero que no parecía preocuparse por los lujos domésticos… ¿Qué le había dicho siempre el reverendo sobre su vanidad y su orgullo? Le advertía que podía esconder su pelo y su cara bonita, pero que debajo de ellos siempre se escondería la misma pecadora.

Se puso de rodillas sobre el suelo pulido y miró debajo de la cama.

Parecía demasiado fácil, como la llave del cajón: debajo de la cama había un cofre de cedro. Arabella tiró de él, se encogió cuando oyó el ruido que hizo al arrastrarlo por el suelo y lo abrió.

Dejó caer los hombros. Más documentos sobre la escuela Whitechapel. Suspiró con fuerza y rebuscó entre ellos.

Sus dedos se detuvieron sobre un papel.

En la hoja leyó los apellidos de los arrendatarios de Combe junto a cifras en libras. También estaban los nombres. Eran todos hombres, sin lugar a dudas los cabezas de las familias a las que estaba extorsionando.

Frunció el ceño. El señor Goode se llamaba Thatcher. Pero el nombre que aparecía junto al apellido Goode en aquella lista era Edward. Cerró los ojos y recordó la cocina de la señora Goode cuando visitó la granja por segunda vez: la tetera mellada, el plato de galletas insípidas y las sonrisas que le dedicaron los tres hijos de los Goode cuando les dio los caramelos. John, Michael y el más pequeño, Teddy, que había recibido su nombre de su abuelo Edward.

—Vaya, vaya. Una dama en el dormitorio de un obispo. Pensé que no viviría para verlo.

Arabella levantó la cabeza.

El hombre que estaba en la puerta era alto, corpulento y tenía una barriga un tanto abultada que le apretaba la tela del chaleco. La miraba con los ojos entornados e iba muy repeinado. Jugueteaba con el palillo que llevaba entre los labios con los dos primeros dedos de la mano izquierda, pero no tenía pulgar.

Arabella soltó los papeles, se levantó y se quitó una pelusa imaginaria de la falda. Llevaba los zapatos en la otra mano.

—Esto no es lo que parece; lo puedo explicar.

El hombre rodeó el palillo con los labios y asintió con aire pensativo.

—En realidad, espero que sea tal como lo imagino —dijo esbozando una lenta sonrisa—, *comtesse*.

El arzobispo de Canterbury le pidió a Luc que fuera a buscar a su novia y se apresurara hasta la iglesia para celebrar la ceremonia. Pero

Luc no le podía decir que su novia había desaparecido porque eso la expondría a más habladurías.

Fletcher aguardaba bajo el toldo como si fuera el novio, aceptando felicitaciones con serenidad como si fuera el cabeza de familia, y sin aparente prisa por poner fin a su momento de gloria. Más cerca del puerto, las hermanas de Arabella aguardaban cerca del muelle, alejadas del resto de invitados. Ravenna le lanzó una rápida mirada a Luc y luego apartó los ojos de repente.

Se dirigió hacia ella con el corazón encogido.

Christos le salió al paso.

—*La jolie brune* no ha tenido nada que ver. *Eh, bien*, muy poco.

—¿Nada que ver con qué? ¿Dónde está mi mujer, Christos?

Su hermano se dio media vuelta y se marchó hacia la escalerilla. Por ella subían un sinfín de sirvientes con bandejas llenas de exquisiteces. Los dejó pasar y luego corrió escaleras abajo. Luc lo siguió por entre los cañones de la cubierta inferior.

—¿Por qué diablos no encuentro a mi mujer? —le preguntó cuando por fin su hermano le condujo al camarote del capitán—. ¿Y qué tienes que ver tú con ello?

Christos lo miró fijamente.

—¿Es que no lo sabes? ¿Lo del nacimiento del hijo de tu tía?

—Pues claro que lo sé.

—¿Y no te sientes infeliz?

—Pues claro que soy infe… Claro que sí. Y decepcionado. Pero estoy bastante más preocupado por cómo se habrá tomado la noticia Arabella.

Los ojos de su hermano se iluminaron reflejando la sonrisa que Luc recordaba de su infancia, antes de que su padre muriera y el mundo se desplomara a sus pies.

Entonces Christos se puso serio y levantó la palma de la mano.

—No tengas miedo. No te ha abandonado. En realidad ha ido a ayudarte.

—¿Ayudarme? ¿Es que es bruja y tiene poderes para transformar al bebé en una niña?

Su hermano sonrió de nuevo.

—Ah, que seas capaz de bromear en un momento como este...
—Negó con la cabeza—. Me asombras, *mon frère*.

—Eso me hace muy feliz. Y ahora habla, Chris.

El chico agachó la cabeza y entrelazó las manos.

—Ella teme por la seguridad del niño y su patrimonio.

—¿Qué?

—El guardián del niño —ese hombre—, arruinará Combe. Arabella cree que ya lo ha hecho, y está buscando alguna prueba.

—Maldita sea, Christos. Fletcher no es el único tutor del niño. Yo también lo soy. Él no tendrá control absoluto sobre el pequeño ni sobre Combe.

—Pero controlará a nuestra tía, como lo ha hecho siempre.

—Pues me llevaré a Adina y a su hijo lejos de su zona de influencia. Por ejemplo, a la casa de Durham. Y si eso no basta, Rallis bastará. Fletcher jamás cruzará el canal.

—¿Y qué ocurrirá si mueres, *mon frère*? —preguntó Christos con seguridad—. ¿Quién protegerá al joven duque entonces?

Luc se quedó mirando a su hermano con un dolor en el pecho.

—Lo recuerdas. ¿Verdad?

—¿Recordar el qué? —Christos hizo un gesto con la mano para cambiar de tema—. Hermano, *la belle* me hizo prometer que te ocultaría una información que, sin embargo, debo decirte ahora.

—¿Por qué ahora?

—Antes sabía que admirabas su belleza y su valentía. Ahora sé que amas su corazón.

Más que a su vida.

—¿Qué información es esa, Christos?

—Se ha marchado.

A Luc se le encogió el estómago.

—¿Adónde?

—No te lo puedo decir. Hice un juramento. Y un hombre que rompe una promesa a una dama no es un hombre. Pero se ha llevado a su leal lacayo.

—Maldita sea, Christos. Dímelo.

—¿Dónde irías ahora si fueras ella?

—Lo más lejos posible de Absalom Fletcher que pudiera.

—Ah. —Christos levantó el dedo índice—. Pero te he preguntado lo que harías si fueras ella, no tú.

«No.»

—Maldita sea. ¿Cómo has podido permitirlo?

—Yo no tengo ninguna autoridad sobre nadie, *mon frère*, ni siquiera sobre mí mismo. Y ella quería hacerlo.

—Pero ¿por qué...?

—*Pour toi*, claro.

Por él.

Si le había hablado de Fletcher... Si le había dicho la verdad...

Luc reemplazó la espada decorativa que llevaba en el cinturón por un florete que sacó del baúl de armas de Tony, cogió una pistola y se metió un cuchillo en la bota, donde tenía una presilla cosida para esconderlo.

—Fletcher no estará allí. —Explicó su plan en voz alta mientras lo iba imaginando—. Ahora está aquí. Luego irá a visitar a su hermana y al niño, quizá se quedé allí durante el resto del día. Es un plan muy astuto.

—*Merci*.

—Pero no le servirá de nada. Fletcher no es tan tonto como para ir dejando pruebas de sus chanchullos por ahí. Las habrá escondido bien. ¿Has venido a caballo?

—En uno muy bueno.

—Tráemelo.

Christos lo siguió por la cubierta de los cañones. La hermana pequeña de Arabella bajó la escalerilla. Su mirada saltó de Luc a su hermano.

—¿Le has dicho adónde ha ido? —le preguntó a Christos.

Él se posó la mano sobre el corazón.

—He hecho un juramento, *mademoiselle*.

—Pues yo no, *chou*. —Se dirigió a Luc—. Ha ido a la casa que el obispo tiene cerca de Richmond.

Luc ya estaba subiendo las escaleras de tres en tres.

—¡Date prisa! —le gritó mientras se marchaba.

No necesitaba que lo animaran. Pero se detuvo y miró a su hermano.

—Christos, ¿cómo es posible que, desde diciembre, Fletcher haya conseguido un retrato que hiciste tú?

Su hermano frunció el ceño.

—En marzo me quedé sin fondos. Vendí todo mi trabajo en las calles de París a un siciliano y a su compañero inglés. Luego hice un dibujo del inglés. Ese hombre era una bestia, pero era interesante: sólo tenía un pulgar.

Los asesinos sicilianos de Saint-Nazaire habían estado con el cochero de Fletcher en París.

—¿Y entre las cosas que compraron había un retrato mío?

—*Mais oui*. Me gustaba mucho ese dibujo. Parecías muy feroz. *Comme un pirate*. —Se encogió de hombros—. Pero te puedo hacer otro.

—Primero harás ese retrato de mi mujer. —Luc subió las escaleras a toda prisa—. Como si fuera una princesa.

Como se merecía.

—*M*e confundes con otra persona —dijo Arabella—. Yo soy la señorita Bradford. He venido a visitar a su excelencia para…

—Tú te apellidas Westfall. Y has venido a curiosear entre los asuntos privados de su excelencia. —El hombre se quitó el palillo de entre los labios y se lo metió en el bolsillo del chaleco—. Y no podemos permitir eso.

—No sé a qué te refieres. Sólo me había cansado de tanto esperar a que regresara el obispo y el ama de llaves me dijo que podía descansar aquí. —Dejó sus preciosos y poco prácticos zapatos rosas de novia en el suelo, se calzó y empezó a caminar hacia él—. Sin embargo, ahora que ya sé que es el dormitorio personal del obispo, no creo que sea tan buena idea. —Se detuvo delante de él—. Me gustaría regresar al salón.

—De eso nada.

Se puso delante de ella como si fuera una enorme roca de malicia.

Joseph era por lo menos igual de alto y menos gordo. Pero su lacayo estaba en el carruaje.

Había fracasado. Había avergonzado a Luc por partida doble, provocando escándalo tras escándalo, y ese último por voluntad propia. Incluso aunque no hubiera planeado dejarla, era muy posible que lo hiciera después de aquello. ¡Menudo festín para los charlatanes! «El obispo acusa de infidelidad a una institutriz convertida en *comtesse*, y después se la encuentran en el dormitorio del obispo sin zapatos.» Las novelas de Ravenna no podrían inventar una historia mejor.

La roca de ojos entornados la cogió por el brazo, la arrastró hasta otra habitación y la encerró dentro cortando de raíz sus entretenidos pensamientos.

Arabella aporreó la puerta.

—Déjame salir ahora mismo —ordenó con su voz más autoritaria—. ¡Ahora mismo!

—Esperaremos a que sea su excelencia quien lo decida —le contestó el hombre desde el otro lado de la puerta.

—Pero el ama de llaves dijo que tardaría bastante tiempo en volver a casa. No puedes dejarme aquí encerrada hasta entonces. Es intolerable.

Y tan terrorífico como jamás había imaginado. La habitación era pequeña y vio que había barrotes en la ventana, de la misma clase que se veían en las casas de ciertos vecindarios de Londres. Pero la casa del obispo estaba en un parque privado. Allí no podía haber muchos ladrones.

Era muy posible que la función de los barrotes no fuera la de no dejar pasar a los ladrones, sino la de no dejar salir a los invitados.

Se alejó de la puerta.

—Esto es un secuestro —gritó—. Irás a la cárcel por esto. O te colgarán.

—Sólo si vives para explicarlo.

Unos pasos pesados recorrieron los gruesos tablones del pasillo y se perdieron escaleras abajo.

Arabella se dejó caer sobre la cama y empezó a temblar.

Un cuarto de hora más tarde, después de haber abierto la ventana de guillotina y haber comprobado si pasaba por entre unos barrotes que resultaron demasiado estrechos, se puso a golpear la puerta y a gritar. Quizá la escuchara el ama de llaves, o incluso Joseph.

Su carcelero regresó enseguida y Arabella imaginó que no se había marchado muy lejos.

—Si no te callas, te ataré las manos y te amordazaré —rugió a través de la puerta cerrada.

—Está bien. Pero antes me gustaría preguntarte una cosa.

No se escuchó ningún sonido al otro lado de la puerta.

—¿El obispo te paga bien? —preguntó—. Me refiero a si tu sueldo es acorde al dinero que desvía de forma ilegal de la propiedad de la familia de mi marido.

—Mi sueldo es asunto mío —rugió como un perro callejero.

Pero no se marchó. Arabella dio un pequeño y silencioso saltito de victoria.

—Me lo preguntaba porque, según los documentos que hay debajo de la cama, los que estaba mirando, el obispo es un hombre rico. Mucho más rico de lo que sugiere esta casa. En realidad, con su renta anual podría tener una casa cuatro veces mayor que esta si quisiera. Ve a comprobarlo tú mismo. Está todo en los papeles que tiene escondidos.

Silencio.

Entonces el hombre dijo:

—Debe de emplearlo en una escuela que tiene en Reading.

—Sí. La escuela Whitechapel —dijo, tirándose un farol.

—Las familias de esos pobres niños no pueden pagar y supongo que tienen que comer.

¿Niños pobres?

—Mmm, supongo. —Se mordió el labio muy nerviosa—. Pero es de suponer que podría compartir parte del sobrante contigo y con los demás sirvientes, ¿no?

—Aquí sólo estamos yo y la señora Biggs —dijo—. Y yo no soy ningún sirviente. Yo sólo conduzco el carruaje cuando hay algún trabajo.

—Si conduces un carruaje para él, me temo que eres su sirviente —dijo cruzando de puntillas la fina línea que separaba la posibilidad de instigar una rebelión contra su señor del riesgo de inspirar más inquina contra ella.

—Él dice que soy su socio.

Parecía enfadado. No era la mejor reacción.

—No es tu socio si no te está pagando un sueldo justo acorde con el trabajo que haces. —Hizo una pausa—. Pero yo sí que puedo.

Se hizo otro silencio. En esa ocasión más largo.

—¿Qué me ofreces?

Arabella inspiró hondo y cerró los ojos con fuerza.

—Un anillo de oro y rubíes. —Se le aceleró el corazón—. Un anillo de valor inestimable. El rubí es muy grande. Podrías quitárselo, fundir el oro y venderlo, y nadie podría dar contigo —se apresuró a añadir—. Y si aceptas, no se lo diré a nadie. A mí tampoco me interesa que se sepa que he estado aquí, y desde luego no pienso explicar cómo has conseguido esa joya. Imagínatelo: te podrías comprar un chaleco nuevo y tirar el que llevas; ya no te está bien. Te podrías comprar diez chalecos nuevos y también una casa propia. Nunca tendrías que volver a trabajar para nadie. Así de valioso es ese anillo.

Cuando acabó su discurso, tenía las manos húmedas y temblorosas. Se metió una mano en el bolsillo para coger el único objeto de valor que había tenido… hasta que se convirtió en *comtesse* y el lord que le había robado el corazón intentó regalarle una tiara digna de una duquesa. Había cogido el anillo antes de salir precipitadamente hacia Richmond. Pero cuando lo hizo no supo el motivo.

Por fin lo sabía. Era el destino.

Aguardó una respuesta con el estómago revuelto.

—¿Por qué lo quieres cambiar?

—Por mi libertad y los documentos. Suéltame y deja que me lleve esos papeles, y yo te daré el anillo.

—¿Cómo sé que cumplirás tu parte del trato?

—Tendrás que confiar en mí.

Entonces escuchó de lejos cómo alguien llamaba a la puerta.

Su captor rugió y bajó las escaleras. Arabella pegó la oreja a la puerta, pero la madera era gruesa y no oía nada. Quizá Joseph se hubiera impacientado. Dios, esperaba que no acabara herido por culpa de su ingenuidad. Pero no había ido preparada. Su desconfianza en los hombres nunca había sido expuesta a esa clase de maldad.

Al rato se volvieron a escuchar pasos en la escalera, pero ya no eran los pies pesados de su captor, sino los pasos de otro hombre, seguros y limpios. Tras ellos se escucharon las potentes pisadas de su captor.

Arabella se apartó de la entrada ciñéndose la capa al cuerpo.

Se abrió la puerta. Se le paró el corazón.

Luc entró con las manos atadas a la espalda. Detrás de él venía su captor y también el ama de llaves.

—Desátame ahora mismo —dijo con la misma calma con la que le pediría a su mayordomo que le sirviera la cena.

El carcelero lo empujó hacia delante. En su mano brillaba una pistola.

—Lo puede hacer ella.

Luc se acercó a Arabella y se volvió de espaldas.

—Si eres tan amable, duquesa.

A Arabella le temblaron las manos mientras lo liberaba. Cuando acabó, Luc estiró los brazos hacia delante y se frotó las muñecas.

—Tira aquí la cuerda —le ordenó su captor.

Arabella miró a Luc. Él asintió. Lanzó la cuerda hacia la puerta.

—Y ahora dame ese anillo, milady —le dijo entornando los ojos.

—Yo… —negó con la cabeza—. No lo tengo.

El hombre martilló la pistola y se escuchó un lúgubre clic.

—El anillo. Ahora. ¿O crees que su señoría preferirá que lo ate mientras busco el anillo a mi antojo? —Sonrió—. Ese sería un bonito regalo de bodas, ¿no?

Luc estaba pálido.

Ella se metió la mano en el bolsillo, sacó el anillo y se agachó para hacerlo rodar por el suelo. Hizo un suave sonido metálico al rodar y se detuvo junto a su pie. El ama de llaves lo cogió y se lo metió en el bolsillo.

El captor dio un paso atrás, cerró la puerta y la llave tintineó en el cierre.

Junto a ella Luc temblaba con los dientes apretados.

—No puedo empezar a... No sé cómo... —tartamudeó Arabella—. Lo siento mucho. Jamás imaginé que un obispo pudiera hacer una cosa así. ¿Por qué estás aquí? ¿Por qué le has permitido que...?

La agarró de la muñeca. Tenía la mano helada.

—No —sentenció con un tono de voz peculiar. La soltó y se acercó a la puerta. Posó la mano sobre la manecilla muy despacio. La giró y la puerta siguió cerrada.

—La ha cerrado con llave —explicó ella de la forma más absurda—. Habría gritado para avisarte, pero no he oído nada hasta que ya estabas en lo alto de la escalera. Es una puerta muy gruesa....

—Ya lo sé —dijo él con esa voz rasposa—. Yo le he dejado que lo hiciera.

Inspiró hondo y apoyó la frente en la puerta apoyando las manos en la madera.

—¿Luc?

—Me temo, institutriz —comenzó tras otra convulsión—, que estoy a punto de desmoronarme como han debido hacer muchas de tus anteriores alumnas.

—¿Luc?

—Me parece que no me encuentro bien.

Se acercó a él y le tocó la cara. Tenía la piel fría y húmeda.

—Esta mañana no estabas enfermo. Es que te han... ¡Oh, Dios! ¿Te han envenenado?

—No —dijo con tirantez—. Aunque eso habría sido preferible.

—Entonces, ¿qué...?

—Cuando tenía diez años...

Inspiró hondo por la nariz con todo el cuerpo rígido.

Arabella nunca le había visto enfermo, nunca lo había visto de otra forma que no fuera fuerte y vital. Excepto cuando se estaba muriendo.

Le acarició la cara y le posó las manos en las mejillas.

—Cuando tenías diez años, ¿después de que muriera tu padre? Tenía la frente sudada.

—Fletcher os trajo a ti y a tu hermano a vivir aquí, ¿verdad?

—Este era mi dormitorio.

Ella miró hacia atrás. No era más que un cubículo amueblado con una cama pequeña, una mesita y una sola silla. Era una estancia espartana y los muebles eran viejos, no era muy distinto de un dormitorio del orfanato.

—¿Qué hizo, Luc? —preguntó viendo con claridad la pared de ladrillos del dormitorio a la que la hacían mirar cada vez que la directora del orfanato le azotaba la espalda con una caña. Era como si tuviera delante cada grieta y agujero de esa pared de ladrillos descolorida—. ¿Te azotaba en esta habitación?

—Nada tan vulgar —dijo soltando una áspera carcajada.

Lo cogió de la mano. Él entrelazó los dedos con los suyos.

—Nos mataba de hambre —dijo—. Nos negaba la comida durante días, a veces durante semanas. Nos decía que aprender a soportar el hambre era una forma de disciplina. Nos decía que los hombres como nosotros, que algún día seríamos ricos y poderosos, debíamos aprender disciplina mientras fuéramos jóvenes. Me encerraba cada noche en esta habitación prometiéndome que me daría el desayuno por la mañana, pero sólo si no me quejaba a su asistente o al ama de llaves. Le prometió lo mismo a mi hermano…

—Oh, Luc.

—Pero se metía en la habitación de mi hermano y se encerraba con él.

A Arabella le revolvió el estómago y sintió frío.

—Oh, cielo santo.

—Nos dijo que Dios nos castigaría si se lo contábamos a alguien. Pero yo nunca le creí. A fin de cuentas Dios había hecho a mi padre. Me había enseñado cómo podía ser un hombre bueno.

Le resbaló una lágrima por la mejilla.

Arabella lo abrazó. Luc se inclinó hacia ella, enterró la cara en su hombro y tembló con fuerza entre sus brazos.

Cuando se apartó, tenía las mejillas húmedas. Ella alargó el brazo para limpiarle las lágrimas, pero él no la dejó. Le apartó la mano y se limpió la humedad con una mano temblorosa.

—¿Sabías que me pondría en peligro? —preguntó ella.

Luc no le respondió.

—¿Qué has hecho? —susurró Arabella.

—Lo que ha sido necesario para asegurarme de que no te quedabas a solas con ellos. Tengo que admitir que no esperaba que me recibieran en la puerta empuñando una pistola ni que me pondría a temblar.

Arabella levantó la mirada.

—No deberías haber hecho esto.

—No podía hacer otra cosa.

—Pero tú...

—Arabella, ya es suficiente.

—Pero después de todo lo que he hecho —tanto hoy como otros días—, y lo que debes creer... ¿Por qué has hecho esto por mí?

—Yo moriría por ti. —Suspiró con fuerza, la rodeó y cruzó la habitación—. Pero esta noche no. Ya no soy ningún niño y esta es una casa como cualquier otra. —Abrió la ventana, apoyó una mano en el alféizar y estiró el brazo por entre los barrotes de hierro—. Ese patán me ha obligado a entregarle la espada y la pistola. Incluso el cuchillo que llevaba en la bota. Pero no me ha quitado todas las armas a mi alcance.

Cerró el ojo y empujó el barrote que tenía junto al hombro.

—Luc. —Se acercó a él—. Luc, no lo hagas. Te harás daño si...

El barrote se desprendió haciendo un sonido metálico y se cayó.

Le lanzó una rápida y satisfecha mirada.

—Lo que podría haber hecho entonces si hubiera tenido la fuerza de un hombre. —Colocó el hombro debajo del barrote siguiente—. Aunque podría haberme limitado a matarlo —afirmó mientras empujaba. Se le marcaban todas las venas del cuello—. Y acabar en un barco de camino a Australia. —El barrote se desprendió y sobresalió un momento antes de desaparecer—. Eso habría sido inconveniente.

Se bajó del alféizar y se frotó las manos.

—¿Qué hiciste?

—No te sorprendas tanto. Un hombre aprende algunos trucos después de pasar una década en el mar.

—Pero...

—Un mal diseño. —Hizo un gesto en dirección a las barras de hierro con una mano temblorosa—. Ya lo sabía entonces, pero no era lo bastante alto para llegar a ellos ni lo bastante fuerte para soltarlos. —La recorrió con la mirada. Seguía crispado, pero estaba intentando ocultar su miedo, por ella, por su orgullo o quizá por ambas cosas—. Aunque el inconveniente es que ahora peso demasiado para bajar por de la tubería que hay pegada en la pared de fuera.

—Pero yo no. —Se asomó a la ventana. El parque era tranquilo y estaba lleno de árboles. Si conseguía bajar, encontraría muchos sitios donde esconderse cuando escapara. La tubería parecía recia. Se volvió hacia él—. No me iré sin ti.

—Tendrás que hacerlo.

—No puedo dejarte aquí con esa gente.

—Arabella, esto no es una discusión. Sal por esa ventana, baja por la tubería y ve corriendo a pedir ayuda. La valla que rodea el parque tiene una puerta en el lado norte. La encontrarás siguiendo el curso del río hasta un pequeño bosquecillo. Al otro lado de los árboles encontrarás la valla y la puerta. Vete ya.

—Pero ¿qué hay de Joseph y de mi cochero? Mi carruaje…

—Antes de que yo llegara, ese patán fue a visitar tu carruaje. Encontré al cochero escondido entre unos arbustos completamente aterrorizado, y Joseph estaba herido.

Arabella se llevó la mano a la boca.

—¿Qué clase de herida tenía?

—Le habían disparado. Los mandé a casa.

—¿Le dispararon? Pero…

—Arabella, el obispo de Barris ya ha intentado matarme en dos ocasiones, con el veneno que robó aquel chico de mi barco y con un cuchillo en la playa de Saint-Nazaire.

—Pero aquellos hombres….

—Eran asesinos a sueldo. Fletcher me quiere eliminar para poder controlar la riqueza de Combe a través del hijo de mi tía. Y aunque imagino que habría preferido deshacerse de mí en Francia, no descarto que intente hacerlo aquí. —Se acercó a ella—. Ahora tú…

La llave sonó en la cerradura.

Luc corrió las cortinas y ocultó los barrotes desaparecidos. Cuando la puerta se abrió, se colocó en medio de la estancia.

Su captor entró en el dormitorio, seguido del ama de llaves y apuntó a Arabella con la pistola.

—A ella no la quiero. Se tiene que ir.

Arabella se quedó helada.

—¿Irme?

—A casa —le espetó como si ella fuera imbécil.

Luc le rodeó la cintura con el brazo.

—Ella no se irá a ninguna parte sin mí.

—No quiero oír ni una palabra más, milord. Ella se va.

Luc metió la mano en el bolsillo de la capa de Arabella, sacó la pistola y se colocó a su mujer a la espalda de un rápido movimiento.

—Veamos —dijo—, calcula, si eres tan amable, las posibilidades que tienes de disparar y alcanzarme en alguna parte vital del cuerpo, y la velocidad a la que puedo disparate yo a ti, cosa que te aseguro que puedo hacer muy rápido y con mucha puntería. ¿Lo estás calculando? Bien. Ahora suelta el arma.

Sorprendentemente, el hombre hizo lo que le ordenó Luc. La cara del ama de llaves era un poema.

—Apartaos de la puerta —ordenó Luc.

Los dos le obedecieron.

—Duquesa —dijo cruzando la puerta—, coge esa pistola y dámela.

Arabella hizo lo que le pedía. Luc se metió la pistola del obispo en el bolsillo y dio un paso adelante haciéndole gestos a su esposa para que pasara por detrás de él. Ella corrió hacia las escaleras.

Todo ocurrió en un instante: el ama de llaves tiró algo que llevaba en la mano y una nube gris estalló sobre ellos. Los dos sirvientes se taparon los ojos con las manos. Luc se tambaleó hacia atrás cubriéndose la cara con la mano.

—Arabella —jadeó—. Corre.

Corrió. Pero no fue lo bastante rápida. Su captor la cogió del hombro, le dio media vuelta y le golpeó la cabeza con el puño.

Dolor. Se le revolvió el estómago. Intentó agarrarse a algo, pero sus manos sólo encontraron el denso cuerpo de aquel hombre. Le golpeó. Él la agarró de los puños, se los inmovilizó y la volvió a llevar escaleras arriba. Luc se lanzó hacia ellos. El hombre soltó a Arabella y le dio un puñetazo al *comte* en la mandíbula. Ella trató de ir en su ayuda, pero el ama de llaves la agarró del pelo. Cuando Luc se levantó, el patán lo apuntó con la pistola.

—¡No! —gritó Arabella—. Haré lo que quieras. Enciérrame. Hazme lo que quieras. Pero no le hagas daño. ¡Te lo suplico!

El hombre la volvió a meter en el dormitorio. La puerta se cerró y escuchó el ruido de la llave al girar.

No perdió más tiempo en seguir suplicando. Se quitó la capa, se acercó a la ventana, apartó la cortina y se subió al alféizar.

El suelo estaba muy lejos. Se agarró a la tubería, encontró un clavo donde apoyar el pie y rezó.

Más que descender se dejó caer. Sus pies impactaron con fuerza contra el suelo y se cayó. Luego se puso de rodillas (las tenía arañadas y ensangrentadas a causa del violento descenso) y salió corriendo por el lateral de la casa.

Entonces vio algunas figuras moviéndose cerca del río, y pegó la espalda contra la pared de la casa.

Desde lejos vio cómo el empleado del obispo empujaba a Luc con la pistola. Su esposo se resistía, pero como volvía a tener los brazos atados a la espalda no parecía tener mucho equilibrio. Su captor levantó un brazo, le golpeó en la cabeza con la culata de la pistola y Luc se tambaleó. Siguió caminando, pero el hombre lo empujó hasta la orilla del río, donde había un pequeño bote de remos. Cuando Luc levantó la cabeza muy despacio y con aspecto de estar muy dolorido, el hombre se limitó a quedarse allí de pie sin siquiera apuntar a su prisionero con la pistola.

Luc miró hacia un lado. El hombre echó la cabeza hacia atrás y se rió, pero Arabella no pudo escuchar el sonido de su risa, que se perdió entre el rugido del río y los intensos latidos de su propio corazón y su respiración agitada. Su captor dio un paso adelante y le volvió a golpear; Luc se tambaleó hacia atrás. Luego lo empujó con mucha fuerza y lo tiró al río.

Arabella apretó los labios para reprimir un grito y se agarró a la pared que tenía a la espalda. Si la veía, todo estaría perdido.

Su corazón estaba gritando. Luc tenía las manos atadas. Sólo disponía de algunos minutos para ayudarlo.

El hombre se quedó mirando el agua durante un momento, luego se dio media vuelta y volvió hacia la casa. En cuanto hubo cruzado la esquina del edificio, Arabella echó a correr.

18

El toro y el jabalí

La cuerda estaba mojada y rígida, y los nudos no respondían a sus dedos. Además, se estaba hundiendo muy deprisa. Y se estaba quedando sin aire.

Agitó el brazo debajo del agua. El cortaplumas que Arabella llevaba en el bolsillo de la capa resbaló del interior de su manga hasta caerle en la palma de la mano.

Se cortó las muñecas y los dedos, pero al final alcanzó la cuerda y se soltó las manos. Se dispuso a nadar, pero un hombro impactó contra una roca. Lo estaba arrastrando la corriente. Luc conocía muy bien aquel río. Pero no veía ninguna luz, no se podía guiar por los rayos del sol para orientarse. Sus pulmones precisaban aire. La voz de Arabella gritando su nombre llegó hasta él a través de la oscuridad y el ruido. Un sueño. Una ilusión. Los hombres desesperados oían cantos de sirena en las profundidades del mar. Arabella era su sirena. Siempre lo había sido, lo llamaba por entre el borboteo y la corriente del río, por entre la confusión de su cabeza.

Salió a la superficie. Inspiró hondo. La medianoche lo envolvió. La oscuridad era absoluta.

La voz de Arabella lo volvió a llamar. Su sueño. Pero esta vez estaba más cerca.

Era real.

Ubicó aquel dulce y estridente sonido. Volvió el cuerpo en su dirección y nadó a contracorriente.

KATHERINE ASHE

Arabella lo vio pelear, hundirse y desaparecer.

El remo le resbalaba entre las manos, la cabeza le daba vueltas, el agua se agitaba con furia y la luz plateada del sol se reflejaba sobre la superficie. No podía verlo.

—¡Luc! Oh, Dios, Luc, ¿dónde estás? —gritó—. ¡Luc!

Se inclinó hacia delante y metió el remo en el agua, pero ya estaba pasando por el sitio en el que se había hundido y se desplazaba a toda prisa hacia delante. La barca chocó contra una roca y se sacudió hacia un lado. Arabella inspiró hondo. El remo colisionó contra otra roca y salió disparado de sus manos. Se lanzó a por él y el bote se inclinó.

La joven cayó al río y se hundió agitando los brazos y rodeada de la tela de su falda. Le estaba entrando agua en la boca. Se atragantó mientras se esforzaba por mantener la cabeza fuera del agua, tosía y manoteaba con las piernas enredadas en la falda. Se hundía. Se iba a ahogar. Su pesadilla se estaba haciendo realidad. No podría darle la noticia a Luc. Se llevaría consigo al hijo del *comte*. El río se la tragaba y la arrastraba hacia abajo.

Unos brazos fuertes la rodearon, la levantaron y la separaron del agua. Arabella inspiró hondo, escupió y respiró.

Luc la rodeaba con los brazos, la sostenía por encima del agua y tiraba de ella hacia fuera.

La dejó en la orilla.

Le posó las manos en la cara y le apartó el pelo de los ojos. Arabella tosió y entonces se encontró sobre su regazo. Luc la estaba abrazando y se le llenaron las mejillas de lágrimas calientes.

—Duquesa —le dijo con aspereza—. Duquesa —repitió, una y otra vez, posándole los labios en la frente y las mejillas. Ella buscó su boca con los labios y se fusionaron en un beso. Luc le cogió la cabeza con las manos y la estrechó contra su cuerpo.

Ella enredó los dedos en su camisa. Era tan cálido, sólido, fuerte y completo. Ya había pasado demasiado tiempo sin él. Quería internarse en él.

Entonces Luc se separó de ella de repente y la agarró de los hombros.

—¿En qué orilla del río estamos? ¿En la de la casa?

Ella negó con la cabeza.

La agarró con más fuerza.

—¿En qué orilla? ¡Habla!

—En la otra. —Le posó la mano en la cara. Tenía el ojo cerrado, rojo e hinchado, y estaba frunciendo el ceño. En la sien se le veía un golpe muy feo—. Hemos descendido por el río como unos cien metros. Ya hemos pasado el bosquecillo.

Tiró de ella para que se levantara. Se había cortado las manos por una docena de sitios.

—¿Puedes ver la valla? —preguntó Luc, inclinando la cabeza.

Arabella asintió.

—¿Qué...?

—¿Ves la valla?

—¡Sí! Pero no entien...

—Yo no veo, Arabella. Tú tienes que entontrar el camino hasta la valla. Y rápido. Enseguida descubrirán nuestra ausencia.

«¿Luc no veía?»

—Sí. Sí.

Arabella entrelazó el brazo con el suyo y lo alejó del río a toda prisa en dirección al bosquecillo. Arrastraba la falda y le fallaban los pies. Luc tropezó muchas veces, pero ella se aferró a él, compartió con él la poca fuerza que tenía y le prestó sus ojos.

*L*uc estuvo golpeando la puerta durante casi un minuto antes de que Arabella oyera el ruido de los cerrojos. Entonces se abrió aquella enorme puerta.

La *comtesse* se estremeció. Estaba congelada y tenía el vestido empapado pegado a la piel.

La joven que los recibió se los quedó mirando con la boca abierta.

—Soy el conde de Rallis y esta es mi esposa —dijo Luc apretando los dientes para evitar que le castañetearan—. Nos gustaría ver inmediatamente a la señora de la casa.

Pocos minutos después, Arabella estaba sentada delante de un fuego en un cómodo salón decorado con tonos ambarinos. Se ciñó la manta que le habían dado alrededor del cuerpo.

—No creía que podría pasar más f-frío que aquella noche en tu barco —tartamudeó—. ¿Crees que nos darán un po-poco de coñac?

Luc no dijo nada. Se quedó de pie a su lado agarrándose al respaldo del sillón.

Cuando se abrió la puerta, una mujer se acercó directamente a ellos arrastrando los bajos de su sencillo vestido oscuro.

—Buenos días, milord. Milady.

Hizo una reverencia. No era joven. Tenía algunos mechones plateados por entre el pelo castaño y su voz era madura.

Luc se inclinó sin separar la mano del respaldo del sillón. No abrió el ojo.

—Mi esposa y yo hemos tenido un problema y me preguntaba si nos podría ayudar a regresar a Londres.

—Será un honor ayudarle, milord. Milady, por favor. —Hizo un gesto en dirección a la puerta donde aguardaba otra mujer—. La señorita Magee la acompañará a mi dormitorio y la ayudará a ponerse ropa seca. —Se volvió hacia Luc—. Milord, me temo que los únicos hombres que hay en este momento en la escuela son el profesor de dibujo, que es un hombre mucho más pequeño que usted, y nuestro cochero, que es mucho más grueso.

—No me importa. Con tal de poderme quitar el traje de boda, me pondría la ropa de un mozo de cuadra.

La señora alzó las cejas.

—Hoy teníamos que casarnos —le explicó Arabella—. Por segunda vez.

Pero la mujer parecía mirar fijamente la cara de Luc. Todavía no había abierto el ojo hinchado, y la cicatriz se veía amoratada sobre su fría piel.

—Milord, a pesar de sus civilizados modales, es evidente que no está usted bien —le dijo—. No tengo ningún problema en ayudarlos a los dos, pero no quiero tener que cargar con un lord con fiebre mientras intento acallar la curiosidad de sesenta y seis chicas inocentes. Centrémonos en secarlos a los dos cuanto antes y luego me pueden contar los detalles de su desbaratada boda.

Arabella se rió.

Luc no llegó a sonreír, pero relajó los hombros.

—Señora, a riesgo de tocar el delicado tema de la edad de una dama, me gustaría saber si hace veinte años ya era usted la directora de esta escuela.

—Así es. Acababa de empezar. Durante aquella época la responsabilidad asociada al cargo me pesaba mucho, y solía pasear a menudo por el parque para ordenar mis pensamientos. De hecho, en una ocasión, invité a otro refugiado a entrar en este mismo salón, un chico que se coló varias veces en nuestra propiedad —explicó observándolo con atención—. Durante estos veinte años me he preguntado más de una vez qué habrá sido de ese chico.

Arabella no entendía por qué, pero sentía una gran necesidad de tocarlo y decirle que estaba cerca de él.

Luc volvió el rostro en dirección al fuego, aunque quizá la mirara a ella.

—Le fue tan bien como puede esperar cualquier chico.

*A*rabella se puso ropa seca. Luego le dijeron que el profesor de dibujo estaba ayudando a Luc a vestirse. Esperó en la puerta y, cuando salió, lo cogió del brazo y le fue susurrando la dirección mientras caminaban. Él avanzaba con cuidado y ella le dejó marcar el ritmo. Pero, incluso a pesar de lo cansada que estaba, percibía la frustración que emanaba de sus músculos y la ira en sus dientes apretados.

Luc no quiso tomar té. Se empezaba a hacer de noche y creía que lo mejor era regresar a Londres cuanto antes.

Cuando estuvieron sentados en el carruaje de la escuela, ella lo cogió de la mano.

—Luc...

Él apartó la mano. Arabella se tragó su dolor y respetó su silencio y su distancia.

—¿*D*ices que te ardía hasta que saliste a la calle y que luego desapareció el dolor?

—Sí, el agua del río pareció llevarse la infernal agonía inicial. Pero ya me lo has preguntado antes. Dos docenas de veces los últimos tres días.

—Soy un hombre de ciencia. Tengo que ser minucioso.

—Eres un matasanos, y me sorprende que lleve veinte años dejando que cuides de mi bienestar físico.

Los dedos callosos de Gavin se posaron sobre la frente de su amigo y le abrió el párpado.

Luc le apartó la mano.

—Lo puedo hacer solo. Todavía tengo manos.

—Sí, cortadas por todas partes, pero tampoco dejas que te las vende.

—Ya parezco lo bastante tonto con el vendaje que me has puesto en el ojo.

Notó un líquido caliente en el ojo. Gotas. Parpadeó. Todas las sensaciones seguían ahí, frío, calor y dolor, aunque sentía mucho menos dolor que al principio. Pero las imágenes habían desaparecido. La luz.

—Eres muy mal paciente, muchacho.

—No me gusta que nadie se preocupe por mí.

—Lo que no quieres es necesitar a nadie. Te pones tan furioso como un toro cuando no eres tú quien protege a todo el mundo. —Le cambió el vendaje—. Afortunadamente, el resto de mis pacientes no son como tú, muchacho.

Luc se volvió a poner el pañuelo sobre la cicatriz.

—Tú no tienes más pacientes. Por lo menos de los que pagan.

—Eres irritante como un jabalí.

Le dio una palmada en el hombro.

Luc se incorporó y se frotó las sienes. Su ojo todavía quería ver y le provocaba un intenso dolor de cabeza. Con el primer ojo no fue tan terrible. Por lo menos el que le quedaba seguía entero. Aunque no le servía para nada.

—Bueno, decídete. ¿Soy un toro o un jabalí? —gruñó.

—Ambas cosas. Pero si yo estuviera en tu lugar, sería mucho peor que tú. —Escuchó el cierre del botiquín de Gavin—. Yo no tengo ninguna chica guapa que me lea o que me acaricie las cicatrices cuando me duelen, ¿no?

No había habido caricias en las cicatrices —ni en ninguna otra parte— durante los tres días que habían pasado desde que el ama de llaves lo dejara ciego con ese polvo. Gavin pensaba que debió de ser pimienta. Luc sólo sabía que parecía fuego.

Y ahora todo su mundo había cambiado. Se había vuelto negro, y estaba confinado en su dormitorio de Lycombe House. Ya lo conocía tan bien que casi no se chocaba con los muebles. Tenía miedo de caerse. Tenía miedo de que ella viera cómo se caía. Aunque lo que más odiaba, era saber que si ella se caía, él no lo sabría, y no sería capaz de ayudarla a levantarse porque no sabría dónde estaba.

Tenía miedo de no poder encontrarla si desaparecía.

Arabella le había dado las gracias por haberla sacado del río. Le había dado las gracias. Y él apenas le había dirigido la palabra desde entonces, sencillamente porque no podía. No podía soportar la vergüenza de la debilidad. No podía soportar, después de tantos años, saber que volvía a estar indefenso.

—Dímelo otra vez, Gavin —dijo—. Dime que esto podría ser temporal.

El escocés lo agarró del hombro.

—Ya lo sabes, chico. Ahora tendrás que esperar.

*M*iles le afeitó y le vistió preocupándose tanto como Gavin, pero más o menos como lo había hecho siempre.

En otros asuntos —asuntos en los que Luc se valía solo—, era torpe. Se le caía la comida del plato y tenía que soportar que el lacayo lo limpiara sin decir una palabra. Después de aquello empezó a comer en su dormitorio. Caminaba con la mano apoyada en la pared, despacio y con cuidado, como un anciano con gota. Él había navegado océanos y ahora su paisaje se reducía a la ruta entre su dormitorio y la biblioteca.

Tendría que marcharse de la casa de su primo recién nacido e irse a vivir a otra parte. Lycombe House no era suya, no tenía derecho a vivir allí. Pero no podía ir a su club y pedirles a sus amigos que le recomendaran residencias en alquiler. Incluso aunque le pidiera a su administrador que le alquilara una casa, se vería obligado a aprendérsela centímetro a centímetro. También podía llevarse a Arabella a la casa que tenía en el norte, donde no había residido jamás, pero allí tendría que aprender también cómo eran las estancias, y ella sólo tendría su compañía.

No podía montar a caballo, ni leer, ni jugar a cartas o escribir. No podía conducir un carruaje. Ni siquiera podía navegar en yola. No podía ver los ojos de su mujer.

Tony y Cam fueron a visitarlo. Charlaron, bebieron e intentaron hacerle reír hasta que se cansó de holgazanear y los echó como el arisco jabalí que Gavin le había dicho que era. Podía beber hasta olvidar cada día si así lo deseaba; los lacayos siempre le rellenaban el vaso en cuanto se lo terminaba. Suponía que lo preferirían inconsciente que de mal humor. Pero después de emborracharse la primera noche para entumecer sus sentidos, Arabella anunció que dejaría abierta la puerta que comunicaba sus dormitorios para poder oírlo en caso de que necesitara ayuda. Al día siguiente ordenó que escondieran todo el coñac de la casa.

La necesitaba más de lo que ella comprendía. La necesitaba con una desesperación que le carcomía y lo mareaba. Él no tenía nada que ofrecerle. Arabella nunca había querido su título; ella quería encontrar un príncipe para poder averiguar quiénes eran sus padres. Luc tenía riquezas, pero ella tampoco las había codiciado nunca. Su pequeña institutriz se había forjado un buen nombre al margen de la sociedad por sus propios méritos. Pero gracias a su dinero quizá pudiera encontrar lo único que ella deseaba: a su auténtica familia.

—¿Milord?

La voz del mayordomo sonó a su izquierda, en la puerta de la biblioteca. Luc estaba sentado junto a la ventana. Agradecía el pálido calor del sol de invierno que no podía ver.

—¿Sí, Simson?

—El señor Parsons ha venido de Combe. Viene acompañado de varias personas. Ya le he dicho que no desea recibir visitas. Pero insiste en que quiere que vea…, es decir, que atienda a estas personas.

—Hazlos pasar.

Era el administrador de la propiedad, no podía ignorar a su asistente. Muy pronto el lord arisco se ganaría la reputación de jabalí recluido por toda la ciudad. Lo mejor que podía hacer era disfrutar de las visitas mientras todavía llegaran, y de la atención de Parsons mientras Fletcher lo permitiera. Luc no tenía ninguna duda de que el obispo utilizaría su ceguera como excusa para robarle el poco poder que tenía sobre la propiedad y el futuro de su primo. Estaba atrapado e indefenso y no podía hacer absolutamente nada al respecto.

—Milord —dijo el asistente—. Buenos días.

—¿Qué te trae por la ciudad, Parsons?

—Tengo que informarle de ciertos asuntos, milord.

El hombre sonaba especialmente sumiso. Era por la ceguera. Todo el mundo andaba de puntillas con él, se dirigían a él en voz baja y con palabras suaves; lo trataban como si fuera un inválido. Cosa que era cierta.

—Primero, milord, permítame transmitirle el profundo horror y la pena que sienten todos los trabajadores de Combe por las consecuencias de su desafortunado inciden…

—Sí, está bien, Parsons. Gracias.

Accidente. Christos y Ravenna habían ido a verle y se disculparon por su implicación en la visita de Arabella a la casa de Fletcher. Luc les aseguró que su esposa habría ido igualmente sin necesidad de que ellos la animaran. Nadie más sabía la verdad. Su hermano había intentado contarle la historia que se inventaron para explicar que desaparecieran de su propia boda, y los motivos que adujeron para razonar su posterior pérdida de visión, pero Luc no quiso escucharlo. Ya estaba hecho. Estaba ciego. Los miembros de la alta sociedad podían pensar lo que les diera la gana. Todo había acabado.

Pero Fletcher lo sabía. No había vuelto a Lycombe House desde entonces. Probablemente, estaría ocupado quemando los archivos que encontró Arabella.

—Milord, me acompañan tres de los arrendatarios de Combe: Goode, Lambkin y Post.

Luc asintió y esperó estar mirando en la dirección correcta.

—¿Qué noticias me traen de las tierras, caballeros?

—Milord, hemos venido a verle para hacerle una petición.

Luc reajustó el ángulo de su cabeza en dirección a la voz.

—¿Una petición? Eso suena muy revolucionario para ti, Goode.

Supuso que era Goode quien hablaba. Arabella lo habría sabido. Le habría gustado que hubiera estado con él para analizar a aquellos hombres, ya que él ya no podía ver nada. Tendría que haberla llamado. La necesitaba.

—En absoluto, milord. Es sólo que, verá, tenemos miedo.

—¿Miedo?

—Con la llegada del nuevo duque, y que Dios le bendiga, estamos… Bueno, pensábamos que si usted se convertía en duque las cosas se arreglarían. Pero nuestras esposas y nuestros hijos tienen miedo y tenemos que hacer algo al respecto.

—¿Y qué es lo que temen sus familias, Goode?

—Es a quién, milord.

Luc suspiró despacio y asintió.

—Necesitamos su ayuda, milord. —eso lo dijo otro de los hombres. ¿Lambkin?—. Estamos desesperados.

—Yo sé un par de cosas sobre la desesperación, Lambkin.

Le respondieron con silencio.

—Explíquense.

—El obispo (es decir, el hermano de su excelencia) vino a visitarnos el año pasado para decirnos que teníamos que darle nuestras ganancias trimestrales. Nos dijo que debíamos indicarle al señor Parsons que el duque quería que se destinara todo a caridad. Cuando le explicamos que las rentas eran nuestras y del duque y que no se las entregaríamos a nadie que no fuera el señor Parsons, adoptó una actitud amigable y nos dijo que quería llevar a nuestros niños a una escuela que había construido para el pueblo. Es una institución caritativa donde los niños pueden aprender a leer y calcular, y quizá convertirse en clérigos algún día. Dijo que necesitaba buenos chicos granjeros para la escuela y que prefería que fueran los nuestros.

—Eso les dijo, ¿eh? —comentó Luc—. ¿Y qué les pareció?

—No confiábamos en él, milord. Nos daba igual que fuera un hombre de Dios.

—¿Y por qué no? ¿Acaso vieron el generoso ofrecimiento del obispo como una amenaza en respuesta a su negativa a darle las rentas?

—Sí, milord.

Silencio. Uno de los hombres arrastró los pies por el suelo.

—Verá, milord —dijo Lambkin por fin—, mi hijo pequeño, mi Toby, se quedó después de la misa para ayudarlo a limpiar. Es un buen chico. —Se le quebró la voz—. Aquel día Toby volvió a casa contando una historia que tuvo a mi mujer llorando durante quince días.

—Comprendo.

—Milord. —Volvía a ser Goode—. Le estamos pidiendo que ayude a nuestros niños. Son ellos o Combe.

*C*uando se marcharon, Luc volvió a su habitación despacio y con dificultad y escribió una breve carta. No tenía ni idea de si el texto sería legible, pero no se lo podía dictar a otra persona. Se veía obligado a pedirle a Miles que le leyera la respuesta. Pero eso era todo.

Escribió el nombre de Fletcher en la parte delantera y le dio la carta al lacayo al que Arabella le había pedido que se sentara delante de su puerta, Claude, el mismo hombre a quien Luc le había ordenado que la siguiera a ella por Combe. Le dijo que la entregara en mano y que aguardara una respuesta.

El lacayo no se movió.

—¿Qué ocurre, Claude?

—Bueno, capitán, quizá pueda usted decirme adónde quiere que la lleve.

—No puedes leer el nombre y la dirección.

—No, capitán.

—Mmmm. No sabía que tenía tan mala caligrafía.

El lacayo soltó una carcajada.

Hizo que Claude memorizara el mensaje y tiró la carta al fuego. Aquel marinero llevaba siete años como guardiamarina a bordo del

KATHERINE ASHE

328

Victory. Era espabilado y leal, motivo por el que lo había elegido junto a Joseph para cuidar de Arabella. No le quedaba más remedio que confiar en él. No tenía otra opción.

*A*quella noche Luc no se retiró a la biblioteca. Dio los pasos que había contado cien veces mientras practicaba aquella tarde, y fue hasta la puerta que separaba su dormitorio del de Arabella. La abrió.

La escuchó inspirar. ¿Sería de sorpresa o de alarma?

—Mary, puedes retirarte —dijo con la voz serena.

Estaba en el lado derecho de la estancia, quizá sentada al tocador. Luc intentó imaginarse el espacio, pero se sentía desorientado. Sólo había entrado una vez en aquel dormitorio, la noche que ella le habló del anillo, del príncipe y de su sueño, el sueño que había abandonado por las familias de Combe.

La cama estaba delante, quizás a unos tres metros. Eso sí que lo recordaba. Había pensado en ello muchas veces.

Los rápidos pasos de la doncella pasaron entre ellos. La puerta se cerró.

—¿Te encuentras mal? —Se oyó el rápido frufrú de la falda. Entonces Arabella se detuvo delante de él y su fragancia a rosas de verano y lavanda salvaje se metió en su cabeza y lo rodeó—. ¿Te puedo ayudar?

—No he venido en busca de ayuda —dijo con torpeza. Se había preparado un discurso, y era un discurso muy bueno. A ella le gustaba que la provocara, siempre que no la hiciera enfadar, y quería darle gusto. Pero no le salieron las palabras—. Tenía un discurso preparado —murmuró—. Yo...

El roce de sus dedos en la mandíbula fue como una caricia divina. Luc se esforzó por mantener a raya su necesidad. Arabella le posó la mano en el cuello y se llevó su boca a los labios.

Le besó vacilante al principio, luego con más seguridad, y después con un apetito y una urgencia muy parecidas a las que sentía él. Luc deslizó las manos por los costados de su cuerpo y la estrechó. Quería sentirla contra él, quería notar su cuerpecito delgado, pero fuerte. Y ardiente de deseo. Ella intentó acercarse más deslizándole las manos por debajo del chaleco.

Luc la cogió en brazos y avanzó hacia delante. Arabella dejó de besarlo.

—¡A la izquierda! ¡Ve a la izquierda!

Se detuvo.

Arabella se rió con dulzura y ligereza, y el nudo de ira que se había formado en el corazón de Luc desapareció.

Después de distraerla un momento besándole la oreja y de hacerla reír otra vez, encontró su boca y la besó con fuerza. Arabella se separó un momento.

—Un paso a la izquierda. Dos hacia delante. Luego otro a la izquierda —le susurró sin aliento para después enterrar la cara en su cuello. Le rodeó el cuello con los brazos y deslizó los dedos por su pelo—. Te aprenderás el camino si lo haces a menudo, ¿sabes? —añadió casi con timidez.

—A menudo, ¿eh?

—O... quizá sólo quieras hacer esta excursión una vez.

Su voz parecía diminuta.

Luc dio un paso a la izquierda, luego dos hacia delante y de nuevo a la izquierda, y la tumbó con delicadeza sobre el colchón. Se inclinó sobre ella despacio y la encontró con las manos, después con los labios: su frente, su mejilla, su boca.

—Sólo esta vez durante media hora por lo menos —le dijo, y la volvió a besar.

Ella le rodeó el cuello con los brazos y le entregó su dulce boca, su lengua, pegando los suaves pechos a su torso.

—Pequeña institutriz —le dijo provocándola y empapándose de su ansiosa belleza en la flexible humedad de su boca. Enterró los dedos en su pelo satinado—, sospecho que necesitaré más lecciones antes de que acabe la noche.

Ella le metió la mano por debajo de la camisa y se le aceleró la respiración. Luc jamás había escuchado un sonido tan bonito. Sintió añoranza y una profunda satisfacción. Arabella le acarició pasándole las palmas de las manos por la piel. Le rodeó la espalda con la pierna y le clavó el talón en la nalga. Su olor estaba por todas partes y sentía la perfección de su cuerpo debajo del suyo. La presionó contra el colchón y ella se arqueó hacia él dejando escapar un suave gemido.

—Muchas más lecciones —repitió Luc con la voz ronca.

—En ese caso, milord —le susurró ella en la oreja y se la mordió—, soy la profesora adecuada para el trabajo.

*R*esultó que era verdad: su marido necesitó muchas lecciones. Exigió tiempo para memorizar ciertas texturas, y luego las volvió a memorizar para asegurarse de que se las sabía de memoria. Después insistió en que debía recorrer con los dedos sus manos, piernas y otras partes de su cuerpo, incluso de vez en cuando también con la lengua. Según le dijo, era la única forma de poder crear un mapa mental del paisaje. A veces, en especial durante los momentos en que él empleaba la lengua, Arabella tenía la sensación de que se convertía en la estudiante, en lugar de ser la instructora.

Y se abandonó a la educación por completo.

Luc repitió algunas lecciones. Ella protestó diciendo que no era necesario que lo hiciera si no quería. Le dijo que había sido un estudiante ejemplar desde el principio y que, en realidad, nunca había necesitado aprender nada. Pero sus protestas eran muy débiles y él no le hizo caso y se aplicó con diligencia.

Arabella durmió entre sus brazos.

Cuando Luc se marchó de su cama poco después del amanecer, le besó los labios y la frente, y ella le invitó a visitar de nuevo su escuela aquella noche. Él esbozó una atractiva sonrisa, le hizo una galante reverencia, y le contestó que estaría encantado de regresar para seguir con las clases.

Luego se agarró a la columna de la cama, ladeó la cabeza y le pidió ayuda en silencio para recorrer el traicionero camino que separaba sus dormitorios.

Arabella lloró mientras se quedaba dormida, aunque no sabía si era de alegría o de pena.

$\mathscr{L}$uc cruzó el puente bajo la llovizna helada con la seguridad de que era el mayor tonto del mundo.

Aunque era un tonto feliz. Un tonto feliz cuya esposa merecía mucho más que un amante ciego y un duque obsoleto.

Se agarró a la barandilla y avanzó despacio. La neblina helada se colaba por debajo del ala de su sombrero. Pero Fletcher había pedido que se reunieran en ese sitio y a esa hora.

Luc se preguntó si su antiguo tutor era imbécil o si creería que el imbécil era él. Un hombre no llevaba a un ciego a un puente sobre el Támesis a menos que pretendiera tirarlo al río.

Era evidente que el obispo no querría más errores. Esa vez se ocuparía personalmente.

Por detrás del amortiguado sonido de la lluvia, oyó el traqueteo de un carro pesado y las espuelas de un caballo resonando en un callejón cercano, los lametones del río contra los cascos de los botes de los pescadores amarrados en la orilla y las quejas de las gaviotas hambrientas aguardando la luz del día.

La lluvia estaba helada y el terreno resbaladizo, pero estaba tan convencido de conocer los sonidos, olores y texturas del río y del mar como de saber su nombre y que amaba a Arabella. Se abrió paso con cuidado, guiándose por el tacto, y avanzó esforzándose por recordar la forma y la anchura de aquel puente. Sólo lo había visto una o dos veces.

—¿Vienes desarmado?

La voz de Fletcher resonó en la oscuridad que tenía delante.

Luc se detuvo.

—Como pediste. Pero ahora tampoco me sirven de nada las armas. Ni siquiera un cuchillo, por desgracia. A menos que te acercaras lo suficiente como para que pudiera cortarte el cuello.

—Lucien, Lucien. El asesinato es pecado.

—En ese caso, ya estoy condenado. ¿Qué más me da enviarle otra alma a su creador y enfrentarme a las consecuencias?

—Dile a tu sirviente que se marche con los caballos.

—Tú y yo sabemos que no se va a marchar a ninguna parte hasta que tenga el anillo.

Se hizo un largo silencio mientras la lluvia se convertía en niebla y Luc aguardaba con los músculos en tensión.

Entonces percibió una ráfaga de olor a humo de tabaco rancio mezclado con aceite capilar. Luego escuchó una respiración pesada delante de él.

—Eres un buen nadador, milord —dijo el cochero de Fletcher más cerca de lo que esperaba—. Pero no creo que esta vez puedas escapar nadando.

Luc extendió la mano con la palma hacia arriba. El hombre le puso el anillo en la mano, luego lo cogió de la mano y mientras lo envolvía su olor a tabaco le susurró a la altura del hombro:

—Te mataría yo mismo por haberme dejado en ridículo, pero su excelencia prefiere hacerlo personalmente.

—Es un honor. —Luc se soltó—. Ahora retrocede quince pasos.

—¿Qué...?

—Hazlo —ordenó el obispo.

—¿Has venido cómo te he pedido, Fletcher? —preguntó Luc.

—Los dos llevamos una capucha para ocultarnos. Tu sirviente no sabrá quiénes somos a menos que le hayas revelado nuestras identidades.

—Sólo uno de los dos carece de honor, y no soy yo.

—Es muy noble por tu parte, Lucien.

Fletcher hablaba sin sarcasmo, como si sólo fuera el obispo, sólo el sacerdote, y estuviera comentando una verdad. No era consciente de ser un villano ni cuando estaba a punto de cometer una maldad.

Luc levantó la mano con el anillo por encima de su cabeza. Oyó unos pasos en el puente que se acercaban por detrás de él.

—Capitán —dijo Claude cuando se aproximó.

Luc le dio el anillo.

—¿Es el mismo que te describí?

—Sí, señor.

—¿Las marcas y el color?

—Exactamente, capitán. No parece falso, señor.

Sólo lo sabría con seguridad cuando lo viera Arabella. Esperaba que Fletcher no hubiera tenido tiempo de pedir que le hicieran una copia durante las pocas horas que hacía que había contactado con él.

—¿Puedes verles la cara a estos hombres?

—No, señor.

—¿Dónde están?

—A tres metros, y el otro tres metros más lejos. —La voz de Claude sonrió—. ¿Quiere que me encargue de ellos, capitán?

—No, gracias. —Dios bendiga la lealtad de los marineros hacia sus capitanes—. Quiero que te vayas hacia los caballos sin perder de vista a esos hombres, pero ten cuidado.

—¿Por si se abalanzan sobre mí y me quitan el anillo mientras usted sigue aquí?

—Esa es la idea.

—Capitán —dijo—, no me gusta…

—Luego quiero que montes, te lleves el otro caballo y me llames por mi nombre cuando te marches. Cabalga directamente hasta la casa y dale ese anillo al señor Miles, pero no le digas de dónde lo has sacado. ¿Me has entendido?

—Sí, señor.

La voz del marinero ya no era divertida, sino más bien triste.

—Ahora vete.

—Sí. Sí, señor.

Sus pasos resonaron por el puente mientras retrocedía. Pasó un momento, luego otro. Las pezuñas resonaron sobre los adoquines.

—¡Me marcho, capitán!

La lluvia se había convertido en una niebla fina y Luc sentía su frescor en las mejillas.

—Ya vuelves a tener tu baratija, Lucien. Espero que estés satisfecho.

—El hijo de Adina no es de Theodore.

—Venga, hombre —se rió Fletcher—. No puedes pretender jugar a esto ahora que estás derrotado. Mírate, ciego y arruinado. ¿Qué clase de duque serías?

—Sólo quiero el bien de mi familia. Ese niño no es de mi familia, ni tú tampoco.

—Mi hermana es una mujer virtuosa.

—Tu hermana hace todo lo que tú le dices. Si le pides que haga una confesión pública, si insistes en que eso es lo mejor para su alma, ella lo hará.

—No tengo ningún interés en hacer tal cosa.

La voz de Fletcher era monótona. Luc pensaba que era como la del diablo.

—Hay docenas de personas que testificarán que el viejo duque y la duquesa de Lycombe no se vieron ni una sola vez durante los catorce meses que precedieron a la muerte de él.

—La mitad de los nobles titulados de la historia de Inglaterra han sido bastardos. Los lores se reirán de tu petición.

El tono del obispo estaba teñido de cierta valentía. Algo poco habitual. Nunca había dado muestras de otra cosa que no fuera la habitual seguridad serena que lo caracterizaba.

Luc empezó a sentirse incómodo. Le picaba la cicatriz, pero el ojo izquierdo le dolía mucho. Quería cerrarlo. Pero no podía. Fletcher lo vería como una debilidad, incluso a pesar de la ceguera.

—No te lo pido por mí —le dijo.

—Y entonces, ¿por quién? ¿Por tu pobre y débil hermano?

—Por la gente a la que has hecho daño y tienes la intención de seguir hiriendo a través de ese niño, que además no es el legítimo heredero de Combe. Yo…

El dolor se intensificó. Un rayo de luz dorada atravesó la oscuridad. Se le apelmazó la garganta.

Era su imaginación. Tenía que serlo. Se aferró con fuerza a la barandilla. Ante él flotaba una pálida nube de luz.

—¿Y qué harás? ¿Reclamar el ducado? Venga, Lucien…

—Le escribiré una petición al Parlamento. —El rayo dorado volvió a aparecer, como un colibrí, lo vio durante un instante y después desapareció—. Reclamaré el título y, si te enfrentas a mí, lo contaré todo. Lo de la extorsión. Les hablaré de la gente inocente. Les hablaré de mi hermano, si es necesario.

La nube gris se ensanchó y se hizo más profunda. La estrella dorada relució. Se mareaba. Inspiró hondo y cerró el ojo. La estrella dorada se desvaneció con la nube gris.

—Estás tan loco como él —escuchó como de lejos.

Había dejado de llover y la brisa procedente del río era gélida. Luc abrió el ojo y la estrella parpadeó de nuevo delante de él reluciendo por entre la mancha gris. Se le aceleró el corazón.

Dio un paso adelante.

—Quédate donde estás.

—Estoy ciego, Fletcher. —Pero no para siempre. Gracias a Dios—. ¿Qué crees que te voy a hacer desde esta distancia y desarmado?

El obispo se rió, pero no era un sonido relajado. Luc parpadeó. El borrón gris era una mancha del color del amanecer con un punto de color crema. ¿La cara de Fletcher? Por debajo veía la estrella brillante. La cruz de su pecho.

—Estás enfadado, sobrino. Y la ira nubla el juicio. Sucumbir a la ira es pecado, además de ser altamente inconveniente. Si haces alguna tontería, te harás daño.

—Tienes miedo. Hasta de un hombre ciego. Tienes tanto miedo de arder eternamente por tus muchos pecados que estás aterrorizado de la muerte. Incluso en estas circunstancias tienes miedo de lo que te podría hacer si pudiera ver.

Su mundo se iba expandiendo a medida que hablaba: sombras, formas en la penumbra, la barandilla del puente, la silueta de un hombre.

—Nunca has intentado hacerme daño —dijo Fletcher—. Huyes de mí. Y deberías huir ahora también.

—He dejado de huir.

—Todavía no. —Le había vuelto a cambiar la voz, como un pedazo de seda cortado por un cuchillo—. Me aseguraré de que culpen a Christos de tu asesinato.

Luc se abalanzó hacia delante.

—Aléjate —aulló Fletcher—. O esto será más doloroso de lo necesario.

Entonces Luc vio un brillo plateado por debajo de la pálida cara ovalada y la chispa dorada. Cerró un poco el párpado y trató de enfocar bien la figura del asistente del obispo. Era una sombra oscura bajo la escasa luz del alba que aguardaba a unos tres metros de distancia. Estaba lo bastante lejos.

—No puedes hacerme más daño —le advirtió, y era verdad.

—Ya tengo preparada la carta de confesión —le explicó Fletcher—. Os matará a ti y al niño y tendrá tantos remordimientos que perderá completamente la cabeza.

—Mi hermano es más fuerte de lo que tú te piensas. —«Sigue hablando.» Habla hasta que las sombras se aclaren y el brillo de la barandilla y el centelleo de los charcos y la cruz de oro no distraigan la atención del cañón de la pistola—. No te dará la satisfacción de volverse loco. Es un buen hombre y será un buen lord.

—Ya lo veremos, ¿eh?

Se escuchó el clic del percutor de la pistola. Luc se abalanzó hacia delante. Se escuchó un crujido y luego apareció una nube de humo.

No había dolor.

Luc le dio un puñetazo en la cara a Fletcher. El obispo cayó contra la barandilla. Se rebuscó en la capa. Luc le volvió a golpear. Tendría encima a su asistente en cuestión de segundos. No podía ganar aquella pelea guiándose sólo por sombras y brillos. Pero si podía se llevaría a su tío con él.

Sonaron unos pasos a su espalda. Se dio media vuelta estirando el brazo y alcanzó al hombre en la barbilla. El asistente del obispo se tambaleó hacia atrás. Un brillo plateado relució en su mano. Luc lo agarró de la muñeca y le dio una patada en la entrepierna. Aquel bestia se agachó hacia delante y el cuchillo resonó en el suelo del puente.

Luc sintió un dolor que se deslizaba por su brazo. Rugió y se dio la vuelta.

Fletcher saltó hacia atrás y el cuchillo brilló en la mano que tenía extendida hacia Luc.

—Venga, Lucien. —Dio otro paso hacia atrás—. No debes pelearte conmi…

Tropezó. Hizo aspavientos con los brazos de espaldas, y cayó desapareciendo en la oscuridad. Luc se abalanzó hacia delante. Su pie pisó la nada, pero se apartó del agujero.

A sus pies sonó el impacto del cuerpo al tocar el agua.

Avanzó con las manos por delante, encontró la barandilla y se agarró a ella para mirar hacia abajo. No veía nada, sólo la oscuridad del río, pensó que volvía a estar ciego.

Oyó unos pasos en el puente. Se dio media vuelta. El cochero del obispo estaba huyendo. Desapareció en la niebla que reinaba en la imperfecta visión de Luc.

Se dejó caer de rodillas e inspiró hondo. Luego inspiró de nuevo. En el suelo vio un objeto brillante que le llamó la atención: era la cruz dorada. Se le había roto la cadena y estaba tirada sobre la piedra mojándose bajo la lluvia.

Se levantó mientras el alba gélida se asentaba a su alrededor tiñéndose de franjas de color perla. A sus pies, el río descansaba en silencio, todavía no habían llegado los pescadores, y nada perturbaba la tranquilidad, salvo los graznidos de algunas gaviotas impacientes.

Encontró la pistola en un charco y la tiró al Támesis. Luego se marchó.

19

Los amantes

Arabella llamó a la puerta de Adina lo más pronto que se atrevió. La nueva madre dormía a todas horas y vivía enamorada de su nuevo hijo. Además, insistía en darle el pecho, a pesar de las advertencias de la señora Baxter, el ama de llaves, y una docena de sus amigas.

Cuando volvió de Richmond, Arabella había esperado para hablar a solas con Adina. El parto había sido rápido, pero la mujer tardaba en recuperarse. Y, sin embargo, Arabella ya no podía esperar más. Luc nunca reclamaría lo que merecía. Y menos en ese momento. Era demasiado orgulloso. Así que debía ser ella quien lo reclamara por él.

Sofocó un bostezo mientras esperaba a que se abriera la puerta. Dormía muy poco.

En sus labios se dibujó una sonrisa. Cerró los ojos y se meció un poco sobre las almohadillas de los pies.

Al final le abrió la puerta una doncella soñolienta. Adina la saludó con la misma cara de sueño, aunque con expresión de estar contenta. Estaba delgada y pálida, pero en la bandeja del desayuno que tenía al lado todavía quedaban restos del chocolate, una tostada y unas natillas de limón. A Arabella se le revolvió el estómago nada más verlo. Ya no le sentaba nada bien. Pero comía de todos modos. Su bebé lo necesitaba.

No podía seguir ocultándoselo a Luc. El miedo que le había impedido decírselo —el temor de que, al saber que ya había logrado su objetivo de tener un heredero, quizá dejara de ir a buscarla— ya había desaparecido. Y con la renovada atención que estaba demostrando por los detalles de su cuerpo, pronto descubriría los cambios. Quizá se lo dijera y se lo enseñara aquella noche.

La recorrió un delicioso escalofrío.

—Querida Arabella, qué feliz me hace verte con ojeras. Es agradable no ser la única mujer de la casa con tan mal aspecto. —Adina lo dijo con tal dulzura que la joven tuvo que reírse—. Pero me parece que tu falta de sueño se debe a un motivo muy distinto al mío.

Lanzó una enamorada mirada a la cuna en la que dormía el bebé.

—Adina. —Arabella se sentó a los pies de la cama—. Tengo que contarte una historia. Espero que la escuches con atención antes de tomar una decisión.

Sus preciosas pestañas doradas se abrieron de par en par.

—¿Una decisión sobre qué?

—Sobre si vas a confesar públicamente que tu bebé no es hijo de tu marido. Cosa que permitiría que Luc ocupara su legítimo lugar como duque de Lycombe.

Adina se puso seria de golpe.

Pero escuchó.

Cuando Arabella acabó de hablar, Adina agachó la cabeza.

—Mi hermano me dijo que jamás lo volvería a hacer. —Hablaba con un hilo de voz—. Cuando lo encontré con mi paje... —Cerró los ojos—. Me lo prometió.

—Te mintió.

—No sólo sobre eso. —Miró a Arabella a los ojos—. Le dijo a mi querido Theodore que yo le era infiel. Después de eso mi marido no me permitió volver a Combe. Entonces Christos vino a verme. Había ido a ver a Theodore. Vino con un amigo. —Cogió la mano de la joven y se la estrechó—. ¡No era mi intención hacerlo, querida Arabella! Tienes que saber que yo adoraba a mi Theodore. Pero estaba tan sola y él estaba tan lejos... Y Michael me consoló.

Se encogió de hombros con tristeza.

—Adina, ¿lo pondrías por escrito y firmarías el documento frente a testigos? ¿Comparecerías ante el Parlamento y ante el rey si fuera necesario, y declararías la verdad?

Frunció su precioso ceño. Pero asintió.

—Mi bebé...

—Luc cuidará de él. Será un miembro más de esta familia, aunque no lleve el nombre de los Westfall. Jamás lo abandonaremos.

Adina batió las pestañas con incertidumbre.

—Michael quiere casarse conmigo. Y quiere reconocer al bebé, aunque eso signifique que el niño no sea duque. A veces los hombres son muy contradictorios, ¿verdad?

*A*rabella bajó las escaleras con el corazón y los pasos ligeros, y fue a la biblioteca. Luc había pasado allí los últimos días. Le diría su noticia en privado y vería la cara que ponía. Luego le contaría todo lo demás.

No estaba en la biblioteca.

Miró en el vestíbulo, en el salón y en el comedor. El jardín estaba gris, húmedo y vacío.

Subió las escaleras y llamó a la puerta de su dormitorio. Sintió un revoloteo de impaciencia en el estómago. Qué tontería. Pero imaginar que lo veía siempre era mucho más fácil que verlo de verdad. Era alto, un poco peligroso y, a pesar de todo, era un hombre muy decidido; y el deseo que sentía por él la debilitaba tanto que no podía evitar ponerse furiosa. Pero entonces la besaba y la abrazaba y se sentía tan poderosa como una diosa.

Estaba completamente indefensa.

Miles le abrió la puerta. Se la quedó mirando con el rostro pálido y los ojos muy abiertos. No dijo nada.

Arabella sintió un hormigueo nervioso.

—¿Está su señoría?

—No, milady.

—¿Y sabes dónde puedo encontrarlo?

El asistente pareció palidecer un poco más.

—No exactamente, milady.

—¿Cuándo volverá?

El asistente abrió y cerró la boca.

—Señor Miles, ¿dónde está mi marido?

Él le abrió la puerta del todo. Ella entró en el dormitorio con el corazón acelerado. Luc no estaba allí. Se volvió hacia el asistente.

El señor Miles aguardaba con la palma de la mano extendida y el anillo de su familia sobre ella.

Arabella no podía respirar.

—¿Dónde está?

—Esta mañana Claude y él fueron al East End, milady. —Su tono de voz era seco—. Su señoría fue a reunirse con el obispo.

—No. —Se le estaban encogiendo los pulmones—. No. —Levantó la cabeza—. ¿Cuándo? ¿Y dónde quedó con él exactamente?

*A*rabella jamás imaginó que la torturaría tanto esperar a que llegara el carruaje. Cuando apareció, subió a toda prisa y le gritó la dirección al cochero.

Las avenidas de Mayfair desaparecieron enseguida, pero a medida que se acercaban a la ciudad, las calles se llenaron de carros, carruajes y jinetes. Se agarró al asiento con las manos heladas. Luc ya no estaría allí. Pero no se lo podía creer. Recorrería las tabernas del muelle y los bares frecuentados por los marineros hasta que lo encontrara como lo había hecho en Plymouth. Encontraría a alguien que lo hubiera visto, un pescador o un guardabosque, alguien. Alguna persona tenía que haberse fijado en él. No era muy normal ver a un lord ciego merodeando por las orillas del Támesis solo y de madrugada.

El carruaje no se movía. Abrió la ventana y asomó la cabeza para llamar al cochero. Estaban atrapados en el tráfico. La calle estaba llena de gente, iban a pie o a caballo, y todos miraban un desfile. Parecía un desfile circense. Había equilibristas caminado sobre altísimos zancos y chicos con chalecos brillantes, mujeres a lomos de ponis llenos de lazos, música alegre procedente de flautas y platillos, y carros de colores vivos. Junto a ella pasaron un par de actores haciendo malabarismos con antorchas. Lo hacían igual que los malabaristas que vio en Saint-Nazaire la noche que se entregó por primera vez a un arrogante capitán de barco, la noche que olvidó el sueño de casarse con un príncipe. Y es que ya lo amaba entonces.

—No. —Se le encogió el corazón—. No.

Se tapó los ojos con las manos y se le empaparon de lágrimas.

El desfile pasó de largo y la multitud empezó a dispersarse: algunas personas entraban en las tiendas y otras se marchaban por los callejones. Su cochero siguió avanzando. Ella se esforzó por respirar tratando de sofocar la desesperación, y miró por la ventana.

Entonces Luc apareció caminado por entre la multitud.

Ella abrió la puerta tragándose un sollozo, saltó del carruaje y salió corriendo por la calle.

Él caminó directamente hacia ella. Parecía que le hubiera sonreído.

Arabella se abalanzó sobre él. Lo abrazó y él la cogió entre sus brazos. Estaba muy frío, tenía la ropa y el pelo húmedo y temblaba un poco. Ella levantó las manos, se acercó su cara y le besó. Luego le besó otra vez.

—Ya puedes ver —dijo—. Ya puedes ver.

Le besó las mejillas, la mandíbula y la frente, y después le apartó el pañuelo y le besó la frente.

—Duquesa, me vas a poner en evidencia —dijo él muy despacio y con aspereza, pero esbozó una sonrisa y la cogió de la cintura. Los transeúntes rezagados los miraban con curiosidad.

Arabella le volvió a poner el pañuelo en su sitio y le dio un beso, luego le besó el ojo bueno, las mejillas y de nuevo la boca.

—Siempre serás un gran hombre.

Luc la cogió de la barbilla y la miró con seriedad.

—Arabella, está muerto.

—¿Le has matado?

—No. Lo habría hecho. Pero fue un accidente.

—Hiciste lo correcto.

—Ya lo sé. —Le acarició la mejilla con el pulgar—. Pero contigo, Arabella Anne Westfall, lo he hecho todo mal, desde que nos conocimos, y casi en todas las ocasiones. He sido arrogante, demasiado confiado, irritable y profunda e insaciablemente lujurioso. —Un transeúnte se lo quedó mirando boquiabierto—. También tenía miedo de lo que hay entre nosotros. Me he comportado de una forma aborrecible contigo, cuando lo único que tú querías era encontrar a tu príncipe azul. Y en lugar de eso, has acabado con un necio ciego, arisco y despótico. Si pudiera volver atrás, si pudiera hacer lo que debería haber hecho...

—¿Antes de que me enamorara de ti?

—...a-antes de robarte la virtud. —Frunció el ceño—. Por Dios, mujer, siempre tienes que decir lo que menos espero, ¿no?

—Me he esforzado todo lo que he podido para no quererte. —Metió las manos en el abrigo de Luc—. Pero he fracasado.

—Has fracasado.

Sonrió.

—Pero no he fracasado en todo. Adina ha escrito una confesión explicando la aventura que tuvo con un hombre francés que está ansioso por reconocer a su hijo. Ahora eres duque, excelencia.

Luc se rió y negó con la cabeza. Entonces su mirada se vistió de esa intensidad que le hacía temblar las rodillas.

—Sin ti estoy perdido, duquesa.

—Pues no tienes de qué preocuparte. Porque ya no volverás a estar nunca más sin mí. —Le apoyó la cabeza en el pecho—. No te dejaré nunca.

—Eso lo dices porque ya no estoy ciego del todo, ¿verdad? —dijo un tanto vacilante—. Tenías miedo de tener que darme clases cada noche, pero ahora ya no tienes que preocuparte por eso.

Arabella arqueó las cejas.

—Claro que no. El motivo por el que no pienso dejarte es que ahora eres duque.

—Ya veo.

—Siempre quise casarme bien.

—¿Ah, sí?

—Y quiero que mi bebé sea duque. O hermana de un duque.

Luc parpadeó.

—¿Tu bebé?

Arabella le sonrió.

—Tu bebé.

—Mi... —Se le atenazó la garganta. La estrechó por la cintura—. Tenemos que irnos a casa. —Tenía la voz ronca—. Ahora.

—¿Ahora? Está bien. Pero...

—Te deseo.

—Tú...

—Te deseo ahora. Siempre. En todas partes y como mi todo: mi amante, mi amiga, mi belleza de lengua afilada, mi compañera de copas, la madre de mis hijos, mi valor frente a la inminente derrota. Mi santuario. —La besó—. Mi duquesa.

La besó. Ella le devolvió el beso con gran entusiasmo.

—Pero en este preciso momento —le dijo entre besos—. Sólo te quiero en mi cama.

Ella aceptó los besos que Luc repartía por su cuello.

—En eso puedo complacerle, excelencia.

—O en la tuya. La que nos encontremos primero.

—Eres muy eficiente.

—O en el carruaje.

Ella le cogió de la mano.

—Pues vámonos, ¿vale?

Lo arrastró hacia el carruaje entre carcajadas.

Él volvió a tirar de ella, la cogió de la cara y le dijo:

—Arabella, te quiero.

—¿Luc?

—¿Sí?

—¿Te quieres casar conmigo?

Epílogo

El cuento de hadas

La duquesa de Lycombe estaba sentada en un sillón de su dormitorio. Su espumosa falda de seda blanca como la nieve salpicada de minúsculos diamantes incrustados relucía cayendo en cascada por encima de su asiento. Una tiara de diamantes asomaba por entre su melena, que se descolgaba como el cobre por encima de sus hombros y de las abultadas mangas de su vestido de novia.

Sus hermanas estaban sentadas delante de ella. Sobre la mesa que había entre ellas brillaban los tonos dorados y carmesíes de un único objeto.

—No espero que lo hagáis ninguna de las dos. —Los ojos de Arabella alternaban entre las dos chicas rebosantes de radiante felicidad—. Tengo todo lo que deseo: vuestro bienestar y el de Luc. —Se posó la mano en la barriga—. Y ahora haré todo lo que pueda para encontrar a nuestros padres.

—¿Supongo que no pensarás que el dinero bastará para culminar esa búsqueda? —le advirtió Eleanor—. Una de nosotras tiene que casarse con un príncipe.

—¿Ahora tú también crees en la buenaventura gitana?

La risa iluminaba los ojos de Ravenna.

—Nunca he dejado de creer en ella —admitió Eleanor—. Sólo soy escéptica con la idea de que un solo hombre pueda ser la respuesta a todo.

—La fe no es como la erudición, Ellie. O crees o no crees.

—Y tú no crees.

Ravenna acarició a su perro.

—Yo creo en la amistad. No tengo ningún problema en dejar los finales felices para princesas como Bella.

—No tenéis por qué retomar mi misión. —Arabella cogió el anillo y se lo llevó al tocador, donde lo metió en una caja de oro y esmalte. Dejó el anillo en el terciopelo del interior—. Pero si alguna de las dos quiere hacerlo, lo encontraréis aquí.

Alguien llamó a la puerta del dormitorio. El duque de Lycombe entró en la habitación. Estaba resplandeciente con su elegante traje de novio y el pañuelo negro en la frente, que le daba un aire un poco peligroso. A Arabella se le aceleró el corazón. Era maravilloso, y era suyo.

Intentó no sonreír como una tonta. Pero él ya sabía que se moría por él. Siempre. Para siempre. La miró y su ojo brilló con seguridad.

—Esposa —dijo transmitiendo en esa única palabra el placer y el afecto que sentía por ella.

—Esposo —contestó Arabella, igual de feliz que él.

—Nuestros invitados nos esperan abajo. —Les hizo una reverencia a Ravenna y a Eleanor—. A vosotras también, señoritas.

Eleanor le dedicó una dulce sonrisa y salió del dormitorio. Ravenna se puso de puntillas, le dio un beso en la mejilla y salió detrás de *Bestia*.

Luc le tendió la mano a Arabella.

—¿Duquesa?

Ella alargó la mano y él tiró de ella. Agachó la cabeza para enterrar la nariz detrás de su oreja mientras ella le deslizaba las manos por el pecho.

—¿Luc?

—¿Mmm?

—Ahora que soy tu duquesa de verdad, ¿cómo me vas a llamar?

Posó los labios sobre los suyos.

—Mi amor.

Nota de la autora

Hoy en día hay mucha controversia sobre terminología empleada a propósito de los gitanos, más apropiadamente llamados romanís, y con motivo, y es que las palabras tienen mucho poder. Las palabras con valor peyorativo que se emplean para designar a un grupo o a un individuo pueden dividir y destruir si se utilizan inintencionadamente o por ignorancia. Para este libro he elegido utilizar los términos que se usaban en los lugares y el periodo en el que está ambientada la historia. Y los ingleses de principios del siglo XIX se referían a este colectivo con la palabra «gitano».

Quiero dar las gracias por sus consejos a la doctora Marie-Claude Dubois, la profesora Leslie Moch, la doctora Christine E. Lee, la profesora Molly A. Warsh (por su oportuna intervención respecto a las perlas, cosa que te proporciona a ti, querida lectora, un ejemplo de cómo una escritora demente puede escribir una frase descriptiva como esta: «labios tan satinados como [espacio a rellenar] perlas», y luego pasar días buscando el adjetivo más apropiado, y a Samantha Kane. También quiero darle las gracias a Carol Strickland y a las mujeres del grupo Heart of Carolina Romance Writers BiaW por su inspiración y los buenos momentos pasados con ellas, y a The Chambermaids: Anne Alexander, Nita Eyster, Carrie Gwaltney y Christy Krupa.

Mil gracias a Marcia Abercrombie, Georgie Brophy, Mary Brophy Marcus y Marquita Valentine por su cuidadosa lectura y sus recomendaciones. Quiero expresar mi agradecimiento y mandarles muchos abrazos también a Kieran Kramer, Caroline Linden, Sarah MacLean,

Miranda Neville y Maya Rodale: habría echado mucho de menos vuestro cariño y vuestros consejos mientras escribía este libro si no los hubiera tenido. Myron Lawrence y Georgann Brophy vinieron a auxiliarme más veces de las que puedo contar, y agradezco profundamente su infinita paciencia y su comprensión.

Un especial agradecimiento para Georgie Brophy, Nita Eyster y Miranda Neville, que me salvaron en el último minuto, y para Laurie LaBean, por rescatarme a mí y a este libro.

Hay quien dice que estoy bendecida por los dioses de las portadas, pero yo sé de quién es el mérito. Quiero gritarles un cordial «¡hurra!» al departamento artístico de Avon por haberme hecho otra preciosa portada.

Mi agente Kimberly Whalen se merece que le dé las gracias por cada libro que he publicado, por no mencionar que le debo mi cordura. Quiero darle las gracias a mi editora, Lucia Macro, que siempre dio en el blanco cuando me sugería algo respecto a la novela, y que compartió sus ideas con esta humilde autora con compasión e incansable seguridad.

Gracias a mi marido por su afectuoso apoyo, y a mi maravilloso hijo y a mi dulce *Idaho*, que cada día me ayudan a sentir la alegría y la aventura del amor que hace posible que me dedique a escribir.

ECOSISTEMA DIGITAL

NUESTRO PUNTO DE ENCUENTRO

www.edicionesurano.com

2 AMABOOK
Disfruta de tu rincón de lectura
y accede a todas nuestras **novedades**
en modo compra.
www.amabook.com

3 SUSCRIBOOKS
El límite lo pones tú,
lectura sin freno,
en modo suscripción.
www.suscribooks.com

DISFRUTA DE 1 MES
DE LECTURA GRATIS

1 REDES SOCIALES:
Amplio abanico
de redes para que
participes activamente.

4 QUIERO LEER
Una App que te
permitirá leer e
**interactuar con
otros lectores.**

 iOS